KNAUR

Folgende Romane der Autorin sind bislang bei Knaur erschienen:
Eigentlich bist du gar nicht mein Typ
Sag einfach nur ja
Er muss ja nicht alles wissen
Ich würd's wieder tun
Perfekt ist nur halb so schön
Auf dich war ich nicht vorbereitet
Gib mir ein Herz
Doppelt geliebt hält besser

Über die Autorin:
Anna Bell lebt mit ihrer Familie und ihrem Hund in Nordirland. Wenn sie nicht gerade am Laptop sitzt und am nächsten Roman schreibt, findet man sie mit ihrem Labrador bei einem Strandspaziergang oder in einem Café beim Probieren von Köstlichkeiten.

Anna Bell

Du hast mich voll erwischt

ROMAN

Aus dem Englischen
von Silvia Kinkel

KNAUR

Die englische Originalausgabe erschien
2022 unter dem Titel »Note to Self« bei HQ,
an imprint of HarperCollins Publishers Ltd., London.

Besuchen Sie uns im Internet:
www.knaur.de

Aus Verantwortung für die Umwelt hat sich die Verlagsgruppe Droemer Knaur zu einer nachhaltigen Buchproduktion verpflichtet. Der bewusste Umgang mit unseren Ressourcen, der Schutz unseres Klimas und der Natur gehören zu unseren obersten Unternehmenszielen. Gemeinsam mit unseren Partnern und Lieferanten setzen wir uns für eine klimaneutrale Buchproduktion ein, die den Erwerb von Klimazertifikaten zur Kompensation des CO_2-Ausstoßes einschließt. Weitere Informationen finden Sie unter: www.klimaneutralerverlag.de

FSC www.fsc.org MIX Papier | Fördert gute Waldnutzung FSC® C014496

Deutsche Erstausgabe Februar 2024
Knaur Taschenbuch

Redaktion: Gisela Klemt
Covergestaltung: ZERO Werbeagentur, München
Coverabbildung: Collage unter Verwendung von Shutterstock.com
Illustrationen Blumen: Minimal Design / Shutterstock.com
Satz: Adobe InDesign im Verlag
Druck und Bindung: GGP Media GmbH, Pößneck
ISBN 978-3-426-52965-2

2 4 5 3 1

Liebes zukünftiges Ich,

du hast es verdammt noch mal getan, oder? Das getan, wovon du immer behauptet hast, dass du es nie tun würdest: erwachsen zu werden. Weißt du noch, wir wollten immer jung bleiben, immer wissen, welche Songs gerade in den Charts sind, immer mit den coolen Kids abhängen! Aber seien wir mal ehrlich, ich habe nie zu den coolen Kids gehört …

Ich kann mir kaum vorstellen, wie dein Leben und alles ringsum aussehen. Gibt es fliegende Autos? Wohnen Menschen auf dem Mars? Hast du endlich null ungelesene E-Mails?

Was erhoffe ich mir heute für in siebzehn Jahren? Vor allem hoffe ich, dass du glücklich bist. Aber nicht die Art von Glück, bei der es nur um schicke Autos und Wohnungen in Toplage geht. Sondern echtes Glück.

Ich hoffe, dass dein Leben gefüllt und voller Liebe und Freundschaft ist und dass du dich endlich wohl in deiner eigenen Haut fühlst. Ich hoffe, dass du dir selbst treu bleibst und die Frau geworden bist, die du eigentlich immer sein wolltest.

Vor allem aber hoffe ich, dass du es nicht vermasselt und ihn nicht schon wieder verloren hast.

xx

Kapitel 1

Manchmal denke ich, dass ich der einzige Mensch auf der Welt bin, der nicht gern Geburtstag hat. Alle finden, dass dieser Tag etwas ganz Besonderes sein muss, besser als alle anderen Tage des Jahres: Man hat mehr Spaß als sonst, es gibt das beste Essen aller Zeiten, man fühlt sich besonders geliebt. Der Druck ist so groß, dass es sich zwangsläufig anfühlt, als müsse man sich für einen tiefen Sturz rüsten, falls dieser Tag die Erwartungen nicht erfüllt. Und dieses Jahr, an meinem fünfunddreißigsten Geburtstag, spüre ich das aus einem unerfindlichen Grund noch stärker.

Älter zu werden hat mir nie Kopfzerbrechen bereitet. Ich geriet in keine Midlife-Crisis, als ich dreißig wurde, und ich fürchte mich auch nicht bei der Vorstellung, irgendwann vierzig oder fünfzig zu sein. Deshalb ist mir schleierhaft, warum ich mich schon die ganze Woche wegen meines fünfunddreißigsten Geburtstags verrückt mache. Es ist ja nicht einmal ein »runder«.

Zwar habe ich weder Ehemann noch Kinder – früher hatte ich angenommen, in diesem Alter wäre beides schon da –, aber dafür gibt es andere Dinge in meinem Leben, für die ich dankbar bin. Eine Wohnung, die mir ganz allein gehört. Ein Freund, der echt süß und humorvoll ist und der keine Eile hat, in unserer Beziehung Nägel mit Köpfen zu machen. Ich bin Mitgeschäftsführerin eines erfolgreichen Unternehmens. Und dennoch kann ich das Gefühl nicht abschütteln, dass es irgendwie bedeutsam ist, fünfunddreißig zu werden.

Ich gehe einen Schritt schneller in Richtung des Cafés, in dem ich mit Dad und Layla verabredet bin. Die beiden werden mich hoffentlich auf andere Gedanken bringen. Ein kühler Wind pfeift, und ich ziehe meine Strickjacke über der Brust fest zusammen. Es ist Juni, beinahe Sommersonnenwende, aber das Wetter hat heute rein gar nichts von Sommer an sich.

Als ich das Café betrete, entdecke ich Dad sofort an dem Tisch in der Ecke.

»Da kommt ja das Geburtstagskind!«, ruft er laut genug, dass alle Gäste es hören. Er faltet die Tageszeitung zusammen und legt sie auf den Tisch, bevor er aufsteht, um mich zu drücken. »Alles Gute zum Geburtstag, Liebes. Fünfunddreißig, meine Güte!«

»Danke, dass du mich daran erinnerst.« Aus den Augenwinkeln suche ich den Tisch nach diskret platzierten Geburtstagsdekorationen ab. Dad weiß, dass ich jegliches Aufhebens um meinen Geburtstag nicht ausstehen kann. »Wie schön, dass du mein Deko-Verbot *endlich* akzeptierst.«

Mir entgeht nicht das Aufblitzen in seinen Augen, als er versucht, ein Lächeln zu unterdrücken.

»Was hast du angestellt? Ich habe nur zugestimmt, dich hier und nicht im Büro zu treffen, weil ich keine große Sache daraus machen will.«

Dad und ich leiten gemeinsam unser Unternehmen für Bürobedarf, und in den vergangenen Jahren hat er meinen Arbeitsplatz zum Geburtstag stets mit Luftballons, Spruchbändern und Luftschlangen dekoriert – und es gab eine Rede. Ich hasse Reden.

Die Glocke über der Tür des Cafés ertönt, und Layla kommt hereinspaziert, eine unserer Mitarbeiterinnen, die im Laufe der Jahre auch zu meiner besten Freundin geworden ist. Eine Kellnerin mit einem Tablett voller heißer Getränke biegt um die Theke, und Layla hätte sie beinahe mit zwei pinkfarbenen Helium-Zahlenballons touchiert, die sie hinter dem Rücken verzieht.

»Tut mir sehr leid«, entschuldigt sie sich bei der Kellnerin und versucht, die Drei und die Fünf unter Kontrolle zu bringen, bevor sie bei mir ankommt. »Alles Gute zum Geburtstag, Edie.«

»Hast du vergessen, auch *Layla* das Memo mit der Bitte, jegliches Aufhebens zu unterlassen, zu schicken?«, fragt Dad lachend und ignoriert geflissentlich, dass ich die Augen verdrehe.

Ich beiße die Zähne zusammen, stehe auf, um Layla zu umarmen, und sie bindet die Ballons an meinem Stuhl fest.

»Heute will *mich* wohl niemand vergessen lassen, wie alt ich werde.«

»Wenn du erst einmal in meinem Alter bist, brauchst du deutlich mehr Erinnerungen«, sagt Dad. Ich kann mir ein Lächeln nicht verkneifen, denn tief in meinem Herzen weiß ich ja, dass die beiden das alles nur tun, weil ich ihnen wichtig bin. »Ich bestelle dann mal Kaffee«, fährt er fort. »Zwei Flat Whites?«

»Perfekt«, antwortet Layla, und ich nicke.

Während Dad zu der Schlange für die Getränkebestellung geht, holt Layla eine teuer aussehende Pralinenschachtel hervor und schiebt sie mir über den Tisch zu.

»Danke! Aber du weißt, dass das nicht nötig war.« Ich habe bereits ein Geschenk von ihr bekommen, indem sie mit mir am vergangenen Wochenende in ein schickes Spa gefahren ist.

»Konnte nicht widerstehen. Davon abgesehen wollte ich nicht mit leeren Händen kommen – ich musste dir einfach an deinem richtigen Geburtstag irgendetwas geben. Apropos Geschenk, ich sterbe vor Neugier, was du von Miles bekommen hast.«

»Keine Ahnung. Ich sehe ihn erst heute Abend.«

»Hat er denn nicht bei dir übernachtet?«

»Nein, weil ich ihn *heute Abend* sehe.«

»Ihr beide …« – sie schüttelt den Kopf – »weißt du, es spricht nichts gegen zwei Übernachtungen in Folge.«

»Ja, aber nur weil wir Spaß miteinander haben, müssen wir doch nicht ständig aneinanderkleben. Wir schätzen beide unseren Freiraum, und sich nur ein paarmal in der Woche zu sehen, gefällt uns eben. Davon abgesehen ist ein Geburtstag ein Tag wie jeder andere.«

»Du solltest zu mir nach Hause kommen und einen leidenschaftlichen Vortrag darüber halten. Versuch gern mal, die Zwillinge davon zu überzeugen, dass ihr achter Geburtstag ein Tag wie jeder andere ist.«

»Ist das nicht erst im Oktober? Das sind noch Monate hin!«

»Klar, aber das hält sie nicht davon ab, Lobbyarbeit für das noch nicht einmal erhältliche Liverpool-Fußballtrikot, eine Xbox, zig Millionen Spiele für eben genannte Xbox und ein iPad zu leisten.« Layla holt tief Luft. »Aber wie dem auch sei, es geht nicht um die beiden, sondern um dich. Wohin führt Miles dich zum Abendessen aus? Doch wohl hoffentlich in irgendeinen schicken Laden?«

»The Chambers.«

»Uh, das ist ziemlich edel.« Sie senkt die Stimme und beugt sich über den Tisch näher zu mir. »Du weißt schon, dass das ein Restaurant für Anträge ist, oder? Im Lokalblatt stand mal, dass dort jede Woche im Schnitt zwei Heiratsanträge gemacht werden.«

Mein Körper versteift sich. »Wir sind definitiv nicht in diesem Stadium.«

Layla schenkt mir ein wissendes Lächeln. »Vielleicht beweist dir der heutige Abend das Gegenteil.«

Sie muss sich täuschen – und dennoch wird mir mulmig. Wir sind schließlich erst fünf Monate zusammen.

Im Hintergrund schnurrt die Kaffeemaschine, und Dad kommt zurück an unseren Tisch.

»Was habe ich verpasst?«, fragt er.

»Edie geht heute Abend zum Essen mit Miles ins Chambers.«

»Ah, du musst mir unbedingt erzählen, ob es dir gefallen hat! Ich überlege, es dieses Jahr für unsere Weihnachtsfeier zu buchen.«

»Das Geschäft läuft offenbar verdammt gut«, stellt Layla fest. »Das nenne ich mal einen Aufstieg im Vergleich zu dem Pub auf der anderen Straßenseite, wo wir bei der letzten Weihnachtsfeier waren.«

»In die Lieferantenliste der Stadt aufgenommen zu werden, sollte in der Tat gefeiert werden«, pflichtet Dad ihr bei.

»Dass wir jetzt auf der Liste der bevorzugten Lieferanten stehen, garantiert nicht, dass irgendjemand tatsächlich bei uns bestellt«, werfe ich ein. »Es wäre vielleicht besser, dieses Jahr noch auf Nummer sicher und erst im nächsten Jahr in die Vollen zu gehen – wenn wir wissen, ob es etwas gebracht hat.«

»Komm schon, Edie, ich habe doch das Kleid von Whistles, das förmlich danach schreit, wieder einmal getragen zu werden. Das wäre die perfekte Gelegenheit«, drängt Layla mit flehendem Blick.

»Du und dieses Whistles-Kleid …«

»Na ja, wenn jemand heiraten würde, gäbe es natürlich auch eine Gelegenheit, es anzuziehen.« Sie wirft mir einen mahnenden Blick zu.

Die Kellnerin kommt mit einem Tablett an unseren Tisch, und ich bin froh über die Unterbrechung, bis ich entsetzt das Mandelcroissant entdecke, in dem eine brennende Kerze steckt. Lautstark stimmt sie »Happy Birthday« an, und Dad und Layla singen sofort mit. Die übrigen Gäste schließen sich ebenfalls an, und meine Wangen glühen. Ich möchte in der Erde versinken, aber zwischen Dad, der aus voller Kehle singt, und den pinkfarbenen Heliumballons, die mein Alter bekunden, gibt es kein Entkommen.

Die Kellnerin stellt den Teller mit dem Croissant vor mir ab, und ich murmele ein »Danke schön« und lächele verkrampft in die Runde, bevor ich die Kerze auspuste. Dad tätschelt mir den Rücken, und Layla klatscht in die Hände.

»Vielen Dank für diesen peinlichen Moment.«

»Komm schon, es ist dein Geburtstag; wir wollten diesen Tag zu etwas Besonderem machen. Und dir ist doch klar, dass es nur ein Bruchteil dessen ist, was deine Mum getan hätte«, sagt Dad. »Jan liebte Geburtstage.«

Die Erwähnung meiner Mutter versetzt meinem Herzen einen Stich. Aber er hat recht – sie hätte etwas völlig Übertriebenes abgezogen, womöglich das ganze Café mit Luftballons gefüllt, und es hätte eine Torte in der Größe des Tisches gegeben, und ganz sicher hätte darin nicht nur eine Kerze gesteckt.

Es fällt mir schwer, die Trauer zu verdrängen. Seit sie vor siebzehn Jahren gestorben ist, sind meine Geburtstage nicht mehr wie vorher. Jeder einzelne erinnert mich nur daran, dass sie nicht mehr bei uns ist. Mittlerweile bin ich fast an dem Punkt, dass ich mehr Geburtstage ohne sie als mit ihr gefeiert habe.

Dad spürt offenbar meinen Stimmungswandel und legt seine Hand auf meine. Er sagt nichts, aber das ist auch nicht nötig; es genügt, dass er hier ist und weiß, was ich fühle.

»Wann müsst ihr los?«, wechsle ich das Thema, um nicht in einen tiefen Kaninchenbau der Melancholie zu stürzen.

Layla gehört zum Elternbeirat der Schule, die ihre Zwillingsjungs besuchen, und sie hat Dad überredet, dort heute Vormittag einen Vortrag über Berufsperspektiven zu halten.

»In etwa zwanzig Minuten. Du solltest mitkommen.«

»Nee, lass mal. Ich hatte überlegt, ein bisschen bummeln zu gehen.«

In Wahrheit habe ich noch nicht darüber nachgedacht, was ich mit meiner Zeit anfangen soll, sobald die beiden gegangen sind. Ich hatte mich erst im letzten Moment dazu entschieden, den Tag freizunehmen, motiviert von der Illusion, dadurch diesem Geburtstagszeug aus dem Weg gehen zu können.

»Ach, komm doch mit!«, hakt Dad nach. »Ich habe das Gefühl, als würde ich dich kaum noch sehen. Es wäre schön, zumindest den Vormittag zusammen zu verbringen.«

»Dad, wir arbeiten jeden Tag zusammen. Wir sehen uns ständig!«

»Ja, aber im Büro ist das etwas anderes. Ich habe einfach den Eindruck, in letzter Zeit nicht mehr auf dem neuesten Stand zu sein.«

Ich möchte ihn nicht darauf hinweisen, dass das an ihm liegt, also beiße ich stattdessen in mein Croissant. Er ist ständig mit Julie beschäftigt, der Frau, mit der er neuerdings eine Beziehung hat.

»Du weißt doch, dass ich solche Veranstaltungen nicht mag. Ich bin nicht gut darin, unvorbereitet Fragen zu beantworten.«

»Du musst ja gar nichts sagen, sei einfach dabei und hör dir meinen Vortrag an.«

»Die Jungs würden sich freuen, dich zu sehen und dir gratulieren zu können«, pflichtet Layla ihm bei.

Offensichtlich verschwören sich die beiden gegen mich, aber es ist ja nicht so, als hätte ich etwas Besseres vor. Und vielleicht lenkt es mich davon ab, ständig an meinen Geburtstag zu denken.

»Also gut, warum nicht?«

»Sehr schön«, sagt Dad mit einem triumphierenden Lächeln. »Dieses Mandelcroissant sieht übrigens echt lecker aus. Ich sollte mir auch eins bestellen.«

»Dad! Du weißt doch, dass du abnehmen musst.«

»Keine Sorge, ich habe zu Hause nicht gefrühstückt.«

Das ist nicht der Punkt, und das ist ihm auch klar.

»Außerdem wird mein Baby nicht jeden Tag fünfunddreißig.«

»Erzähl mir was Neues«, erwidere ich und wünschte, die beiden würden aufhören, mich ständig daran zu erinnern.

Kapitel 2

Als wir in der Schule eintreffen, werden wir von Claudia in Empfang genommen, der Lehrerin der Zwillinge. Sie verliert keine Minute und weist uns in den Ablauf der Veranstaltung ein.

»Als Erstes stellen wir Sie den Kindern vor«, sagt Claudia zu Dad. »Anschließend lesen Sie die Geschichte vor, die wir für Sie vorbereitet haben, wenn das okay ist? Es geht um einen Jungen, der überlegt, was er tun will, wenn er erwachsen ist. Am Schluss folgt der Teil mit den Fragen und Antworten. Es soll locker und ungezwungen sein, und die Kids werden hoffentlich gut mitmachen.«

Mein Dad grinst wie ein Honigkuchenpferd. Er ist das völlige Gegenteil von mir und liebt öffentliche Auftritte. Dad ist das Gesicht und der Sprecher unserer Firma, und ich sorge hinter den Kulissen dafür, dass alles läuft. Deshalb sind wir so ein gutes Team.

»Schön, dann holen wir mal Ihre …« Claudia wird durch das Klingeln von Dads Handy unterbrochen. Mit einer Entschuldigung zieht er sich auf die andere Seite des Raums zurück. »… Ihre Besucherausweise, und dann bringe ich Sie zu der Klasse«, fährt Claudia fort. Sie eilt in das verglaste Büro in der Nähe.

»Du musst mir hinterher Bericht erstatten, Edie, und mir sagen, ob sich die Zwillinge benommen haben«, sagt Layla.

»Bist du denn nicht dabei?«

»Nein, ich habe eine Besprechung mit der Rektorin – Verwaltungskram.«

»Okay, aber die Zwillinge sind bestimmt genauso wie immer.«

»Und das ist meine Sorge.«

Ich lache, werde aber sofort wieder ernst, als ich Dad mit gerunzelter Stirn zurückkommen sehe.

»Ist alles in Ordnung?«, fragt Layla.

»Nicht ganz. Julie hat sich bei mir ausgesperrt, und ihre Wagenschlüssel sind im Haus.«

»Oje«, murmelt Layla, während Claudia schon mit den Ausweisen in der Hand auf uns zueilt.

»Ich muss schnell nach Hause und Julie reinlassen, sonst schafft sie es nicht pünktlich zur Arbeit.«

»Du kannst jetzt nicht gehen!«, protestiere ich. »Die Kinder erwarten dich doch!«

Dad wirft Claudia einen panischen Blick zu und sieht mich dann an. »Könntest du das nicht übernehmen, Edie?«

»Äh, ja, klar, ich kann Julie den Schlüssel bringen.« Wird vielleicht ein bisschen seltsam, da ich ihr noch nie begegnet bin.

»Du bist ohne deinen Wagen hier, und bei meinem bist du nicht versichert. Nein, ich meinte, dass du für mich den Vortrag übernimmst.«

»Das ist eine wunderbare Idee!«, ruft Claudia begeistert. »Ich möchte nicht unhöflich sein, Gary, aber wir suchen ständig nach Möglichkeiten, das Bewusstsein für die Gleichstellung der Geschlechter zu schärfen. Und wer ist besser geeignet, um zu den Kids zu sprechen, als eine junge weibliche CEO wie Edie? Das wäre bestimmt ungemein inspirierend.«

»Aber … ich habe keine Rede vorbereitet«, stottere ich.

»Die brauchen Sie auch nicht, es wird alles ganz locker ablaufen.«

»Es ist nicht nur, dass ich unvorbereitet bin …« Verzweifelt suche ich nach einer Begründung, die weniger erbärmlich klingt, als zuzugeben, dass ich Angst habe, vor einer Gruppe von Kindern zu sprechen. Ich reibe meine feuchten Hände an meiner Jeans ab.

»Könnte Julie nicht mit dem Taxi zur Arbeit fahren oder Layla stattdessen den Vortrag übernehmen?«

»Bitte«, sagt Layla. »Deine Stellenbezeichnung ist wesentlich beeindruckender als meine, und davon abgesehen muss ich doch zur Rektorin.«

Mein Herz beginnt zu rasen.

»Nur eine Geschichte vorlesen und eine Frage-Antwort-Runde. Ich werde Sie hindurchführen.« Claudia schlägt einen sanften Tonfall an, den sie vermutlich auch zum Beruhigen der Kinder einsetzt.

»Du schaffst das, Edie.« Dad drückt mir aufmunternd die Schulter und eilt dann los, um Julie zu retten. Mir entgeht nicht die Ironie der Situation – dass ich eigentlich mitgekommen bin, um noch ein bisschen Zeit mit ihm zu verbringen. Und nun muss ich für ihn einspringen, weil er zu Julie fährt – mal wieder.

Als ich den Klassenraum betrete, ist der Anblick von über dreißig gespannten Siebenjährigen, die im Schneidersitz auf dem Teppich hocken, noch beängstigender, als ich es mir vorgestellt habe. Schweißperlen bilden sich auf meiner Stirn, und mein Mund ist plötzlich ganz trocken.

Mit weichen Knien folge ich Claudia, wünschte, ich würde so selbstsicher wie sie durch das Klassenzimmer spazieren. Sie ist die coole Lehrerin, die ich als Kind gern gehabt hätte, mit federnden Korkenzieherlocken, die das Gesicht umrahmen, einem senffarbenen Rollkragenpullover, schwarzem Jeansrock und einer geringelten Strumpfhose.

Sie klatscht in die Hände, und der Lärmpegel senkt sich, bis es ganz still ist.

»Also, wer von euch mag Kugelschreiber?« Fast alle Hände schießen nach oben. »Okay, und was ist mit Notizblöcken? Und Bleistiften? Und Schokokeksen? Nun, all diese Dinge verkauft Edies Firma an Büros. Und jetzt werdet ihr alles darüber hören.«

Trotz meiner Nervosität schaffe ich es ohne Unfall durch die vorbereitete Geschichte und die Beschreibung meines Jobs, und die Kinder bleiben mehr oder weniger konzentriert.

»Also gut, Kids«, sagt Claudia dann. »Ich habe eine sehr wichtige Frage und möchte, dass ihr gründlich und lange darüber nachdenkt. Was wollt ihr werden, wenn ihr mal groß seid?«

Jetzt sind plötzlich alle aufmerksam und grübeln über eine der großen Fragen des Lebens für Siebenjährige nach. Erwachsene fragen Kinder das ständig – ein grausamer Trick, der sie zum Träumen bringt, davon überzeugt, sie könnten alles werden, was sie wollen. Aber wie viele Menschen bekommen am Ende tatsächlich ihren Traumjob? Müssen die meisten nicht ihre Lebensziele an das Blatt anpassen, das das Leben ihnen austeilt? An die Mittel, die ihnen zur Verfügung stehen, die Noten, die sie bekommen, die Möglichkeiten, die ihnen offenstehen? Oder, in meinem Fall, das Leben, das sie erben, wenn alles auseinanderfällt?

»Mal schauen … möchte einer von euch zur Feuerwehr?«, fragt Claudia und macht eine kurze Pause, um zu sehen, ob sich jemand meldet. »Ah, ein paar. Was ist mit Astronautin? … Arzt? … Köchin? Schauspieler? … Unternehmerin? Was ist mit dir, Scarlett?«

»Ich möchte Premierministerin oder Zoowärterin werden.«

»Ausgezeichnete Wahl. Lucas?«

»Zauberer.«

»Zauberkünstler?«

»Nein, Hexenmeister«, stellt er mit weit aufgerissenen Augen klar.

»Zauberei, gefällt mir.« Claudia nickt. »Was glaubt ihr, möchte Marcus aus dem Buch gern werden?«

Hände schießen nach oben, und Claudia zeigt auf einen Jungen weiter hinten.

»Am liebsten alles. Aber am glücklichsten sieht er auf den Bildern aus, auf denen er Astronaut war.«

»Da sieht er wirklich sehr glücklich aus, und vielleicht möchte er das tatsächlich am liebsten werden. Aber ist das nicht gerade das Schöne daran? Dass es so viele verschiedene Möglichkeiten gibt, was wir tun können?«

»Ja, er hat Glück. Wenn er groß ist, ist er ein *Mann*«, sagt Scarlett und wickelt eine Haarsträhne um ihren Zeigefinger.

Ich beiße mir auf die Lippe, um nicht zu lachen, denn sie scheint sich gerade von einer Siebenjährigen in eine erwachsene Frau verwandelt zu haben.

»Du wirst all diese Dinge auch tun können. Nicht nur Edie ist der Beweis, dass auch Frauen die Welt offensteht«, betont Claudia.

Scarlett wirkt nicht überzeugt, und ich kämpfe noch immer gegen das Lachen an. Sie ist so resolut, dass sie zweifellos Erfolg haben wird, für welchen Job sie sich auch entscheidet.

»Und was wolltest du werden, Edie, als du so alt warst wie wir?«, fragt Rohan, einer von Laylas Zwillingen.

»Oh, ähm, ich ...« Die Frage erwischt mich kalt, und in meinem Kopf herrscht gähnende Leere. »Ich bin nicht sicher, in eurem Alter, vielleicht ... vermutlich wollte ich Ballerina oder Rennbobfahrerin werden.«

Die Kinder ziehen verwirrte Gesichter, und Claudia, die etwa so alt sein muss wie ich, lacht.

»Es gab da einen Film ... Das ist eine lange Geschichte«, versuche ich zu erklären. »Aber als ich dann älter wurde, träumte ich davon, die Welt zu verändern, wollte Anwältin oder Lehrerin werden.«

»Ich habe meine Mum mal sagen hören, dass niemand wirklich Lehrerin oder Lehrer sein will. Sie könnte sich nichts Schlimmeres vorstellen«, sagt Kiran, Laylas anderer Sohn. Laylas Besorgnis vor der Veranstaltung ergibt plötzlich Sinn.

Claudia stützt die Hände in die Hüften. »Ihr solltet wissen, dass *ich* schon immer Lehrerin werden wollte. Als ich klein war, habe ich meine Kuscheltiere in eine Reihe gesetzt, die Anwesenheit kontrolliert und ihnen aus Büchern vorgelesen. Davon abgesehen, wer sonst sollte euch denn alles Mögliche beibringen?«, fragt sie mit verschmitztem Grinsen.

»Ich finde, Ihr Job klingt sehr viel cooler«, sagt einer der anderen Jungs und zeigt auf mich. »Dürfen Sie Leute herumkommandieren?«

»Na ja, ich bin die Chefin, und zu einer guten Chefin gehört auch, dass sie ihre Leute nicht herumkommandiert, sondern sie befähigt –«

»Was hat man davon, Chefin zu sein, wenn man niemanden herumkommandieren kann?«, fragt ein Mädchen. »Bringen Sie manchmal Leute zum Weinen?«

»Nein, nie. Oder zumindest nicht absichtlich. *Einmal* ist es tatsächlich passiert, aber das war ein großes Missverständnis … Möchte einer von euch vielleicht etwas über Büromaterial erfahren?«, versuche ich rasch das Thema zu wechseln.

Eine Hand geht nach oben, und Claudia ruft den Jungen auf.

»Haben Sie einen von diesen Bleistiftanspitzern, in die man den Stift hineinsteckt, und es macht grrrrrr, und der Stift kommt angespitzt wieder heraus?«

»Habe ich, und wir verkaufen sie auch.«

»Wow.« Die ganze Klasse wirkt beeindruckt. »Haben Sie einen dabei?«

»Leider nicht.«

»Hat sonst noch jemand eine Frage?«, fragt Claudia über die Seufzer der Enttäuschung hinweg.

»Sind Sie verheiratet?«

»Ähm … nein.«

»Haben Sie einen Ferrari?«

»Haben Sie ein Pferd? Mein Dad erlaubt mir nicht, ein Pferd zu haben, aber ich wette, Sie haben viel Geld, also haben Sie auch ein Pferd.«

Die Kinder sind jetzt hellwach und rufen alle gleichzeitig in die Runde, was ihnen gerade einfällt, ohne sich vorher zu melden. Hektisch schaue ich hin und her, versuche, alle Fragen zu beantworten.

»Wie viele Kinder haben Sie?«

»Ähm, keine … bisher.« Ich spüre, dass mir das Blut in die Wangen schießt.

»Dann sollten Sie sich beeilen«, stellt ein Mädchen ganz vorn altklug fest. »Meine Mum sagt ständig, dass sie mich besser früher bekommen hätte.«

Erst Layla mit dem Gerede über Heiratsanträge, und nun sagen mir diese Kids, dass ich Kinder bekommen sollte … Ich zupfe am Kragen meiner Bluse. Es ist plötzlich sehr warm hier drin.

»Wie alt sind Sie genau?«, fragt ein Junge und mustert mich blinzelnd, als wolle er die Frage selbst beantworten.

»Genau heute werde ich fünfunddreißig.«

Ich höre überraschtes Keuchen, bevor die Kids in eine temperamentvolle Version von »Happy Birthday« ausbrechen, die sogar Claudia erstaunt.

»Was haben Sie geschenkt bekommen, Miss? Ich habe zum Geburtstag Lego Minecraft gekriegt.«

»Wir schweifen jetzt ein bisschen vom Thema ab, deshalb denke ich, wir sollten zum Ende kommen. Gut gemacht, Edie. Wie wäre es mit einem Applaus für sie?«

Ich werde mit ohrenbetäubendem Klatschen verwöhnt, und dann ertönt auch schon die Pausenglocke.

»Also gut, alle in einer Reihe aufstellen, Mrs French wird euch nach draußen auf den Schulhof begleiten.«

Die Kinder springen auf, stoßen und schieben sich gegenseitig, bis sie alle in einer Reihe stehen und die Assistenzlehrerin sie nach draußen führt.

»Und dann wurde es plötzlich still«, sagt Claudia lächelnd, als das letzte Kind den Raum verlässt.

»Mir ist schleierhaft, wie Sie das aushalten.«

»Man gewöhnt sich dran.«

Sie stellt die Stühle, auf denen wir gesessen haben, zurück an einen der Tische. »Sie haben das toll gemacht! Verbringen Sie viel Zeit mit Kindern?«

»Ich?« Ich hänge mir die Handtasche über die Schulter. »Eigentlich nicht.«

»Sie sind ein Naturtalent. Wissen Sie, ich bin im Kuratorium einer Wohltätigkeitsorganisation für Leseförderung, und wir sind ständig auf der Suche nach Leuten, die uns unterstützen. Sie wären perfekt geeignet.«

»Eine Wohltätigkeitsorganisation, okay, unsere Firma kann Sie bestimmt sponsern.«

»Danke, sehr freundlich, aber wonach wir dringend suchen, sind Freiwillige: Menschen, die mit den Kindern lesen. Die Organisation nennt sich ›Big Little Readers‹. Vielleicht haben Sie die Gründung letztes Jahr mitbekommen?« Ich schüttle den Kopf. »Im Wesentlichen wird das Ganze von der Bibliothek aus organisiert. Die Freiwilligen gehen zu zweit in Familien und lesen den Kindern vor, die zu Hause nicht so viel Unterstützung bekommen wie andere. Weil die Eltern zum Beispiel mehrere Jobs gleichzeitig unter einen Hut bringen oder sich um kranke Geschwisterkinder kümmern müssen. Oder aber die Kinder brauchen Unterstützung, die die Eltern einfach nicht leisten können. Bei jeder Familie ist die Ursache, warum sie die Hilfe unserer Organisation braucht, ein wenig anders, aber die Freiwilligen sind alle aus ein und demselben Grund dort: um die Kinder zum Lesen zu animieren.«

»Was für eine großartige Idee«, sage ich bewundernd.

»Das ist es, und die Ergebnisse sind beeindruckend.«

»Und Sie möchten mich als Freiwillige? Ehrlich gesagt war das heute vermutlich ein Glückstreffer. Ich habe keine Ahnung, wie man mit Kindern redet.«

»*Vor* der Veranstaltung hätte ich Ihnen das noch abgekauft.«

Claudia geht zu ihrem Schreibtisch, sucht etwas in der Schublade und findet es schließlich.

»Hier ist eine Broschüre mit mehr Informationen. Schauen Sie es sich mal an, und falls es Sie interessiert …« – sie notiert etwas auf der Rückseite –, »das ist meine E-Mail-Adresse.«

Sie überreicht mir die Broschüre.

»Danke. Ich werde darüber nachdenken«, versichere ich höflich, obwohl ich weiß, dass das hier eine einmalige Sache war.

Sie begleitet mich zurück zum Empfang, wo Layla gerade aus dem Büro der Rektorin kommt. Wir verabschieden uns von Claudia und eilen nach draußen.

»Und? Wie ist es gelaufen?«, erkundigt sich Layla. »Haben sich die Zwillinge benommen?«

»Ja, es lief gut, und die Zwillinge waren echt brav.«

Ich beschließe, Kirans Bemerkung über Lehrkräfte für mich zu behalten. Was Layla nicht weiß, kann sie auch nicht aufregen.

Ich hole mein Handy aus der Tasche, deaktiviere die Stummschaltung und sehe, dass ich eine Nachricht von Miles bekommen habe.

Herzlichen Glückwunsch zum Geburtstag, Edie! Freue mich auf die nächste Stufe unserer Liebesbeziehung heute Abend! 😊
xoxo

Ich stöhne.

»Was ist?«, fragt Layla.

»Ich hab soeben die kitschigste Nachricht aller Zeiten erhalten.«

Ich halte ihr das Display hin, und sie lacht.

»Wer hätte gedacht, dass Miles ein Romantiker ist? Du musst aber zugeben, dass alles auf einen Antrag hindeutet. Das Restaurant. Diese Textnachricht. Möglicherweise wird jemand heute noch die zukünftige Mrs Cole«, sagt sie und stupst mich an.

In meinem Magen breitet sich ein mulmiges Gefühl aus, und ich kann nur hoffen, dass Layla falschliegt.

Kapitel 3

Ich öffne Miles die Tür. Er ist beladen wie ein Packesel – die Arme voller Tüten und anderen Dingen und sein Gesicht hinter einem riesigen Blumenstrauß verborgen.

»Hallo, Geburtstagsmädchen«, begrüßt er mich.

Er versucht sich vorzubeugen, und wir geben unser Bestes, uns zu küssen, aber die Lilien sind im Weg. Also überreicht er mir stattdessen die Blumen.

»Selber hallo. Was hast du denn da alles?«

Schnell ergreife ich eine Flasche Wein, die Miles beinahe fallen lässt, während er im letzten Moment einen Kleidersack festhält, der im Begriff war, von seinem Arm zu rutschen.

»Alles zu seiner Zeit«, antwortet er.

Mir entgeht nicht der Übernachtungsrucksack auf seinem Rücken, der beinahe aus allen Nähten platzt – im Gegensatz zu sonst, da Miles für gewöhnlich nur mit dem Nötigsten reist.

Ich hole eine Vase aus dem Schrank unter der Spüle und stelle sie auf die Kücheninsel. Als ich gerade den Blumenstrauß arrangieren will, platziert Miles eine kleine türkisfarbene Tüte daneben – tiffanytürkis. Während ich darauf starre, schießen mir Laylas Worte über den Antrag durch den Kopf.

»Das ist heute ein wichtiger Abend«, sagt Miles prompt.

Mein Herz schaltet einen Gang höher.

»Ach was, ich werde nur ein weiteres Jahr älter. Keine große Sache.«

Miles beugt sich über die Kücheninsel zu mir und hebt eine Augenbraue.

»Aber heute Abend gibt es *zwei* Anlässe zum Feiern.«

Ich spähe auf die Tiffany-Tüte.

»Zwei Anlässe?« Meine Stimme klingt höher als sonst.

»Die Sache mit der Stadt«, antwortet er. »Ich hab's auf der Facebook-Seite eurer Firma gesehen.«

»Ach so, *das*.« Ich atme unhörbar auf.

Miles und ich sind seit etwa fünf Monaten zusammen und halten den perfekten Schwebezustand, bevor wir irgendwann werden entscheiden müssen, ob es mit uns ernst ist oder wir auseinandergehen – was bei mir bisher immer der Fall war. Zwischen uns herrscht die unausgesprochene Regel, dass wir uns ein paar Abende in der Woche sehen, für gewöhnlich abwechselnd bei ihm oder bei mir. Es ist jedoch kein Pflichtprogramm. Und es wird auch nicht erwartet, dass wir uns gegenseitig zu Veranstaltungen begleiten, wenn wir nicht wollen. Und obwohl wir diese Grenzen festgelegt haben, fühlen wir uns doch miteinander so wohl, dass es mir nichts ausmacht, wenn ich das Erste bin, was er am Morgen sieht – ungeschminkt und mit verwuschelten Haaren. Und er hat bedauerlicherweise keine Hemmungen, in dieser leuchtend orangen Fischerhose, die er sich während seiner Thailand-Reise gekauft hat, durch seine Wohnung zu stolzieren. Die Hose ist so scheußlich, dass der Zoll sie eigentlich hätte konfiszieren müssen.

»Ich dachte, du bist begeistert! Das bringt hoffentlich eine Menge Aufträge.«

»Daumen drücken«, sage ich und versuche, etwas mehr Enthusiasmus aufzubringen. Dass wir nun auf der Liste bevorzugter Lieferanten stehen, bedeutet, dass alle öffentlichen Organisationen – von den Museen über die Parks bis zur Verwaltung selbst – die Möglichkeit haben, bei uns zu bestellen. Bisher waren uns diese Türen verschlossen.

»Man weiß nie, vielleicht zeigt ja bald ein Großunternehmen Interesse, euch aufzukaufen.«

»Dir ist schon klar, dass ich die Firma nie verkaufen würde?« Ich gehe zur Garderobe und ziehe eine leichte Jacke über mein Kleid.

Miles ist Anwalt für Unternehmensrecht und kennt sich in der halsabschneiderischen Welt globaler Fusionen und Übernahmen aus. Wie oft ich ihm auch zu erklären versuche, dass wir ein Familienunternehmen sind und loyal gegenüber unseren Mitarbeiterinnen und Mitarbeitern, er begreift es einfach nicht. Ich könnte niemals verkaufen und unsere Angestellten einem ungewissen Schicksal überlassen.

»Vielleicht ist das Angebot zu gut, um es abzulehnen.«

»Ich glaube, du verwechselst Porter's mit einem der Multimilliarden-Pfund-Konzerne, die du betreust. Also, für wie viel Uhr hast du den Tisch reserviert?«

»Was das angeht«, antwortet er, »den habe ich storniert.«

Ich seufze erleichtert. Wenn wir doch nicht in *das* Restaurant für Heiratsanträge gehen, kann es nur bedeuten, dass keine Verlobung in Sicht ist.

»Ich hoffe, du hast nichts dagegen«, fährt er fort, »aber ich dachte, es wäre netter, wenn wir unter uns sind. Ich habe alles dabei, was wir brauchen.«

»Oh, okay«, erwidere ich überrascht. »Klingt wunderbar.«

Er lächelt und schiebt die Tiffany-Tüte näher zu mir. »Hier ist übrigens dein Geschenk. Herzlichen Glückwunsch.«

Mit einer schwungvollen Bewegung ziehe ich meine Haare hinten aus der Jacke und greife dann mit zitternden Händen nach der Tüte. Ich hole eine Schachtel heraus, die definitiv zu groß ist für einen Ring, und entspanne mich ein wenig. In Erwartung eines Schmuckstücks klappe ich den Deckel hoch und sehe überrascht einen soliden Klumpen aus Silber vor mir.

»Das ist ein Weinflaschenverschluss. Deiner sieht nämlich aus, als würde er es nicht mehr lange machen.«

Ich spähe hinüber zu dem Verschluss, der aus einer geöffneten Rotweinflasche ragt. Er ist mindestens siebzehn Jahre alt, und auf der Spitze thront ein portugiesischer Hahn. Er war ein Urlaubsmitbringsel von Mum und Dad, in dem Sommer, als sie starb. Vermutlich im letzten Moment am Flughafen gekauft, etwas, von dem Mum annahm, dass ich es im September mit ins Studentenwohnheim nehmen und dann verlieren würde. Aber es ist das Letzte, was ich von ihr bekommen habe, und ist deshalb zu einem meiner größten Schätze geworden.

»Danke.« Ich drehe den schlanken, wunderschön designten Silberverschluss hin und her und verrate Miles nicht, was mir der Hahn-Verschluss bedeutet. Miles gehört nicht zu den Menschen, die alles über mich und mein Leben vor seiner Zeit wissen wollen; er scheut Dinge, die auch nur entfernt emotional sind, und manchmal – so wie jetzt, wenn sich die Trauer um mein Herz schließt – kommt mir das sehr entgegen.

»Also, was hast du heute Abend für uns geplant?«, frage ich und lege den Verschluss zurück in die Schachtel.

»Das ist eine Überraschung. Ich muss nur ein paar Sachen vorbereiten.« Er späht auf seinen prallen Rucksack. »Das hier ist zwar deine Wohnung und so weiter, aber du müsstest für eine Weile verschwinden. Etwa zehn Minuten.«

»Okay, dann gehe ich ins Schlafzimmer.«

»Nein, das brauche ich auch. Wie wäre es, wenn du unten in der Eingangshalle wartest?«

Ich überlege, ob das ein Scherz ist, aber er schiebt mich bereits durch die Wohnungstür.

»Zehn Minuten?«

»Maximal fünfzehn«, versichert er und schließt die Tür hinter mir.

Ich gehe die Treppe hinunter und setze mich in den Kunstledersessel neben dem Eingang. Dieser Tag ist derartig seltsam, dass ich lachen muss. Erst wurde mein Leben von einer Horde Siebenjähriger analysiert, und nun wirft mich Miles aus meiner eigenen Wohnung, in der er Gott weiß was anstellt.

So habe ich mir meinen Geburtstag eher nicht vorgestellt, und garantiert entspricht das nicht den Erwartungen der meisten Menschen an einem Geburtstag, aber für mich ist es ganz in Ordnung.

Ich ziehe mein Handy aus der Jackentasche und texte Layla die Neuigkeiten, dass wir doch nicht ins Chambers gehen. Dann checke ich meine E-Mails. Ich scrolle gerade durch die üblichen Werbenachrichten, als ich etwas entdecke, das nach einer sehr raffinierten Phishing-Masche aussieht. Es ist eine E-Mail mit meinem Namen als Absender. Ich will sie schon löschen, als ich die Betreffzeile entdecke und mir ein Schauer über den Rücken jagt. *Nachricht an mein zukünftiges Ich.*

Das kann nicht sein.

Ich öffne die E-Mail und halte den Atem an.

Liebe zukünftige Edie,
hallo aus der Vergangenheit!!!!!!!!!!!!
Jetzt dreh nicht durch – ich bin's! Oder sollte ich sagen, du vor siebzehn Jahren, wenn ich richtig gerechnet habe. Falls du dich nicht erinnerst, ich schreibe das hier am Empfangstresen von Hartland's Holiday Park. Hier ist es heute ziemlich ruhig, da am Pool gratis Cocktails serviert werden und, wenig überraschend, niemand mit den üblichen Fragen oder Beschwerden aufkreuzt. Aber ich schreibe dir nicht nur, weil ich mich langweile, sondern vielmehr, weil der heutige Tag ein besonderer ist. Es ist mein achtzehnter Geburtstag, juchhuu! Was natürlich bedeutet, dass heute auch *dein* Geburtstag ist – herzlichen Glückwunsch –,

Mann, bist du jetzt alt ;-). Mum hat schon eine riesige Torte in Cupcake-Form geschickt. Ob ich je alt genug sein werde, dass sie es mit den Geburtstagfeiern nicht mehr so übertreibt?
Heute Abend geht es mit der Truppe in einen Pub, für meinen ersten legalen Drink! Kann es kaum erwarten, dem Barkeeper meinen Perso unter die Nase zu halten, jetzt, da ich nicht mehr zittern muss, dass sie alle anderen reinlassen, nur mich nicht.
Den ganzen Morgen haben Soph, Douglas und Joel diskutiert, was ich tun sollte, um die Volljährigkeit gebührend zu begehen. Douglas meinte, ich solle mir ein Tattoo stechen lassen, aber Sophie faselte etwas von einem Brief, in dem ich meine Lebensziele aufschreiben soll, und das erinnerte mich an eine Website, von der Mr Cross uns mal im Englischunterricht erzählt hat: Auf der schreibt man eine E-Mail an sein zukünftiges Ich. Und wenn du das hier gerade liest, dann hat es funktioniert.
Vermutlich hätte ich einen markanten runden Geburtstag aussuchen sollen – wie dreißig oder vierzig –, aber ich bin ganz aufgeregt, dass ich ab heute auf Formularen das Kästchen mit 18–34 Jahre ankreuzen kann, was bedeutet, dass du zu dem Kästchen 35 und älter gehörst, und wir wissen alle, dass sich dort die richtig Erwachsenen tummeln!
Wie ist es denn so, richtig erwachsen zu sein und endlich das ganze Leben im Griff zu haben? Ich hoffe, dass du es in vollen Zügen auskostest. Keine Sorge, ich mache dir keine Vorwürfe, wenn du nicht Bungee- oder Fallschirmspringen warst – gähn. Ich hoffe stattdessen, dass du jede Sekunde deines Lebens genießt und eine Menge Dinge getan hast, bei denen du Schiss hattest, die dich aber auch zum Lachen brachten. 😊
Wollen wir hoffen, dass du herausgefunden hast, was du mit deinem Leben anfangen willst, und dass Mum und Dad dich nicht in »die Firma« (in meiner besten Mafioso-Stimme gesagt)

eingebunden haben. Ich wette darauf, dass du die Welt veränderst, stimmt's? Dass du Anwältin geworden bist oder so und für Gerechtigkeit kämpfst. Ich hoffe, dass du echt gut drauf bist und Mum und Dad dir endlich verziehen haben, dass du an der Uni nicht BWL gewählt hast!

Selbstverständlich hast du einen mega-ethischen Job gefunden, der der Menschheit den erhobenen Mittelfinger zeigt und dennoch jede Menge Kohle bringt, und du kannst dir mehr leisten als die Instantnudeln, von denen ich mich ernähre, seit ich in Hartland's bin, und der Drink deiner Wahl wird vielleicht raffinierter sein als ein Blue WKD.

Du bist jetzt natürlich mit Scott verheiratet, ich weiß, dass er ganz sicher der Richtige ist. Aber falls nicht – ich bringe es kaum über mich, diese Worte zu tippen –, passt dein Ehemann gut zu dir? Hattest du eine große Hochzeitsfeier? Ich vermute, du hast Kinder? Eins? Zwei? Drei? VIER? Mum hat mich gestern erst damit belagert, dass sie viele Enkelkinder will.

Es muss komisch sein, all das erlebt zu haben und nun auf der Erwachsenenseite zu sein. Ich beneide dich so sehr! Du hast alles im Griff. Bestimmt schaust du mit liebevollen Erinnerungen auf diese Zeit hier zurück. Der Sommer, in dem du von deinen Eltern geflohen bist. Und in ein paar Monaten wirst du (wenn die Noten es hergeben) an der Universität von Leicester studieren. Sagen die Leute nicht immer, dass die Jahre an der Uni diese beste Zeit des Lebens sei? Wie deprimierend wird es sein, den Abschluss zu machen und zu wissen, dass die besten Jahre hinter mir liegen!

Also, Mr Cross sagte, wir sollen eine Message an uns selbst einflechten – eine inspirierende Botschaft aus der Vergangenheit, um sich einen Tritt in den Hintern zu verpassen. Hier kommt sie also: Tue etwas, was du normalerweise nie tun würdest. Nach allem, was ich über Erwachsene weiß, bewegen sie sich ständig in ihrer Komfortzone, als hätten sie vergessen, dass das wahre Leben dann passiert, wenn man aus ihr hinaustritt. Denk dran, deine Komfortzone hat keine undurchdringliche Mauer um dich herum errichtet.

Alles Liebe

Ein sehr viel jüngeres Du xx

Ich brauche einen Moment, um zu verarbeiten, was ich da gerade gelesen habe. Dann scrolle ich zurück an den Anfang und lese die Mail noch dreimal, um sicherzugehen, dass ich nicht halluziniere. Eine Gänsehaut kriecht meine Arme hinauf.

Es bricht mir das Herz, an mein achtzehnjähriges Ich zu denken. Die Edie von damals war so frei von Sorgen und Nöten, lebte ihr Leben auf eine Weise, die ich ganz vergessen habe. Sie klingt so jung und hatte noch keine Ahnung, was passieren und ihr Leben für immer verändern würde.

Ich denke nicht oft an den langen Sommer in Hartland's Holiday Park. Es fällt mir schwer, mich an all den Spaß zu erinnern, den ich in diesen Monaten dort hatte, ohne sofort auch daran denken zu müssen, dass alles abrupt endete, als meine Mum starb. Weil dann diese Schuldgefühle in mir hochkommen und schwer auf mir lasten. Weil ich dann auch wieder vor Augen habe, dass ich mich in Joel verliebte und er mir das Herz brach.

Ich will die E-Mail gerade zum fünften Mal lesen, als eine Nachricht von Miles auf dem Display erscheint. Er teilt mir mit, dass ich in die Wohnung zurückkommen kann.

Miles. Das erinnert mich an die Gegenwart, und ich stemme mich aus dem Sessel hoch, gehe mit weichen Knien und wie auf Autopilot nach oben.

Als ich die Wohnung betrete, ist es dort ganz dunkel, und ich betätige den Lichtschalter.

»Hey, mach das wieder aus! Und schließe deine Augen!«, ruft Miles und taucht am Ende des Flurs auf. »Woah! Du siehst aus, als hättest du ein Gespenst gesehen.«

»Das habe ich irgendwie auch«, flüstere ich.

Miles ergreift meine Hand, zieht mich ins Wohnzimmer und führt mich bis zum Sofa, wo ich die Augen wieder öffne und feststelle, dass auch hier kein Licht eingeschaltet ist. Miles setzt sich auf die Lehne, steif und aufrecht, und ich brauche eine Sekunde, bis mir klar wird, warum. Er trägt einen Smoking, der jedoch ein bisschen eng wirkt und offenbar seine Bewegungen einschränkt.

Ich schaue mich im Zimmer um, sehe auf dem Fußboden eine Decke und jede Menge Gläser mit brennenden Teelichtern darin. Rosenblätter sind überall verstreut, und aus dem Backofen in der Küche kommt ein köstlicher Duft.

»Das sieht alles wunderbar aus«, sage ich.

»Ja.« Miles rückt seine Fliege zurecht. »Ich habe ›Romantische Abende zu Hause‹ gegoogelt und bin den Anweisungen gefolgt.«

Ich unterdrücke ein Lächeln. Romantik zu googeln, ist typisch Miles. Aber immerhin hat er sich sehr viel Mühe gegeben, alles wunderschön umzusetzen.

»Mir gefällt dein Smoking.«

»Es sitzt ein bisschen enger als früher«, antwortet er und zieht am Saum. »Egal, wir werden jetzt ein Picknick veranstalten und einen Film gucken. Ich habe Camembert im Backofen. Ich dachte, damit wir in jeder Hinsicht dahinschmelzen.«

Ich lache auf und blinzele dabei eine ungewollte Träne weg.

»Edie, was ist passiert? Sogar in dem warmen Licht wirkst du blass.«

»Es geht mir gut«, versichere ich mit zitternder Stimme. »Ich habe nur eine unerwartete E-Mail von jemandem bekommen.«

»Von wem?«

Ich öffne den Mund, um es ihm zu sagen, fürchte jedoch, dass er dann lacht, weil ich damals an mich selbst geschrieben habe, oder – schlimmer noch – es womöglich lesen will.

»Von einer alten Freundin, die ich im Sommer nach meinem Schulabschluss kennengelernt habe. Wir haben zusammen in einem Ferienpark in Dorset gearbeitet.«

Es fällt ihm nicht auf, dass in jenem Jahr auch meine Mum gestorben ist.

»Ach so«, antwortet er. »Musst du zurückschreiben? Oder brauchst du einen Moment?«

Ich wische unter meinen Augen herum und versuche zu lächeln. Ich kann jetzt nicht darüber nachdenken. Miles hat sich mächtig angestrengt, um all das hier für mich vorzubereiten.

»Nein, ist schon gut. Also, welchen Film hast du ausgesucht?«

»*Love Story*. Die Website hat empfohlen, eine Liebesgeschichte zu nehmen, und ich dachte, dieser Film sei perfekt.«

Ich kneife die Augen zu. Dieser Film ist schon an guten Tagen deprimierend, auch ohne diese E-Mail, die ich gerade bekommen habe.

»Was ist? Magst du den Film nicht?«

»Doch. Es ist nur … er ist ein bisschen traurig.« Was maßlos untertrieben ist.

»Ach, echt? Ist er nicht romantisch?« Er zieht ein langes Gesicht.

»Schon«, versuche ich ihn zu beruhigen. »Aber in dieser Geschichte wird jemandem das Herz gebrochen.«

»Oh, ich hätte wohl besser recherchieren müssen.« Er wirkt furchtbar enttäuscht, in diesem Smoking, dessen Nähte er jeden Moment zu sprengen droht.

»Wir können uns doch stattdessen *Bridget Jones* ansehen.«

Ich brauche etwas Lustiges und Herzliches und etwas, das mich von dem Gedankenstrudel in meinem Kopf ablenkt.

»Perfekt. Leg du den Film ein, ich hole den Käse aus dem Ofen, und dann können wir mit unserem romantischen Abend beginnen.«

Er steht auf wie ein Roboter. »Edie, hast du was dagegen, wenn ich mich umziehe? Ich hätte den Smoking vorher anprobieren sollen.«

»Zieh dich ruhig um. Und danke, dass du dir so viel Mühe gegeben hast.«

Er beugt sich vor und küsst mich. In dem Moment hören wir das unverwechselbare Geräusch von reißendem Stoff und zucken beide zusammen.

Miles schlurft hinaus, und wir müssen beide darüber lachen, wie albern er aussieht. Für einen Moment hebt das meine Stimmung, aber sobald er verschwunden ist, schießen die Gedanken an die E-Mail zurück in meinen Kopf.

»Verdammter Mist«, murmele ich und schließe die Augen.

Ich frage mich, ob ich diese E-Mail irgendwo tief in meinem Innern erwartet habe und deshalb so angespannt war bei der Vorstellung, fünfunddreißig Jahre alt zu werden.

Plötzlich wird mir ganz schwindelig, denn mir fällt ein, dass dies nicht die einzige E-Mail war, die ich an mich geschrieben hatte. In jenem Sommer waren noch ein paar weitere dazugekommen. Wann würde ich die wohl erhalten?

Kapitel 4

Damals

In dem Sommer, bevor ich mit der Uni anfing, hatte ich mir in den Kopf gesetzt, mit Interrail zu reisen. Seit fast zwei Jahren war ich mit meinem Freund Scott zusammen, und der Gedanke, dass er und sein bester Freund einen Monat lang durch Europa fahren wollten, brach mir das Herz. Doch bei einer der vielen Gelegenheiten, als ich über die bevorstehende Trennung jammerte, lud er mich ein, mitzukommen, und ich ergriff die Gelegenheit beim Schopf. Die winzige Schwierigkeit bestand darin, dass ich meine Eltern – die potenziellen Geldgeber für diese Reise – überzeugen musste, mich tatsächlich gehen zu lassen.

Trotz meiner überzeugenden Darlegung, welche kulturellen Erfahrungen ich sammeln würde und dass ich ihnen das Geld zurückzahlen könnte, wenn ich während des Studiums jobbte, waren meine Eltern nicht begeistert. Anfangs dachte ich, sie seien dagegen, weil sie mich als billige Arbeitskraft bei Porter's ausbeuten oder mich im letzten Sommer vor der Uni unbedingt in ihrer Nähe haben wollten. Aber dann forderten sie mich auf, die ganze Aktion doch mal aus der Perspektive von Scotts Freund zu sehen, und wie er durch mich zum fünften Rad am Wagen wurde. Sie schlugen vor, dass ich mich darauf konzentrieren sollte, Geld für die Uni zu verdienen, und dann im darauffolgenden Jahr mit Scott zu verreisen. Es klang tatsächlich verlockender, eine Reise nur zu zweit zu machen und zum Beispiel Orte wie Venedig und Paris zu besuchen, die Städte der Liebe.

»Wenn ich es richtig verstehe, möchtet ihr, dass ich, statt zu verreisen, für euch bei Porter's arbeite?«, hatte ich dennoch stöhnend erwidert.

Mein Dad wollte weiterreden, aber Mum legte die Hand auf seinen Arm, um ihn davon abzuhalten.

»Eigentlich finde ich, dass du nach Hartland's gehen solltest. Der Sommer, in dem *ich* dort gearbeitet habe, hat mein Leben verändert.« Sie schaute zu Dad, und die beiden tauschten einen ihrer verliebten Blicke. »Lionel ist immer noch da und organisiert alles. Ich könnte ihn anrufen.«

Es war eine Geschichte, die ich schon unzählige Male gehört hatte: Mum lernte Dad kennen, als sie mit sechzehn am Empfang von Hartland's Holiday Park arbeitete und Dad dort mit Freunden den Urlaub verbrachte. Mum ließ sich überreden, die Jury bei einem Wettbewerb zu spielen, in dem es darum ging, wer die knubbeligsten Knie hatte. Bei dem Wettbewerb mochte Dad zwar auf dem letzten Platz gelandet sein, aber er bekam ihre Telefonnummer, weshalb er stets sagte, dass er der eigentliche Gewinner gewesen sei.

Als ich klein war, fuhren wir oft in den Ferien dorthin. Es war ein besonderer Ort für unsere Familie. Aber als es mit der Firma bergauf ging, hatten meine Eltern plötzlich Geld für Urlaube im Ausland, und nach Westerly machten wir nur noch Tagesausflüge.

»Man kann nie wissen, vielleicht begegnest du dort deinem zukünftigen Ehemann, so wie es bei mir gewesen ist.«

Ich stöhnte. »Dem bin ich schon begegnet, und der macht eine Interrail-Tour.«

Mum und Dad wechselten einen Blick; sie brauchten nicht laut auszusprechen, was sie dachten.

»Ich bin mit Scott zusammengekommen, als ich sechzehn war – so alt wie du damals, Mum.«

Dad biss sich auf die Unterlippe, um nicht zu lachen.

»Und wenn Dad Interrail gemacht hätte, gehe ich jede Wette ein, dass du mitgefahren wärst.«

»Das hätte ich mir nicht leisten können. Und du kannst es auch nicht. Arbeite den Sommer über und verreise nächstes Jahr mit Scott. Ich verspreche dir, dass du bei deinem Job in Hartland's genauso viele Abenteuer erlebst.«

Ich hatte ein verächtliches Geräusch von mir gegeben. Aber wenn ich nicht einwilligte, hätten sie mich vermutlich dazu verdonnert, bei Porter's zu arbeiten, und ich wollte nicht noch einen Sommer dort verbringen.

Als ich jedoch mit meinem Rucksack vor dem Ferienpark stand und das Schild über dem Eingang betrachtete, fragte ich mich, wie meine Eltern auf die Idee kamen, das hier sei auch nur annähernd vergleichbar mit einer Abenteuerreise durch Europa. Das T hing gefährlich schief an dem Schild, und ich fragte mich, ob das bezeichnend für den Rest von Hartland's Ferienpark war, der vermutlich schon bessere Jahre gesehen hatte.

»Bist du sicher, dass du klarkommst? Wenn du willst, parken wir den Wagen und gehen mit rein.«

Meine Eltern standen neben dem Wagen und zögerten, wieder einzusteigen. Ich hingegen wäre am liebsten sofort ins Auto gesprungen und hätte ihnen gesagt, dass das Ganze ein Fehler war. Im Vorjahr mochte ich mich bei Porter's zwar fast zu Tode gelangweilt haben, aber plötzlich wirkte eine so vertraute Umgebung ungemein anziehend. Ich hatte nicht damit gerechnet, dass ich Angst haben würde, ohne meine Eltern hierzubleiben.

»Ich komme klar, ihr könnt fahren«, sagte ich tapfer. In ein paar Monaten würde ich an der Uni sein. Dann musste ich auch auf eigenen Beinen stehen.

»Also gut, aber falls etwas sein sollte – bis morgen Abend bleiben wir noch im Hotel. Und danach sind wir auch nur vierzig Minuten Fahrt entfernt«, versicherte Mum.

Dad fügte lächelnd hinzu: »Und denk dran, wir bezahlen die Rechnung für dein Handy, achte also darauf, dass wenigstens ein paar der Anrufe an uns gehen.«

Ich wollte unbedingt meinen Freiraum, ja, aber gleichzeitig mochte ich mich nicht von meinen Eltern trennen. Und obwohl ich das mit meiner ganzen Teenager-Coolness natürlich nie laut zugegeben hätte, grauste es mich, ohne die beiden zurechtkommen zu müssen.

Ich winkte, als die beiden in den Wagen stiegen, wandte mich dann um und ging durch das offene Tor in Richtung des Bürocontainers mit dem Empfang. Als Kind hatte ich Hartland's als einen magischen Ort empfunden, nicht nur, weil sich meine Eltern dort ineinander verliebten, sondern auch, weil man an jeder Ecke Spaß haben konnte. Nun stellte ich überrascht fest, wie klein und wenig glamourös die Anlage wirkte – ganz anders als in meinen Erinnerungen oder auf der Website.

Hinter dem Empfangstresen saß ein junges Mädchen etwa in meinem Alter. Ihr glattes blondes Haar war so stark gestuft, dass es an den Rändern fast stachelig aussah, und sie trug ein leuchtend rotes T-Shirt mit einem Namensschild: Elizabeth.

»Kann ich dir helfen?«, fragte sie und musterte mich von oben bis unten.

»Ähm, ja, ich bin eine neue Mitarbeiterin, Edie Porter.«

Erneut taxierte sie mich ausgiebig, wirkte jedoch nicht beeindruckter als beim ersten Mal.

»Ich habe irgendwo eine Liste. Ah, da ist sie ja. Edith?«

»Ja, aber alle nennen mich Edie.«

»Gut. Also, Edith, hier ist dein Schlüssel.«

Sie legte ihn auf den Tresen, holte dann die Fotokopie eines Lageplans hervor und zeichnete einen großen Kreis darauf. »Anscheinend wohnst du mit Sophie und mir zusammen. Hoffentlich bist du ordentlicher als sie.« Sie wandte sich wieder ihrem Computer zu.

Ich hatte zwar kein Willkommenskomitee erwartet, aber zumindest ein freundliches Lächeln.

»Muss ich noch irgendetwas wissen? Sehe ich Lionel heute oder …?«

Elizabeth schaute auf eine Weise hoch, als würde es ihr Schmerzen bereiten.

»Du triffst ihn um sechzehn Uhr beim Teammeeting. Es findet im Personalraum im unteren Teil der Personalunterkunft statt.«

»Danke … Elizabeth, richtig?«

»Für dich, ja!«

Ich schnappte mir Schlüssel und Plan und verließ den Empfang, mein Bedarf an Fragen war gedeckt. In der Hoffnung, dass meine Eltern noch da wären, spähte ich zur Straße, aber sie waren bereits gefahren.

»Du siehst aus, als würdest du am liebsten Reißaus nehmen wollen«, sagte ein Mann mit schottischem Akzent zu mir. Er trug das gleiche leuchtend rote T-Shirt wie Elizabeth und dazu eine Muschelkette um den Hals. Seine recht langen hellbraunen Haare waren an den Spitzen blond, und ich fragte mich, ob das von der Sonne kam oder ob er sie gefärbt hatte. Ich schätzte ihn ein bisschen älter ein als mich, aber nicht viel.

»Ist das so offensichtlich?« Ich war den Tränen nahe und kämpfte mühsam dagegen an.

»Ach, sag nicht, du hattest gerade ein Zusammentreffen mit Miss Randall-Perry. Auch bekannt als Elizabeth und nur Elizabeth. Keine Sorge, wie beißen nicht alle so wie sie. Was hast du angestellt – sie Liz genannt, Lizzie oder Beth? Sie billigt keine Abkürzungen von Namen.«

»Nichts davon. Sie hat festgestellt, dass ich mit ihr zusammenwohne.«

Er zuckte zusammen und verzog das Gesicht. »Kein Wunder, dass du versucht warst, zu fliehen«, sagte er dann lachend. »Komm mit, ich zeige dir, wo du wohnst. Ich heiße übrigens Douglas.«

»Nicht Doug oder Dougie, nur Douglas?«

»Oh, bitte, ich bin doch nicht wie Elizabeth! Aber ja, nur Douglas. Früher haben die Leute versucht, mich Doug zu nennen, aber das passt einfach nicht zu mir.«

»Freut mich, dich kennenzulernen. Ich bin Edie.«

Er schüttelte meine Hand und bestand darauf, mein Gepäck zu tragen. Während wir durch die Anlage gingen, gab er Kommentare zu den einzelnen Bereichen des Geländes ab. Er wies mich auf die Wohnwagen hin, in denen jene jungen Leute untergebracht waren, die den meisten Lärm veranstalteten, auf das Freizeitzentrum, die schicken Bungalows in Strandnähe. Er erzählte mir, dass der Nachtdienst die beste Schicht sei und die übelste die, wenn die Mülltonnen geleert werden mussten. Douglas war eine echte Fundgrube an Informationen, aber je mehr er mir von dem Leben auf dem Campingplatz erzählte, desto abschreckender klang der Job. Was war mit dem Spaß, den Mum versprochen hatte?

»Da wären wir«, sagte er, als wir ein Gebäude erreichten, das aussah wie ein Motel aus den 1950er-Jahren. Es gab drei Etagen, mit Außengängen vor den Wohnungstüren. »Den Personalraum findest du dort hinten. Und hier ist übrigens mein Zimmer – solltest du dir vielleicht merken«, fügte er mit frechem Augenzwinkern hinzu.

»Douglas, baggerst du etwa schon wieder eine Mitarbeiterin an?«, rief eine junge Frau, die über das Geländer gelehnt zu uns herabschaute.

»Aber nicht doch. Wie könnte ich, wo es doch gegen den Ethikkodex im Handbuch für das Personal verstößt!«, rief er nach oben und wandte sich dann wieder mir zu. »Aber wann haben Regeln jemals jemanden von etwas abgehalten?«

»Douglas!«, rief die Frau erneut.

»Das ist deine andere Mitbewohnerin, Soph.« Er seufzte und verbeugte sich theatralisch. »Ich überlasse dich ihren fähigen Händen.«

Dann ging er, und ich stieg die Treppe hinauf.

»Beachte Douglas nicht, es sind nicht alle Jungs, die hier arbeiten, so unverbesserlich wie er. Du wirst dich an ihn und seine Art gewöhnen. Ich kenne ihn schon seit Jahren, er ist der Freund meines Cousins Joel, sie waren zusammen im Internat. Hast du einen festen Freund?« Im Gegensatz zu Elizabeth hatte die junge Frau ein breites, einladendes Lächeln.

»Ja, er heißt Scott.«

»Gefällt mir. Meiner heißt Billy. Na ja, er ist nicht mein *fester* Freund, wir sind nicht ausschließlich miteinander unterwegs und so, du weißt schon. Er spielt in einer Band. Sie treten Freitagabend hier auf, dann siehst du ihn. Ich bin übrigens Soph.«

»Edie.«

»Freut mich.« Sie hakte sich bei mir unter und zog mich durch eine der offenen Türen. »Komm und schau dir unsere Wohnung an.«

Ich hatte zwar nicht das Ritz erwartet, aber nun fand ich mich in einem Flur wieder, dessen Wände aussahen wie aus Pappe. Von jeder Seite gingen zwei Türen ab, und am Ende des Ganges stand ein schmaler Kühlschrank, auf dem gefährlich instabil eine Mikrowelle thronte. Das Ganze als Wohnung zu bezeichnen, schien mir etwas übertrieben.

»Da ist Elizabeths Zimmer. Mache niemals den Fehler, hineinzugehen und irgendetwas anzufassen. Wenn ein Gegenstand auch nur einen Millimeter bewegt wurde, merkt sie es. Hier ist mein Zimmer.«

Ich spähte durch die offene Tür in den Raum. Auf dem Bett lag ein leuchtend lila Überwurf, und eine Collage aus Fotos war mit Klebeknete an einer Wand befestigt.

»Da ist das Bad und dort dein Zimmer.«

Sie öffnete die Tür zu einem kahl wirkenden Raum mit einem schmalen Doppelbett, auf dem eine grüne Kunststoffmatratze lag. Außerdem gab es einen breiten, hohen Schrank und eine Kommode mit Schubladen.

»Ist ein bisschen einfach, aber wir verbringen hier eh nicht viel Zeit. Ehrlich gesagt wirst du fast immer arbeiten, und wenn nicht, dann machen wir Party oder sind am Strand. Ich stamme hier aus der Gegend, halt dich also gern an mich, ich kenne die besten Plätze.«

Ich ließ den Rucksack von meinen Schultern gleiten und starrte auf die Wände, die einen zu bedrängen schienen. Soph ratterte inzwischen eine Liste mit Pubs und Bars im Ort herunter, aber ich hörte nur mit halbem Ohr zu.

Alles war so überwältigend, und plötzlich konnte ich einfach nicht glauben, dass ich hier tatsächlich bleiben und arbeiten sollte.

»Ich habe eine Flasche Archers in meinem Zimmer – Lust auf einen Limonade-Mix? Anstoßen auf diesen Sommer?«

»Klar.« Ich nickte Soph zu. »Gern.«

»Wir werden bestimmt gute Freundinnen, Edie. Das weiß ich.«

Sie strahlte übers ganze Gesicht, und da wirkte dieser Ort schon gar nicht mehr so übel.

Kapitel 5

Seit ich vor einer Woche die E-Mail bekommen habe, kann ich nicht mehr aufhören, an den Sommer in Hartland's zu denken. Dabei ist im Büro die Hölle los, weil wir nun auf der Liste bevorzugter Lieferanten stehen. Wir schicken in einer Tour Angebote raus, treffen uns mit neuen Kunden. Für gewöhnlich stürze ich mich noch mehr als sonst in die Arbeit, wenn ich meinem Privatleben entfliehen will, aber selbst das funktioniert diesmal nicht.

Die E-Mail ist mir zu sehr unter die Haut gegangen und hat die Tore zu Erinnerungen geöffnet. Diese Phase meines Lebens damals war bittersüß und schmerzhaft. Mein kurzer Vorgeschmack auf die Freiheit war nämlich im Handumdrehen wieder vorbei.

»Können wir los?«, fragt Layla. Sie hat ihre Jacke angezogen und die Handtasche über die Schulter gehängt.

»Ist es echt schon so spät?«

Ich schaue auf meinen Computerbildschirm. 12:20 Uhr, Zeit für das Mittagessen, dem ich zugestimmt habe.

»Sag jetzt nicht, dass du es nicht schaffst!« Layla stützt vorwurfsvoll die Hände in die Hüften.

»Sie geht mit«, antwortet Claire, die Büroleiterin, an meiner Stelle und späht über den Rand ihrer Brille. »Sie ist heute nur mit den Gedanken meilenweit weg, ich schätze mal, bis Australien und wieder zurück.«

»Ich habe noch nicht annähernd das geschafft, was ich erledigen wollte!«

»Keine Sorge«, versichert Claire. »Es wird alles noch da sein, wenn du zurückkommst. Wie ich dich kenne, machst du sowieso wieder Überstunden.«

Claire arbeitet in der Firma, seit ich ein kleines Mädchen war, und gelegentlich, so wie in diesem Moment, erwische ich sie dabei, dass sie mich nicht als ihre Chefin ansieht, sondern als das Kind, dem man sagen muss, was es tun soll.

»Komm schon.« Layla setzt ein triumphierendes Grinsen auf. Dieser Kampf ist aussichtslos, also verzichte ich darauf, zu protestieren.

Wir schlagen automatisch den Weg zu unserem Lieblingscafé ein, das versteckt in einer Seitengasse liegt. Ständig nehmen wir uns vor, mal etwas anderes auszuprobieren, tun es aber nie.

»Wie läuft's bei dir? Abgesehen von den Jungs und ihrer Lobbyarbeit für den Geburtstag?«, frage ich Layla.

»Ach, du weißt doch, ich plane gerade die militärische Operation, die auch unter dem Namen ›Schulferien‹ bekannt ist. Die Kids brauchen zwar eine Pause, aber sechs Wochen?«

»Was steht bisher auf dem Plan?«

»Beide Jungs möchten in ein Football-Camp, für das wir vermutlich eine Hypothek auf das Haus aufnehmen müssen, aber wir wollen jede Möglichkeit ergreifen, sie von irgendwelchen Bildschirmen fernzuhalten. Außerdem versuche ich, die Großeltern einzuplanen. Sie sollen die Jungs jede Woche für ein paar Tage nehmen, aber das erweist sich als knifflig. Meine Mum führt mit ihrem Rasenbowling und den Backklubs ein aktiveres Sozialleben als ich.«

»Sag Bescheid, wenn du Hilfe brauchst. Du könntest die beiden auch mal mit zur Arbeit bringen. Oder wenn du hin und wieder von zu Hause arbeiten möchtest, organisieren wir deine Termine drum herum.«

Ich erinnere mich noch an den Sommer, den ich damit verbrachte, mich unter einem der Schreibtische meiner Eltern zu verstecken und mit so vielen Textmarkern, wie ich in die Finger bekam, auf dem alten Druckpapier mit den perforierten Rändern zu malen.

»Homeoffice wäre zwar eine Option, aber ins Büro zu gehen ist quasi meine Auszeit, mein Zufluchtsort. Außerdem würden die Jungs dann nonstop an ihren elektronischen Geräten hängen, je öfter ich sie also aus dem Haus bekomme, desto besser. Irgendwie klappt das schon. Entschuldige mein Gejammer.«

»Jammere ruhig. Dafür bin ich da.«

»Ich denke, für heute ist es genug«, antwortet sie und holt tief Luft. »Aber was ist mit dir? Warum bist du so geistesabwesend?«

Wir erreichen das Café, und ich halte Layla die Tür auf. Drinnen winken wir Sue, der Inhaberin, zu und setzen uns an einen Tisch in der Ecke.

»Ach, das Ganze ist ein bisschen schräg«, beantworte ich Laylas Frage nur halb.

»Welche Art von schräg? Im Sinne von sexuell ungewöhnlich? Fährt Miles auf irgendetwas ab?« Sie bekommt glänzende Augen.

»Ähm, nein.« Ich kämpfe dagegen an, dass verstörende Bilder von Miles in Lack und Latex in meiner Fantasie aufblitzen.

»Wenn es nicht um Miles geht, was ist es dann?«

Ich zögere, jemandem davon zu erzählen, aber andererseits verliere ich womöglich noch den Verstand, wenn ich nicht darüber rede.

»Ich habe eine E-Mail von mir selbst bekommen, die ich vor siebzehn Jahren geschrieben habe«, sage ich so hastig, wie ich sonst ein Pflaster abreiße.

Layla sieht mich verwirrt an. »*Wer* hat sie geschrieben?«

»Ich, vor siebzehn Jahren. Auf dieser Website, auf der du ein Datum in der Zukunft eingibst, an dem sie verschickt werden soll, zusammen mit der E-Mail-Adresse der Empfängerin oder des Empfängers. Vermutlich wird die Nachricht dann auf einem Server gespeichert und an dem gewünschten Termin versendet.«

»Das klingt wie aus einem Film.« Layla wirkt immer noch verwirrt. »Also gut. Was stand in der Mail?« Sie zieht eine Augenbraue so hoch, dass sie fast den Haaransatz berührt.

»Es ist ein bisschen peinlich ... Sie war gedacht als Inspiration für dein älteres Ich. Ich war erst achtzehn und habe damals in einem Ferienpark gejobbt.«

»Echt jetzt? Ich hätte nicht gedacht, dass du je woanders als bei Porter's gearbeitet hast.«

Zum ersten Mal seit Langem wirkt Layla überrascht von etwas, was ich ihr erzähle.

»Es war der einzige andere Job, den ich je hatte. Ich habe einen Sommer lang dort gearbeitet.«

»Wieso weiß ich das nicht? Wo war dieser Ferienpark denn?«

»In Westerly in Dorset.«

»Oh, dort soll es sehr hübsch sein. Tim sagt immer, wir könnten mal mit den Jungs in den Ferien dorthin fahren.«

»Er hat recht. Die Gegend ist herrlich. Westerly liegt an einem Fluss, es gibt dort viele malerische Dörfer mit bunten, reetgedeckten Häusern. Ganz zu schweigen von den Naturschutzgebieten voller Heidekraut und dem Meer.«

Wenn ich die Augen schließe, rieche ich das Heidekraut und höre die Wellen gegen die Felsen schlagen.

»Klingt wundervoll.«

»Ist es auch.« Ich verschlucke mich fast an meinen Worten. Seit jenem Sommer bin ich nicht mehr in Westerly gewesen, und daran zu denken, versetzt meinem Herzen einen Stich. In den vergangenen siebzehn Jahren hat sich dort vermutlich alles sehr verändert. Schon oft habe ich überlegt, mal hinzufahren, aber dann im letzten Moment gekniffen.

Sue kommt an unseren Tisch und nimmt unsere Bestellung auf. Als sie wieder geht, hält Layla erwartungsvoll ihre Hand auf. »Lässt du mich die Mail lesen?«

Ich zögere, dann hole ich mein Handy aus der Tasche. *So* peinlich ist der Inhalt nun auch nicht, und um mit mir darüber reden zu können, muss sie die Nachricht schließlich kennen. Also reiche ich ihr das Handy.

Während sie liest, beobachte ich ihr Gesicht. Ihre Miene wechselt von einem Ausdruck der Konzentration zu Amüsiertheit.

»Wer ist Scott?«

»Ach, er war damals mein Freund. Am Ende hat er mich betrogen, und wir haben uns nach jenem Sommer getrennt.«

Layla nickt und liest weiter. Die Warterei, bis sie endlich fertig ist, zieht sich wie Kaugummi.

»Du hörst dich in dieser Mail so anders an«, sagt sie schließlich, schaut hoch und runzelt verwirrt die Stirn. »Ich wäre nie darauf gekommen, dass du das geschrieben hast. Du klingst so …«

»Witzig?«

»Ich wollte eigentlich sagen: energiegeladen.«

»Ha, das ist eine höfliche Art, mir zu vermitteln, dass ich jetzt langweilig bin.«

»Blödsinn. Keine von uns würde heute noch so reden oder schreiben wie damals – Gott sei Dank. Ganz ehrlich, ich glaube nicht, dass ich mit dieser Edie befreundet wäre, sie wäre mir zu anstrengend. Aber die Edie, die gelegentlich einen Spa-Tag einlegt und Serienmarathons macht, ist mir jederzeit willkommen.«

Jetzt muss ich lachen. »Danke. Genau das habe ich gebraucht.«

Ich nehme mein Handy zurück und lasse es wieder in die Tasche gleiten.

»Weißt du ...« Layla schiebt die Salz- und Pfefferstreuer auf dem Tisch herum und vermeidet es, mir in die Augen zu sehen. »Es könnte dir jedoch nicht schaden, ein wenig Rat von der Edie von damals anzunehmen und hin und wieder deine Komfortzone zu verlassen.«

»Du verbündest dich mit meinem früheren Ich?«

»Nicht verbünden. Aber es wäre vielleicht nicht verkehrt, wenn du ein bisschen mehr aus dir herausgehst. Dein Leben ist so durchgeplant, dass deine Büroleiterin jeden deiner Schritte vorhersagen kann.«

»So vorhersehbar bin ich doch wirklich nicht.«

»Bitte sehr, das Gleiche wie immer«, sagt Sue in dem Moment und stellt unseren Kaffee vor uns auf den Tisch.

Layla beißt sich auf die Zunge, und ich merke, wie sie gegen das Lachen ankämpft.

»Ich mag halt Routine«, verteidige ich mich und ziehe meinen *caffè americano* näher zu mir.

»Das geht mir doch nicht anders, beim Alltag mit den Zwillingen sehne ich mich sogar danach. Vielleicht bin ich auch nur insgeheim neidisch auf dich.«

»Auf mein Leben kann man wirklich nicht neidisch sein.«

»Oh, bitte! Eine perfekt geschnittene Wohnung in einem wunderschönen Gebäude mit Blick über die Stadt. Mit fünfunddreißig Chefin einer Firma. Gut aussehender Freund. Nein, nichts, um neidisch zu sein«, sagt Layla und nimmt sich eine Salzstange.

»Komm schon, du führst doch ein tolles Leben.«

»Ich weiß. Und ich bin auch sehr glücklich, aber manchmal träume ich von einer ruhigen Wohnung, in der ich hinter niemandem herräumen muss außer mir selbst.« Für einen Moment verliert sie sich in ihrer Fantasie, ehe sie fortfährt: »Ich will auch nur sagen, dass es gut ist, ab und zu einen kritischen Blick auf das eigene Leben zu werfen. Aus sich herauszugehen, etwas

Neues auszuprobieren. Zum Beispiel nächste Woche in der Mittagspause in ein anderes Café zu gehen.«

»Schscht, lass Sue das nicht hören.«

Layla lacht.

»Es gefällt mir, dass du an dich selbst geschrieben hast. Was für eine tolle Idee. Hast du es danach noch mal getan?«

»Habe ich, ein paarmal in jenem Sommer, wenn ich mich recht erinnere. Es ist alles ein bisschen verschwommen, und ich war nur etwa zwölf Wochen dort, aber es fühlte sich an, als ob in jede einzelne Woche ein ganzes Lebensjahr gepasst hätte.«

»Wow, dann ist diese Nachricht also die erste von vielen?«

»Jap. Vermutlich kommt schon bald die nächste.«

Layla nippt an ihrem Kaffee, und die Milch hinterlässt eine weiße Spur auf ihren Lippen. Ich deute darauf, und sie wischt den Schaumrest weg.

»Hast du noch Kontakt zu Freunden von damals?«

»Eigentlich nicht. Soph und Douglas haben es anfangs versucht, nachdem ich abgereist bin, weil Mum …« Die Worte bleiben mir im Hals stecken.

»Es war das Jahr, in dem sie starb?« Layla neigt den Kopf ein wenig, und ihre Miene wird noch sanfter.

»Ja, es passierte, wenige Tage, bevor ich das Camp ohnehin verlassen sollte. Sophie hat mich anschließend ein paarmal besucht und mir Weihnachtskarten geschickt, aber unsere Leben waren so unterschiedlich – ich habe gearbeitet, und sie war an der Uni. Es klingt vielleicht ein bisschen kleinlich, aber es tat weh, mit ihr und Douglas in Kontakt zu bleiben, weil die beiden das Leben führten, das auch ich geplant hatte und dann nicht haben konnte.«

Layla ergreift meine Hand und drückt sie. »Es war eine so schwierige Zeit für dich! Du darfst nicht vergessen, wie jung du warst. Stell dir dieses Mädchen vor, das die E-Mail geschrieben hat und dann plötzlich eine Firma leiten und sich um seinen

Dad kümmern muss. Das ist doch so, als wärst du ins kalte Wasser geworfen worden.«

Layla fing ein paar Jahre nach mir in der Firma an und hatte die Zeit unmittelbar nach Mums Tod und auch Dads Trinkerei nicht miterlebt. Es waren die schlimmsten Jahre meines Lebens. Als sie in die Firma kam, hatte Dad sich wieder unter Kontrolle und ich akzeptiert, dass ich zu Porter's gehörte. Dad half mir mit einer Anzahlung für eine eigene kleine Wohnung, und ich schrieb mich für einen BWL-Studiengang an der Fernuni ein. Ich sagte damals, der Grund sei, dass ich einen Abschluss brauche, aber in Wahrheit wollte ich so viel zu tun haben, dass mir keine Zeit zum Nachdenken über schmerzhafte Dinge blieb.

»Würde das hier in einem Film passieren, dann wäre Magie am Werk, und du könntest deinem früheren Ich zurückschreiben«, reißt mich Layla aus meinen Gedanken.

»Und meinem späteren Ich Ratschläge geben?«

»Genau, obwohl das gefährlich sein könnte. Wie läuft das noch in den Filmen? Jede winzige Veränderung auf der Zeitachse hat lebensverändernde Auswirkungen. Du erwähnst etwas, was du für harmlos hältst, gegenüber deinem früheren Ich, und schon passiert es – in dem einen Moment sitzen wir noch hier und im nächsten sind wir verschwunden. Stell dir vor, du hättest deinem zukünftigen Ich geraten, nicht in der Firma anzufangen. Wir wären uns nie begegnet, und ohne deine Teilnahme am Vorstellungsgespräch hätte ich diesen Job wahrscheinlich nicht bekommen.«

»Sag das nicht. Ohne dich würde es in der Firma nicht so gut laufen, und das wissen auch alle. Aber stell dir vor, ich könnte wirklich die Vergangenheit ändern …«

Könnte der früheren Edie sagen, sie solle Mum davon abhalten, in der Nacht ihres Todes mit dem Auto zu fahren. Oder ihr sagen, dass sie drangehen solle, als Mum anrief. Oder sich erst gar nicht so zu betrinken. Oder Joel nicht zur Rede zu stellen. Es gab viele Dinge, die ich in jener Nacht anders hätte machen können und die meine Eltern vor diesem Autounfall bewahrt hätten.

Ich habe gar nicht gemerkt, dass mir eine Träne über die Wange läuft, bis Layla mir eine Serviette reicht.

»Oh, Edie, das war blöd von mir! Es gibt natürlich so vieles, das du gern ändern würdest.«

Ich wische mir übers Gesicht, kämpfe dagegen an, dass die Schuldgefühle überhandnehmen.

»Ist schon gut. Das Ganze war ein ziemlicher Schock.«

Sue kommt an den Tisch, stellt unsere Teller vor uns ab, und ich bin dankbar für die Unterbrechung.

»Versprichst du, mir Bescheid zu sagen, wenn noch mehr Mails kommen?«

Mir ist ganz schwindelig bei dem Gedanken, was wohl noch alles in den Nachrichten steht. Zweifellos wird Joel in den meisten E-Mails eine Hauptrolle spielen, und ich bin mir nicht sicher, ob ich in anschaulichen Details an diese Schwärmerei erinnert werden will.

»Versprochen«, sage ich mit zwiespältigen Gefühlen. Ich weiß nicht, ob ich ihr von Joel erzählen will, denn nach all den Jahren fühlt es sich noch genauso schmerzhaft an wie damals.

Durch das Gespräch mit Layla kann ich mich zumindest am Nachmittag auf meine Arbeit konzentrieren. Erst jetzt, gegen Ende des Tages, als sich das Büro langsam leert, wandern meine Gedanken wieder zu der E-Mail.

»Ich bin jetzt weg. Bleib du auch nicht mehr so lange«, verabschiedet sich Dad, zieht seine Anzugjacke an und schaltet den Computerbildschirm aus.

»Keine Sorge.« Ich reibe mir über die Augen. »Ich will auch gleich los. Sollen wir irgendwo zusammen abendessen?«

Er schweigt für einen Moment, und ich sehe ihm an, dass er verlegen ist.

»Ehrlich gesagt, ähm … treffe ich mich heute Abend mit Julie; sie kocht für uns und … ähm …«

»Schon gut. Wird bestimmt nett.« Ich zwinge mich, Begeisterung in meine Stimme zu legen, aber vermutlich klingt es aufgesetzt. Ich kann nicht anders. Natürlich freue ich mich, dass er endlich wieder jemanden gefunden hat – es hat lange genug gedauert –, aber ich bin einfach daran gewöhnt, dass er immer nur für mich da ist. Doch wenn ich ihm jetzt etwas vorschlage, hat er meistens etwas anderes vor, oder er ist nicht zu Hause, wenn ich bei ihm vorbeischaue, um seinen Kühlschrank mit gesunden Sachen aufzufüllen.

»Ja … aber wir freuen uns auf das Mittagessen mit dir am Wochenende. Es ist schön, dass du Julie endlich kennenlernst.«

Dass er von »wir« spricht, versetzt mir einen Stich, denn früher meinte er damit Mum und sich.

»Ich freue mich auch«, versichere ich und versuche, es auch so zu meinen. Mit den Frauen, die er bisher gedatet hat, war es ihm nie ernst, deshalb weiß ich nicht, wie es sich für mich anfühlen wird, ihn in einer festen Beziehung zu erleben.

»Du weißt, dass Miles auch herzlich eingeladen ist.«

Miles ist meinem Vater schon ein paarmal begegnet, aber immer nur auf einen Drink nach der Arbeit. Ich will die Einladung gerade ausschlagen, da schießt mir durch den Kopf, dass es vielleicht hilfreich sein könnte, jemanden dabeizuhaben, wenn ich Julie kennenlerne. Miles wäre jederzeit in der Lage, verlegenes Schweigen mit witzigen Informationen zu überbrücken, die er gern mal zum Besten gibt.

»Ich frage ihn, ob er Zeit hat.«

Dad wirkt erfreut.

»Heute Abend soll es regnen; nimm besser deinen Regenschirm für den Heimweg mit.«

Er nickt, geht zum Garderobenständer und schnappt sich seinen Golf-Regenschirm. »Was täte ich nur, wenn du dich nicht um mich kümmern würdest?«, sagt er und hält den Schirm beim Vorbeigehen in die Höhe.

Ich überlege, ebenfalls Feierabend zu machen, aber ich habe keine Lust, nach Hause in eine leere Wohnung zu gehen, und Miles spielt heute Abend Fünfer-Fußball. Trotzdem beende ich die Arbeit, rufe stattdessen wieder die E-Mail von meinem früheren Ich auf und lese sie zum tausendsten Mal. Aber als ich dieses Mal das Ende erreiche, schließe ich die Nachricht nicht, sondern tippe auf Antworten.

Seit Layla davon gesprochen hat, zurückzuschreiben, frage ich mich, was ich meinem früheren Ich sagen würde, wenn ich die Gelegenheit dazu bekäme.

Liebe frühere Edie,

Überraschung! Hier ist dein sehr viel älteres Ich, eines, von dem ich mir nicht vorstellen kann, dass du es überhaupt erkennen würdest. Es freut dich vielleicht zu hören, dass ich in einigen Dingen erfolgreich bin – ich habe eine Eigentumswohnung, einen netten Freund (nicht Scott, der mich betrogen hat – VERGISS IHN!). Sein Name ist Miles, er ist clever und attraktiv und kennt sich mit allem Möglichen aus. Und er hat einen gut bezahlten Job, also erfüllt er wohl alle wichtigen Kriterien. Ich habe eine beste Freundin namens Layla, mit der ich sogar zusammenarbeite, wodurch ich sie oft sehe.

Auch ich habe einen guten Job und bin glücklich, denn tatsächlich leite ich eine Firma. Es wird dich weniger beeindrucken, zu hören, dass Porter's diese Firma ist, aber irgendwann wirst du erkennen, dass es nicht anders ging, dass ich für Dad da sein musste. Und obwohl ich es nie an eine richtige Uni geschafft habe, konnte ich meinen Abschluss in BWL machen (vor dir liegt ein holpriger Weg, aber du schaffst das).

Mein heutiges Leben hat so gar keine Ähnlichkeit mit deinem, und du bist möglicherweise enttäuscht, wie ich geworden bin, aber wir müssen nun mal alle erwachsen werden. Und Komfortzonen heißen so, weil es manchmal angenehm und tröstlich ist, darin verharren zu können. Vor allem, wenn man das durchstehen muss, was ich hinter mir habe.

Sag Mum, wie sehr du sie liebst, geh nicht ran, wenn sie dich anruft und du betrunken bist, und umarme sie oft.

In Liebe,

Edie xx

»Idiotin«, murmele ich laut, nachdem ich das geschrieben habe. Aus den Augenwinkeln sehe ich, dass Aaron zu mir herüberschaut. Ich war so in meine eigene Welt versunken und habe ganz vergessen, dass ich nicht allein bin. Ich hüstele, um meine Selbstbeschimpfung zu überspielen, und wende mich wieder meinem Computer zu. Verlegen will ich die E-Mail löschen, drücke jedoch aus Versehen auf »Senden«, und sie ist unterwegs, bevor ich es verhindern kann.

Layla hat schon recht – auf dem Papier wirkt mein Leben toll, aber ich kann das Gefühl nicht abschütteln, dass mein achtzehnjähriges Ich von mir enttäuscht wäre.

»Überstunden?«, fragt Aaron, während er auf meinen Schreibtisch zukommt.

»Ich mache gerade Schluss. Was ist mit dir?«

»Ich drucke nur noch etwas aus, denn gehe ich auch. Heute Abend haben wir eine Aufwärm-Session für die Impensonators.«

»Die *was?*«

»Unsere Improvisationsgruppe, aber wir nennen uns Im-pensonators, weil wir hier arbeiten.«

»Ah. Verstehe.«

»Bald findet der jährliche Impro-Wettbewerb statt. Hey, wir sind immer auf der Suche nach weiteren Teammitgliedern! Komm gern heute Abend mal vorbei und schau, ob das auch für dich etwas ist.«

»Oh, ähm, danke für das Angebot, aber ich habe schon was vor.«

Improvisation ist der Stoff, aus dem Albträume sind. Nicht nur, dass du vor Leuten auftrittst, du musst auch noch spontan und witzig sein.

»Wenn du keine Lust hast, mitzumachen, kannst du trotzdem gern vorbeikommen und dir einen der Wettbewerbe ansehen.«

»Ja, das klingt gut.«

Irgendwann sollte ich wirklich mal hingehen und das Team in Aktion erleben. Die Idee zu dieser Impro-Gruppe entstand, als ein paar der Angestellten mal abends zusammen ausgegangen waren. Aaron und Yas waren vorher schon Impro-Fans und hatten an einem Improvisations-Workshop teilgenommen. Als sie die anderen im Büro per E-Mail fragten, ob noch jemand Lust hätte, schlossen sich Hayley und Dave an. Vergangenes Jahr nahmen sie den ganzen Sommer über an Wettbewerben teil, und vermutlich haben sie das auch dieses Jahr vor.

Aaron holt sich die Ausdrucke, und ich denke an das Thema »Komfortzone«. Improvisation wäre die perfekte Möglichkeit, meine zu verlassen. Ein Schauer läuft mir über den Rücken; das ist zu viel des Guten. Ich muss doch nicht allen Ernstes auf den Rat meines Teenager-Ichs hören, oder?

Ich werfe noch einen Blick auf meinen Posteingang und seufze erleichtert, als ich die Nachricht »Fehler beim Senden« sehe.

Zumindest wird niemand irgendwo in einem Tech-Office meine Antwort lesen.

Ich klicke auf die ursprüngliche »Nachricht an mein zukünftiges Ich« und verschiebe sie in einen Ordner. Wenn ich in den vergangenen Jahren eine Sache gelernt habe, dann die, dass es nur Kummer bringt, zurückzuschauen und sich zu fragen, was hätte sein können.

Kapitel 6

Miles hat mich am Sonntag überpünktlich zum Mittagessen bei Dad abgeholt, und kaum ist sein Wagen in der Einfahrt zum Stehen gekommen, da eilt er schon in großen Schritten zur Haustür.

»Immer mit der Ruhe«, versuche ich ihn zu bremsen und habe Mühe, Schritt zu halten. »Du führst dich auf wie der ausgeflippte Road Runner aus *Looney Tunes*. Wir werden doch nicht von Coyote verfolgt, oder?« Ich spähe betont über meine Schulter, als müsse ich mich vergewissern.

Eigentlich erwarte ich jetzt ein Lächeln oder einen witzigen Kommentar über die Zeichentrickserie *Looney Tunes*, aber es kommt weder noch.

»Was ist los mit dir?«, frage ich ihn.

»Ich bin nervös. Dein Dad hat mich zum ersten Mal zu sich nach Hause eingeladen!«

»Wir essen hier nur zu Mittag.«

Jetzt fühle ich mich ein bisschen schuldig, weil ich ihn lediglich gebeten habe, mitzukommen, um mir den Druck zu nehmen, Julie allein kennenzulernen.

»Hallo! Dachte doch, ich hätte Stimmen gehört. Kommt rein, kommt rein.«

Dad rennt fast genauso schnell zurück ins Haus, wie Miles unterwegs ist. Das muss ansteckend sein.

In der Küche herrscht Chaos – brodelnde Töpfe auf dem Herd, und Schneidebretter und Gemüseschalen bedecken fast die gesamte Arbeitsfläche. Dad öffnet die Backofentür, begießt etwas, das ein Truthahn sein könnte.

»Ich dachte, wir sind nur zu viert?«

»Ich weiß, ich weiß. Aber ich wollte, dass es richtig schön wird.« Durch den Dampf stehen Dads Haare in alle möglichen Richtungen ab, und er wirkt echt nervös. Schnell schließt er die Backofentür. »So, entschuldigt. Jetzt kann ich euch anständig begrüßen. Wie geht es dir, Miles?«

»Gut, danke. Hier, bitte.« Er langt in die Tragetasche, die er dabeihat, holt eine Flasche Wein und Pralinen heraus.

Als er Dad die Flasche reicht, fällt mir das Lächeln aus dem Gesicht. »Die nehme ich«, sage ich rasch und fange die Flasche ab. Schon klar, dass ich mich albern aufführe. Mein Dad würde ja nicht plötzlich wieder mit dem Trinken anfangen, nur weil seine Hand eine Flasche berührt. Aber ich reagiere aus Reflex.

Dad sieht mich aus verengten Augen an, dann wendet er sich wieder Miles zu. »Danke für die Pralinen, und auch für den Wein.«

»Wir nehmen die Flasche mit nach Hause«, stelle ich klar und presse sie an mich. »Dad trinkt nämlich keinen Alkohol.«

»Oh, sorry, das wusste ich nicht.« Miles wirft mir einen panischen Blick zu. »Als du im Pub nichts getrunken hast, dachte ich, es läge daran, dass du noch fahren musst. Allein mein Fehler.«

»Nein, es ist meine Schuld, ich hätte es erwähnen sollen«, wende ich ein.

»Es ist kein Geheimnis, dass ich trockener Alkoholiker bin. Für uns alle war es eine schwierige Zeit, und ich kann Edie keinen Vorwurf machen, dass sie diese Phase unseres Lebens einfach vergessen will.« Er wirft sich das Trockentuch, das er als Topflappen benutzt hat, über die Schulter.

»Ist schon okay, du musst es nicht erklären«, sagt Miles und winkt verlegen ab.

»Ach, das macht mir nichts aus. Nach dem Tod von Edies Mum habe ich einfach die Kontrolle verloren«, fährt Dad ungebremst fort. »Ich kann mich glücklich schätzen, dass ich es dank meiner unglaublichen Tochter geschafft habe, trocken zu werden.«

»Ich hatte wirklich keine Ahnung …«

»Super, denn dann habe ich Edie wohl doch nicht fürs Leben gezeichnet.« Dad versucht zu lachen, und ich ringe mir ein halbes Lächeln ab. In Wahrheit habe ich natürlich Narben davongetragen, weshalb es umso merkwürdiger ist, dass ich das Thema in den vergangenen fünf Monaten mit Miles nie angesprochen habe. »Ich bin seit vierzehn Jahren trocken und habe kein Problem damit, wenn Leute in meiner Anwesenheit trinken, aber ich habe nur ungern Alkohol im Haus.«

»Ich bringe die Flasche in den Wagen«, bietet Miles an.

»Ich mach das, es ist schließlich meine Schuld.« Ich drücke behutsam seinen Arm, fühle mich jetzt noch schuldiger. Dass ich ihn in solche Situationen bringe, bedeutet wohl, dass ich mich ihm mehr öffnen sollte.

Noch im Flur vernehme ich die Stimmen der beiden und bleibe stehen, um zuzuhören.

»Edie erwähnte vorhin Road Runner, und das hat mich an etwas Interessantes erinnert. Möchtest du es hören?«, fragt Miles.

War klar, dass er sich auch damit auskennt.

»Über die Fernsehserie?« Selbst auf die Distanz höre ich die Verwirrtheit in Dads Stimme.

»Nein, über Vögel in freier Natur.«

»Ach so, klar.«

»Roadrunner gehören eigentlich zur Familie der Kuckucke.«

»Tatsächlich?«

Dad klingt nicht beeindruckt. Das ist schade, denn ich dachte, Dad wäre einer der wenigen Menschen, die sich für Miles' unterhaltsame Fakten begeistern können. Schließlich sind sie sich in dem Punkt nicht unähnlich – Dad erzählt mir ständig von seltsamen Dingen, die er in der Zeitung gelesen oder in einer Doku gesehen hat. Ich bin kurz davor, wieder kehrtzumachen – vielleicht müssen die beiden sich erst noch besser kennenlernen, bevor ich sie allein lassen kann.

»Aber wusstest du, dass sie schnell genug sind, um eine Klapperschlange zu fangen und zu fressen?«, fügt Dad hinzu.

»Echt? Wow, das ist beeindruckend«, sagt Miles.

Ich höre die Begeisterung in ihren Stimmen, als Miles anfängt, meinem Dad von Klapperschlangen zu erzählen.

In dem zufriedenen Wissen, dass die beiden offenbar doch eine gemeinsame Basis gefunden haben, gehe ich nach draußen.

Ich öffne den Wagen und setze mich hinein, stelle die anstößige Weinflasche in den Fußraum. Mir ist klar, dass ich Miles früher von Dad hätte erzählen sollen, aber genauso wie der Tod meiner Mutter ist das ein Thema meines Lebens, das ich oft verdränge.

Es entwickelte sich so schleichend, dass ich eine ganze Weile brauchte, um zu merken, dass er ein Alkoholproblem hatte. In meiner Naivität hatte ich eine völlig falsche Vorstellung von Alkoholismus, sodass ich die Anzeichen nicht erkannte. Anfangs zeigten wir alle in der Firma Nachsicht, wenn er zu spät zur Arbeit kam. Ich führte es darauf zurück, dass er fast das Gegenteil von mir ist: Ich hatte mich in die Arbeit gestürzt und wollte an einem Ort sein, der mich an Mum erinnerte, während genau das für Dad unerträglich war.

Er hatte schon immer gern nach der Arbeit ein Bier getrunken, auch als Mum noch lebte, aber nach dem Unfall wechselte er zu Wein, zu einem großen Glas Rotwein. Bald wurde daraus eine Flasche pro Abend, und dann zwei. Damals wohnte ich noch zu Hause, aber er kaschierte es geschickt. Er kaufte stets dieselbe Marke und versteckte die leeren Flaschen, sodass mir gar nicht auffiel, wie viel er trank. Aber dann wurde er zunehmend fauler, zum Glascontainer zu gehen, und das Leergut häufte sich in rasantem Tempo. Kaum war er zu Hause, wurde eine Flasche geöffnet. Morgens wartete ich gar nicht mehr auf ihn, denn er stand sowieso nicht rechtzeitig auf.

Der letzte Tropfen, der das Fass zum Überlaufen brachte, war, als er eines Morgens zu spät zur Arbeit kam und ich in sein Büro ging, weil ich einen Ordner suchte. In der hintersten Ecke seines Aktenschranks entdeckte ich eine Flasche Whiskey. Zuerst versuchte ich mir einzureden, das sei ein Überbleibsel aus alten Zeiten, als das Trinken während der Arbeitszeit fast normal war. Aber als ich das Etikett genauer ansah, stellte ich fest, dass diese Flasche erst vor sechs Monaten abgefüllt worden war. Nach Feierabend zu trinken war eine Sache, während der Arbeit eine andere.

Ich leerte den Inhalt der Flasche in den Ausguss und rief zu Hause an. Als Dad nicht ranging, fuhr ich hin. Ich rannte die Treppe hinauf, und als ich ihn oben bäuchlings auf dem Boden liegend fand, blieb mir fast das Herz stehen. Ich fürchtete das Schlimmste, lief zu ihm, und dann roch ich es. Ich schaute auf den Boden, sah einen großen Fleck auf dem Teppich und wusste sofort, dass es Urin war.

Ein Schatten fällt über den Wagen und reißt mich aus meinen Gedanken. Als ich hochschaue, steht dort eine Frau.

»Ähm, hallo, bist du zufällig Edie?«, fragt sie.

Ich hatte nicht viel darüber nachgedacht, wie Julie wohl aussah. Sie scheint in Dads Alter zu sein, mit schulterlangem, dunklem Haar, das in Locken herabfällt, und in einem geblümten Maxikleid, das ihre Kurven zur Geltung bringt.

»Oh, hallo. Du musst Julie sein.« Ich steige aus, und dann stehen wir da, beäugen einander.

»Freut mich.« Ich strecke die Hand aus und frage mich, wann ich je derart förmlich war.

»Mich auch«, erwidert sie und schüttelt meine Hand so vorsichtig, als habe sie Angst, sie zu brechen. »Ich habe mich darauf gefreut, dich kennenzulernen, dein Dad spricht nämlich die ganze Zeit von dir. Er ist unheimlich stolz auf dich.«

Sie strahlt mich an, und Grübchen erscheinen auf ihren Wangen. Dann blickt sie über meine Schulter zur Haustür.

»Sollen wir reingehen? Ich wette, dass Gary im Koch-Chaos ertrinkt.«

»Allerdings.« Ich schließe die Wagentür und will vorangehen, aber sie spaziert geradewegs bis in die Küche.

»Ah, Liebes, du bist da!« Dad kommt auf uns zu, küsst Julie auf die Wange und ergreift ihre Hand. Bei dem Anblick fühlen sich meine Beine wackelig an, und ich klammere mich an die Frühstückstheke. »Ich habe so darauf gewartet, die beiden besonderen Frauen in meinem Leben einander vorzustellen, und jetzt habt ihr es anscheinend schon selbst getan.«

»Ich wollte keine Zeit verschwenden«, antwortet Julie lächelnd.

Dad strahlt sie an, bevor er den Blick mir zuwendet, und ich versuche, mich seinem begeisterten Gesichtsausdruck anzupassen. Er nickt mir zufrieden zu, als hätte ich ihm meine Zustimmung gegeben, dann wendet er sich Miles zu, um ihm Julie vorzustellen, und die drei beginnen zu plaudern. Ich kann die Frühstückstheke nicht loslassen. Seit Mums Tod hat sich Dad, wie gesagt, auch mit anderen Frauen getroffen, und ich habe ein paar von ihnen kennengelernt, aber das hier ist anders. Das hier erinnert mich daran, wie er früher Mum angesehen hat.

»Edie?«, fragt Dad, und ich schaue zu ihm hoch. »Kümmerst du dich um die Getränke?«

Bevor ich auch nur die Chance habe, zu reagieren, eilt Julie zum Kühlschrank.

»Ich mach das schon«, sagt sie und befördert eine Auswahl an Säften heraus, und dann öffnet sie, ohne zu zögern, die richtige Schranktür, hinter der sich die Gläser befinden. Sie bewegt sich, als wäre sie hier zu Hause.

»Was gibt es denn heute zu essen?«, fragt sie und reicht jedem ein Glas mit Traubensaft.

»Einen Truthahn, falls er jemals gar wird. Ich wollte eine Stimmung wie beim Weihnachtsessen.«

»Im Juli«, erwidert sie lachend.

»Exakt. Aber ich bin hinter meinem Zeitplan zurück.« Er hebt die Deckel der Töpfe einen nach dem anderen und beäugt skeptisch den Inhalt.

Dad liegt beim Kochen *immer* hinter dem Zeitplan zurück, und für gewöhnlich muss ich einspringen und übernehmen, damit wir jemals zu einer vernünftigen Zeit essen können. Ich will gerade meine Hilfe anbieten, da schüttelt Julie den Kopf, schnappt sich die Küchenschürze vom Haken hinter der Tür, bindet sie sich um und scheucht Dad zur Seite.

»Womit haben wir es denn zu tun?« Sie hebt denselben Deckel hoch, den Dad gerade noch in der Hand hatte, und die beiden lachen, während sie nun gemeinsam in den Topf schauen.

»Setzt euch ruhig schon hin, Miles, Edie«, sagt Dad und deutet zum Esstisch.

Ich tue, was er sagt, kann mich aber nicht daran gewöhnen, in Dads Haus die zweite Geige zu spielen.

Das Essen war das Warten in jedem Fall wert. Julie hat es mit Bravour gerettet, und alles hat köstlich geschmeckt. Während des Essens hat sie uns Fragen über Fragen gestellt, und als ich

Messer und Gabel schließlich ablege, fällt mir auf, dass ich immer noch sehr wenig über sie weiß.

»Also, Julie, Dad sagte, dass du Physiotherapeutin bist«, beginne ich deshalb.

»Das stimmt, ich bin auf neurologische Erkrankungen spezialisiert, also auf Menschen mit Krankheiten wie MS oder Parkinson, oder Patientinnen und Patienten nach einem Schlaganfall oder mit Gehirnverletzungen.«

Sie hat ebenfalls fertig gegessen, nimmt die Serviette von ihrem Schoß und faltet sie auf dem Tisch, während sie redet.

»Diese Arbeit stelle ich mir sehr befriedigend vor«, sagt Miles.

»Manchmal. Es kann aber auch frustrierend sein, weil die Betroffenen durch die Verletzungen oder Krankheiten oft sehr eingeschränkt sind. Aber die Tage, an denen ich etwas bewirke und es einem Menschen einfacher mache oder seine Lebensqualität verbessere, betrachte ich als Gewinn.«

Ich sehe den Stolz in Dads Augen, und falls ich mich der Illusion hingegeben haben sollte, dass Julie nur eine weitere Frau ist, mit der Dad lediglich ein paarmal ausgeht, so zerstört dieser Blick sie endgültig. Miles hatte recht: Der heutige Tag ist eine große Sache, aber nicht, weil er zum Mittagessen eingeladen wurde, sondern wegen Julie. Ich habe immer gehofft, dass Dad eines Tages wieder mit jemandem glücklich wird, aber ich hätte nicht gedacht, dass es so wehtut.

»Nachtisch?«, fragt Julie in die Runde.

Sie steht auf, um die Teller abzuräumen, und als ich mich erheben will, um ihr zu helfen, sagt sie, ich solle ruhig sitzen bleiben.

Ich schaue zu, wie Dad und sie sich beinahe im Gleichtakt bewegen, als sie den Nachtisch aus dem Kühlschrank und die Dessertteller aus dem Schrank holen.

»Das sieht toll aus«, sagt Miles, als eine große Karamell-Bananen-Tarte auf den Tisch gestellt wird.

»Die hat Julie gezaubert, sie bereitet köstliche Desserts zu.«

»Das Rezept ist ganz einfach.« Sie schneidet die Tarte auf, verteilt sie auf den Tellern und reicht jedem einen.

Dad schnappt sich die Schale mit der geschlagenen Sahne.

»Willst du wirklich auch noch Sahne dazunehmen?«, frage ich mahnend. »Das Dessert hat schon Hunderte von Kalorien!«

»Edie, du machst dir zu viele Sorgen.« Er gibt einen Löffel Sahne auf seine Tarte.

»Ich hätte wohl etwas mit weniger Kalorien machen sollen«, sagt Julie, nimmt seinen Teller, kratzt die Sahne ab und löffelt sie auf die freie Fläche der Tarteform. Dann schneidet sie sein Stück ein bisschen kleiner. »Bitte sehr.«

Sie reicht ihm den Teller, und ich erwarte, dass er trotzig wieder zu dem Sahneschälchen greift, aber das tut er nicht.

»Du hast vermutlich recht«, sagt er und probiert den Nachtisch. »Schmeckt köstlich. Ist jede Kalorie wert.«

Ich steche meine Gabel so kraftvoll in den Biskuitboden, dass ein kleines Stück über den Tisch fliegt. So lange bin ich diejenige gewesen, die Dad auf dem rechten Weg gehalten und versucht hat, seinen Fettkonsum zu verringern, damit sich seine Cholesterinwerte verbessern! Und jetzt ist Julie seit fünf Minuten auf der Bildfläche, und es kommt mir so vor, als brauche er mich nicht mehr.

»Dein Dad erwähnte, dass du seinen Vortrag in der Schule übernommen hast, als ich mich ausgesperrt habe. Ich hatte deshalb echt ein schlechtes Gewissen.«

»Keine Sorge. Es war okay.«

»Ich habe Julie erzählt, wie tapfer du warst, wo du doch nicht gern vor Publikum sprichst.«

Die beiden wechseln einen kurzen Blick. Dass er und Julie offenbar nicht nur über mich reden, sondern er ihr auch von meinen Ängsten erzählt, macht mich verletzbar.

»Eigentlich hat es Spaß gemacht. Und die Lehrerin hat mich sogar gefragt, ob ich ehrenamtlich für eine Hilfsorganisation arbeiten möchte, bei der Kindern vorgelesen wird, um die Liebe zum Lesen zu fördern.«

»Wirklich?«, fragt Dad überrascht.

»Ja, hat sie. Sie denkt, dass ich das gut kann.« Ich berichte, was Claudia mir über die Organisation erzählt hat.

»Klingt nach einer lohnenden Aufgabe.« Julie nickt mir ermutigend zu.

»Hast du keine Angst davor, was dich dort vielleicht erwartet?«, fragt Miles. »All die Probleme, unter denen diese Kinder vielleicht leiden ...«

Typisch Miles. Immer das Schlimmste zu denken, wurde ihm wohl beim Jurastudium eingebläut.

»Ja«, stimmt Dad zu. »Sie hätte bestimmt Verständnis, dass dieser Vortrag für dich eine einmalige Aktion war.«

Bisher habe ich noch nicht ernsthaft über das Angebot nachgedacht, aber dass Dad automatisch annimmt, ich würde absagen, weckt in mir den Wunsch, es doch zu tun. Die frühere Edie hätte es getan. Das wäre eindeutig etwas außerhalb meiner Komfortzone.

»Ehrlich gesagt habe ich vor, es zu versuchen.«

»Finde ich gut, Edie, es lohnt sich bestimmt.« Julie nickt.

»Denke ich mir.«

Sie zeigt auf die Tarte. »Jemand Nachschlag?«

Miles nickt mit dem letzten Bissen im Mund, und sie legt ihm noch ein Stück auf den Teller. »Schmeckt köstlich«, sagt er.

»Wenn du das lecker findest, dann solltest du mal ihre Scones probieren. Die sind so gut, dass man sie gefragt hat, ob sie welche für das Kuchenzelt beim Dorffest backt, also dort, wo sie wohnt.«

»Hör auf damit, sonst werde ich noch rot«, bremst Julie ihn, und ihr schießt tatsächlich das Blut in die Wagen. »Aber apropos Dorffest, das findet nächstes Wochenende statt, vielleicht habt ihr ja Lust zu kommen?«

»Ich liebe Scones und würde normalerweise sofort zusagen«, sagt Miles, »aber ich bin in Florenz bei einem Junggesellenabschied.«

»Ein Junggesellenabschied in Florenz?« Dad lacht. »Seit ich trocken und auch älter bin, war ich nicht mehr auf vielen Junggesellenabschieden. Aber Florenz? Das ist eine Premiere.«

»Warum nicht? Männer haben sich weiterentwickelt seit der Zeit, als es in den nächstgelegenen Pub ging, wo stundenlang getrunken wurde. Habt ihr Eintrittskarten für die Uffizien gebucht?«, fragt Julie. Ich will laut loslachen bei der Vorstellung, dass Miles während eines Junggesellenabschieds in ein Kunstmuseum geht, aber zu meiner Überraschung nickt er.

»Ja, schon vor ein paar Wochen. Wir haben natürlich noch andere Sachen geplant, aber man kann nicht in Florenz sein, ohne die Uffizien zu besuchen.«

»Wohl wahr«, stimmt Julie zu.

»Etwas Wissenswertes über die Uffizien gefällig?«, fährt er leutselig fort und wartet eine Antwort gar nicht erst ab. »Wusstet ihr, dass die *Mona Lisa* früher mal dort hing? Ein italienischer Mitarbeiter des Louvre hat sie vor dem Ersten Weltkrieg gestohlen, weil er wollte, dass sie in Florenz hängt. Als man das Gemälde da entdeckte, fragte der Kurator, ob es für begrenzte Zeit dort ausgestellt werden dürfe, und so kam es dazu.«

»Faszinierend«, sagt Julie, und ihre Augen leuchten auf. »Allein über diese Kunst zu reden, macht mir Lust, hinzufliegen. Warst du schon mal dort, Gary?«

»Nein, noch nie.«

»Dann müssen wir das unbedingt nachholen. Du wirst Florenz und das nahe gelegene Siena lieben, und die Kunstsammlungen sind umwerfend.«

Ich will ihr gerade Glück dabei wünschen, meinen Dad zu einem Urlaub zu überreden – seit Mums Tod hat er keinen Sinn darin gesehen –, aber bevor ich dazu komme, nickt er bereits.

»Sehr gern. Allein die italienische Küche …«

Ich bin baff.

»Ausgezeichnet«, sagt Julie. Dad hebt die Augenbrauen, und sie erwidert sein Strahlen. Ich habe den Eindruck, die beiden würden sich küssen, wenn sie jetzt allein wären. »Aber noch mal zu nächster Woche, wie wäre es, wenn du mitkommst zum Dorffest, Edie, da Miles ja verreist ist?«

»Ähm, vielleicht. Ich muss mal schauen«, erwidere ich und frage mich, wie entspannt es wohl für mich sein wird, den Tag nur mit den beiden zu verbringen.

»Natürlich, du bist sicher sehr beschäftigt. Ich räume schon mal die Teller ab, okay?«, sagt Julie, und ich habe den Eindruck, dass sie enttäuscht ist.

Wir reichen alle unsere Teller weiter, und ich kann mich des Gefühls nicht erwehren, das Ende dieses Dinners verdorben zu haben. Jahrelang wollte ich, dass mein Dad jemanden findet und wieder glücklich ist, aber offenbar war ich nicht darauf vorbereitet, wie *ich* mich damit fühle.

Kapitel 7

In den vergangenen zehn Tagen habe ich meine E-Mails häufiger als sonst gecheckt, warte gespannt auf die nächste Nachricht an mich selbst, da ich mich nicht mehr erinnere, in welchem zeitlichen Abstand zur ersten ich sie damals geschrieben habe. Ich will gerade meinen Bürocomputer ausschalten, als ich noch ein letztes Mal in meinen persönlichen E-Mail-Account schaue. Als ich sehe, dass die E-Mail endlich eingetroffen ist, spüre ich ein freudiges Kribbeln im Bauch.

Ich schaue mich sicherheitshalber um, ob mich auch keiner beobachtet, aber natürlich tut das niemand von den wenigen Leuten, die jetzt noch im Büro sind.

Mein liebes, zukünftiges Ich,
wie geht es dir an diesem schönen Tag? Du hast bestimmt nicht damit gerechnet, noch einmal von mir zu hören, vor allem so schnell! Aber es hat mir wirklich Spaß gemacht, dir letztens zu schreiben. Es hatte so etwas Befreiendes, über alles zu sprechen, was in meinem Leben passiert! Ich verbringe eine tolle Zeit und möchte am liebsten allen davon erzählen, aber es ist schwierig, es jemandem zu erklären, der nicht hier ist.
Mum und Dad erfahren nur zensierte Highlights, denn sie machen sich sofort Sorgen, wenn sie hören, dass ich ausgehe und Alkohol trinke und mit Jungs rumhänge. In Mums Jugend war das ja noch ganz anders, und sie hat ihren Job sehr viel ernster genommen. LOL.

Und dann ist da noch Scott, dem ich alles berichten sollte, schließlich ist auch er dabei, die Welt zu entdecken. Aber bei den super seltenen Telefongesprächen, die wir organisiert bekommen, klingt er gelangweilt, wenn ich ihm von unserem Pub-Golf oder den Luftmatratzenrennen erzähle, die wir im Pool veranstalten. Er schwärmt mir von den verschiedenen Kunstgalerien und Wahrzeichen vor, die er besichtigt hat, und erzählt, dass er philosophische Gespräche mit seinen coolen Reisegefährten führt. Ständig lässt er seine Abenteuer besser aussehen als meine, dabei wirkt es auf mich so, als würde er sich in jedem Ort volllaufen lassen und Stuss reden.
Das war vermutlich ein umständlich formulierter Weg, um dir zu sagen, dass es sich richtig anfühlt, *dir* alles in E-Mails zu berichten, weil du das hier verstehst. Denn du kennst die Gang und weißt, dass es sich zwar anhört, als würden wir nur rumalbern und uns durch den Sommer saufen, dass unsere Freundschaft aber mehr ist als nur so was. Du weißt schon, diese Gespräche in den frühen Morgenstunden am Lagerfeuer … Wir reden über die Zukunft, und wie sich unser Leben ab September ändern wird, wenn wir alle an die Uni gehen; na ja, Douglas will ein zweites Jahr Auszeit anhängen, aber danach wird auch er studieren.
Ich liebe sogar die Arbeit. Vor allem im Kids Club, denn da kann man sich aufführen wie ein großes Kind. Wir malen und basteln und spielen Spiele. Diese Sommerferien sind so toll, weil die Kinder die ganze Zeit aufgeregt sind, und das ist ansteckend. Ich bin froh, dass ich an der Uni Englische Literatur als Fach gewählt habe, denn dadurch halte ich mir mehr Möglichkeiten offen, falls ich mich doch noch fürs Lehramt entscheide. Keine Ahnung. Ein Kids Club im Ferienlager ist natürlich etwas völlig anderes als Unterricht im Klassenzimmer, das Korrigieren von Hausaufgaben und so weiter. Mir ist schon

klar, dass es dann nicht nur um Verkleiden, Herumtoben und Basteln geht, aber der Umgang mit den Kindern macht mir großen Spaß.

Wie dem auch sei – mir gefällt es hier unheimlich gut. Ich bin zwar erst seit drei Wochen hier, wünschte aber, es würde nie enden. Kannst du dir vorstellen, dass ich beinahe nicht hergefahren wäre? Am Abend vor meiner Anreise war ich wie gelähmt vor Angst und bastelte an einer E-Mail für Lionel, um ihm abzusagen. Ich bin so froh, dass ich nicht auf diese kleine Stimme in meinem Kopf gehört habe! Wenn ich eine Sache durch meinen Aufenthalt hier gelernt habe – und dies ist mein Rat an dich, den du hoffentlich immer noch befolgst –, dann, dass du dir etwas nie ausreden solltest, nur weil es beängstigend scheint. Wer hätte vorher gedacht, dass es mir Spaß machen würde, auf eine Bühne zu gehen und Leuten den Cha-Cha-Slide beizubringen 😉 ?

Vergiss nicht, du bist zu mehr fähig, als du ahnst. Meine Aufforderung an mich selbst lautet dieses Mal: Sei mutig. Trau dich was.

Bis später, Alte

xx

Ich bin ein bisschen vernarrt in mein altes Ich; diese Edie ist so mutig und kompromisslos, und für einen Moment fühle ich mich, als hätte ich gerade eine Unterhaltung mit einem guten Freund geführt. Solche, die aufrütteln und mir das Gefühl geben, ich könnte die Welt erobern. So wie damals, wenn ich mit Soph oder Joel quatschte.

Mein Blick verweilt auf der Aufforderung an mich selbst, dass ich mutig sein soll. Wenn du achtzehn bist, scheint alles möglich zu sein, aber als Erwachsene erkennst du, dass das längst nicht so einfach ist.

Die erste E-Mail habe ich in einen Ordner gepackt, aber meine Gedanken konnte ich nicht so leicht beiseiteschieben. Ich habe angefangen, über die Frau nachzudenken, die ich einmal war, die darauf gehört hat, was sie gern machen wollte, und die daran glaubte, dass Komfortzonen nicht von Wänden umgeben sind. Dadurch ist mir klar geworden, dass ich mich in den vergangenen siebzehn Jahren hinter Routinen und Arbeit versteckt habe, um Erinnerungen fernzuhalten, diese Gedanken und den Schmerz. Allein das Lesen der neuen E-Mail erinnert mich daran, wie lebendig ich war, und ich frage mich, ob vielleicht, nur vielleicht, ein kleines bisschen meines alten Ichs noch immer in mir steckt.

Ehe ich michs versehe, hole ich die Broschüre heraus, die Claudia mir über die Wohltätigkeitsorganisation gegeben hat, und tippe eine kurze E-Mail, um ihr mitzuteilen, dass ich gern mehr darüber erfahren würde. Bevor ich meine Meinung ändern kann, drücke ich auf »Senden«.

Energiegeladen aufgrund dessen, was ich gerade getan habe, stehe ich auf und gehe in die Küche. Layla spült ein paar Tassen, Yas trocknet sie ab, und die beiden lachen über irgendetwas.

»Oh, hi, Edie«, begrüßt mich Yas, als ich den Raum betrete. Sie versucht, sich zusammenzureißen, während Layla kichert. »Sorry, ich habe Layla gerade erzählt, wie wir die erste Runde der Play-offs überstanden haben. Aaron und Dave haben auf der Bühne Pferde imitiert.« Sie trocknet die letzte Tasse ab und räumt sie in den Schrank.

»Hab schon gehört, dass ihr es in die nächste Runde geschafft habt. Freue mich total für euch.«

»Hoffentlich können wir unseren Platz vom letzten Jahr verbessern, da sind wir in der dritten Runde rausgeflogen. Ihr müsst unbedingt hinkommen und zuschauen.«

»Ja, wir sollten etwas organisieren«, stimme ich zu.

»Mach das!«, ruft sie noch und eilt hinaus.

»Du arbeitest heute aber lange, musst du nicht die Kids aus der Schule abholen?«, frage ich Layla und fülle den Wasserkessel.

»Nein, Tims Mum ist für ein paar Tage bei uns.«

»Ah, und deshalb machst du Überstunden.«

Sie verzieht das Gesicht. »Ist nicht so, als könne ich sie nicht leiden, aber sie verdient es, auch mal Zeit allein mit ihren kostbaren Enkelkindern zu haben.«

»Aha.« Ich glaube ihr kein Wort.

»Und nun lenk mich von dem ab, was bei mir zu Hause los ist. Hast du noch mehr E-Mails bekommen?«

»Nur eine.«

»Und? Was steht drin?«

»In etwa das Gleiche wie in der ersten. Wie viel Spaß ich mit meinen Freunden hatte und wie sehr es mir dort gefallen hat.«

Layla zieht den Stöpsel aus dem Spülbecken, und das Wasser verschwindet gurgelnd im Abfluss. »Hast du jemals überlegt, wieder Kontakt zu deinen alten Freunden aufzunehmen?«

Ich schüttle den Kopf.

Sie wirft mir einen ungläubigen Blick zu.

»Hin und wieder habe mich gefragt, was aus ihnen geworden ist, aber ich habe nie etwas unternommen.«

»Diese Mails sind ein Zeichen, dass du das tun solltest! Heutzutage kannst du auf Facebook oder Instagram jeden ausfindig machen.«

»Nicht, wenn man keinen Account hat.«

»Hab ganz vergessen, dass du nicht auf Social Media unterwegs bist.« Sie stellt ihre eigene Tasse zurück in den Schrank. »Was ist mit LinkedIn? Da hast du doch ein Profil, oder?«

»Stimmt, daran habe ich nicht gedacht.«

»Ist aber eine Überlegung wert.« Sie schaut auf ihre Armbanduhr und seufzt theatralisch. »Ich sollte jetzt wirklich nach Hause gehen, kann es ja nicht ewig hinausschieben … es sei denn, es gibt arbeitstechnisch einen Notfall?« Sie sieht mich hoffnungsvoll an.

»Von meiner Seite nicht, aber vielleicht fällt dir ja auf die Schnelle etwas ein.«

»Wo stecken Yas und ihre Impro-Crew, wenn man sie braucht?«, sagt sie lachend. »Sehen wir uns morgen?«

»Klar. Hab einen schönen Abend mit Tims Mum.«

Resigniert seufzend schleicht sie davon, und ich mache mir eine Tasse Tee, bevor ich an meinen Schreibtisch zurückeile, um LinkedIn aufzurufen. Ich habe noch nie daran gedacht, diese Plattform anders als beruflich zu nutzen. Claire ließ uns vor ein paar Jahren Profile erstellen, doch abgesehen vom Überprüfen des einen oder anderen seltsamen Kunden habe ich nie darauf zurückgegriffen.

Ich öffne die Suchleiste, tippe »Sophie Marsden« und dann schnell »Enter«, bevor mich der Mut verlässt. Mehrere Personen werden aufgelistet, und ich muss ein bisschen scrollen, um die richtige zu finden. Aber dann kommt mir jemand bekannt vor – sie arbeitet für eine PR-Firma. Die letzte Weihnachtskarte von Soph kam kurz nach ihrem Uniabschluss, und damals arbeitete sie im PR-Bereich in London. Ich klicke auf das Foto, und sie ist es, ohne jeden Zweifel.

Es ist so seltsam, den Lebenslauf der erwachsenen Soph zu sehen! Die Liste der Agenturen, für die sie gearbeitet hat, ist beeindruckend, und ich entdecke, dass ihr letzter Arbeitgeber in Poole sitzt, unweit von Westerly. Meine Hand schwebt über dem Nachricht-Button, und ich bin versucht, ihr etwas zu schreiben. Aber was?

Ich klicke zurück in die Suchleiste, will Joels Namen eingeben, nur um zu sehen, ob er auch hier vertreten ist, aber dann schließe ich die Website schnell. Selbst nach so langer Zeit tut es noch weh, an ihn zu denken. Es hat etwas Tröstliches wie

Beängstigendes gleichermaßen an sich, zu wissen, dass sie alle dort sind, nur einen Klick entfernt.

Ich richte meine Aufmerksamkeit wieder auf die Tabelle, an der ich gerade arbeite, und versuche mich mit aller Kraft auf die Zahlen zu konzentrieren. Aber ich muss die ganze Zeit an die Worte in der E-Mail denken. Schließlich gebe ich nach und lese sie noch einmal. Als ich gerade überlege, für heute Feierabend zu machen, klingelt es auf der Hauptleitung der Firma. Es ist so gut wie niemand mehr da, also gehe ich selbst ran, bin froh über die Ablenkung.

»Porter's Office Supplies. Edie am Apparat.«

»Hallo«, meldet sich eine sehr vornehm klingende Stimme. »Wie ich sehe, bieten Sie auch Büromaterial für Leute an, die im Homeoffice arbeiten.«

»Ja, das tun wir.« Ich spähe über den Rand meines PCs, ob noch jemand vom Vertrieb da ist, damit ich durchstellen kann, aber ich entdecke nur Lucinda, und sie telefoniert selbst gerade. »Unsere Vertriebsmitarbeiter sind momentan alle im Gespräch, aber Sie können mir ein paar Details nennen und werden dann zurückgerufen.«

»Wenn das nicht zu viel Mühe macht.«

Etwas an ihrer Stimme und der Art, wie sie beim Sprechen die Wörter dehnt, kommt mir bekannt vor, aber ich kann es nicht zuordnen.

»Überhaupt nicht. Welche Art von Firma betreiben Sie denn?«

»Ähm, eine von eher diskreter Natur. Es ist nur für … nun ja, Fans, wenn Sie verstehen, was ich meine.«

»Okay …« Wieso habe ich das Telefon nicht einfach klingeln lassen? »Und was für Material benötigen Sie?«

»Ich habe gesehen, dass Sie maßgeschneiderte Bestellungen anfertigen und auch Spielzeug im Sortiment haben, und habe mich gefragt, was für Spielzeug das ist.«

»Nun, so etwas wie Jo-Jos oder Antistressbälle und so weiter.«

»Antistressbälle, sagen Sie …« Sie hebt am Ende des Satzes die Stimme. »Hmm, das könnte funktionieren. Ich hatte aber auch noch andere Arten von Spielsachen im Sinn.«

»Wieso nennen Sie mir nicht Ihren Namen und Ihre Rufnummer, und eine meiner Kolleginnen ruft Sie zurück?«, schlage ich vor, weil ich dieses seltsame Gespräch beenden will.

»Okay, perfekt. Mein Name ist Elizabeth, Elizabeth Randall-Perry.«

Mein Kiefer spannt sich an, und mein Arm wird steif.

»Elizabeth«, flüstere ich praktisch, und das Wort bleibt mir in der Kehle stecken.

»Genau, Elizabeth. Nicht Liz, nicht Lizzie, nicht Beth, E-li-za-beth«, betont sie jede einzelne Silbe.

Es gibt nur eine Person, die sich darüber lustig macht, wie Elizabeth ihren Namen betont.

»Soph?«

»Ha, Überraschung! Für einen Moment hast du es mir abgekauft, stimmt's?«, sagt sie kichernd. »Tut mir leid, aber ich konnte nicht widerstehen. Als ich die Nachricht von LinkedIn bekam, dass du auf meinem Profil gewesen bist, habe ich mich irrsinnig gefreut. Und als ich dann entdeckte, dass du immer noch in der Firma deines Dads arbeitest, habe ich mir überlegt, einfach anzurufen.«

»Und ich hätte fast einen Herzinfarkt bekommen«, erwidere ich, erleichtert darüber, dass sie es ist. Mein Herz rast immer noch, und ich atme ein paarmal tief durch, um es zu beruhigen. Für den Bruchteil einer Sekunde dachte ich wirklich, Elizabeth sei am Telefon.

»Tut mir echt leid, aber als ich online die Telefonnummer eurer Firma sah, musste ich an unseren Sommer in Hartland's Holiday Park denken und wollte mir einen kleinen Scherz erlauben. Was Elizabeth wohl so treibt? Aber wo sie auch steckt, ich bin sicher, dass sie allen um sie herum den Spaß verdirbt. Jede Wette, dass sie so ein Facebook-Troll ist, der seltsamen Gruppen beitritt und dann jeden und alles kritisiert!«

»Oder aber sie ist mit zunehmendem Alter netter geworden?«

Soph kichert wieder durchs Telefon. »Nee. Manche Leute sind faule Eier auf Lebenszeit.«

»Aber was immer sie so treibt, ich kann mir nicht vorstellen, dass es mit Sexspielchen zu tun hat.«

»Nein, wohl nicht. Obwohl sie auch da bestimmt erfolgreich wäre – du weißt schon, herrisch, ein bisschen Furcht einflößend. Jede Wette, sie würde ein Vermögen machen. Irgendjemand findet sie bestimmt sexy.«

Ich denke an Joel, und sofort zieht sich mein Herz zusammen.

»Apropos, was die Leute so treiben – wie geht's dir? Was gibt's Neues?« Sie redet, als hätten wir das letzte Mal vor wenigen Wochen miteinander gesprochen und nicht vor gut fünfzehn Jahren. »Dein Dad freut sich bestimmt, dass du immer noch in der Firma bist. Wie geht es ihm?«

»Besser als früher. Nach der Sache mit Mum ist er ziemlich abgestürzt.« Ich versuche, meine Worte sorgfältig zu wählen. »Inzwischen ist es sehr viel besser, aber ich behalte ihn lieber im Auge.«

»Denke ich mir. Und du? Bist du verheiratet? Mit jemandem zusammen?«

»Mit jemandem zusammen. Er heißt Miles und ist nett. Nichts Ernstes momentan.«

»Ah, also noch in dem aufregenden Stadium, in dem du dir vor dem Date die Beine rasierst?«

Ich lache. Soph hatte schon immer eine besondere Art, jede Anspannung verpuffen zu lassen.

»Irgendwie schon, ja, obwohl es seit fünf Monaten läuft und wir dieses Stadium allmählich verlassen.«

»Du befindest dich also im Übergang vom Honeymoon zum wahren Leben.«

»Vermutlich.« Ich versuche, nicht an meine Reaktion auf die Tiffany-Tüte zu denken. »Was ist mit dir? Wie ich sehe, arbeitest du in Poole?«

»Um meine Sünden zu büßen. Ich arbeite für eine Boutique-Agentur. Das ist PR-Sprech für ein winziges Backoffice. Aber die Leute sind nett. Momentan bin ich allerdings nicht dort, sondern in Mutterschutz. Ich bin Mutter, kannst du dir das vorstellen?«

Kann ich nicht, denn in meiner Vorstellung ist Soph immer noch die Achtzehnjährige aus der E-Mail.

»Das ist ja wunderbar, gratuliere! Junge oder Mädchen?«

»Junge, Alfie, er ist fünf Monate. Ich weiß nicht, wer überraschter ist, er oder ich, dass er noch am Leben ist, aber bisher klappt alles.«

»Das ist toll, Soph. Ich freue mich sehr für dich. Bist du verheiratet oder …?«

»Nein, aber bewusst nicht. Brett und ich sind seit fast sieben Jahren zusammen. Er ist Musiker.«

Natürlich ist er das. Damals in Hartland's stand sie schon auf einen bestimmten Typ Mann. Sie waren zwar alle ein bisschen unterschiedlich, hatten aber vieles gemeinsam. Lederjacke. Lange Haare. Spielten Gitarre. Soph hatte in jenem Sommer einen furchtbaren Geschmack bei Kerlen, aber das hatten wir wohl beide.

»Wieso überrascht mich das nicht? Und wie ist es so im Mutterschutz?«

»Ich werde Alfie die Ohren zuhalten, er macht gerade ein Schläfchen auf mir, aber mir fehlt die Arbeit. Wie schräg ist das denn? Dein Leben lang träumst du davon, nicht zur Arbeit zu müssen, und kaum bist du eine Minute nicht dort, da vermisst du es. Vielleicht vermisse ich es aber auch nur, Erwachsenengespräche zu führen oder dass mir jemand eine Tasse Tee macht – oder den Tee zu trinken, während er noch heiß ist. Sorry, Edie, ich schweife ab. Alfie war letzte Nacht vier Mal wach, und ich sehe keine echten Menschen mehr, habe wohl vergessen, wie man sich unterhält.«

»Gehst du nicht in so einen Babykurs, um andere Mütter zu treffen?«

»Doch, schon. Ich habe ein paar nette Ladys im Geburtsvorbereitungskurs kennengelernt, aber wir reden nur über Kinder und wie oft wir unsere Partner ermorden wollen. Und wir führen seltsame Unterhaltungen, für die wir eine Stunde brauchen, dabei fühlt es sich an, als hätten wir nur drei Sätze gesagt, weil wir uns ständig um die Babys kümmern und dann vergessen haben, was gerade gesagt wurde.«

»Das klingt …«

»Stumpfsinnig, ich weiß.«

»Nein, nur anders. Ich kann nicht glauben, dass du Mutter bist. Du lebst also in Poole?«

»Nein, ich lebe in Westerly. Stell dir vor, ich bin wirklich dahin zurück. Ich war so wild entschlossen, von dort wegzukommen, und dann, vor etwa drei Jahren, als Brett und ich schließlich einsahen, dass wir uns nie etwas leisten können, das auch nur im Entferntesten eine Londoner Postleitzahl hat, haben wir in den sauren Apfel gebissen und sind hierher. Klingt ein bisschen kitschig, aber es fühlte sich tatsächlich an, wie nach Hause zu kommen, außerdem ist es super praktisch, meine Mum zum Babysitten in der Nähe zu haben. Nicht, dass wir jemals ausgehen würden, dafür sind wir viel zu fix und alle. Ich bekomme kaum Schlaf.«

»Schlaf wird eh überbewertet. Was hat Douglas noch immer gesagt? Schlafen kannst du, wenn du tot bist.«

»Ja, weil wir damals Idioten waren. Idioten, die nicht zu schätzen wussten, wie wunderbar es ist, allein in einem gemütlichen Bett zu schlafen. Aber typisch Douglas. Er hat sich kaum verändert.«

»Hast du noch Kontakt zu ihm?«

»Ja, er und Joel sind immer noch eng befreundet. Er lebt in London und arbeitet in der City. Verheiratet und ein Kind.«

»Douglas oder Joel?«

Mein Herz hämmert in meiner Brust. Klar, dass Soph Joel erwähnt, sie ist seine Cousine.

»Douglas natürlich. Kannst du dir Joel bei einem Job in der City vorstellen? Nein, er ist Ingenieur geworden und arbeitet auf Jachten.«

»Das hatte er schon immer vor.«

»Ich weiß. Gut für ihn, oder? Er ist in der ganzen Welt unterwegs. Einige Jahre in Sydney, eine Weile in der Karibik. Südfrankreich. Wir haben ihn ein paarmal besucht, hatten tolle Urlaube. Er arbeitete auf einer Superjacht, die er für eine amerikanische Familie von Connecticut bis an die Riviera schippern sollte, nur für den Fall, dass sie während ihres Urlaubs mal einen Tag auf See verbringen wollten. Und das taten sie dann auch – für jeweils einen Tag. Kannst du dir das vorstellen?«

Joel wusste schon immer genau, was er wollte, und es ist eine beruhigende Vorstellung, dass er weit entfernt von hier lebt.

»Ach, Edie, es ist so schön, mit dir zu telefonieren! Ich bin echt froh, dass du nach mir gesucht hast. Aber noch schöner wäre es, dich mal zu treffen. Wieso kommst du nicht her und lernst Alfie und Brett kennen? Mal übers Wochenende?«

»Ich soll nach Westerly kommen?« Allein bei dem Gedanken werden meine Handflächen feucht. Seit damals bin ich nicht mehr dort gewesen und kann mir nicht vorstellen, jemals zurückzukehren.

»Ja! Ich kann dich natürlich auch besuchen, aber ich habe an den Wochenenden meistens kein Auto, weil Brett damit unterwegs ist. Ich könnte natürlich den Zug nehmen. Ich glaube, ich muss nur einmal umsteigen, in Bournemouth. Alfie fährt gern Zug, allerdings war ich noch nie allein mit dem Kinderwagen auf Reisen. Aber irgendwie wird es schon gehen. Bestimmt hilft mir jemand beim Ein- und Aussteigen.«

»Klingt so, als wäre es sehr viel einfacher, wenn ich komme, aber –«

»Das wäre natürlich super!« Sie springt sofort auf den Vorschlag an. »Hast du nächstes Wochenende Zeit?«

Ich denke an die Einladung zu Julies Dorffest. Dad sitzt mir im Nacken, ich solle mitkommen, aber wenn ich ihm erkläre, dass sich Soph bei mir gemeldet und mich eingeladen hat, lässt er mich vielleicht vom Haken.

»Tatsächlich ist mein Freund bei einem Junggesellenabschied, ich habe also nichts vor.«

»Dann kommst du?«

»Ja.«

»Echt?« Sie ist von meiner Zusage genauso überrascht wie ich.

»Ja!«

»Super! Ich gebe dir meine Nummer, und du schickst mir eine Nachricht, denn ich habe keinen Stift, und Alfie schläft wie gesagt auf mir. Dann schreibe ich dir die Adresse, und wir können planen. Samstagnachmittag könnten wir zum Beispiel grillen!«

»Klingt gut.«

Sie stößt einen leisen Freudenschrei aus. Dann rattert sie ihre Nummer runter, und ich notiere sie, verspreche, ihr eine Nachricht zu schicken.

»Danke, dass du meine Woche gerettet hast, Edie, ich kann es kaum erwarten, dich zu sehen!«

Wir verabschieden uns, und ich lege das Handy ab, starre darauf. Mir läuft ein Schauer über den Körper.

Ich denke an meine E-Mail an mich selbst. Nach Westerly zu fahren, um Soph zu treffen, ist genau die Art Aktion, die mein früheres Ich von mir wollen würde; ich hoffe nur, dass ich mutig genug bin, um es durchzustehen.

Kapitel 8

Der Verkehr lichtet sich allmählich, als ich von der Hauptstraße in Richtung Westerly abbiege. Alle anderen fahren offenbar zu den Dörfern mit den Reetdachhäusern weiter unten an der Küste. Westerly rühmt sich zwar einer hübschen Promenade mit am Wasser gelegenen Häusern, aber es ist ein Flussufer und nicht das Meer, deshalb kommen nicht so viele Tagesausflügler her. Nichtsdestotrotz ist es ein lebendiges, florierendes Städtchen.

Ich erreiche den Kreisverkehr am Stadtrand, an dem Hartland's Holiday Park ausgeschildert ist. Meine Finger schließen sich fester um das Lenkrad, fast bin ich versucht, einmal durch den Kreisverkehr zu fahren und wieder umzukehren, aber ich schaffe es bis zu Sophs Adresse.

Sie wohnt in einer schmalen, gepflegten Doppelhaushälfte mit einem kleinen Garten und einer Einfahrt vor dem Haus. Ich bin beinahe froh, dass sie in einer modernen Wohnsiedlung lebt, die in jeder Stadt sein könnte und nicht im Stadtzentrum liegt, das voller Erinnerungen steckt.

Noch bevor ich die Haustür erreiche, wird sie geöffnet, und Soph steht vor mir. Sie sieht völlig anders aus, und das nicht nur, weil sie ein Baby auf der Hüfte balanciert. Ihr früher blondes und mit dem Plätteisen geglättetes Haar fällt in lockeren, hellbraunen Wellen herab. Sie trägt Leggings und ein langes T-Shirt. Mit so viel Stoff am Körper habe ich sie noch nie gesehen. In jenem Sommer trug sie immer winzige Shorts oder Miniröcke.

»Du bist da! Ich habe am Fenster aufgepasst, damit du nicht klingelst. Ausnahmsweise nicht wegen dieses kleinen Mannes hier« – sie nimmt Alfies kleine Hand, und er gluckst –, »aber Brett schläft tief und fest, und ich wollte nicht, dass er aufwacht, denn dann wäre er echt mies drauf. Ach, ich freue mich so, dass du hier bist!«

Sie umarmt mich, und ich versuche, Alfie dabei nicht zu zerquetschen.

»Hallo – und hallo du.« Ich bin nicht sonderlich gut mit Babys, und Alfie presst sein Gesicht an Soph, als wolle er sich verstecken. »Du hast dich kein bisschen verändert«, sage ich zu ihr.

»Ach, du willst nur nett sein.« Sie fährt sich mit der Hand übers Gesicht. »Ich habe Falten, das ist nicht meine natürliche Haarfarbe, dazu Tränensäcke, die ich hoffentlich früher noch nicht hatte. Und ich habe seit Jahren nicht geschlafen.«

»So habe ich mich gefühlt, als wir damals in Hartland's gearbeitet haben.«

»Du hast recht, vielleicht hatte ich da auch schon solche Tränensäcke. Aber weißt du, diese schlaflosen Nächte unterscheiden sich sehr von denen früher.«

Ich mag es, dass sie immer noch schnell redet, so wie als Teenager, als wäre es ein einziger langer Bewusstseinsstrom.

»Schlafen kannst du, wenn du tot bist«, sagen wir beide lachend.

»Oh, ich habe dich so vermisst! Komm rein.«

Sie führt mich in die Küche.

»Dieses kleine Monster ist gerade erst von seinem Mittagsschlaf aufgewacht. Es wird ein Albtraum, ihn heute Abend ins Bett zu bringen.«

Sie kitzelt ihn und sieht ihn unglaublich liebevoll an. Seltsam, früher habe ich ihr dabei zugesehen, wie sie in Unterwäsche auf der Theke getanzt oder mit dem Trichter Bier in sich reingeschüttet hat, und nun ist sie für ein Baby verantwortlich.

Ich reiche ihr die Flasche Champagner, die ich mitgebracht habe. Sie bedankt sich und stellt sie in den Kühlschrank. »Ein bisschen edler als die Archers und der Pernod, die wir damals getrunken haben.«

»Oh, bitte erwähn das nicht.« Allein bei dem Gedanken dreht sich mir der Magen um.

»Seit wir miteinander gesprochen haben, denke ich ständig an den Sommer in Hartland's. Das hat mich sogar gut gelaunt durch die nächtlichen Fütterungen gebracht. Und letzte Nacht habe ich Alfie tatsächlich aufgeweckt, weil ich so laut gelacht habe. Erinnerst du dich noch, als die Animateure alle eine Lebensmittelvergiftung hatten und wir die Saturday Night Show moderieren mussten?«

Ich kneife die Augen fest zu. »Ich dachte, das hätte ich für immer aus meinem Gedächtnis verdrängt.«

Soph lacht lauthals, und ich stimme mit ein. Wir hatten uns als Pussycat Dolls verkleidet, oder zumindest als eine familienfreundliche Version mit weniger provokanten Tanzbewegungen und mehr Klamotten, und führten eine temperamentvolle Version von »Don't Cha« auf. Ich sehe Douglas immer noch vor mir, in dem winzigen Kleid von Soph, das er sich dafür ausgeliehen hatte.

»Gott sei Dank war das vor der Zeit, als jeder mit seinem Handy alles auf Video aufnahm.«

Es klopft leise an der Haustür.

»Ich komm gleich wieder.« Während sie hingeht, schaue ich durch das Fenster in den Garten hinter dem Haus und stelle fest, dass ich es hier sehr gemütlich finde.

»Schau mal, wer sich entschieden hat, vorbeizuschauen«, sagt Soph, als sie wiederkommt und Jazzhände macht – gefolgt von Douglas. Sobald er mich entdeckt, bleibt er im Türrahmen stehen und schiebt seine Sonnenbrille auf den Kopf.

»Was zum …«, ertönt sein wohlklingender schottischer Akzent.

Er sieht noch fast genauso aus wie damals, hat nur mehr Falten, Spuren eines gelebten Lebens. Sein Haar ist immer noch voll und ungezähmt. »Edie?«

Ich nicke, bin viel zu verblüfft, um ein Wort herauszubekommen.

»Teufel auch.« Er lässt seine Reisetasche fallen und kommt zu mir. Ich erwarte erwachsene Luftküsschen, aber stattdessen umarmt er mich herzlich.

Erst als er sich von mir löst, fällt mir auf, dass seine Haut ein bisschen grau wirkt und die Augen leicht blutunterlaufen.

»Unglaublich, dass du mir nicht erzählt hast, dass Edie kommt.«

»Es sollte eine Überraschung sein«, sagt Soph fröhlich und erzählt dann, dass sie einfach nicht widerstehen konnte, ihn ebenfalls einzuladen. »Aber Moment mal, bist du ohne Suzie hier? Und Isla?« Sie späht zur Haustür.

»Die beiden haben es nicht geschafft, es war zu kurzfristig. Playdates und Vereinsleben – du glaubst echt nicht, wie es ist, wenn deine Siebenjährige ein erfüllteres Sozialleben hat als du.«

»Auf all das darf ich mich freuen, nicht wahr?«, sagt Soph zu Alfie.

»Hast du ein Bier?«

Soph geht zum Kühlschrank, holt eine Dose und reicht sie ihm. Im Austausch gibt er ihr die Flasche Magnum, die er mitgebracht hat und die sie in den Eisschrank legt.

»Wir haben gerade in Erinnerungen an unseren Pussycat-Dolls-Auftritt geschwelgt.«

»Dann brauche ich etwas Stärkeres als Bier. Wieso öffnen wir nicht den Champagner? Das hier ist doch ein Grund zum Feiern! Die ganze Gang ist wieder vereint.«

»Sollten wir nicht auf Joel warten?«, fragt Soph.

Mir bleibt fast das Herz stehen.

»Joel … kommt auch her?«, stammele ich.

»Das hoffe ich doch«, antwortet Douglas. »Ich übernachte bei ihm.«

»Aber sagtest du nicht, dass er im Ausland arbeitet?« Mich aus meiner Komfortzone heraus gefühlt bis ins Nachbarland zu begeben ist eine Sache, aber das hier kommt mir eher so vor, als würde ich einen fremden Kontinent betreten.

»Hat er, bis er sich den Knöchel gebrochen hat. Mit Gips durfte er nicht arbeiten, also blieb er bei Mum, um sich auszukurieren. Und typisch Joel, er landet immer auf den Füßen, wurde ihm ein Job im örtlichen Jachthafen angeboten, und er entschied, den Sommer über hier zu sein.«

»Verstehe«, sage ich, und mir bricht der kalte Schweiß aus.

»Also, was ist jetzt mit Champagner?« Douglas hebt fragend die Augenbrauen.

»Der ist noch nicht kalt genug«, antwortet Soph und holt eine Flasche Prosecco aus dem Kühlschrank. »Bis dahin können wir den hier trinken.«

Ich betrachte die Flasche und denke daran, dass mein Wagen draußen steht. Ich bin hin- und hergerissen zwischen dem Wunsch, wegzufahren oder die ganze Flasche zu leeren.

»Besser nicht, ich muss noch fahren«, sage ich schließlich.

»Du könntest doch hier übernachten! Ich kann dir allerdings nicht versprechen, dass du gut schläfst. Hin und wieder brüllt Alfie das ganze Haus zusammen.«

»Bist du sicher, dass es für euch okay ist?«

»Absolut. Ich hätte es dir direkt angeboten, aber ich wollte nicht zu viel Druck machen.«

Douglas lässt den Korken knallen, während Soph rasch Gläser holt.

Die beiden sind mit dem Prosecco beschäftigt, und ich setze mich an den Küchentisch, bevor meine Beine nachgeben. Ich kann mir nicht vorstellen, wie es sein wird, Josh nach all den

Jahren wiederzusehen. Ich dachte, ich hätte ihn geliebt, aber als ich die E-Mails aus der Vergangenheit las, wurde mir klar, wie jung wir damals noch waren, und ich frage mich, ob es nicht nur körperliche Anziehungskraft war. Eine Mischung aus Hormonen und zum ersten Mal von zu Hause weg zu sein …

Douglas reicht mir ein Glas, und ich leere es fast in einem Zug.

»Sieh an, Edie, wie in alten Zeiten!« Er leert sein Glas ebenfalls und füllt uns beiden nach.

»Sollen wir rausgehen?«, schlägt Soph vor.

»Gute Idee.«

Ich folge den beiden nach draußen, wo wir uns in Liegestühle setzen und Soph Alfie auf eine Decke in die Mitte legt.

»Also, Edie, ich sehe keinen Ring an deinem Finger. Nicht verheiratet?«

Ich muss lachen. War klar, dass ihm das auffällt. »Nein, ich habe einen Freund, er heißt Miles. Nichts Ernstes.«

»Clever von dir.«

»Sagt der verheiratete Mann.« Soph zieht eine Braue hoch, bevor sie sich auf die Decke zu Alfie setzt.

»Genug davon. Dann erzähl mal, was du so getrieben hast, seit wir uns das letzte Mal gesehen haben.«

Ich fülle ein paar der Lücken, nicht dass es viele wären, und beginne dann, ihn zu löchern. »Soph sagte, dass du in London lebst? In Dulwich, oder? Muss nett sein.«

»Hm. Ganz okay.«

»Schöner Ort für Kinder. Wie alt ist deine Tochter noch mal?«

»Sieben.« Ein stolzes Lächeln huscht über sein Gesicht.

»Ist bestimmt ein tolles Alter, oder?«

»Irgendwie schon, obwohl sie mich nicht mehr so braucht wie früher.«

»Ich bin sicher, das stimmt nicht.«

Er zuckt mit den Schultern.

»Du bist garantiert ein toller Vater, und ihr habt viel Spaß zusammen.«

»Tja, klar, Douglas, der Spaßvogel.« Er hebt sein Glas zum Toast und stürzt den Inhalt in einem Zug hinunter. Dann füllt er erst sich und anschließend mir nach. Mir war gar nicht aufgefallen, dass ich schon wieder ausgetrunken hatte. Er will auch Sophs Glas auffüllen, aber sie zieht es weg.

»Erinnerst du dich noch, als wir uns einmal mit einer Flasche Champagner betrunken haben, nachdem die Gäste weg waren?«, frage ich.

»Allerdings.« Soph erschaudert. »Wir haben die Flasche stibitzt, bevor das Reinigungspersonal sie sich schnappen konnte, und sie dann am Strand geleert. Ich glaube, da habe ich zum ersten Mal überhaupt Champagner getrunken.«

Wir tauschen Erinnerungen an die Zeit im Ferienpark aus, und der Prosecco trinkt sich wie von selbst, was hilfreich ist, um zu verdrängen, dass Joel auch noch kommen wird.

»Ich hole Wasser«, schlägt Soph irgendwann vor und steht auf. »Ich kann wegen Alfie nicht in dem Tempo weitertrinken. Braucht einer von euch sonst irgendetwas?«

»Vielleicht ein bisschen Musik«, antwortet Douglas.

»Klar, während das Wasser kocht, stelle ich eine Playlist zusammen.«

Sobald sich Soph entfernt, verzieht Alfie weinerlich das Gesicht. Douglas setzt sich zu ihm auf die Decke und reicht ihm ein Spielzeug.

Dann erzählt er mir von seinem Kater, und was vergangene Nacht dazu geführt hat, und nur wenige Minuten später taucht Soph zu den Klängen von »Don't Cha« wieder auf.

»Oh, nein, von dem Song bekomme ich immer noch PTBS!« Douglas hält sich die Ohren zu.

»Ach, komm schon, jede Wette, dass du dich noch an die Schritte erinnerst.« Soph zeigt mit dem Finger auf ihn, aber er will nichts davon wissen, nutzt Alfie als menschlichen Schutzschild.

»Einer muss mit mir tanzen. Edie, du kannst es noch, oder?«

Ich habe den Song seit Jahren nicht gehört, aber mein Körper erinnert sich instinktiv an den Ablauf. Die drei Gläser Prosecco, die ich getrunken habe, erklären vermutlich, warum ich mich von ihr auf die Füße ziehen lasse und mich kurz darauf im Tanzschritt Richtung Gartenzaun bewege. Eine Drehung, gefolgt von einem Slut Drop – in die Hocke und ein Arm nach oben –, allerdings kommen wir nicht mehr so tief runter wie früher. Dann, als sich die Musik am Ende des Refrains steigert, schütteln wir Hüften und Schultern zum finalen »Don't cha« und zeigen mit ausgestreckten Armen Richtung Douglas und Alfie. Als mein Blick meinem Zeigefinger folgt, erstarre ich.

Joel.

Er sieht mich an, und ich vergesse beinahe die anderen im Garten. Er ist immer noch attraktiv. Sein Haar ist kürzer als früher, aber lang genug, um zerzaust auszusehen. Er trägt ein schwarzes T-Shirt, schwarze Jeans, und seine Arme sind gebräunt.

»Edie«, sagt er. In seinen Augen liegt nicht diese Herzlichkeit, die ich bei den beiden anderen gespürt habe, und er verzieht missbilligend den Mund.

Douglas steht auf und klopft ihm auf den Rücken.

»Wie ich sehe, wusste noch jemand nichts von dem Überraschungsgast. Willst du ein Glas Prosecco?«

Joel nickt.

Langsam gewinne ich die Macht über meine Hand zurück, die wie erstarrt in der Luft hängt, und ich lasse sie sinken.

»Du solltest dein Gesicht sehen.« Soph hebt Alfie von der Decke hoch und geht mit ihm zu Joel. Der kitzelt Alfie am Bauch, bevor er dankbar das Glas ergreift, das Douglas ihm reicht, und leert es noch schneller, als ich es getan habe.

»Immer mit der Ruhe, Joel, vor uns liegt noch ein langer Nachmittag.«

»Sorry, die Fahrt hierher hat mich durstig gemacht.«

»Wenn man Durst hat, soll Wasser hilfreich sein. Ich bringe dir ein Glas mit, wenn ich gleich zurückkomme. Dieser kleine Mann hier braucht offenbar eine frische Windel.« Soph hält Alfie wie ein verdächtiges Paket von sich weg.

Meine Beine sind wie Wackelpudding, als ich zurück zu meinem Liegestuhl gehe, und ich muss das Glas mit beiden Händen halten, als ich den Rest austrinke.

Joel setzt sich auf die am weitesten von mir entfernte Liege.

»Und ich dachte, *ich* wäre schon irre überrascht gewesen.« Douglas grinst und will sich nachschenken, stellt jedoch fest, dass die Flasche leer ist. »Die Magnum dürfte jetzt kalt genug sein. Habt nicht zu viel Spaß, solange ich weg bin.«

Er schaut zwischen uns hin und her, nimmt die Anspannung zweifellos wahr.

»Warum bist du hier?«, fragt Joel und starrt auf den Outdoor-Teppich. Es ärgert mich, dass ich nicht einmal ein »Hallo, wie geht es dir?« zu hören bekomme, sondern nur diese unverblümte Frage. Warum ist er sauer auf mich, nach allem, was er mir angetan hat?

»Soph hat mich eingeladen. Sie hat mich bei der Arbeit angerufen, nachdem ich sie letztens auf LinkedIn gefunden habe. Wenn ich gewusst hätte, dass du auch kommst, wäre ich nicht …«

Douglas kehrt zurück, bevor ich den Satz beenden kann. Er lässt den Korken knallen, und Joel und ich halten automatisch unsere Gläser hin.

»Ist das nicht lustig? Die alte Gang ist wieder zusammen«, sagt Douglas. »Wie viele Jahre ist das jetzt her? Zwölf? Dreizehn?«

»Siebzehn«, antworte ich, ohne nachdenken zu müssen.

»Mann, sind wir alt. Und du hast echt Glück, Edie, so lange wie jetzt war Joel seither nicht mehr im Lande.«

»Tatsächlich, was für ein Glück«, murmele ich und spüre seinen bohrenden Blick auf mir.

»Hätte es nicht diesen Sturm gegeben und Mister Tollpatschig sich den Knöchel gebrochen, wäre Joel nicht hier. Allerdings ist der Bruch fast verheilt, und ich wette, dass er und sein Fernweh im Nullkommanichts wieder unterwegs sind.«

»Du wolltest nie sesshaft werden«, murmele ich in Joels Richtung.

»Edie nimmt wie immer kein Blatt vor den Mund. Gefällt mir.« Douglas lacht und gibt mir ein High five. Ich wollte nicht so zickig klingen, oder vielleicht doch. Jedenfalls muss ich aufhören zu trinken.

»Worüber redet ihr?« Soph kehrt mit einem frisch gewickelten Alfie zurück.

»Wir fragen uns gerade, wann Joel wohl wieder loszieht.«

»Du kannst dich nicht einfach verdünnisieren. Alfie würde seinen Onkel Joel zu sehr vermissen.«

»Wenigstens einer, der mich vermisst.«

»Ich würde dich natürlich auch vermissen«, versichert Douglas. »Bin überrascht, dass es dich nicht wieder nach Cannes zieht.«

»Dort arbeitet Joels Freundin«, fügt Soph hinzu.

Ich ringe mir ein Nicken ab, obwohl es sich anfühlt, als hätte ich einen Schlag in den Magen bekommen. Aber schließlich habe ich auch eine Beziehung, und selbst wenn nicht – Joel wäre der letzte Mann, der mich interessieren würde.

»Zumindest momentan«, sagt er und trinkt einen Schluck.

»Sie arbeitet auch auf Superjachten, und die beiden stürzen sich ständig in neue Abenteuer«, sagt Soph.

»Ich hätte natürlich nichts dagegen, wenn sie dich an einen exotischeren Ort entführt.« Douglas zwinkert Joel zu.

»Sehe ich aus wie eine Reiseagentur?«, erwidert Joel kopfschüttelnd. »Mann, Douglas – immer auf der Jagd nach einem kostenlosen Urlaub.«

Douglas zuckt mit den Schultern. »Ich kann es doch zumindest versuchen.«

Der Song von den Arctic Monkeys, der gerade läuft, ist zu Ende, und es folgt »Filthy/Gorgeous« von den Scissor Sisters.

Soph lacht schallend los und zeigt auf Douglas.

»O nein, nicht dieses Lied«, sagt er stöhnend. »Das erinnert mich daran, wie mich diese Camperin tagelang in ihrem Caravan eingeschlossen hat.«

»Was denkst du wohl, warum ich es auf die Playlist gesetzt habe?«

»Das war eine traumatische Erfahrung! Sie hat von außen zugeschlossen, und das Fenster ließ sich nur zehn Zentimeter öffnen.«

»Komm schon, du warst doch nur ein paar Stunden eingesperrt.«

»Länger nicht?« Jetzt muss ich lachen.

»Es hat sich angefühlt wie Tage!«

»Hatte sie nicht Krallen oder so?«, fragt Soph und krümmt die Hand zu einer Klaue, woraufhin Douglas übertrieben zusammenzuckt.

»Stimmt, du hattest Kratzer auf dem Rücken. Ich sehe es noch deutlich vor mir.«

»Das waren nur lange Fingernägel«, erwidert Joel und schüttelt den Kopf. »Du hast maßlos übertrieben.«

»Ich sah aus, als hätte mich ein Tiger angegriffen! Eine Woche lang konnte ich draußen nicht ohne T-Shirt herumlaufen – meine Bräune ist total verblasst.«

Joel verdreht die Augen und füllt sein Glas nach. »Hast du nicht danach noch ein paar Mal mit ihr geschlafen?«

Soph laufen vor Lachen Tränen über die Wangen.

»Echt? Wahrscheinlich litt ich unter dem Stockholm-Syndrom.

Aber hey, wieso werde eigentlich nur ich durch die Mangel gedreht? In jenem Sommer haben wir uns alle schockierender Fehleinschätzungen schuldig gemacht.«

Ich ertappe mich dabei, dass ich Joel ansehe, und er starrt zurück, was mich erschaudern lässt.

»Soph, wie war das noch, als du –«, setzt Douglas an.

»Nein, erzähl die Geschichte nicht«, unterbricht sie ihn und hebt die Hände.

»Du weißt doch gar nicht, was ich sagen will.«

»Bestimmt nichts, was Brett mitbekommen sollte.«

»Klingeln mir gerade die Ohren?«

Ich wende mich zum Haus um, und mir bleibt der Mund offen stehen. Die ganze Zeit war ich gespannt auf den Mann, der es geschafft hatte, Soph zu zähmen. Ich hatte ihn mir mit struppigen Haaren, einem verwaschenen Band-T-Shirt und Tattoos auf den Unterarmen vorgestellt, genau der Typ, auf den sie immer stand, aber ich hätte nicht mehr danebenliegen können. Er trägt lange blaue Shorts und ein eng sitzendes, geblümtes Hemd. Glatt rasiert mit ordentlich gekämmtem blondem Haar, und kein Tattoo in Sicht.

»Ihr müsst entschuldigen, aber gestern wurde es ziemlich spät. Wir hatten mit dem Orchester ein Sommerkonzert im Park.«

Ich bin geplättet; als Soph erzählte, er sei Musiker, dachte ich an eine Band und nicht an klassische Musik.

»Ich habe ihm gesagt, dass er heute nicht mit Alfie früh aufstehen muss.«

»Aber eigentlich brauchst du auch deinen Schlaf«, sagt er und gibt ihr rasch einen Kuss, bevor er die Runde macht. Er schüttelt die Hände der Jungs, dann wendet er sich mir zu.

»Du musst Edie sein, wie schön, dass du hergekommen bist.« Er haucht mir Luftküsse auf beide Wangen. »Also, was wollte Soph gerade erzählen, das ich nicht hören soll?«

Der Nachmittag verfliegt in einem Wirrwarr aus alten Geschichten und halb wahren Erinnerungen im Wechsel mit Anekdoten von den Treffen der anderen aus den letzten Jahren. Ich versuche die kleinen Stiche der Eifersucht zu ignorieren, weil sie sich immer noch alle so gut kennen, und denke daran, wie anders alles sein könnte, wenn ich auch noch hier leben würde.

Alfie wurde mittlerweile ins Bett gebracht, und wir sitzen immer noch draußen. Brett hat die Feuerschale in Gang gesetzt, und wir wickeln uns in Decken, denn trotz des Sonnenscheins am Nachmittag wird es abends noch recht kühl.

Seit der kurzen »Begrüßung« haben Joel und ich nicht mehr miteinander gesprochen. Wir versuchen einander so gut es geht zu ignorieren, was mir recht ist.

»Habt ihr euch eigentlich je gefragt, warum Lionel uns nicht gefeuert hat?«, fragt Joel, nachdem Soph die Geschichte erzählt hat, wie wir einmal im Getränkelager festhingen. »Wir waren alle grottenschlecht in unserem Job und haben mit Sicherheit Dinge getan, die ein Kündigungsgrund gewesen wären.«

»Ich glaube, damals war er einfach nur froh über alle Mitarbeitenden, die den ganzen Sommer geblieben sind.«

»Und wie ist es heute?«, frage ich.

»Richtig schick.« Soph zieht ihre Decke fester um sich. »Nur noch Holz-Lodges. Wenn du magst, fahren wir morgen hin, und ich führ dich herum.«

Ich überlege kurz. Es könnte ein Schritt zu weit auf der Straße der Erinnerungen sein.

»Ich muss schon früh aufbrechen.«

»Dann vielleicht beim nächsten Mal, wenn du hier bist, denn du *musst* wiederkommen! Meine Mum könnte auf Alfie aufpassen, und wir gehen aus wie in alten Zeiten. Junge, haben wir das mal wieder nötig! Nicht wahr, Brett?«

»Allerdings.«

»Wir haben zwar unsere Date-Abende, die ja auch nett sind, aber dann reden wir nur über Alfie, und wie müde wir sind«, sagt sie, wendet sich Brett zu und streichelt ihm über die Wange, »manchmal möchte ich mich wie früher in Schale werfen und ausgehen – richtig ausgehen.«

»Habe nichts dagegen. Ich versuche seit Ewigkeiten, dich in einen dieser Miniröcke zu bekommen.« Brett zieht vielsagend eine Braue hoch.

»Für richtig ausgehen bin ich immer zu haben«, sagt Douglas. »Sagt mir einfach, wann und wo.«

»Mom hätte bestimmt nichts dagegen, auch auf Isla aufzupassen.« Soph strahlt ihn an.

»Oh, ähm, ja, ich könnte Suz natürlich fragen, ob sie mitkommen will, aber die beiden verbringen den größten Teil des Sommers bei ihrer Mum in Suffolk.«

»Wie schade. Edie, und du musst unbedingt Miles mitbringen.«

»Hm, ja, vielleicht.« Wenn ich die heutige Erfahrung als Maßstab nehme, glaube ich nicht, dass ich einen weiteren Abend mit Joel durchstehe. Mit Soph und Douglas werde ich in jedem Fall Kontakt halten, aber für mich steht fest, dass wir keine Viererbande mehr sind.

»Dann ist es also abgemacht, wir gehen abends in der Stadt aus.« Soph klatscht in die Hände.

»Im Sommer ist immer ziemlich viel Betrieb«, wendet Joel ein. »Wegen all der Touristen bekommst du in den Pubs keinen Platz.«

Anscheinend bin ich nicht die Einzige, die den heutigen Abend nicht wiederholen will.

»Uh, du alter Mann«, sagt Soph. »Dann machen wir es, bevor im August die Horden hier einfallen. Schmiede das Eisen, solange es heiß ist. Nächste Woche geht es bei uns nicht, aber wie wäre es an dem Wochenende danach?«

»Bin dabei«, sagt Douglas, ohne zu zögern.

»Ich kann nicht.« Joel leert sein Glas. »Ich fliege nach Cannes.«

»Edie?«

Da Joel nicht dabei sein wird, gibt es keinen Grund zu zögern. »Bin auch dabei.«

»Juchuu! Ich freue mich jetzt schon darauf«, jubelt Soph, beugt sich zu mir und drückt meine Hand.

Und ich freue mich darauf, mit Soph und Douglas zu quatschen, ohne dass sich Joels eisiger Blick in mich hineinbohrt. Keine Ahnung, warum er sauer auf mich ist; er hat *mir* das Herz gebrochen und die Ereignisse ins Rollen gebracht, die zu der schrecklichsten Nacht meines Lebens führten.

Kapitel 9

Damals

Als ich Joel ein paar Tage nach meiner Ankunft in Hartland's Holiday Park zum ersten Mal begegnete, lag er nackt auf meinem Bett.

Die ersten Tage im Ferienjob waren ein Schock für mich gewesen, und ich lernte schnell, dass ständig Vollgas gegeben wurde. Das Mantra der Camp-Belegschaft lautete: hart arbeiten, hart feiern. Die langen Schichten und die Rotation durch die verschiedenen Bereiche der Ferienanlage waren schonungslos, und sobald wir Feierabend hatten, gingen wir auf die Rolle. Irgendwo fand immer eine Party statt: in der Stadt, am Strand, eine Silent Disco in einem Klub, nachdem dieser offiziell geschlossen hatte und bei der die Gäste die Musik dann über Kopfhörer hörten. Nach ein paar Nächten war ich am Ende und hatte keinen Schimmer, wie ich das dreizehn Wochen lang durchhalten sollte.

In der Nacht, als ich Joel kennenlernte, kroch ich besonders auf dem Zahnfleisch. Ich hatte gerade die Spätschicht am Empfang beendet und mich dann vor Soph und Douglas versteckt, die davon geredet hatten, mit dem Taxi zu einem anderen Camp zu fahren und dort mit ein paar von ihren Freunden zu feiern. Dafür hatte ich auf keinen Fall die Energie. Stattdessen schlich ich zurück in unsere Unterkunft, duschte und zog meinen Flanellpyjama an, den Mum mir gekauft hatte und den Soph als meinen Leidenschaftskiller bezeichnete. Ich war so platt, dass es mir egal war. Der Pyjama war warm und gemütlich, und ich wollte sofort ins Bett.

Ich schaltete das Licht in meinem Schlafzimmer ein und bekam den Schock meines Lebens. Zusammengerollt wie ein Fötus lag ein nackter Mann auf meinem Bett.

Er öffnete die Augen und schaute sich verwirrt um.

Ich war vollkommen gelähmt, mein Körper so starr vor Angst, dass nicht einmal der Flucht-oder-Kampf-Reflex einsetzte.

»Was machst du in meinem Zimmer?«, fragte der Typ, schirmte seine Augen mit einer Hand gegen das Licht ab und schnappte sich mit der anderen das Kissen, um sich notdürftig zu bedecken.

»*Dein* Zimmer?«, schrie ich, sobald ich meine Stimme wiedergefunden hatte. Ich drehte mich hektisch um. Drei Schritte, und ich wäre durch die Wohnungstür draußen auf dem Gang. »Das ist *mein* Zimmer.«

Er lachte und strubbelte sich durch sein Haar, das er etwas länger trug.

»Sehr witzig. Hat Douglas dich geschickt? Normalerweise würde ich mich ja nicht beschweren, wenn eine schöne Frau in mein Zimmer spaziert kommt, aber es war ein verdammt langer Tag.«

Mir schoss das Blut in die Wangen, weil er mich als schön bezeichnet hatte. Er hatte ein ganz besonderes Lächeln, irgendwie ein bisschen frech, und seine Augen … Sie waren so dunkel, dass ich das Gefühl hatte, mich darin zu verlieren. Ich versuchte mich zu konzentrieren. Immerhin lag da ein nackter Fremder in meinem Bett.

Ich schnappte mir die Haarbürste von der Kommode und erhob sie drohend gegen ihn.

»Das ist mein Zimmer«, wiederholte ich, wenn auch weniger energisch. Denn inzwischen wich meine Angst dem Gefühl von Schmetterlingen im Bauch.

Er rieb sich über die Augen, blinzelte und schaute auf das Kopfkissen.

»Wo sind meine Sachen? Was hast du damit angestellt?«

»Ich habe sie nicht angerührt. Das hier ist *mein* Zimmer«, wiederholte ich und legte die Haarbürste wieder weg, denn mit jeder verstreichenden Sekunde schien dieser Mann weniger eine Bedrohung zu sein. »Das hier sind die Mitarbeiterunterkünfte. In welchem Teil des Camps solltest du eigentlich sein?«

»Sehr lustig. Ich *bin* Mitarbeiter. Das ist mein Zimmer.«

Jedes Mal, wenn ich ihn anschaute, fiel mir etwas anderes an seinem Körper auf. Der feste Bauch. Seine muskulösen Beine. Seine Hände, mit denen er sich immer wieder durchs Haar fuhr.

»Du begehst Hausfriedensbruch.« Ich wollte möglichst ruhig klingen, aber ich war aufgeregt, und ich glaube, das merkte er.

»Hausfriedensbruch? Ah, jetzt verstehe ich. James oder Douglas haben das ausgeheckt, stimmt's? Ich habe von diesen Streichen gehört, dass sie deine Sachen wegschaffen, während du unterwegs bist oder schläfst. Wo habt ihr alles hingebracht? Sag mir nicht, ihr habt sie in den Pool geworfen!«

Er bewegte sich ein wenig, und das Kissen geriet ins Rutschen. Ich riss die Augen auf, aber er hielt es gerade noch rechtzeitig fest.

»Niemand hat dein Zeug irgendwohin geräumt. Ich wohne hier, seit ich vor drei Tagen angekommen bin.«

»Könntet ihr zwei vielleicht ein bisschen ruhiger sein?« Elizabeth kam aus ihrem Zimmer gestürmt. Sie trug ein Nachthemd und hatte ihre Haare zu unzähligen Zöpfen geflochten. »Einige von uns versuchen nämlich zu schlafen.«

Der nackte Mann schaute zu Elizabeth und dann wieder zu mir.

»Fuck. Das hier ist echt nicht mein Bett, stimmt's? Elizabeth würde niemals bei einem Streich mitmachen.«

»Sehr witzig, Joel, und scharf beobachtet. Du bist im falschen Stockwerk. Du musst noch eine Treppe höher. Das hier ist die Wohnung Nummer vier im *zweiten Stock*.«

»Scheiße …« Er sah mich an, und offenbar wurde ihm in dem Moment die Peinlichkeit der Situation vollauf bewusst. Plötzlich wurde er so blass, dass seine Haut fast schon durchsichtig wirkte. »Tut mir echt leid, ich habe wohl das Zimmer über dir. Ich habe beim Limbo-Wettbewerb ausgeholfen und vermutlich zu viel Punsch getrunken.«

»Der Alkohol ist nur für die Gäste!«, rief Elizabeth außer sich. »Und jetzt gebt Ruhe. Ich habe die Frühschicht am Empfang, und wenn ich keine acht Stunden Schlaf bekomme, bin ich ein echtes Miststück.«

Joel und ich wechselten einen Blick, und wir grinsten einvernehmlich.

Elizabeth stürmte hinaus, und offenbar für den Fall, dass wir noch nicht kapiert hatten, wie sauer sie war, knallte sie die Zimmertür so heftig hinter sich zu, dass der Boden vibrierte.

»Tut mir leid«, sagte Joel in ruhigerem Tonfall.

»Ist schon gut. Dieser Fehler kann einem leicht mal unterlaufen. Die Wohnungen sehen alle gleich aus.«

»Stimmt. Das richtige Zimmer, nur auf der falschen Etage.«

Ich nickte, aber dann dämmerte mir plötzlich, was das bedeutete. »Du wohnst in dem Zimmer direkt über mir? Igitt, du bist der Typ mit den seltsamen Sexgeräuschen!«

»Ich bin was?«

»War ja klar, dass du nackt in meinem Zimmer auftauchst!«

Ich schnappte mir wieder die Haarbürste, immer noch unsicher, was ich eigentlich damit vorhatte. Kaum zu glauben, dass es mir schmeichelte, als er mich schön nannte, wo er es wahrscheinlich schon mit jeder getrieben hatte.

»Was? Nein! Wovon redest du? Ich hatte noch nie Sex.«

Ich konnte nicht widerstehen, eine Augenbraue zu heben.

»*Hier*. Ich hatte *hier* keinen Sex. Ich bin erst seit einer Woche im Camp. Du kannst mir glauben«, sagte er und schlug die Beine übereinander.

»Und was sind das dann für Geräusche und dieses Gegrunze, das ich höre? Manchmal geht das über Stunden! Das Bett quietscht, und dann folgt das Grunzen.« Ich runzelte die Stirn. »Aber wenn ich es recht überlege – antworte lieber nicht. Ich will gar nicht wissen, was du dort allein treibst.«

Joel blinzelte verständnislos.

»Ich weiß nicht, wovon du redest. Das muss aus einem anderen Zimmer kommen.«

»Aber die Aufteilung in den Wohnungen ist identisch, richtig? Dein Zimmer ist genau über meinem? Es quietscht und grunzt.«

»Oh.« Er seufzte sichtlich erleichtert, und sein Lächeln kehrte zurück. »Es ist nicht, was du denkst.«

»Ich will es lieber gar nicht wissen«, stellte ich klar und kehrte ihm den Rücken zu. Nicht, weil es mich nicht interessierte, was er zu sagen hatte, sondern weil dieses Lächeln gefährlich war.

»Du musst mich bei meinen Work-outs hören. Ich habe eine quietschende Bauchwippe und grunze beim Gewichtheben. Ich versuche, ein Sixpack zu bekommen.«

Ich drehte mich ihm wieder zu, mein Blick huschte hinab zu seinem Bauch, und schon wieder wurde ich rot.

»Leider mache ich das noch nicht sehr lange«, stellte er mit einem frechen Augenzwinkern fest.

Keiner von uns sagte etwas, und es bedurfte meiner ganzen Selbstbeherrschung, nicht zu ihm zu gehen und ihn zu küssen. Das war mir bei einem Fremden noch nie passiert, und so wie er mich ansah, ging es ihm genauso.

Die Wohnungstür wurde geöffnet, Soph kam herein und stand im nächsten Moment vor meinem Zimmer. Welcher Zauber auch immer über dem Typ und mir gelegen hatte, er war gebrochen.

»Hier steckst du! Was hast du denn an? Du willst doch nicht schon ins Bett gehen?«

Ich stöhnte. Ich hatte gehofft, schon im Tiefschlaf unter der Decke zu liegen, wenn sie nach Hause kommt, um sich umzuziehen.

»Nun, das würde ich allerdings tun, wenn nicht ein nackter Kerl drinliegen würde.«

»Heiß«, entfuhr es Soph, bevor sie hereinkam, die Hände vor die Augen schlug und aufschrie. »Joel, igitt! Zieh dir was an! Oh, Edie, du machst doch nicht etwa mit ihm rum?«

»Nein«, antwortete ich und folgte ihr raus in den Flur, während Joel nach seinen Klamotten suchte. Ich fragte mich, was mit mir nicht stimmte. Auch wenn sein Sixpack noch in Arbeit war, fand ich ihn süß. Nicht, dass ich auf der Suche war. Ich hatte schließlich einen Freund.

»Das ist mein Cousin, Joel.«

»Dein Cousin?«

»Ja, und ich habe gerade seinen … Wieso hast du kein größeres Kissen?«

»Sorry, hab nicht damit gerechnet, dass …«

»Also schön, wenn ihr nicht wollt, dass ich mich morgen wie ein totales Miststück aufführe, seid endlich leise«, fauchte Elizabeth, die schon wieder den Kopf durch ihre Tür gesteckt hatte.

»Meint sie, sie hat sich bisher nicht wie ein totales Miststück aufgeführt?«, flüsterte Soph.

Joel erschien vollständig angezogen, und wir folgten ihm hinaus auf den Dielengang.

»Sorry wegen dieser Sache, ähm … Edie, richtig?«

»Ja.«

»Tut mir leid, Edie. Ich lass euch dann mal in Ruhe, Ladys in Red.«

»Warum nennt er uns so?«, fragte ich, während ich ihm nachschaute.

»Wegen unserer T-Shirts bei der Arbeit. Die vom Animationsteam spielen den Song oft in der Disco – du weißt schon ›Lady in Red‹ – und dann versuchen die Kerle, mit uns zu tanzen. Das ist so kitschig!«

Wir beobachteten, dass Joel zögerte, als er die Treppe erreichte.

»Denkst du, du findest den Weg, oder sollen wir dich hinbringen?«, brüllte Soph.

»Gute Nacht!«, rief er zurück und winkte.

»Er ist ja so peinlich!« Soph nahm meine Hand und zog mich in ihr Zimmer.

»Ich fand ihn eigentlich ganz süß.«

»O nein. Tu das nicht. Joel ist toll, ehrlich. Ein super Kumpel. Aber verknall dich bloß nicht in ihn.«

»Ich habe einen Freund.«

»Klar. Seit wann hält so was irgendjemanden hier auf?«

»Scott und ich sind anders.«

»Umso besser. Denn meine Mum sagt immer, Joel sei wie sein Dad. Er ist definitiv ein ziemlich oberflächlicher Kerl. Mit vielen etwas anfangen, aber nie was Festes.«

»Wie gut, dass Scott nicht so ist.«

»Der berühmte Scott – kann es kaum erwarten, ihn nächsten Monat kennenzulernen. Und jetzt mal im Ernst, in zwanzig Minuten brechen wir auf in den Klub.«

»Ich gehe ins Bett.«

»Um was zu tun?«

»Schlafen natürlich. Ich brauche Schlaf.«

»Schlafen kannst du, wenn du tot bist.«

Sie wählte ein Kleid aus ihrem Schrank und warf es mir zu.

Eine halbe Stunde später saßen wir im Taxi auf dem Weg zum nächsten Camp, aber ich konnte nur an mein Bett denken – oder genauer gesagt an den Typen, der vorhin darauf gelegen hatte.

Kapitel 10

Ich glaube nicht, dass ich wirklich wusste, wie klein meine Komfortzone war, bis ich versuchte, daraus auszubrechen. Ich war zufrieden mit meiner kleinen Welt, sie hatte mir die ganzen Jahre über gut gefallen, ich lebte darin sicher und beschützt, aber ich hatte den Endorphinschub vergessen, den man verspürt, wenn man sie verlässt.

Das Wochenende in Westerly war wunderbar, auch wenn Joel nicht dabei war. Keine Ahnung, wann ich das letzte Mal so in Erinnerungen geschwelgt hatte. Viele Jahre lang hatte ich diese Phase meines Lebens ausgeblendet, weil sie mit dem Tod von Mum endete. Dabei tut es eigentlich gut, an die schönen Zeiten zurückzudenken. Ich frage mich, ob die alte Edie mit ihren E-Mails vielleicht auf der richtigen Spur war.

Und genau deshalb verspüre ich dieses vertraute Herzflattern, als eine E-Mail in meinem Postfach wartet.

Hey, Edie!
Wie geht's dir??? Hier herrscht mit jeder Woche mehr Trubel, es kommen immer mehr Eltern mit ihren Kindern, da die Schulferien endlich angefangen haben. Die Atmosphäre hier hat sich deshalb verändert, fast nur noch Familien und keine betrunkenen Studenten, die vor ihren Abschlussprüfungen geflohen sind.
Scott hat seinen Interrail-Trip fortgesetzt und ist jetzt auf irgendeiner griechischen Insel. Die Telefonverbindung bricht

ständig ab, deshalb habe ich ihn seit etwa einer Woche nicht mehr gesprochen. Soph hat diesen Sommer schon den dritten Kerl. Er ist Bassgitarrist in einer Rockband, die hier im Pub gespielt hat. Ich wünschte, sie würde sich in jemanden vom Campingplatz verknallen, damit wir nicht ständig durch die Gegend ziehen und irgendwelchen Bands bei ihren Auftritten zuhören müssen.

Montag haben Joel und Soph uns mitgenommen, damit wir ihre Grandma Hetty kennenlernen. Sie hat für uns ein komplettes Festessen mit einem Braten zubereitet, was man normalerweise bei so warmem Wetter nur mit Mühe essen kann, aber es war köstlich. Ich glaube, ich habe zum ersten Mal seit einem Monat richtiges Gemüse gegessen, abgesehen von dem Salatblatt in meinem üblichen Burger. Hetty war besorgt, dass wir noch Skorbut kriegen, und meinte, wir müssten unbedingt noch mal wiederkommen. Sie ist total witzig, und ich erkenne viel von Joel und Soph in ihr wieder.

Gestern Abend war in der Disco Kostümparty, und wir von der Belegschaft haben uns echt viel Mühe gegeben. Das Thema war ›Kindersendungen‹, und aus irgendeinem Grund sollten wir vier als die Kinder aus *Die Chroniken von Narnia* gehen. Aber als ich mein Outfit anzog – bestehend aus einem langen Rock, Strickjacke und Bluse, alles aus dem Secondhandladen –, kam Soph als She-Ra hereinspaziert, im knappsten Outfit, das man sich vorstellen kann, komplett mit goldenem Kopfschmuck und allem. Dann tauchte Douglas auf, in roten Shorts und mit einem Schwimmkörper unter den Arm geklemmt, wie David Hasselhoff in *Baywatch*. Mir blieb keine Zeit mehr, um mich umzuziehen, also standen der arme Joel und ich in unseren Narnia-Outfits da. Nicht gerade unsere Sternstunde. Wir verbrachten den ganzen Abend damit, zu erklären, wen wir darstellten, und mussten schräge Blicke aushalten.

Oh – beinahe hätte ich unsere kleine Herausforderung vergessen! Keine Sorge, ich schicke dich nicht in einem Narnia-Kostüm los. Wann sieht man schon mal kostümierte Erwachsene in der Stadt? Es geht darum, etwas Neues auszuprobieren, zu Ehren der Tatsache, dass Soph mich zu einem Salsa-Tanzkurs schleppt. Ich glaube, sie steht auf den Salsa-Lehrer. Deine Herausforderung kann alles sein, vorausgesetzt, du hast es noch nie getan – ach, äh, möglicherweise hat dein Mann seinen Spaß daran 😉.

Lieb dich,

Edie x

Ich muss so laut lachen, dass die Leute, die mir auf der Straße entgegenkommen, einen großen Bogen um mich machen. Ich sollte mich zusammenreißen.

»Hey, wartest du schon lange?«, fragt Miles und küsst mich auf die Wange.

»Nur ein paar Minuten.«

Ich schiebe das Handy zurück in die Tasche. Meine Wangen fühlen sich heiß an wegen der letzten Zeile in der E-Mail. Miles ist im Schlafzimmer nicht gerade experimentierfreudig.

»Wo würdest du gern etwas trinken gehen?«, fragt er.

»Also …«, beginne ich und denke an die Herausforderung, mal etwas Neues auszuprobieren, »meine Arbeitskollegen nehmen an einem Improvisationswettbewerb teil. Er findet im Veranstaltungsraum in einem Pub statt, wir könnten doch dort was trinken.«

»Klingt gut.«

Während wir durch die Stadt spazieren, reden wir darüber, wie unser Tag gelaufen ist. Als wir im Pub ankommen, haben wir noch eine halbe Stunde Zeit, bevor der Improvisationswettbewerb beginnt, also gehen wir an die Bar und bestellen unsere

Getränke. Unser Gespräch wendet sich dem Junggesellenabschied zu, von dem Miles gerade erst zurückgekehrt ist.

»Ich bin immer noch erschöpft«, sagt er mit einem Stöhnen.

»Waren die vielen Museen so anstrengend?«

»Wir sind viel gelaufen. Außerdem wurde es eine lange Nacht. Wir haben Wes in einen Skinsuit gesteckt, in dem er aussah wie Michelangelos David.«

»Ich hoffe, dass es Fotos gibt!«

Er zieht sein Handy aus der Gesäßtasche und beginnt zu scrollen, während meine Fantasie bereits verrücktspielt.

»Ah, da ist es ja.«

Er will mir gerade das Handy reichen, als es klingelt. Miles wirft mir einen entschuldigenden Blick zu, meldet sich und geht dann hinaus, um in Ruhe sprechen zu können. An seinem Tonfall habe ich sofort erkannt, dass es beruflich ist.

Ich lehne allein an der Bar und versuche, mich nicht zu unwohl zu fühlen. Im nächsten Moment entdecke ich Aaron.

»Aaron!«, rufe ich ihm zu. Er muss zweimal hingucken.

»Edie? Wie toll, dass du gekommen bist.« Er späht mir besorgt über die Schulter.

»Ist alles in Ordnung?«

»Ja, klar. Oder das wird es sein, sobald Hayley endlich auftaucht; sie ist spät dran, und wir sind ziemlich nervös, denn wir treten ausgerechnet gegen das Team an, das uns letztes Jahr rausgeworfen hat.«

»Ihr schafft das schon.«

Im Job ist er immer so zuversichtlich, aber jetzt scheint er völlig aufgelöst. Miles kommt zurück, wirkt abgelenkt und tippt stirnrunzelnd eine Nachricht in sein Handy. Er bemerkt Aaron erst im letzten Moment.

»Hallo«, begrüßt er ihn.

»Miles, das ist mein Mitarbeiter Aaron. Aaron, das ist Miles.«

»Freut mich. Ich muss mich jetzt aufwärmen gehen, aber wir haben hoffentlich nach dem Wettbewerb noch Zeit, uns zu unterhalten. Super, dass ihr beide hier seid.«

»Viel Glück – und hoffentlich kommt Hayley bald!«

Er drückt die Daumen und eilt zum Veranstaltungsraum.

Miles schnappt sich sein Bierglas und trinkt einen großen Schluck.

»Alles in Ordnung?«, frage ich.

»Ja und nein«, antwortet er, und sein Handy pingt. »Es gibt ein Problem bei einem Merger, von dem wir eigentlich dachten, er würde ohne Probleme über die Bühne gehen. Jetzt hat der eine Vertragspartner ein Addendum hinzugefügt, das der andere ablehnt.«

»Musst du zurück ins Büro?«

Er zwickt sich in den Nasenrücken. »Kann sein, aber erst will ich noch mal telefonieren. Vielleicht ist es damit getan.« Er sieht mich entschuldigend an.

»Kein Problem.«

»Gut, dann erledige ich schnell diesen Anruf, bevor die Veranstaltung losgeht.«

Er haucht mir einen Kuss auf die Wange und eilt wieder nach draußen.

Ich ergreife mein Weinglas und schaue zum Veranstaltungsraum. Yas und Dave stehen jetzt bei Aaron, sie schauen alle auf sein Handy und wirken geknickt.

Ich schnappe mir auch Miles' Glas und gehe zu den dreien.

»Hallo«, sage ich und lächle, aber ich merke, dass etwas nicht stimmt.

Yas wirkt den Tränen nahe und nickt mir zur Begrüßung nur angespannt zu. »Hayley kommt nicht; sie ist gestürzt und befürchtet, sie hat sich das Bein gebrochen.«

»O nein, die Ärmste!«

»Zum Glück ist Brian bei ihr und kümmert sich. Aber nun sind wir zu wenig für ein Team. Es müssen mindestens vier sein.«

Jetzt verstehe ich die Enttäuschung. »Könnt ihr nicht einfach noch jemand anderen dazuholen?«

»Nicht so kurzfristig«, antwortet Aaron. »Wir sind in einer Viertelstunde dran. Ich wüsste niemanden, der so schnell hier sein kann. Es sei denn …«

Er sieht mich plötzlich forschend an. Ich kann förmlich sehen, wie sich die Rädchen in seinem Kopf drehen.

»O nein.« Ich schüttle den Kopf und hebe abwehrend die Hände. »Das kann ich nicht.«

»Es ist unsere einzige Möglichkeit, doch noch teilzunehmen.«

Yas und Dave schauen mich flehend an.

»Aber ich kann mich nicht vor so viele Menschen stellen und dann auch noch improvisieren!« Mir bricht bei der Vorstellung der kalte Schweiß aus.

»Es sind nicht viele Zuschauer«, sagt Dave, »und wir übernehmen das meiste. Du musst nicht einmal etwas sagen, sondern reagierst einfach auf das, was wir tun.«

Allein der Gedanke macht mir Angst.

»Bitte, Edie!«, fleht Yas.

Ich höre die Verzweiflung in ihrer Stimme. Wenn doch nur Miles nicht mit seinem Job beschäftigt wäre, könnte er einspringen. Er wäre so viel besser als ich.

Unvermittelt denke ich an die E-Mails und den Sommer in Hartland's. Diese Situation erinnert mich an die Aktion, als wir für die Animateure als Pussycat Dolls einsprangen. Dieses Mal würde ich wenigstens nicht Gefahr laufen, mir auf der Bühne etwas zu zerren.

Wenn ich ihre einzige Option bin, kann ich sie nicht im Stich lassen. Davon abgesehen zählt das auf jeden Fall als Ausprobieren von etwas Neuem.

»Und ich muss wirklich nichts sagen?«

Yas kreischt freudig und schlingt die Arme um mich, obwohl ich noch gar nicht zugesagt habe.

»Kein Wort«, versichert Dave. »Mach uns auf der Bühne einfach alles nach.«

»Aber *falls* du etwas sagen möchtest«, fügt Aaron hinzu, »denk bitte an die ›*Ja, und*‹- Regel.«

»Was heißt das?«

»Es bedeutet, dass du auf das aufbaust, was jemand anderer gesagt hat.«

Ich verstehe nicht ganz.

»Folge einfach unserem Beispiel. Du wirst es lieben«, sagt Yas und drückt mich noch fester. »Du wirst in einen richtigen Rausch geraten.«

Jede Hoffnung, doch noch von Miles gerettet zu werden, schwindet, als ich ihn durch das Fenster draußen auf und ab gehen sehe, die Hand auf dem Kopf.

»Dann werden wir dich mal vorbereiten«, sagt Aaron.

Ich nicke und kann nicht glauben, worauf ich mich eingelassen habe.

»Applaus für die Impensonators!«

Die wenigen Zuschauer im Veranstaltungsraum klatschen, und hinter einer behelfsmäßigen Kulisse, die lediglich aus einem roten Vorhang besteht, streckt Aaron die Hand aus, Yas und Dave legen ihre darauf, und nach einem kurzen Stups mit dem Ellbogen von Yas lege ich meine ebenfalls obendrauf.

»Auf drei, improvisieren!«, sagt Aaron. Wir zählen alle mit, und dann hält Dave den Vorhang hoch, und wir finden uns vor dem Publikum wieder. Die Zuschauerinnen und Zuschauer sitzen in Hufeisenform um uns herum, wodurch ich mich sehr beobachtet fühle.

»Okay«, sagt der Moderator, »weiter geht's mit unserer zweiten Gruppe.«

Das andere Team hat seinen ersten Auftritt bereits hinter sich. Beide Teams treten im fünfminütigen Wechsel auf – also dauert ein Auftritt nur fünf Minuten. So gesehen klingt es gar nicht so schlimm. Fünf Minuten pro Sketch, insgesamt fünfundzwanzig Minuten auf der Bühne, aber ich spüre jetzt schon, wie sich jede einzelne Sekunde hinzieht. Vor allem, nachdem ich hinter der Bühne dem anderen Team bei seinem Auftritt zugehört habe. Das Tempo, mit dem sie die Vorschläge umgesetzt und sich spontan etwas ausgedacht haben, war unglaublich, und ich kann mir nicht vorstellen, wie wir das schaffen sollen.

»Also, euer Szenario ist …«, sagt der Moderator und steckt seine Hände der Reihe nach in die drei Schalen am Ende der Bühne, zieht jeweils einen Zettel und liest: »Urlauber, in … einem Industriekühlschrank, und das Schlüsselwort lautet: Ziele.«

Aaron nickt, und Yas wirkt schon ganz aufgeregt. Ich sehe bestimmt wie erstarrt aus, denn Dave tätschelt meinen Arm und zeigt mir den erhobenen Daumen.

»Hier ist es aber nicht so, wie es angepriesen wurde«, sagt Aaron und marschiert in die Mitte der Bühne. Er schaut sich um, die Hände in die Hüften gestützt. »Das soll ein Urlaubsziel sein?«

»Es hieß, hier würde es kalt sein, aber ich hätte nicht gedacht, dass es *so* kalt ist! Ich habe nicht einmal einen Mantel eingepackt.« Yas reibt ihre Arme und beginnt zu zittern.

»Ich hatte an Skifahren oder Berge gedacht und nicht an die Billigvariante eines Eis-Hotels«, wirft Dave ein.

»Das war das letzte Mal, dass ich etwas auf Empfehlung eines Instagram-Influencers gebucht habe. Hashtag kalter Urlaub.«

Lachen geht durch den Raum.

»Hashtag Fröstel-Urlaub«, höre ich mich plötzlich sagen. Wieder lachen alle, aber das ist nichts im Vergleich zu der Überraschung und Freude in den Gesichtern meiner Kollegen.

»Hashtag cooles Selfie«, sagt Yas, streckt den Arm aus, tut so, als würde sie ein Handy halten, und bedeutet uns mit einer Armbewegung, näher zusammenzurücken. Sie macht ein Foto mit ihrem imaginären Handy. »Und noch eins.« Sie bewegt den Arm, und die anderen verändern ihre Position. Ich bin zu langsam und schneide eine Grimasse. »Hashtag Superfreunde.«

»Oh, oh«, sagt sie und macht ein langes Gesicht.

Aaron stützt wieder die Hände in die Hüften. »Was ist los?«

Sie tut so, als sei sie ratlos, was ziemlich genau meinen Gefühlen entspricht. Es ist so seltsam, sich etwas auszudenken, was zu der Szene passt, und gleichzeitig darauf zu achten, was die anderen sagen, und entsprechend zu reagieren. Wir spielen seit höchstens einer Minute, aber ich bin bereits erschöpft von dem Versuch, mitzuhalten.

»Da ist es! Nein, doch nicht. Kein WLAN«, sagt Yas, und die anderen atmen hörbar erschrocken ein. Ich weiche zurück und gebe mein Bestes, entsetzt auszusehen.

»Kein WLAN? Aber das wurde in dem Prospekt zugesichert«, sagt Dave.

»Prospekt!«, sagt Aaron lachend. »Wann hast du diesen Urlaub gebucht? 1995?«

Dave lächelt, und das Publikum kichert.

»Lass dir gesagt sein, dass es in dem kleinen Reisebüro in der Stadt immer noch Prospekte gibt, und darin steht schwarz auf weiß: WLAN.«

»Aber was soll ich tun, wenn ich meine Insta-Follower nicht auf den neuesten Stand bringen kann?«, jammert Yas. »Wie soll ich meinen Urlaub bewerten? Wie soll jemand wissen, wo ich gewesen bin? Ich meine, ist das hier überhaupt real, wenn ich es nicht auf Facebook posten kann?«

Wir schauen uns gegenseitig ratlos an, und ich frage mich, wie die anderen es schaffen, nicht zu lachen. Sie gehen total in ihrer Rolle auf und sind unglaublich gut.

»Vielleicht werden wir gefilmt«, sage ich und spähe hoch zur Decke. »Vielleicht ist das eine Art Realityshow.«

»Um zu sehen, wie wir im schlimmsten Hotel der Welt, abgeschnitten von der Zivilisation, zurechtkommen?«, sagt Aaron, tritt einen Schritt vor und schaut mit mir gemeinsam zur Decke.

»Als wären wir von der Zivilisation abgeschnitten?«, fragt Dave, dreht sich um die eigene Achse und hält Ausschau nach einer Kamera.

»Wenn ich gewusst hätte, dass ich ins Fernsehen komme, hätte ich was anderes angezogen. Wie soll irgendjemand unter diesem Winterparka meinen heißen Körper vermuten?« Yas streicht sich die Haare glatt und zieht einen Schmollmund.

»Du hast wenigstens einen Mantel«, sagt Aaron. »Meine Bermudashorts sind bei dieser Kälte der absolute Fehlgriff.«

»Und für deine Beine sind sie auch nicht vorteilhaft.« Dave zwinkert ihm zu.

»Ich dachte, du magst meine Beine?«

»Man merkt, dass du trainierst«, springt Yas schnell ein, weil Daves Mundwinkel zucken, als würde er jeden Moment anfangen zu lachen.

»Tue ich, es ist mein Ziel, Wadenmuskulatur aufzubauen.«

Wir schauen alle auf seine Beine.

»Aber du weißt schon, dass Kälte sie schrumpfen lässt?«

»Jep, genauso wie alles anderes, stimmt's?«, erwidert Aaron.

»Jede Wette, dass es hier keinen Fitnessraum gibt«, sage ich in die Stille hinein.

»Fitnessraum? Es gibt nicht einmal genug Betten«, wirft Dave ein.

»Nur eins!«, ruft Aaron.

»Was?«, schreit Yas. »Aber wenn ich meinen Schönheitsschlaf nicht bekomme, wirkt mein Gesicht aufgedunsen.«

»Ohne WLAN sieht dich zumindest niemand auf Instagram«, sage ich, mutiger werdend. Das Publikum lacht. Ich tue das hier. Ich tue es wirklich!

»Stimmt.« Yas nickt. »Wie sollen wir alle in ein Bett passen?«

»Ist es überhaupt groß genug für einen?«, fragt Dave.

Aaron legt sich auf den Boden, probiert verschiedene Positionen aus, bis er sich zusammenrollt wie ein Fötus. »Vielleicht, wenn wir alle so schlafen.«

Die anderen legen sich zu ihm und rollen sich zusammen. Ich muss mitmachen.

»Wisst ihr, als ich sagte, ich würde gern mal mit zwei Frauen ins Bett gehen, habe ich mir das anders vorgestellt«, sagt Aaron.

»Wo kann man sich beschweren?«, fragt Dave und steht wieder auf.

»Vielleicht haben sie deshalb kein WLAN, damit du keine Bewertung abgeben kannst«, sagt Yas. »Lässt sich diese Tür überhaupt öffnen?«

Sie zerrt an einem imaginären Griff. Aaron geht zu ihr und hilft ihr beim Ziehen. Dave schließt sich den beiden an, und da ich nicht allein herumstehen will, ziehe ich ebenfalls mit.

»Das bringt nichts. Sie rührt sich nicht«, stellt Yas fest.

»Für gewöhnlich träume ich davon, im Urlaub festzusitzen, aber nicht so«, sage ich.

»Das ist definitiv kein gutes Urlaubsziel«, sagt Aaron, und in dem Moment ertönt der Buzzer.

Das Publikum applaudiert, und mir wird am ganzen Körper heiß. Ich kann nicht glauben, dass ich es tatsächlich getan habe.

Aaron tätschelt uns allen den Rücken, dann winken wir kurz und eilen wieder hinter den Vorhang.

Die anderen beglückwünschen mich, während wir hören, wie der Moderator das nächste Thema samt Schlüsselwort für das andere Team nennt.

Die übrigen Auftritte vergehen wie im Flug. Zwischen unseren Auftritten und dem Zuschauen, was das andere Team macht, habe ich gar keine Zeit, nervös zu werden. Ich vergesse das Publikum und konzentriere mich ausschließlich auf die Mitglieder meines Teams. Erst als alles vorbei ist, realisiere ich, was heute Abend passiert ist. Mir wird ein bisschen schwindelig, aber meine Teamkameraden stützen mich, während wir feiern, dass sie eine Runde weiter sind.

»Du bist unsere Glücksbringerin!«, sagt Aaron zu mir.

»Oh, ich habe nicht wirklich viel beigetragen«, wehre ich ab.

»Doch, hast du«, insistiert Yas. »Wie du den Rugbyspieler bei der Anprobe gespielt hast, das war genial.«

»Ich weiß ehrlich nicht, woher das kam«, gestehe ich und kann immer noch nicht glauben, dass ich es tatsächlich durchgezogen habe.

»Du wirst auch in der nächsten Runde mitmachen müssen«, sagt Dave. »So ein Talent wie deines lassen wir nicht so einfach von der Angel.«

»Aber Hayley ist dann doch sicher wieder dabei?«

»Klar, aber wir können auch zu fünft spielen, und es funktioniert sogar umso besser, je mehr wir sind, weil es ein bisschen den Druck nimmt.«

»Wir werden sehen … Keine Ahnung, ob mein Herz das durchhält.«

»Du gewöhnst dich dran – und dann dieser Rausch, wenn alles vorbei ist … Fühlst du das?«

»Allerdings«, bestätige ich.

Der Adrenalinschub gibt mir das Gefühl, ich könnte alles schaffen. Ich möchte zu gern wissen, was Miles von unserem Auftritt hält. Ich entdecke ihn beim Eingang. Er sucht die Menge nach mir ab, und ich winke ihm zu. Rasch kommt er zu mir.

»Edie, es tut mir so leid, dass du allein hier sitzen musstest«, sagt er und nimmt meine Hand.

»Moment mal, du hast gar nicht zugeschaut?«, erwidere ich ernüchtert.

»Nein, tut mir leid. Das Telefonat dauerte länger als gedacht. War es gut?«

»Äh … Hayley konnte nicht kommen, also bin ich eingesprungen.«

»Du hast ihre Rolle übernommen?« Überrascht schießen seine Brauen nach oben.

»Ja! Und es lief gut. Ich meine, ich war natürlich nicht annähernd so gut wie die anderen, aber ich habe ein paarmal etwas gesagt.«

Ich lächle und ziehe dabei die Nase kraus. Ich kann mich gar nicht mehr daran erinnern, wann ich mich zum letzten Mal so gut gefühlt habe.

»Wie blöd, dass ich es verpasst habe. Aber du hast es durchgezogen. Das ist super.«

»Ich weiß«, stimme ich zu.

Bis vorhin hätte ich nicht einmal in meinen wildesten Träumen gedacht, dass ich vor einem Publikum bei einem Impro-Stück mitmachen würde und dass es so viel Spaß machen könnte. Ich freue mich beinahe auf eine weitere E-Mail, um zu sehen, wozu sie mich als Nächstes bringt.

Kapitel 11

An manchen Tagen vergeht die Zeit wie im Flug, aber heute ist keiner dieser Tage. Ich kann mich kaum auf die Punkte meiner To-do-Liste konzentrieren.

Ich spähe hinüber zu Dads unbesetztem Schreibtisch, überfliege den Online-Kalender, um zu sehen, ob er zu einem externen Meeting musste oder ob es eine andere Erklärung dafür gibt, dass er um fast zehn Uhr noch nicht im Büro ist. Mein »Big Little Reader«-Termin ist markiert, da ich früher gehen muss, aber nichts über Dad.

Ich greife zum Telefon, um ihn anzurufen. Selbst nach all den Jahren bekomme ich sofort Angst, er könnte wieder mit dem Trinken angefangen haben. Doch ich lege den Hörer zurück. Vermutlich gibt es eine logischere Erklärung – er hat bei Julie übernachtet, und auf dem Weg von ihr ins Büro herrscht vielleicht mehr Verkehr. Ich gebe ihm noch eine halbe Stunde.

Um mich abzulenken, schicke ich Layla über unsere interne Message-App eine Nachricht, und wir treffen uns in der Küche.

»Wie war das Sportfest gestern?«, frage ich und setze den Wasserkessel auf. Erst jetzt entdecke ich den feuerroten Schorf auf ihrem Arm.

»Es war brutal. Ich sage dir, wir verbringen den Tag damit, unseren Kindern zuzuschauen, die nicht als Gewinner oder Verlierer gesehen werden dürfen, und wenn dann das Elternrennen startet, werden diese Regeln sofort über Bord geworfen und bis zur Ziellinie mit allen Bandagen gekämpft.«

»Klingt brutal.«

»War es. Zum Glück haben wir jetzt wieder ein Jahr Ruhe. Und das Schuljahr ist auch vorbei. Kannst du dir vorstellen, dass die Kids heute schon Ferien bekommen?«

»Das ging echt schnell. Hast du irgendetwas geplant?«

»Ja, und ich hoffe, es klappt. Aber genug von mir, man erzählt sich, du seist der Star beim Auftritt des Impro-Teams gewesen! Wie kam es denn dazu? Bitte sag mir, dass deine E-Mails der Grund waren.«

Auf die Gerüchteküche ist immer Verlass. Der Kessel pfeift, und Layla übernimmt das Zubereiten des Tees.

»Möglicherweise haben sie dazu beigetragen, vor allem, da ich kurz vorher eine weitere Mail bekam, in der stand, ich solle mal was Neues ausprobieren. Aber um die Wahrheit zu sagen, lag es mehr an den enttäuschten Gesichtern der anderen, als sie erfuhren, dass Hayley nicht kommen konnte – ich wollte sie nicht hängen lassen.«

»Ich bin immer noch geplättet. Vor allem, da ich hörte, du willst weitermachen.«

»Streng genommen habe ich noch nicht zugestimmt …«

»Ich glaube nicht, dass du eine Wahl hast. Aaron und Yas reden von nichts anderem. Und deinem Gesichtsausdruck nach zu urteilen, hat es dir Spaß gemacht.«

Ich reibe mir über die Wangen, die von dem vielen Lächeln allmählich verkrampfen.

»Ich dachte, ich würde zur Salzsäule erstarren, sobald es losgeht, aber ich war echt überrascht, wie viel Spaß ich auf der Bühne hatte. Und die Leute haben sogar über manche meiner Kommentare gelacht.«

»Nächstes Mal schaue ich es mir auf jeden Fall an. Und da wir gerade davon sprechen, wozu deine E-Mails dich motivieren: Wann besuchst du das nächste Mal deine Freundin Soph?«

»Nächstes Wochenende.«

Layla rührt Milch in den Tee. »Ich bin wirklich froh, dass du das tust.« Sie zieht den Teebeutel aus der Tasse und reicht sie mir.

»Dass ich was tue?«

»Auf dein früheres Ich hören. Etwas zu wagen. Du hältst mich auf dem Laufenden, ja?«

»Du erfährst es als Erste, falls ich noch eine E-Mail bekomme.«

»Gut, freue mich schon auf die nächste Folge. Und natürlich auch auf deinen Bericht über den nächsten Abend mit deinen alten Freunden. Okay, ich muss mal zurück an meinen Schreibtisch. Unser Boss ist ein echter Sklaventreiber.«

»Diese lästigen Chefs verderben einem einfach alles.«

Sie lacht und wendet sich zum Gehen. »Hoffentlich läuft alles glatt bei deinem Vorlesen nachher.«

»Danke!«, rufe ich ihr nach.

Als ich an meinen Schreibtisch komme, sitzt Dad an seinem Arbeitsplatz, und seine knallorange Krawatte wirkt wie ein Leuchtfeuer.

»Entschuldige meine Verspätung«, sagt er, sobald er mich entdeckt. »Ich musste den Wagen in die Werkstatt bringen, und sie hatten keinen Ersatzwagen, also bin ich mit dem Bus hergefahren.«

»Mit dem Bus?«

»Ja, obwohl ich zu Fuß vermutlich schneller gewesen wäre, bei der Route, die er genommen hat.«

»Die Bewegung hätte dir jedenfalls gutgetan. Hat dein Arzt nicht gesagt, du müsstest ein bisschen abnehmen?«

Er lacht und sagt, dass es ihm gut gehe und ich mir nicht so viele Sorgen machen solle. Tatsächlich entspanne ich mich ein wenig. Eines Tages werde ich lernen, mich nicht dauernd wegen Dad zu quälen, sondern zu akzeptieren, dass er allein auf sich aufpassen kann.

Es ist mein erster offizieller Termin für die Big Little Readers. Vergangene Woche hatte ich ein Meeting wegen des Organisationskrams und erhielt eine kurze Einführung. Der Rest sei *learning by doing*, sagte man mir. Ich bilde zusammen mit Arnold ein Team, einem erfahrenen Mitarbeiter, der mir zeigen wird, wie es läuft.

Als ich Arnold vorgestellt werde, verspannen sich meine Schultern. Plötzlich wird alles so real.

»Nur die Ruhe«, sagt Arnold. »Die Kinder beißen nicht. Oder zumindest nur selten.«

Er lacht, aber das beruhigt meine Nerven nicht.

»So etwas habe ich noch nie gemacht.«

»Das klappt schon. Wir lesen ja nur ein Buch vor und sprechen ab und zu mit verstellter Stimme – wenn du das kannst.«

»Ich werde mein Bestes geben.«

»Ihr zwei werdet euch prächtig verstehen«, sagt Adrian, der uns gegenüber am Tisch sitzt. Er schaut in den vor ihm liegenden Ordner. »Ihr fahrt zu Lola, sie ist neu in dem Programm. Sie ist acht Jahre alt und lebt derzeit bei ihrer Tante. Ihre Mutter starb vor ein paar Monaten an Krebs, und zu ihrem Dad hat sie keinen Kontakt.«

Es fühlt sich an, als würde die Luft aus mir herausgepresst, als ich mir vorstelle, wie es sein muss, in so jungem Alter die Mutter zu verlieren.

Ich überlege, ob ich erwähnen soll, dass meine Mutter ebenfalls schon lange verstorben ist, bin mir aber nicht sicher, ob ich darüber reden kann, ohne in Tränen auszubrechen. Über meine Mum zu sprechen oder mich an sie zu erinnern, macht mich entweder glücklich oder traurig, abhängig von meiner Stimmung, aber manchmal fühle ich mich auch in den Moment zurückversetzt, als ich von ihrem Tod erfuhr, und mich überkommt dieses erdrückende Gefühl, dass ich sie nie wiedersehen werde.

»Edie, ist alles in Ordnung?«, fragt Adrian und schaut von seinem Ordner hoch.

Ich blinzele eine Träne weg. Mir war klar, dass es emotional werden würde, aber ich hatte nicht erwartet, dass es mir gleich zu Beginn so nahegeht. Ich möchte ihn bitten, mich einem anderen Kind zuzuteilen, aber so funktioniert das nicht. *Alle* Kinder haben eine Geschichte.

»Ja, entschuldige, ich kann mir nur kaum vorstellen, was dieses Mädchen in den letzten Monaten durchgemacht haben muss«, gelingt es mir schließlich zu sagen.

»Ich weiß, das ist schrecklich. Arme Lola. Aber wir haben bei ähnlichen Fällen festgestellt, dass unsere Besuche wirklich helfen können. Es ist für die Kinder eine Ablenkung von allem, was in ihrem Leben gerade vor sich geht.«

Ich nicke wieder.

Als ich vor Lolas Zuhause eintreffe, atme ich ein paarmal tief durch. Dann helfe ich Arnold, die Bücherkiste aus dem Wagen zu holen.

»Ich übernehme erst mal das Reden, damit du dich eingewöhnen kannst«, schlägt er vor. Er will gerade an die Haustür klopfen, als er innehält und sich noch mal zu mir umdreht. »Erwarte nicht zu viel von der ersten Sitzung. Manchmal brauchen Kids eine Weile, um sich für uns zu erwärmen.«

Bevor ich nachfragen kann, öffnet eine Frau die Haustür.

»Hallo, kommen Sie herein! Ich bin Kate, Lolas Tante.«

»Ich heiße Arnold, und das ist Edie.«

Wir folgen ihr ins Wohnzimmer, wo ein kleines Mädchen Fernsehen schaut. Sie zeigt keine Regung, als wir eintreten, sondern richtet den Blick unverwandt auf den Bildschirm. Kate geht zum Fernseher und schaltet ihn aus.

»Lola, diese Leute sind gekommen, um mit dir zu lesen. Sie haben tolle Bücher mitgebracht.«

Schweigen.

»Lola«, wiederholt Kate.

»Ist schon gut«, sagt Arnold. »Lola kann später dazukommen, wenn sie möchte. Ich werde Edie etwas vorlesen. Sie ist neu und kennt noch nicht alle Geschichten.«

»Das stimmt«, sage ich, und mir bricht das Herz, als ich Lolas leeren Blick sehe. Genauso schaute ich mir damals im Spiegel entgegen – als wäre mein Körper eine leere Hülle und mein Geist ganz woanders.

Als ich überlegte, ob ich diesen Job machen soll, habe ich mich gefragt, ob ich mutig genug sein würde, Kindern vorzulesen, aber nicht, ob ich dem Ganzen emotional gewachsen wäre.

»Vielleicht könntest du mir eine Geschichte über ein Tier vorlesen. Ein Einhorn …« Meine Stimme zittert. Ich suche in Lolas Gesicht nach irgendeiner Reaktion, aber da ist nichts. »Oder etwas noch Exotischeres?«

»Wie wäre es mit dem hier, es handelt von einem Wal?«, schlägt Arnold vor, holt es aus der Kiste und beginnt zu lesen.

Ich weiß nicht, was ich von der ganzen Aktion erwartet habe, aber bestimmt nicht diese Reglosigkeit und Stille, die Lola ausstrahlt.

Nachdem Arnold die Geschichte beendet hat, lese ich ein Buch über eine Prinzessin vor. Ich imitiere sogar Stimmen. Die Improv-Crew wäre mächtig stolz auf mich, aber Lola reagiert nicht.

Wir lesen ein drittes Buch vor, dann ein viertes. Nach jedem lächelt Kate.

»Das war gut, nicht wahr?«, sagt sie, aber Lola bleibt passiv.

»Weißt du, Lola, wir können dir ein paar der Bücher hierlassen«, sagt Arnold, als unsere Zeit um ist.

Ein kaum wahrnehmbares Zucken. Lola bewegt nicht den Kopf, nur ihr Blick wandert zu der Kiste.

»Das ist nett von den beiden, nicht wahr?«, sagt Kate, und Lola richtet sich ein bisschen auf, wendet den Kopf in Richtung der Bücher.

»Wie wäre es mit einem über Lamas?«, fragt Arnold.

Keine Reaktion.

»Mal sehen«, sage ich und suche in der Kiste. »Wir haben etwas über Rennwagen, Feen, Peppa Pig und eins über Hexen.«

Lola beugt sich zaghaft näher heran. Ich ziehe das Buch heraus und lege es neben sie auf das Sofa.

Sie betrachtet es und fährt mit den Fingern über die erhöhten Ränder des Hexenrocks.

Arnold wirft mir einen kurzen Blick zu, und ich verspüre einen Stich im Herzen.

»Gut, danke, Lola, dass du dir unsere Geschichten angehört hast«, sagt er. »Wir haben uns sehr darüber gefreut, dich zu besuchen. Nächste Woche kommen wir mit anderen Büchern wieder, ja? Vielleicht kannst du uns dann sagen, ob die Geschichte mit der Hexe gut ist.«

»Es würde uns helfen, zu wissen, ob du das Buch anderen Kindern empfehlen würdest«, sage ich.

Lola erwidert nichts. Ihre Finger ruhen weiterhin auf dem Buch neben ihr. Wir nehmen das als Stichwort, aufzubrechen, und Kate zuckt entschuldigend mit den Schultern, während sie uns durch den Flur begleitet.

»Tut mir leid. Ehrlich gesagt ist sie momentan allen Menschen gegenüber so.«

»Ist völlig okay«, versichert Arnold. »Die meisten Kinder brauchen eine Weile, um unsere Besuche zu akzeptieren.

Manchmal geht es aber auch schnell. Drücken wir die Daumen.«

Wir verabschieden uns, laden die Bücherkiste und die Stühle in den Kofferraum und fahren los.

»Du hast das echt gut gemacht«, sagt Arnold, als er auf die Straße biegt. »Und ich habe gemerkt, wie nah es dir ging.«

»War das so offensichtlich?«

»Vermutlich nur für einen alten Hasen wie mich.«

»Normalerweise habe ich meine Gefühle ganz gut im Griff«, erwidere ich und kämpfe gegen die aufsteigenden Tränen an.

»Trauer ist eine seltsame Sache, Edie; sie trifft dich, wenn du am wenigsten damit rechnest. Vor zehn Jahren starb meine Frau, und manchmal fühlt es sich an, als sei es erst gestern passiert.«

»Oh … das tut mir echt leid.«

»Und mir wegen deiner … Mum?«

Ich nicke.

»Weißt du, Adrian ist ein feiner Kerl. Wenn du es ihm sagst, würde er dich bestimmt einem anderen Kind zuteilen.«

Das wäre eine Option gewesen, bevor wir herkamen, aber nachdem ich Lola kennengelernt und gesehen habe, wie sehr sie leidet, kann ich nicht mehr aussteigen.

»Danke, aber es ist schon okay. Egal welchem Kind ich zugeteilt werde, es wird eine Herausforderung sein. Bei ihr kann ich wenigstens nachempfinden, was sie durchmacht.«

»Vielleicht ist das sogar eine Möglichkeit, eine Verbindung zu ihr herzustellen. Dass du verstehst, wie sie sich fühlt, könnte ihr helfen.«

Ich beiße mir auf die Lippe, um den Schmerz zu kanalisieren. Ich spreche nicht gern über den Verlust meiner Mutter, aber wenn es Lola hilft, sollte ich das vielleicht tun.

»Meine Mum starb, als ich achtzehn war. Ich kann mir kaum vorstellen, wie schwer es in Lolas Alter sein muss.«

Arnold presst die Lippen aufeinander und nickt. »Meine Enkelkinder sind in dem Alter.«

Wir fahren schweigend weiter, bis wir an einer roten Ampel halten müssen.

Trotz meiner emotionalen Erschöpfung habe ich zum ersten Mal seit Langem das Gefühl, etwas zu bewirken.

Kapitel 12

Während wir durch Westerly spazieren, ergreife ich Miles' Hand. Ich hatte ihm kürzlich erzählt, dass Soph ein Treffen mit uns allen plant, und er schien sich ehrlich darüber zu freuen, dass er mit von der Partie sein soll. Am Nachmittag haben wir bei unserem B&B eingecheckt, und jetzt sind wir unterwegs zum vereinbarten Pub. In den vergangenen siebzehn Jahren hat sich Westerly ziemlich verändert. Das Stadtzentrum wurde einem Facelifting unterzogen, es ist jetzt schicker und hübscher, die viktorianischen Gebäude sind frisch gestrichen und mit Blumenampeln geschmückt, zwischen den altmodischen Straßenlaternen sind Bänder mit Wimpeln gespannt. Aber trotzdem kommt mir dieses Westerly noch vertraut vor.

Ich gehe an dem Pub vorbei, in dem ich zum ersten Mal legal einen Drink getrunken habe, nachdem ich achtzehn geworden war. Vorbei an dem schicken Meeresfrüchte-Restaurant, das einstmals ein schmuddeliger Imbiss war, in dem wir unseren Kater wegfutterten. Sogar den alten Kiosk gibt es noch. Als ich klein war, hat Dad darauf bestanden, dass wir unser Eis dort kaufen, weil es das billigste in der ganzen Stadt war.

Soph hat ›The Quays‹ ausgesucht, einen unserer früheren Treffpunkte. Beim Eintreten sehe ich sofort, dass der Laden umgestaltet wurde. Ein neuer Boden aus Schieferplatten, und die Bar schimmert in edlem Glanz.

Ich entdecke Soph und Brett an einem Tisch in der Ecke, wo sie sich mit einer mir unbekannten Frau unterhalten, und gehe auf sie zu.

»Du bist da!«, ruft Soph, steht auf und drückt mich fest. »Und du musst Miles sein, ich freue mich sehr, dass du mitgekommen bist.«

Er wirkt erstaunt, als sie ihn ebenfalls umarmt.

Ich beuge mich vor, und Brett küsst mich auf beide Wangen, dann schüttelt er Miles die Hand. Die Frau bei ihnen am Tisch hat langes, glänzendes braunes Haar und lächelt mich mit perfekten weißen Zähnen an.

»Edie, das ist Verity, Verity, das sind Edie und Miles«, stellt Soph uns vor.

»Freut mich sehr«, sagt sie mit amerikanischem Akzent.

»Ah, höre ich da den Ostküstenakzent heraus?«, fragt Miles.

»Stimmt, ich bin aus Massachusetts.«

»Wie schön. Ich habe eine Tante in New Hampshire.«

»Was für sie spricht.« Sie wirft grinsend ihr Haar über die Schultern.

»Setzt euch doch.«

Ich quetsche mich auf den leeren Stuhl neben Soph. Miles bleibt stehen und legt die Hand auf meine Rückenlehne.

»Ich hole uns vorher noch was zu trinken«, sagt er. »Edie?«

»Ich nehme ein Bier, danke.«

»Noch jemand?«

»Wir werden schon versorgt.«

Verity schenkt ihm erneut ein perfektes Lächeln und wendet sich dann mir zu. »Soph hat erzählt, dass ihr früher zusammen hier gejobbt habt.«

»Ja, den Sommer über. Wohnst du auch in Westerly?« Ich frage mich, ob Soph noch mehr Freunde eingeladen hat, eigentlich hatte ich gehofft, wir wären unter uns.

»Ich bin nur auf der Durchreise zurück in die Staaten.«

Douglas kommt zu uns und stellt Getränke auf den Tisch. Als er mich entdeckt, stehe ich auf, und er umarmt mich herzlich.

»Ist Suzie hier?«, frage ich. »Ich würde sie gern kennenlernen.«

»Nein, Isla hat morgen früh Schwimmkurs, und es wäre zu kompliziert gewesen mit der Fahrerei.«

»Findet der Kurs sogar in den Schulferien statt?«, fragt Soph.

»Muss die letzte Stunde sein«, erwidert er vage. »Und wo steckt nun der berühmte Miles?«

Ich drehe mich zur Bar um und zeige auf ihn, lasse jedoch sofort die Hand sinken, als ich Joel sehe, der mit zwei Gläsern auf uns zukommt.

»Der große Typ?«, fragt Douglas. Er muss mich zweimal fragen, weil ich erst nicht kapiere, wovon er redet – ich hatte für einen Moment vergessen, dass wir über Miles sprechen.

»Ja, das ist er.«

Joel stellt die Getränke auf den Tisch.

»Hallo«, sagt er zu mir, und diese Begrüßung ist genauso kühl wie letztens bei Soph zu Hause.

Er reicht Verity einen Drink, und sie schiebt die Finger durch eine Gürtelschlaufe seiner Jeans. Ich fühle mich wieder wie mit achtzehn und spüre, dass das Blut durch meinen Kopf rauscht. Plötzlich passt alles zusammen – Verity ist Joels Freundin, mit der er im Ausland zusammengearbeitet hat. Sie ist gebräunt und wunderschön, und jetzt komme ich mir noch dümmer vor, damals tatsächlich geglaubt zu haben, ich hätte eine Chance bei ihm – wo er solche Frauen haben kann.

»Ich dachte, du wolltest nicht kommen«, sage ich zu ihm und setze mich wieder, bin froh, dass mir der Stuhl Halt bietet. »Musst du nicht längst in Südfrankreich sein?«

Wenn ich gewusst hätte, dass er auftaucht, wäre ich nicht gekommen.

»Eigentlich ja, aber Verity muss zurück in die Staaten und konnte entweder in Paris oder in London einen Zwischenstopp einlegen.«

»Da dachten wir, es ist schöner, wenn ich zu Joel komme. Und als ich hörte, dass Douglas in der Stadt ist und Soph einen gemeinsamen Abend organisiert, war mir klar, dass ich die richtige Entscheidung getroffen habe.«

Sie prostet Soph zu, und die beiden stoßen an. »Obwohl ich für Bournemouth plädiert habe. Hier ist echt nichts los.«

»Genug, dass die Touristen allmählich wieder einfallen; nächsten Monat wird es dann richtig schlimm«, erwidert Brett.

Douglas setzt sich mir gegenüber und beugt sich über den Tisch.

»Also, Edie. Haben die anderen dir schon von meiner Idee erzählt?«

»Nein ...«

Joel seufzt. »Es ist eine furchtbare Idee.«

»Douglas findet, wir sollten Pub-Golf spielen«, klärt Soph mich auf.

Ich rümpfe die Nase. Das habe ich seit Jahren nicht gespielt.

Miles kommt zurück und stellt ein Bierglas vor mir auf den Tisch. Ich stelle ihn den anderen Jungs vor, bevor er sich neben mich setzt und den Arm auf meine Rückenlehne legt.

»Miles, du wirkst wie jemand, der früher Pub-Golf gespielt hat«, sagt Douglas.

»Möglicherweise habe ich an ein paar Runden teilgenommen.«

»Ein ›Par‹ – das gefällt mir.« Douglas klatscht mit ihm ab.

Miles braucht einen Moment, um zu kapieren, dass er unbeabsichtigt gepunktet hat, und grinst selbstzufrieden.

»Also, Miles ist auch dafür. Das wird cool.«

»Klingt witzig«, stimmt Verity zu und klatscht begeistert in die Hände. »Aber brauchen wir denn keine Anzeigetafeln?«

»Ich habe Stift und Papier bei der Kellnerin besorgt«, antwortet Douglas und hält beides hoch.

»Natürlich hast du das«, murmelt Joel vor sich hin.

»Ich kann mich gar nicht mehr an die Spielregeln erinnern.« Soph späht auf die Tabelle, die Douglas auf das Blatt zeichnet. »Wenn zum Beispiel die Par-Zahl in einem Pub zehn ist, dann müssen wir zehn Drinks trinken – richtig?«

Joel stöhnt entnervt. »O Mann, Soph, dann fallen wir um wie die Fliegen! Nein, es bedeutet, dass wir unser Glas mit zehn Schlucken leeren müssen.«

»Wie langweilig.« Sie klingt enttäuscht.

»Aber wenn wir achtzehn Löcher – also Pubs – spielen, werden wir so oder so eine Menge trinken«, gebe ich zu bedenken.

»Stimmt.« Sie nickt. »Moment mal, wir spielen heute aber keine achtzehn Löcher, oder?«

»Nein.« Joel wirft Douglas einen strengen Blick zu. »Wie spielen neun Löcher. Früher haben wir zwei Runden durch die Pubs gedreht, aber lasst es uns heute bei einer bewenden.«

»Wir hatten doch auch diese nervige Strafe bei Regelverstößen. Oder?«, denkt Soph laut nach. »Aber heute können wir niemanden mehr für den nächtlichen Wachdienst einteilen.«

Wie von selbst richten sich meine Augen auf Joel, und er erwidert meinen Blick. Das war damals eine meiner Lieblingsschichten, weil ich dann Zeit mit ihm allein verbringen konnte.

»Muss es wirklich eine Tour durch die Pubs sein?«, fragt Soph. »Es ist Samstagabend, und wir werden nirgendwo einen Tisch bekommen – wieso bleiben wir nicht einfach hier?«

»Dann ist es kein Pub-Golf und macht das eigentliche Ziel dieses Abends zunichte – unsere Reise in die Vergangenheit«, beharrt Douglas. »Wir werden neun Löcher spielen und durch die Pubs ziehen.«

»Okay, Braveheart«, stimme ich zu, und Soph kichert.

Douglas hebt eine Braue und wirft uns beiden einen tadelnden Blick zu, gefolgt von seinem Markenzeichen-Lächeln.

»Verdammt!«, flucht er plötzlich, »jetzt haben wir so lange über die Regeln diskutiert, dass mein Glas schon leer ist. Braucht noch jemand Nachschub?«

Wir schütteln alle den Kopf. Sobald er gegangen ist, herrscht verlegene Stille, und ich versuche, sie zu füllen.

»In Cannes zu arbeiten, stelle ich mir ziemlich aufregend vor, Verity.«

»Ist schon anstrengend, ständig dieses Glamour-Leben vor Augen zu haben, wenn du selbst arbeiten musst. Aber es ist ein wunderbarer Ort.«

»Weshalb du darüber nachdenken solltest, zu bleiben.« Soph seufzt. »Wusstest du, dass sie nach Florida ziehen und Joel mitnehmen will? Das ist viel zu weit, um ihn oft besuchen zu können. Außerdem sind die Flüge teuer.«

»Miami ist eine tolle Stadt.« Miles schnappt sich seinen Drink. »Bekommst du dort leicht ein Arbeitsvisum, Joel?«

»Es ist kompliziert« – Verity wendet sich Joel zu, hebt eine Braue –, »aber nicht unmöglich, es gibt definitiv Wege. Und du hast gut zu tun, weil das Wetter das ganze Jahr über großartig ist. Plus, bessere Bezahlung.«

»Geld ist nicht alles«, wirft Joel ein.

Während die anderen weiter über den Sonnenschein in Florida reden, beugt sich Soph zu mir und sagt mit gesenkter Stimme: »Die beiden führen seit Jahren eine On-off-Beziehung. Aber unter uns: Ich glaube, sie machen jetzt den nächsten Schritt, denn kann man sich noch fester binden, als zusammen in einen Tausende von Meilen entfernten Ort umzuziehen?«

Ich nicke und frage mich, ob das stimmt. Joel war noch nie der Typ, der sich irgendwo niederlässt und eine feste Beziehung eingeht. Ich sehe, wie Verity den Arm um Joel legt und den anderen Arm mit dem Handy ausstreckt. Sie macht ein Selfie, dann küssen die beiden sich. Vielleicht hat Verity es tatsächlich geschafft, ihn zu zähmen.

Douglas setzt sich wieder hin, ein frisches Pint in der Hand. »Also gut, lasst uns abschlagen.« Er setzt an, will sein Glas in einem Zug leeren.

»Langsam.« Ich lege die Hand auf seinen Arm. »Du musst den Abschlag nicht einlochen. Wir haben noch eine lange Nacht vor uns.«

Ich sehe die dunklen Ringe um seine Augen und seinen müden Blick. Seit unserer letzten Begegnung vor zwei Wochen scheint er gealtert zu sein. Ich bin nicht die Einzige, die ihn so prüfend ansieht, Joel tut es ebenfalls.

»Immer mit der Ruhe. Du hast sechs Schlucke für das Glas.«

Miles setzt sein halb leeres Glas ab, ich glaube, er hatte denselben Plan wie Douglas.

»Wir müssen aber auch miteinander reden, okay?«, sagt Soph. »Ich kann mich gar nicht mehr erinnern, was wir bei einer Kneipentour gemacht haben.«

»Ich habe vor allem getrunken«, antwortet Joel.

»Und auf Theken getanzt. Nein, Moment, das wart ja ihr beide«, sagt Douglas und zeigt auf Soph und mich.

»Typisch, dass du dich daran erinnerst. Es war nur ein- oder zweimal«, erwidere ich. »Und schuld daran war *Coyote Ugly*.«

»O mein Gott, ich habe diesen Film geliebt! Früher habe ich davon geträumt, ein Coyote zu sein.« Verity wirft erneut ihr Haar über die Schulter, als würde sie die Rolle spielen.

»Ich hätte dich gern auf der Theke tanzen sehen«, sagt Brett zu Soph. »Besteht die Chance, dass du es heute Abend noch mal versuchst?«

»Ja, klar. Mit achtzehn war ich spindeldürr und hatte knappe

Outfits an. In meinem jetzigen Zustand und dem Schlabberhemd lassen die mich niemals auf die Theke klettern.«

»Du hast schließlich erst vor Kurzem ein Kind bekommen. Und trotzdem bist du die heißeste Frau im Raum – nichts für ungut, Verity und Edie.«

»Macht nichts.« Ich kann Brett echt gut leiden.

»Und wen interessiert es, was für ein Oberteil du trägst? Ich würde dir in jedem Fall beim Tanzen zusehen. Schlabberhemd oder mein persönlicher Favorit, gar kein Hemd …«

»Schscht, ich werde noch rot! Du machst mich verlegen vor all meinen Freunden. Als mein Boyfriend bist du außerdem voreingenommen, aber trotzdem, danke.«

Er nimmt Soph in den Arm, küsst sie, und sie entzieht sich ihm kichernd.

Wenn ich Brett so mit Soph sehe, wird mir klar, dass er kein bisschen ist wie die Typen, auf die sie früher stand. Die haben nämlich derart auf cool gemacht, dass sie praktisch eiskalt waren.

Douglas stellt sein leeres Glas auf den Tisch. »Jap! Mit vier Schlucken geschafft«, verkündet er.

»Mach dich locker, Kumpel.« Joel betrachtet ihn missbilligend, und ich bin erleichtert, dass ich nicht als Einzige seine kalten Blicke zu spüren bekomme. »Wir mögen ja einen Spaziergang auf der Straße der Erinnerungen machen, aber wir sind keine achtzehn mehr.«

»Wem sagst du das?«, murmele ich und betrachte mein bisher kaum angerührtes Bier.

Miles knallt sein Glas auf den Tisch. »In drei«, teilt er stolz mit.

»Ja!« Douglas klatscht mit ihm ab und aktualisiert den Punktestand in seiner Tabelle.

Brett verzieht das Gesicht, dann greift er zu seinem Glas. »Wenn du sie nicht besiegen kannst, verbünde dich mit ihnen.«

Als wir es bis in den dritten Pub geschafft haben – und in der fünften Runde sind, da wir uns darauf geeinigt haben, in jedem Pub zwei Runden zu spielen –, liegen Douglas und Miles in Führung, während wir anderen hinterherhinken.

»Kommt schon, Leute«, feuert Douglas uns an. »Ihr lasst ganz schön nach.«

Ich hatte schon an dem Nachmittag bei Soph den Eindruck, dass Douglas viel trinkt, aber heute benimmt er sich so, dass ich an Dad erinnert werde – als der keine Kontrolle mehr über seinen Alkoholkonsum hatte. Douglas' ganzes Auftreten wirkt unecht, als würde er eine Schau abziehen, statt er selbst zu sein. Gelegentlich legt sich ein Anflug von Traurigkeit auf sein Gesicht, und ich frage mich, ob in diesen Momenten sein wahres Ich durchschimmert.

»Ich bin so müde«, sagt Soph und kuschelt sich an Brett.

»Und was wurde aus dem großartigen Plan, es krachen zu lassen?«, lallt er.

Soph seufzt tief. »Wir werden alt, ich konnte ja sowieso keinen Alkohol trinken und ich muss dringend abpumpen.«

Douglas zieht eine Augenbraue hoch und spitzt sichtlich gespannt die Ohren. »Das klingt interessant«, sagt er.

»Igitt, hör auf, an was Schmutziges zu denken«, zischt Soph und steht auf. »Ich muss die Brustpumpe anlegen, bevor ich auslaufe. Normalerweise wird Alfie um diese Zeit noch mal gestillt.«

»Oh, nicht ganz das, woran ich gedacht habe.«

»Wir können uns alle vorstellen, was du im Kopf hattest«, sagt Verity stöhnend, und Soph eilt zu den Toiletten.

»Also gut, in welcher Runde waren wir gerade?«, fragt Miles und steht auf. »Ich besorge die nächsten Getränke.«

»Spielen wir überhaupt noch?« Ich ziehe an seinem Ärmel, damit er sich wieder hinsetzt.

»Klar«, versichert Douglas fast schon gereizt.

»Ich bin nicht sicher, ob ich das Glas der letzten Runde überhaupt schon hatte«, wendet sich Verity mit fragendem Blick an Joel.

Er zuckt mit den Schultern. »Sieh mich nicht so an, seit der Runde mit dem Whisky habe ich den Überblick verloren. Ist es nicht Zeit, nach Hause zu gehen?« Er stützt den Kopf an der Wand ab.

»Du bist so süß, wenn du betrunken bist …« Verity zückt ihr Handy, schmiegt sich an ihn und schießt noch ein Selfie.

Miles eilt zur Bar. Brett beugt sich vor, um sich mit Joel und Verity zu unterhalten, und ich wende meine Aufmerksamkeit Douglas zu. Ich habe den ganzen Abend darauf gelauert, mit ihm reden zu können.

»Du wirkst so angespannt …« Ich senke die Stimme, damit die anderen mich nicht hören können. »Geht es dir gut?«

»Mir?«, fragt Douglas in lauter Bühnenstimme. »Nur, damit du es weißt, ich habe mich noch nie besser gefühlt.«

»Du trinkst ziemlich viel, und ich …«

»Mir geht's gut! Das ist eine Pub-Tour, und was kann ich dafür, dass ihr alle nichts vertragt?« Er versucht, das Ganze mit einem Lachen abzutun, aber das bewirkt nur das Gegenteil, genauso wie sein gerötetes Gesicht. Jedenfalls trägt es nicht dazu bei, mich zu beruhigen.

Miles stellt ein Tablett mit Getränken auf den Tisch.

»Ich bin mir ziemlich sicher, dass ich es morgen bereuen werde, zu verkatert zu sein, um mir die Sehenswürdigkeiten von Westerly anzuschauen«, sagt er und setzt sich. Ich greife zum selben Glas wie Joel, und unsere Hände berühren sich.

»Bitte sehr«, sagt er. Zum ersten Mal an diesem Abend sieht er mir in die Augen, ohne dass es wütend wirkt.

»Nein, nimm du.«

»Es ist für jeden von euch eins da«, sagt Miles und verteilt die Gläser.

Ich reibe mir über die Hand, die Joel mit seinen Fingern gestreift hat. Die Stelle fühlt sich immer noch warm an, und das erinnert mich daran, dass es früher jedes Mal so war, wenn wir uns an den Händen hielten.

»Falls ihr morgen noch hier seid, könntet ihr euch Joel und mir anschließen, wir wollen Stand-up-Paddling machen«, schlägt Verity vor.

»Ich bin mir sicher, dass die beiden mit Sightseeing beschäftigt sind.« Joel schüttelt ablehnend den Kopf.

»Ganz und gar nicht«, erwidert Miles, und seine Augen leuchten auf. »Das wollte ich schon immer mal ausprobieren. Können wir wohl ein Board leihen?«

»Joel sagt, es gäbe im Ort einen Verleih, ich habe nämlich auch keins. Sie vermieten auch Neoprenanzüge.«

Miles wendet sich mir zu. »Wie gut, dass wir unser Badezeug eingepackt haben.«

»Hm.« Das Letzte, was ich will, ist, mit Joel raus aufs Wasser zu gehen. »Aber hast du für uns nicht in dem Spa reserviert, das auf dem Rückweg liegt?«

»Hatte ich vor. Aber die Website ist ständig abgestürzt. Eigentlich wollte ich dort noch anrufen. Was für ein Glück, dass ich es nicht getan habe, oder?« Er tätschelt mein Bein, und ich lächle, gebe mich geschlagen.

»Was habe ich verpasst? Ist es langsam Zeit, nach Hause zu gehen?«, fragt Sophie und setzt sich wieder zu uns.

»Was wurde aus ›schlafen kannst du, wenn du tot bist‹?«, bemerkt Douglas.

»Ich habe gelernt, dass Schlaf unser Lebenselixier ist«, erwidert sie.

»Aber du kannst jetzt noch nicht abhauen.« Douglas schaut in die Runde und sucht nach Zustimmung, doch wir wissen alle, dass der Abend langsam vorbei ist. »Na schön. Wenn ihr alle heute solche Schwächlinge seid, müssen wir das wiederholen und ein ganzes Wochenende daraus machen.«

»Bin dabei«, stimmt Soph sofort zu und klatscht in die Hände. »Wir könnten um der alten Zeiten willen nach Hartland's gehen.«

Douglas schlägt auf den Tisch und erschreckt damit Brett, dem die Augen zugefallen sind. »Geniale Idee. Lasst uns das im Sommer machen.«

»Edie?«, fragt Soph.

»Ich weiß nicht …«

Ich versuche, Joel nicht anzusehen. Denn mir ist klar, dass es etwas anderes sein wird, ein ganzes Wochenende mit ihm zu verbringen – und dann auch noch ausgerechnet dort.

»Komm schon, das wird toll«, drängt Soph und wirft mir einen dieser Blicke zu, die ich nur zu gut aus der Zeit kenne, als wir achtzehn waren. So hat sie mich auch dazu gebracht, mit ihr auf der Theke zu tanzen. »Versprich mir, dass du es dir überlegst.«

»Okay.«

»Heißt dieses Okay, dass du mitkommst?« Sie streckt den Arm über den Tisch und drückt meine Hand.

»Es bedeutet, ich denke drüber nach.«

Aufgeregt drückt sie meine Hand noch fester, als hätte ich bereits zugestimmt. Ist ja nicht so, als hätte ich heute Abend keinen Spaß gehabt. Aber ein ganzes Wochenende? So viele E-Mails kann ich gar nicht bekommen, um das für eine gute Idee zu halten.

Kapitel 13

Das mit dem Stand-up-Paddling schien mir schon gestern Abend eine fürchterliche Idee zu sein, aber heute Morgen, als ich mit einem Kater aufwache … Allein die Vorstellung jagt mir einen eisigen Schauer über den Rücken. Ich zwinge mich, zu duschen und anschließend zum Frühstück runterzugehen, aber selbst ein komplettes English Breakfast kann das Pochen in meinem Kopf nicht abstellen. Mein Kater ist jedoch nichts im Vergleich zu dem von Miles. Bisher hat er es noch nicht einmal aus dem Bett geschafft. Ich stelle mich darauf ein, Soph und den anderen eine Nachricht zu schicken, dass wir es bleiben lassen.

Allein am Frühstückstisch, scrolle ich durch meine Nachrichten und stelle fest, dass ich eine E-Mail an mein zukünftiges Ich verpasst habe, als wir im Pub waren. Ich öffne sie, bin froh, dass ich sie unbeobachtet lesen kann. Dass ich nur ein paar Kilometer von dem Ort entfernt bin, an dem ich sie damals schrieb, macht es noch ergreifender.

Liebe Edie,
wie läuft es so »in da Zukunft«? Wenn ich das lese, sträuben sich sogar mir die Nackenhaare. Ich bin nicht 50 Cent und nicht cool genug, um zu rappen. Aber wie geht es dir? Und wie läuft es mit den Aufgaben in den E-Mails an dich? Hoffentlich hast du dir Mühe gegeben und Neues ausprobiert und dich dabei ordentlich gestreckt – bildlich gesprochen. In deinem Alter wollen wir keine Zerrung riskieren.

Bist du bereit für den Sommer? Hier wird es allmählich richtig warm. Ich laufe nur noch in Shorts herum, und zum ersten Mal seit Jahren sind meine Beine super gebräunt. Und richtig schön straff. Wer hätte gedacht, dass das Geheimnis für schöne Beine darin besteht, in einem Feriencamp täglich unzählige Kilometer zurückzulegen und nie länger als fünf Minuten still zu sitzen?
Es ist zwar viel zu tun, aber ich habe den Dreh jetzt raus und schaffe es sogar, heimlich ein bisschen zu lesen, während ich Dienst am Empfang habe. Ich lese das Buch *Yes Man,* das Joel mir geliehen hat. Darin geht es um einen Typen – wie der Titel schon ahnen lässt –, der zu allem Ja sagt, was ihm angeboten wird. Soph und ich haben entschieden, das mal auszuprobieren, natürlich mit der Einschränkung, Nein zu Männern sagen zu können. Meine Aufforderung in dieser E-Mail an dich lautet also, dass du einen Tag lang zu mehr Dingen Ja sagst.
Ganz viel Liebe und Sonnenküsse,
Edie xx

»Noch etwas Frühstücksspeck?«, fragt mich die Wirtin des B&B und hebt den Deckel einer Servierplatte.

Obwohl es verlockend duftet, will ich automatisch ablehnen, denn seit ich auf Dad aufpasse, achte ich auch auf meine eigene Ernährung. Und dann schießt mir durch den Kopf: *Sag öfter Ja.*

»Ja, bitte«, lautet deshalb meine Antwort.

Die Frau wirkt erfreut und lädt ein paar dampfende Speckscheiben auf meinen Teller.

Zurück in unserem Zimmer – ausgerüstet mit den selbst gebackenen Keksen, zu denen ich ebenfalls Ja gesagt habe – finde ich Miles in exakt derselben Position, in der ich ihn verlassen habe.

»Hey, geht es dir gut? Soll ich das Stand-up-Paddling absagen?«

Er öffnet ein Auge, schließt es sofort wieder und stöhnt laut.

»Ich bin in der Blümchen-Hölle gelandet. Wie kann die Wirtin ein Zimmer so dekorieren?«

»Vermutlich spielen andere Gäste kein Pub-Golf.«

»Hm, aber wenigstens haben wir gewonnen.« Er versucht, siegreich die Faust zu heben, doch offenbar ist sogar das zu anstrengend. Ich erspare mir die Bemerkung, dass er nur gewonnen hat, weil alle anderen aufgehört haben zu spielen. Soph ist mit dem Kopf auf Bretts Schoß eingeschlafen. Douglas hatte angefangen, mit einer Gruppe am anderen Ende des Pubs zu trinken, und warum Verity und Joel so plötzlich verschwunden sind, möchte ich lieber nicht wissen.

»Also, Stand-up-Paddling? Ich kann eine Nachricht schicken und absagen.«

Miles reibt sich die Schläfen. »Nein, ich springe rasch unter die Dusche.«

»Bist du sicher? Denn …«

»Alles okay. Gib mir fünf Minuten.«

Als wir am Kai ankommen, sitzt Joel mit einem extragroßen Mehrweg-Kaffeebecher auf einem Mäuerchen. Er trägt Shorts, T-Shirt und Flip-Flops und hat eine Sonnenbrille auf dem Kopf. Sofort kribbelt es in meinem Bauch. Wie kann es sein, dass er noch besser aussieht als in unserer Jugend?

»Whoa, Miles, geht es dir gut?«, fragt er.

»Ich dachte vorhin, die frische Luft würde mir guttun, aber jetzt bin ich mir nicht mehr so sicher.« Miles stützt sich auf das Mäuerchen, um nicht das Gleichgewicht zu verlieren.

»Verity geht's auch nicht gut.« Joel zeigt auf den Weg am Fluss hinunter, wo sie mit einer Wasserflasche in der Hand Power Walking macht. »Sie versucht es auszuschwitzen.«

Erst jetzt entdecke ich Douglas, der ausgestreckt rücklings auf dem Rasen liegt, die Augen mit einem Pulli zugedeckt.

»So viele Opfer. Und wie geht es dir?«, frage ich Joel.

»Gut. Und dir?«

»Ich befürchte, dass das dicke Ende noch kommt.«

Wir haben uns als Treffpunkt ein wunderschönes Fleckchen am Flussufer ausgesucht. Keine Wolke am Himmel, und das Sonnenlicht glitzert auf dem Wasser.

»Morgen!«, ruft Soph, die sich mit Alfie im Kinderwagen nähert. Sie klingt sehr viel munterer als wir anderen und betrachtet eingehend unsere schlappen Gestalten. »Das ist ja wie die Apokalypse.«

»Wo steckt Brett?«, fragt Joel.

»Er spielt bei einer Taufe, könnt ihr euch das vorstellen?« Sie verzieht das Gesicht. »Dabei sah er heute Morgen ziemlich grün aus. Jedenfalls kann ich nun nicht mitpaddeln, weil ich mich um Alfie kümmern muss.«

Verity hat sich inzwischen auch zu uns gesellt. »Ich kann auf ihn aufpassen«, bietet sie an. »Wir könnten dann abwechselnd paddeln.«

»Ehrlich gesagt sollte ich das besser nicht tun. Ich hatte einen Kaiserschnitt, und die Naht ist vielleicht noch nicht richtig verheilt.«

»Natürlich ist sie das«, knurrt Douglas. »Alfie ist fast sechs Monate.«

»Er lebt!«, ruft Soph mit Blick auf Douglas und fügt dann leise hinzu: »Noch.«

»Was ist mit dir, Douglas? Bist du dabei?«, fragt Joel.

»Ich geh vielleicht nur schwimmen.«

»Das Wasser ist eiskalt.« Soph schüttelt sich.

»Genau das, was ich jetzt brauche«, antwortet er.

»Wenn es so kalt ist, weiß ich nicht, ob ich mitmache, womöglich fallen wir ja rein«, ziere ich mich.

»Genau das macht es so aufregend«, erwidert Verity. »Außerdem ist es eine gute Motivation, das Gleichgewicht zu halten.«

»Wenn sie nicht will, ist das ihre Entscheidung«, sagt Joel und erhebt sich von dem Mäuerchen.

»Komm schon, Edie, du kannst jetzt keinen Rückzieher machen. Vertrau mir, du wirst es toll finden.« Verity sieht mir mit hochgezogener Braue direkt in die Augen.

Ich will schon antworten, dass ich es lieber sein lasse, aber dann fällt mir wieder ein, dass heute ein Tag des Ja-Sagens ist.

»Okay, ich mach mit.«

Sie tätschelt meinen Rücken, und mir entgeht nicht das Aufblitzen von Verärgerung in Joels Gesicht.

Nach einer Fahrt, die Stunden zu dauern schien, obwohl es nur fünf Minuten waren, komme ich total verschwitzt am Strand an. Mir ist der blöde Fehler unterlaufen, bereits am Kai den Neoprenanzug anzuziehen, da ich ganz vergessen habe, wie heiß einem darin werden kann, ganz zu schweigen davon, wie unbequem es ist, sich in dem Ding hinzusetzen. Während Joel und Verity die Bretter vorbereiten, versuche ich diesen Anzug aus allen Ritzen zu ziehen, in die er sich gequetscht hat. Dem armen Miles ist kotzübel. Er hat während der Fahrt den Kopf aus dem Fenster hängen lassen wie ein hechelnder Hund.

Verity kommt in Bikinihöschen und UV-Shirt auf mich zu und reicht mir ihr Handy.

»Hey, Edie, könntest du ein Foto von Joel und mir machen? Ich brauche fotografische Beweise unserer Liebe, verstehst du?«, sagt sie, legt den Arm um Joels Schultern und zieht einen Schmollmund.

Ich versuche die Welle der irrationalen Eifersucht zu ignorieren, die mich überrollt. Vor allem, da er sich offenbar nicht unwohl fühlt, wenn sie das L-Wort benutzt. Ich mache ein paar Schnappschüsse und reiche ihr dann das Handy zurück.

Soph setzt sich auf ein Handtuch und versucht Alfie zu überreden, den Sand nicht zu essen, sondern auf den schlafenden Douglas zu schütten.

»Ich erwarte, dass er vollständig verbuddelt ist, wenn wir zurückkommen!«, ruft Joel und wendet seine Aufmerksamkeit wieder den Boards zu.

»Das ist der Plan«, erwidert Soph gut gelaunt.

Joel gibt uns eine kurze Einweisung, nach der sich Stand-up-Paddling ziemlich einfach anhört.

»Also gut, wir fangen langsam an. Für den Anfang geht erst mal auf die Knie.« Joel schaltet voll in den Lehrermodus. »Bereit?«

»Auf die Knie«, wiederhole ich und verfluche die frühere Edie, die mich in dieses Schlamassel gebracht hat.

Ich betrachte das Wasser, das so ruhig und friedlich wirkt. Vielleicht wird es am Ende gar nicht so schlimm.

Verity treibt bereits vom Ufer weg. Im Nullkommanichts steht sie auf ihrem Board, es sieht super einfach aus.

»Entscheidend ist das Gleichgewicht, okay?«, sagt Miles und schiebt sich auf die Knie. Er treibt zu Verity, und sie gibt ihm Tipps, wie er aufstehen kann. Joel schaut zu den beiden, als würde es ihn jucken, sich ihnen anzuschließen. Er klettert auf die Knie und will sich abstoßen, wendet sich dann aber wieder mir zu. Ich habe noch nicht einmal mein Brett ins Wasser gelassen.

»Vergiss nicht, die Sicherung an deinem Fußgelenk zu befestigen, für den Fall, dass du ins Wasser fällst«, sagt er und zeigt darauf.

»Danke für das Vertrauen.«

»Man sollte vorbereitet sein. Aber mit deinem Neoprenanzug musst du keine Angst davor haben, hineinzufallen. Zumindest hast du es heute geschafft, ihn richtig herum anzuziehen.« Er lacht kurz, fängt sich aber sofort wieder.

Ich weiß sofort, worauf er anspielt: auf das erste Mal, als ich so ein Ding anzog, weil er mir Windsurfen beibringen wollte.

»Woher sollte ich wissen, dass der Reißverschluss auf den Rücken gehört? Dieser Fehler hätte jedem passieren können.«

»Klar. Weißt du, wie viele Leute ich in dem Sommer unterrichtet habe und wie viele von ihnen den Anzug falsch herum angezogen haben?«

»Vielleicht habe ich einen Trend angestoßen.«

»Einen, der sich aber nicht etablierte.«

»Mach dich nur lustig. Aber ich erinnere mich noch daran, als du einen Granatapfel gegessen und jeden Kern einzeln herausgepickt hast.«

»*Touché*«, sagt er, lacht und sieht mich zum ersten Mal voller Wärme an.

Das ist an diesem Wochenende bisher unser längstes Gespräch, und es weckt in meinem Herzen eine schmerzhafte Sehnsucht nach dem, was wir einst hatten.

»Also pass auf, du musst dein Gleichgewicht finden«, sagt er, streicht sein Haar zurück und beginnt dann, es mir vorzumachen. Er schiebt sich von den Knien hoch in den Stand, hält sein Paddel in der Hand und stößt sich vom Ufer ab. »Siehst du, gar nichts dabei.«

Miles steht bereits auf seinem Brett, trotz seines tobenden Katers, und paddelt tatsächlich mit Verity davon. Ich befürchte, dass Joel ihnen folgen wird, und obwohl ich nicht wirklich hier mit ihm festsitzen will, möchte ich auch nicht allein bleiben. Er fährt ein Stück raus, kehrt dann aber zum Strand zurück, klettert von seinem Brett und hält meins fest.

Ich krieche auf allen vieren auf das Board. Sobald ich oben bin, legt Joel behutsam die Hände auf meinen Rücken, um meine Haltung zu korrigieren. Ich versuche, unter seiner Berührung nicht zusammenzuzucken.

»Leg die Hände ein bisschen weiter auseinander um das Paddel.« Er lässt meinen Rücken los und steigt auf sein eigenes Brett, um mir zu demonstrieren, wie man das Paddel hält und einsetzt.

So gut ich kann, mache ich es ihm nach. Eine Weile bleibe ich auf den Knien, bis Joel auf seinem Brett plötzlich aufsteht. Er richtet den Blick nach vorn und wendet langsam, damit er mich anschauen kann.

»Gut, dann wollen wir dich auch mal in den Stand bringen.«

»Nein, nein, nein, wollen wir nicht. Ich bin zufrieden so. Es ist großartig und …« Ich verstumme. Die vergangenen Wochen, in denen ich meine E-Mails aus der Vergangenheit erhielt, haben mich an den Rand meiner Wohlfühlzone gebracht, und es ist nichts Schreckliches passiert. Heute geht es darum, Ja zu sagen. »Okay, was muss ich tun?«

Joel lächelt und erklärt mir Schritt für Schritt, wie ich vorgehen soll. Langsam schiebe ich eins meiner zitternden Beine in den Stand.

»Du schaffst das, Edie, nur zu. Nächstes Bein. Immer schön nach oben schauen, nicht nach unten.«

Ich komme hoch auf beide Beine und stehe. Ich stehe tatsächlich auf meinem Board.

»Ich bin oben, ich bin oben!«, kreische ich, schaue hinunter, um mich zu orientieren, und beginne prompt zu wackeln.

»Sieh mir in die Augen!«, sagt Joel.

»Wird das jetzt *Dirty Dancing?*«

»Höchstens ungeplant. Schau mir in die Augen.«

»Jetzt bist du Humphrey Bogart.«

Er beginnt zu lachen, und ich lache mit. Das ist allerdings nicht förderlich für mein Gleichgewicht, und ich gerate gefährlich ins Schwanken.

»Ich fall bestimmt runter! Ich will aber nicht fallen!«

»Immer schön nach oben schauen.«

Es hilft nicht. Ich rudere mit den Armen, lasse instinktiv mein Paddel los und falle seitwärts vom Board.

Als ich auf dem Wasser auftreffe, das trotz des Neoprenanzugs eisig ist, ruft Joel etwas, aber ich kann ihn nicht verstehen. Ich bin nur eine Sekunde lang unter Wasser, dann taucht mein Kopf wieder auf, und ich schnappe nach Luft.

Joel hockt sich auf sein Board und hält mir hilfsbereit den Arm hin. »Ich halte dich oben.«

Ich muss an das erste Mal denken, als er das zu mir sagte. Er hatte mich behutsam gehalten, mir beigebracht, in Seesternposition rücklings auf dem Wasser zu treiben.

»Und die Fußsicherung zum Glück auch«, sage ich und versuche die Erinnerung aus dem Kopf zu verdrängen.

»Deshalb solltest du sie stets anlegen. Okay, wieder rauf mit dir. Schieb dich einfach von der Mitte aus hoch, nicht austreten.«

Wie ein gestrandeter Wal schiebe ich mich auf das Brett und liege dann auf dem Bauch.

»Ich werde so hier liegen bleiben.«

»Du kannst mit den Händen paddeln!«

»Nein, so ist es sehr viel besser.«

»Allerdings ziemlich langsam und trainiert nicht deine Mitte.«

»Meine Mitte ist ganz glücklich über die Vernachlässigung. Ich brauche keine harten Bauchmuskeln.«

Wieder wandern meine Gedanken zu dem Sommer in Hartland's, zu Joel und seiner quietschenden Bauchwippe. Ich frage mich, ob er es je zu einem Sixpack geschafft hat. Schluss damit, Edie!

»Du hast es bisher ziemlich gut gemacht, wäre schade, wenn du es nicht noch mal versuchst.«

»Du willst doch nur höflich sein.«

»Quatsch. Du musst immer nach oben schauen, dann findest du dein Gleichgewicht. Bereit für einen weiteren Versuch?«

»Ja«, antworte ich und versuche, es auch so zu meinen. Mir war nie bewusst, dass meine Standardreaktion auf die meisten Fragen »Nein« lautete. Wann bin ich eigentlich so negativ geworden?

Ich brauche ein paar Versuche, um mich hinzustellen, aber als ich es dann geschafft habe, stehe ich ganz still.

»Und jetzt paddle«, sagt Joel mit sanfter Stimme, versucht offenkundig, mich nicht zu erschrecken. »Andersherum.«

Ich drehe das Paddel um, tauche es ganz langsam ins Wasser ein und beginne, es zu bewegen.

»Ich kann es …« Ich flüstere nur, um es ja nicht zu verschreien.

»Na also. Und nun schau mal, wie weit du kommst.«

Wir bewegen uns immer noch sehr langsam voran, aber mit jeder Sekunde, die ich oben auf dem Board bleibe, wächst mein Selbstvertrauen. Ich unterhalte mich nicht mit Joel, muss mich zu sehr auf das konzentrieren, was ich tue. Verity und Miles sind weit vor uns.

»Möchtest du, dass wir sie einholen?«, frage ich Joel.

»Nein, ich bleibe gern hier.«

»Auch, wenn es wegen mir ist?«

Das Eis, das sich zwischen uns auftürmt, scheint zwar zu tauen, aber eine Menge Dinge sind noch unausgesprochen.

»Edie …« Ich nehme an, dass er mir etwas Wichtiges sagen will, denn er schaut mir in die Augen, aber dieses Mal geht es nicht um mein Gleichgewicht; für mich hat es sogar die gegenteilige Wirkung, da ich weiche Knie bekomme.

»Vielleicht brauche ich eine kurze Pause«, sage ich, unsicher, wie lange ich mich noch aufrecht halten kann.

»Da drüben ist ein kleiner Strand. Wir können wenden und dorthin paddeln.«

»Du kannst mich gern einfach dalassen und auf dem Rückweg wieder abholen.«

»Alles gut, wirklich. Halte dein Paddel so ins Wasser, und das Board wird gewendet.«

Er demonstriert es mir, und ich mache es so gut wie möglich nach. Am Ende liege ich doch wieder im Wasser, aber an dieser Stelle ist es ziemlich flach, und ich kann zum Ufer laufen.

Joel kommt als Erster am Strand an und hilft mir, mein Board auf den Sand zu ziehen. Dann setze ich mich darauf, atme tief durch und binde mein Haar zu einem wahrhaftigen Messy Bun.

»Das war wunderbar«, sage ich und schaue hinaus aufs Wasser. »Ich kann gar nicht glauben, wie friedvoll dieser Sport ist.«

»Stimmt.«

»Ist das für dich nicht zu lahm? Ich dachte, du stehst auf Sport mit mehr Action.«

Er zuckt mit den Schultern. »Vielleicht liegt es daran, dass man älter wird. Ich mache immer noch oft Kitesurfen, aber letzten Sommer hat mich Verity zum Stand-up-Paddling gebracht, und ich finde es super, auf dem Wasser einfach nur zu chillen.«

Verity und Miles kann ich mittlerweile nicht mehr sehen, und ich frage mich, wie weit draußen sie wohl sind.

»Sie scheint sehr nett zu sein.«

»Ja, das ist sie.«

»Seid ihr schon lange zusammen?« Ich grabe die Füße in den Sand, genieße es, ihn intensiv zwischen den Zehen zu spüren.

»Eine Weile on and off«, lautet Joels vage Antwort. »Allerdings kenne ich sie schon Jahre. In den Jachtkreisen ist die Welt manchmal ziemlich klein. Wir haben beide eine Saison in der

Türkei und auf den Caicosinseln gearbeitet, und letztes Jahr landete sie zur selben Zeit wie ich in Cannes.«

»Und jetzt möchte sie zurück in die USA?«

»Ja, sie denkt zumindest drüber nach. Sie hat ein Vorstellungsgespräch in einem großen Resort in Florida und meinte, wenn ich will, kann sie mir vermutlich ebenfalls einen Job besorgen.«

»Möchtest du denn?« Meine Stimme zittert leicht, als ich ihn das frage. Keine Ahnung, warum es mir etwas ausmachen sollte, wenn er fortginge.

»Weiß nicht … Es ist schwierig, ein Visum zu bekommen, und wenn ich gehe, dann müssten wir zusammenleben, und ich bin mir nicht sicher, ob das klappt. Aber der Job wäre toll.« Er zuckt wieder mit den Schultern.

Er tut so, als sei seine Beziehung mit Verity nichts Festes, aber die beiden machen ständig Kuschelfotos, und er überlegt immerhin, mit ihr in die USA zu gehen. Vielleicht hat Soph recht – die beiden machen einen Schritt auf die nächste Ebene ihrer Beziehung, ohne es sich bislang selbst einzugestehen.

»Ich wette, dass es für dich schön sein wird, wieder auf einer Jacht zu arbeiten. Du musst das doch sicher vermissen.«

Er schnappt sich ein Stück Treibholz und beginnt, die Streifen abzuziehen.

»Ein paar Sachen vermisse ich wirklich. Draußen auf dem Wasser zu sein und das Reisen. Aber es ist schwierig, ein Privatleben zu führen, wenn du keine Kontrolle über deine Termine hast.«

»Du warst bestimmt an tollen Orten.«

»Ja. Aber hier gibt es auch wunderschöne Orte. Diesen Strand hier zum Beispiel habe ich immer geliebt.«

Zum ersten Mal, seit wir an Land gegangen sind, schaue ich mich um, und alles kommt mir plötzlich bekannt vor.

»Ist das der Strand, an dem wir uns den Sonnenuntergang angesehen haben?«

»Ja. Der Kestrel-Strand. Wir sind durch das Naturschutzgebiet gelaufen.«

Ich schaue hinüber zur Baumgrenze, versuche, nicht zu tief in die Erinnerungen an den Sommer zu versinken, den Joel und ich gemeinsam hier verbrachten.

»Hör zu, Edie, ich hatte vor, mit dir über ein paar Dinge zu reden. Mich dafür zu entschuldigen, wie ich unsere Freundschaft durch mein Verhalten zerstört habe, nachdem …« Er macht eine Pause, und ich denke nicht, dass er sich überwinden kann zu sagen, dass wir uns beinahe geküsst haben. »Ich war noch jung und wusste es einfach nicht besser, und als dann deine Mum starb –«

»Ist schon gut«, beende ich kurzerhand dieses Gespräch, denn ich möchte jetzt nicht daran denken, wie wütend ich auf Joel am Abend ihres Todes war. Lange Zeit gab ich mir die Schuld an dem Autounfall meiner Eltern. Und Joel. Wenn ich ihn nicht zur Rede gestellt hätte, wäre ich nie in den Zustand geraten, der Mum dazu brachte, ins Auto zu steigen. »Wir müssen nicht darüber sprechen. Du hast recht, wir waren jung, und es ist lange her. Du weißt, dass Soph sich in den Kopf gesetzt hat, wir sollten alle zusammen ein Wochenende nach Hartland's fahren?«

»Ja. Offenbar will sie, dass wir alle wieder Freunde sind, so wie damals.«

»Und wenn wir Freunde sein wollen, wir *alle*«, sage ich und sehe ihn an, damit er weiß, dass ich uns beide damit meine, »halte ich es für besser, manche Dinge in der Vergangenheit ruhen zu lassen. Ich bin sicher, wenn wir die Zeit zurückdrehen könnten, würden wir einiges anders machen.«

»Ich ganz bestimmt.« Er schaut mir in die Augen, und es verschlägt mir den Atem.

»Wir vergessen einfach alles, was passiert ist, machen an der Stelle weiter, an der wir einfach nur Freunde waren.«

»Nur Freunde«, sagt er. »Richtig, das ist alles, was wir je waren, stimmt's?« Er lächelt. Das bricht mir ein wenig das Herz. Joel war der erste Mann, in den ich mich richtig verliebt habe, und er hat das offenbar nicht einmal mitbekommen.

»Gut.« Ich nicke. Dass es ihm nichts bedeutet hat, sollte mir nach der langen Zeit eigentlich egal sein, ist es aber nicht. »Dann haben wir alles geklärt?«

»Ja. Ich bin froh, denn es hat sich angefühlt, als würden wir auf Zehenspitzen umeinander herumschleichen.«

»Das habe ich auch gemerkt. Aber wie du schon sagst: nicht nötig.« Ich stehe auf und strecke die Beine, da meine Waden von dem Paddeln verspannt sind. »Ich bin echt steif geworden. Ist es normal, dass die Waden so wehtun?«

Er steht ebenfalls auf und schnappt sich sein Board.

»Vermutlich, weil du es nicht gewohnt bist. Wir sollten los, bevor deine Muskeln noch steifer werden. Bereit?«

»Nein wäre wohl die falsche Antwort.«

»Nein ist in der Regel die falsche Antwort«, antwortet er mit einem Lachen.

Ich bin versucht, das *Yes-Man*-Buch anzusprechen, das er mir damals geliehen hat und das ich völlig vergessen hatte, bis ich meine E-Mail las. Aber ich tue es nicht, denn dann müsste ich ihm die E-Mail meines früheren Ichs erklären, und das wäre mir peinlich.

»Hey, da seid ihr ja!«, ruft Miles und kommt auf uns zugepaddelt. »Wir haben uns schon gewundert, wo ihr abgeblieben seid.«

»Wie schaffst du es, dass es bei dir so einfach aussieht?«, rufe ich zurück.

»Der Trick ist das leichte Beugen der Knie«, antwortet er. »Kommt schon.«

Ich folge Joel zum Wasser, spüre, wie es meine Füße umspült, und bin froh, diesen Strand und all die bittersüßen Erinnerungen, die er weckt, verlassen zu können. Ich muss das Leben so behandeln wie beim Stand-up-Paddling – immer schön nach vorn schauen.

Kapitel 14

Damals

Als ich in Hartland's ankam, dachte ich naiverweise, ich würde meine Tage damit verbringen, hinter dem Empfangstresen zu sitzen und den Gästen den Weg zu ihrer Unterkunft zu beschreiben. Ich hatte keine Vorstellung davon, wie vielfältig meine Aufgaben sein oder dass mir meine Schichten als »Nachtwächterin« am besten gefallen würden. Keine Ahnung, was ich hätte bewirken sollen, wenn tatsächlich nachts etwas passiert wäre, denn Lionel hatte uns keine spezielle Schulung gegeben. Aber die hohen Zäune hielten ungebetene Gäste offenbar fern, und der Nachtdienst war eine reine Vorsichtsmaßnahme.

Davon abgesehen brachte diese Aufgabe einige Vergünstigungen mit sich. Die erste bestand darin, dass ich am Morgen danach ausschlafen konnte, ohne zu irgendeinem Abenteuerspiel geschleift zu werden. Außerdem herrschte nachts im Camp eine Stille, die es tagsüber nie gab. Und wenn der Wind aus der richtigen Richtung wehte, konnte man das Wasser gegen die Felsen klatschen hören.

Das Beste an den Nachtschichten war jedoch, dass man in Zweierteams arbeitete und ich in der Regel mit Joel eingeteilt wurde.

»Red Leader an Red One, kannst du mich hören? *Over*«, ertönte es mit aufgesetztem amerikanischem Akzent aus dem Walkie-Talkie.

»Dir ist schon klar, dass ich dich von hier aus sehen kann?«, antwortete ich in das Knistern hinein. Ich saß auf der Sonnenterrasse, beobachtete Joel unten am Pool.

»Du hast vergessen, *over* zu sagen, *over*.«

»Ich kann dich von meinem Platz aus sehen, *OVER*.«

»Komm schon, wir brauchen ab und zu einen Kommunikationscheck, nur für den Fall besonderer Vorkommnisse, *over*.«

»Ich verrate dir ein besonderes Vorkommnis. Als ich vorhin die Rezeption überprüft habe, bin ich auf Elizabeths geheimen Keksvorrat gestoßen, *over*.«

»Bin schon unterwegs.«

Joel kam die Treppe zur Terrasse heraufgeeilt. Wir waren gern hier oben, denn man konnte den gesamten Ferienpark überblicken – der perfekte Standort für einen Wachposten.

Wir saßen in der Stille und aßen Kekse, tranken lauwarmen Tee aus einer Thermoskanne. Es war die Art von kameradschaftlichem Schweigen, die sich natürlich anfühlt, wir mussten nicht reden nur um des Redens willen.

Joels Armbanduhr piepte.

»Viertel vor fünf«, sagte er gähnend.

»Die Nacht ist schnell vergangen.«

Wir hatten es fast geschafft. In einer knappen Stunde würde die Sonne aufgehen.

Er nickte und nahm sich noch einen Keks. »Wie wär's mit einem Spielchen?«

»Einem Spiel?«

»Ja. Es heißt ›A oder B‹. Zum Beispiel: Würdest du lieber Bonbons essen oder Schokolade? Oder würdest du eher mit Bradley oder mit Paul von S Club 7 knutschen?«

»Das Erste ist leicht, Schokolode, keine Frage. Aber echt jetzt, S Club 7? Fällt dir nichts Besseres ein?«

»Okay, ich versuche etwas Schwierigeres, aber du musst

spontan antworten, hör auf dein Bauchgefühl. Bücher oder Filme?«

»Bücher.«

»Spiderman oder Superman?«

»Spiderman.«

Joel warf mir einen langen Blick zu.

»Was? Er kann Netze spinnen und an elastischen Tauen schwingen«, antwortete ich und drehte die Handgelenke nach oben, als wollte ich es ihm vormachen. »Und um Superman zu besiegen, brauchst du lediglich Kryptonit.«

»Und das ist so leicht zu bekommen?«

»Hey, mir war nicht klar, dass ich meine Antworten rechtfertigen muss.«

»Stimmt. Okay, Horrorfilm oder Actionthriller?«

»Weder noch«, antwortete ich.

»Du musst dich für eins entscheiden. Das ist die Regel.«

»Aber ich gucke mir beides nicht an! Thriller sind ganz oft unlogisch, und Horrorfilme ängstigen mich zu Tode.«

»Was? Du schaust gar keine Horrorfilme?«

»Nope, habe ich noch nie.«

»Du hast keinen der Klassiker gesehen: *Der Exorzist, Psycho, Halloween?*«

Ich schüttelte den Kopf.

»Nicht einmal *Scream* oder *Saw?*«

Seine Stimme war ein wenig schrill geworden, und ich war mir sicher, dass ihm jeden Moment die Augen aus dem Kopf fallen würden.

»Nein, nichts, das mir Angst macht.«

»Wow, Edie. Du verpasst was.«

»Das denke ich nicht.«

»Und was guckst du so?«

»Romantische Komödien.«

Joel verzog das Gesicht. »Im Ernst? Du siehst dir keine Thriller an, weil sie zu unlogisch sind, aber romantische Komödien sind das nicht? Komm schon, sie bauen auf dem Mythos auf, dass es ›Und sie lebten glücklich bis …‹ gibt.«

»Das gibt es auch.«

»Echt jetzt? In welchem Universum?«, murmelte er vor sich hin.

»Bei meinen Eltern ist das so. Sie lieben sich wirklich.«

»Woher weißt du das?«

»So etwas merkt man.«

»Okay, möglicherweise gibt es ein paar Ausnahmen. Aber du musst zugeben, dass die Art und Weise, wie Paare im Film zusammenkommen, immer lächerlich ist, genauso wie die Tatsache, dass sie so lange brauchen, um zu kapieren, dass sie sich lieben.«

»Du glaubst also, es ist immer Liebe auf den ersten Blick?«

»Ich glaube, dass du es sofort weißt. Entweder stehst du auf jemanden oder nicht. So ist es nun mal.«

»Das klingt, als seist du verliebt«, antwortete ich und schaute ihm in die Augen. »Gibt es da eine, von der du mir nichts erzählst?«

Er wendete den Kopf ab und rutschte unruhig auf seinem Platz hin und her.

»Du magst also jemanden? Wer ist es?«

Joel hatte in diesem Sommer mit jeder Menge Mädchen geflirtet, aber in letzter Zeit hatte ich ihn mit keiner mehr gesehen.

»Es gibt niemanden.«

Das glaubte ich ihm nicht, und selbst in dem dämmrigen Licht konnte ich sehen, dass er rot anlief. Ich nahm an, dass es eine vom Camp war. Vielleicht Jamie vom Zimmerservice, die beiden standen oft zusammen und quatschten. Oder Mags von den Animateuren. Sie war zusammen mit ihm im Windsurfing-Kurs.

»Und was ist mit dir?«, fragte Joel. »War es bei Scott so? Liebst du ihn?«

Ich drehte den Teebecher in meiner Hand. Diese Frage hatte ich mir schon selbst oft gestellt, vor allem, da sein Besuch im Ferienpark näherrückte.

»Ich denke, wir sind ein Beweis dafür, dass es sich erst entwickeln muss.«

Joel runzelte auf seltsame Weise die Brauen, sodass eine nach oben und eine nach unten ging, und öffnete den Mund, um etwas zu sagen, schloss ihn jedoch wieder, als hätte er es sich anders überlegt.

»Was?«

»Nichts.«

»Du wolltest etwas sagen.«

»Nein, wollte ich nicht. Hey, Lust auf einen Spaziergang? Wir haben schon länger keine Runde mehr gedreht.«

»Du versuchst, das Thema zu wechseln.«

»Vielleicht«, sagte er, stand auf und hielt mir die Hand hin.

Ich ergriff sie, und er zog mich hoch, allerdings ein bisschen zu schwungvoll, sodass ich fast gegen ihn prallte.

»Sorry, du bist leichter, als du aussiehst«, antwortete er und lachte leise.

»Vorsicht!« Ich verpasste ihm einen sanften Schlag auf den Arm. Wir standen immer noch dicht voreinander, und mir fiel auf, dass ich plötzlich flacher atmete.

»Lass uns gehen«, sagte er. Er hielt weiterhin meine Hand, und ich zog sie auch nicht weg.

Dem Händchenhalten hatte ich noch nie große Bedeutung zugemessen. Manchmal legte Scott den Arm um mich, und ich mochte dieses Gefühl des Beschütztseins, das es mir vermittelte.

Aber wir hielten uns selten an den Händen. Er hatte so lange, spindeldürre Finger, dass es sich immer seltsam anfühlte, wenn ich sie mit meinen verschränkte. Aber jetzt, in diesem Moment, verstand ich es plötzlich. Meine und Joels Hände passten einfach zusammen. Als würde man in ein bequemes Paar Schuhe schlüpfen oder in eine ausgetragene Jacke.

»Es wird schon langsam hell. Wir könnten an den Strand gehen und beim Sonnenaufgang schwimmen.«

Wir gingen los und kamen an der Hütte vorbei, in der die Wassersportausrüstungen aufbewahrt wurden.

»Eigentlich ist es nicht okay, was wir vorhaben. Wir verlassen dann ja das Gelände.«

Joel setzte ein gespielt schockiertes Gesicht auf. »Komm schon, du kannst dich doch nicht immer an die Regeln halten! Was denkst du, tun die anderen während der Nachtschicht? Was ist mit Douglas und Jill in der Wäscherei? Oder als Soph die ganze Nacht in der Hängematte neben dem Pool geschlafen hat? Und wir haben bisher extrem gut aufgepasst.«

»Nun ja, unsere Schicht ist fast vorbei.«

»Na also«, sagte er und schwang begeistert unsere Hände. »Gäbe es eine bessere Gelegenheit zum Nacktbaden?«

»Auf keinen Fall! Zum Glück bin ich gewappnet und hab drunter meinen Bikini an.«

Ich hatte schnell gelernt, Bikinis so wie Unterwäsche zu tragen. Deshalb investierte ich auch den Lohn für meine ersten Wochen in das gesamte Topshop-Bikinisortiment.

»Spielverderberin. Ich hole mir schnell eine Badehose aus der Hütte.«

»Du bewahrst sie dort auf?«

»In allen Variationen. Bermudas, Taucher-Shorts, Speedos.«

»Speedos?« Ich zog eine Braue hoch.

»Die sind unter dem Neoprenanzug bequemer.«

In meinem Kopf nahm ein Bild von ihm in Speedos Gestalt an, und ich versuchte, stattdessen an Scott zu denken.

Nachdem sich Joel in der Hütte schnell umgezogen hatte und in Bermudas und T-Shirt wieder auftauchte, gingen wir hinunter zum Strand. Sobald meine Füße den Sand berührten, hörte ich auf, ständig über die Schulter zu schauen, ob wir womöglich erwischt wurden, und betrachtete das glitzernde erste Licht auf dem Wasser. Es sah so schön aus, dass es mir den Atem verschlug.

Rasch zog ich mich aus, Joel streifte sein T-Shirt ab, und wir liefen ins Wasser. Als ich die Kälte spürte, blieb ich jedoch stehen. Joel dagegen tauchte sofort unter, kam höchstens einen halben Meter von mir entfernt wieder hoch und bespritzte mich mit Wasser.

»Du Weichei«, neckte er mich.

»Nicht alle wurden als halbe Fische geboren. Hast du dich schon immer im Wasser so wohlgefühlt?«

Er strich seine Haare zurück, und Tropfen fielen herab.

»Im Grunde, ja. In den Schulferien habe ich meinen Dad besucht, wo immer er gerade arbeitete, und wir verbrachten viel Zeit draußen auf dem Wasser. Bei den meisten Themen war er ein miserabler Vater, und während des Schuljahres hörte ich selten von ihm, aber diese ein oder zwei Wochen im Jahr machten das irgendwie wett.«

»Freut er sich, dass du in seine Fußstapfen trittst?«

Joel schob sich ein bisschen von mir weg, trat Wasser, machte mir Platz, während ich mich weiter hineinwagte.

»Keine Ahnung. Bei ihm ist das immer schwer zu sagen. Er meinte, wenn ich nach dem Abschluss irgendwelche Kontakte brauchen würde, um einen Job zu finden, könnte er mir helfen. Aber ob es ihn gefreut hat? Puh.«

Ich konnte mir nicht vorstellen, wie es war, keine Eltern zu haben, die einen unterstützten.

»Tut mir leid, das muss echt hart gewesen sein.«

Er zuckte mit den Achseln. »Scheint so, als hätten wir das genau entgegengesetzte Problem. Deine Eltern würden sich sicher freuen, wenn du in den Familienbetrieb einsteigst.«

»Stimmt.«

»Und? Wirst du?«

»Hoffentlich nicht. An der Uni habe ich mich für Englische Literatur eingeschrieben, weil mir das mehr Möglichkeiten offenlässt. Und jetzt bin ich froh darüber, denn seit ich hier so viel Zeit mit Kindern verbringe, überlege ich, ob ich Lehrerin werden soll.«

»Ich glaube, das würde dir liegen.«

»Aber ich weiß nicht, wie meine Eltern das aufnehmen.« Das Wasser reichte mir jetzt bis an die Brust. Es war eisig.

»Sie haben die Firma gegründet, weil es ihr Traum war. Ich bin ihnen ja nur ein paar Mal begegnet, hatte aber den Eindruck, sie möchten, dass du deinen eigenen Traum verfolgst.«

»Aber ist das alles nicht auch beängstigend? Entscheidungen zu treffen, die sich auf den Rest unseres Lebens auswirken?«

»Wenn es eine Sache gab, die mein Dad mir beigebracht hat, dann, dass nichts für den Rest deines Lebens sein muss. Wenn du etwas ausprobierst und es nicht funktioniert, kannst du immer einen Plan B finden oder woanders hingehen, etwas Neues versuchen.«

»Ist das wirklich so einfach?«

»Ich glaube, dass die Menschen alles manchmal unnötig verkomplizieren. Warum solltest du Zeit mit etwas verbringen, bei dem du dich mies fühlst?«

Ich war inzwischen bis zu den Schultern untergetaucht. Joel schwamm ein bisschen weiter raus, lehnte sich zurück und breitete Arme und Beine aus, um sich treiben zu lassen. Er wirkte so entspannt, wie er da auf dem Wasser lag.

Ein paar Minuten lang verharrte er in dieser Position, bevor er sich wieder aufrichtete. »Was? Warum siehst du mich so an?«

Plötzlich wurde mir bewusst, dass ich den Kopf zur Seite geneigt hatte und mein Mund offen stand.

»Mir ist schleierhaft, wie du dich im Wasser so treiben lassen kannst. Ich würde nicht mal den Kopf untertauchen.«

»Warum? Angst, dass deine Haare nass werden?«

»Nein, Angst, unterzugehen, vor allem, wenn du nicht sehen kannst, was unter dir ist.«

Joel kam zu mir geschwommen.

»Das Einzige, vor dem du in deinem Leben Angst haben solltest, ist, es nicht zu versuchen. Komm schon.« Er stellte sich neben mich. »Ich halte dich. Drück einfach deinen Bauch nach oben. Stell dir vor, er wird wie bei einer Marionette von einem Faden hochgezogen.« Er legte den Arm hinter meinen Rücken. »Lass dich nach hinten kippen. Ich halte dich oben.«

»Ich kann das nicht«, flüsterte ich.

»Doch, du kannst das. Du kannst alles. Ich halte dich.«

Ich wandte ihm den Kopf zu und sah ihm in die Augen, dann legte er eine Hand behutsam in meinen Nacken. Ich stieß mich mit den Füßen ab und ließ den Kopf zurücksinken. Ich spürte, dass Joel mich vorsichtig hielt, seine Finger zart in meinem Nacken, mich behutsam führte und seine Berührung meinen Körper zum Kribbeln brachte.

Keine Ahnung, wie lange ich schon auf dem Wasser schwebte, bis ich merkte, dass er mich nicht mehr hielt. Ich stellte mich wieder hin.

»Hab's dir ja gesagt«, bemerkte er mit selbstgefälliger Miene.

Ich atmete ein paarmal tief durch, ließ alles auf mich wirken. »Ich wünschte, dieser Sommer würde nie enden«, sagte ich spontan.

»Ich auch.«

Joel sah mich an, und mein Herz begann ein kleines bisschen schneller zu schlagen.

»Na los!«, rief er, und ich dachte für einen Moment, er wollte, dass wir aus dem Wasser gehen, aber dann stieß er sich in die Seesternform ab, und ich folgte seinem Beispiel. Wir betrachteten beide den Himmel. Joel griff nach meiner Hand, wir verschränkten die Finger, und es fühlte sich an, als wären wir die einzigen Menschen auf dieser Welt.

Kapitel 15

Zurück im Job kommt mir das Wochenende am Strand schon bald wie eine entfernte Erinnerung vor. Um diese Jahreszeit ist immer viel zu tun, und wir sind dünn besetzt, da viele Angestellte in den Schulferien Urlaub nehmen. Ich bin gerade auf dem Weg aus dem Büro, als ich auf Dad treffe, der von einem Meeting zurückkehrt. Er isst das letzte Stück von etwas, das aussieht wie ein Schinkenbrötchen, und schiebt es sich schnell in den Mund, um es vor mir zu verstecken.

»Gutes Meeting?«, frage ich.

»Hm, ja«, murmelt er mit vollem Mund.

»Ich will gerade los zu den Big Little Readers.«

»Prima. Hör zu, ich bin froh, dass ich dich noch erwische, du bist echt schwer zu kriegen. In letzter Zeit bist du gar nicht mehr vorbeigekommen.«

»Stimmt, tut mir leid. Ich bin so beschäftigt, mit dem ehrenamtlichen Job und der Impro-Gruppe. Aaron und Yas coachen mich abends nach der Arbeit, und dann schauen wir uns auch noch die Auftritte der Konkurrenz an …«

Ich habe ein schlechtes Gewissen, weil das nur die halbe Wahrheit ist. Dad verbringt viel Zeit mit Julie, und obwohl ich sie echt nett finde, fällt es mir schwer, mich an die Situation zu gewöhnen.

»Hab schon gehört, dass sie dich ins Impro-Team geholt haben. Julie und ich müssen unbedingt mal kommen und zuschauen.«

»Das wäre toll.«

»Apropos Julie, ihre Nichte heiratet im September. Das wird unser erster offizieller Auftritt als Paar.«

»Wie schön.« Ich streiche mir das Haar hinters Ohr und zwinge mich zu lächeln.

»Ja, wir sind beide sehr aufgeregt. Ich habe mich gefragt, ob du beim Kauf des Outfits helfen könntest?«

»Oh, klar.« Ich spähe auf seine leuchtend pinkfarbene Krawatte mit den winzigen Palmen. Ein bisschen Beratung wird nicht schaden. »Wir können dich schließlich nicht mit so einer Krawatte losziehen lassen, oder?«

»Ehrlich gesagt meinte ich, ob du mit Julie shoppen gehst. Sie sagte kürzlich, wie neidisch sie sei, dass viele ihrer Freundinnen erwachsene Töchter haben, mit denen sie bummeln gehen, und da dachte ich, dass es vielleicht schön wäre, wenn sie dich ›ausleihen‹ könnte.« Er hebt die Schultern. »Und es wäre eine gute Gelegenheit, euch besser kennenzulernen.«

»Oh, ähm, wenn wir Zeit dafür finden … Miles und ich haben das nächste Wochenende schon verplant, und am Wochenende danach sind wir mit Soph und den anderen in Hartland's.«

»Es ist ja erst im September, da wird sich doch etwas finden lassen.« Ich merke ihm die Enttäuschung an, fürchte aber, dass er es nicht verstehen würde, wenn ich ihm sage, was in meinem Kopf vorgeht. »Ich gebe ihr deine Nummer, und ihr beide könnt dann etwas ausmachen.«

»Okay, aber jetzt muss ich mich beeilen. Ich will nicht zu spät zum Vorlese-Job kommen.«

»Gut. Ach, und wir würden uns freuen, wenn Miles und du in den nächsten Tagen mal vorbeischaut. Julie wird mir helfen, ein paar Blumenbeete anzulegen. Wir könnten auch grillen, oder?«

»Vielleicht. Bis später.«

Beim Weggehen schließe ich kurz die Augen, wünschte, ich wäre weniger abweisend. Am liebsten würde ich ihm erklären, warum ich mich so seltsam verhalte, aber er soll nicht denken, dass ich Julie nicht leiden kann, denn das ist nicht der Fall. Ich muss mich einfach mehr anstrengen, mit seiner neuen Beziehung klarzukommen, und Zeit finden, mich in Ruhe mit ihm hinzusetzen und über alles zu sprechen.

»Verreist du in den Ferien?«, frage ich Arnold auf der Fahrt zu Lolas Haus.

»Ja, ich fahre zu meiner Tochter nach Cornwall. Freue mich auf die Enkelkinder.«

»Wie schön. Wie viele hast du denn?«

»Drei. Sie sind jetzt schon groß, Teenager, also nicht immer scharf darauf, viel Zeit mit ihrem alten Opa zu verbringen, aber für eine Weile ist es wohl in Ordnung.«

»Jede Wette, dass sie es genießen.«

»Hoffentlich. Es sind liebe Kinder. Wenn sie nicht gerade mit ihren Surfbrettern draußen auf dem Meer sind und mir dadurch fast einen Herzinfarkt verpassen. Meine Tochter wollte, dass ich nach Cornwall in ihre Nähe ziehe, aber meine Nerven würden es nicht aushalten, die Kinder ständig surfen zu sehen. Du surfst nicht, oder?«

»Nein, noch nie. Letzte Woche habe ich Stand-up-Paddling ausprobiert, aber das ist geruhsamer.«

Arnold hält an einer roten Ampel und zieht die Handbremse.

»Ich glaube, das habe ich schon mal gesehen. Ist es das, wo die Leute auf einem Brett stehen?«

»Ja, obwohl ich viel Zeit auf den Knien verbracht habe oder im Wasser lag.«

»Das Meer war noch nie mein Fall.«

Ich denke daran, dass ich das früher auch so gesehen habe. Und wie Joel meine Meinung verändert hat. Die Ampel wechselt auf Grün, und Arnold biegt in die Straße, in der Lola wohnt.

»Bin gespannt, ob sie heute mit uns redet«, sage ich, als wir vor ihrem Haus halten.

»Hoffentlich, aber das Wichtigste ist, dass sie sich auf uns einlässt. Dass sie zuhört, auch wenn sie nichts sagt. An der Art, wie sie sich hinterher die Bilder in den Büchern anschaut, kannst du erkennen, dass sie sich an die Geschichten erinnert.«

»Hoffentlich.«

Kate öffnet uns die Tür. Sie wirkt erschöpft. Ihr Haar ist zu einem Messy Bun zurückgebunden, und ihre Augen sehen müde aus.

»Hallo«, begrüßt sie uns und ringt sich ein Lächeln ab.

»Hallo, Kate, wie läuft's denn so?«, fragt Arnold mit seiner sanften Stimme.

Kate sieht aus, als würde sie jeden Moment in Tränen ausbrechen. »An manchen Tagen besser als an anderen.«

»Genau daran müssen Sie sich an einem Tag wie heute erinnern. Dass es nicht immer so ist. Und jetzt gönnen Sie sich eine Tasse Tee, ein paar Kekse und genießen Ihre Auszeit, während wir Lola vorlesen.«

Kates Augen schimmern feucht, und ich möchte sie am liebsten in den Arm nehmen und drücken. Stattdessen begnüge ich mich mit der Art mitleidigem Lächeln, das mir im Laufe der Jahre so viele Menschen entgegenbrachten, und weiß nur zu gut, wie unzureichend das ist.

Als ich das Wohnzimmer betrete, packt Arnold bereits die Bücher aus, und Lola sitzt mit verschränkten Armen auf dem Sofa. Oberflächlich betrachtet wirkt es vielleicht so, als interessiere sie sich nicht für unsere Anwesenheit, aber der Fernseher ist aus, und sie beobachtet genau, wie Arnold die Bücher vor ihr auf den Boden legt und ihr die Titel nennt.

»Wie fandest du denn das Buch von letzter Woche, Lola?«, frage ich und setze mich auf einen Stuhl neben Arnold.

Sie antwortet nicht, aber es liegt neben ihr auf dem Sofa, und sie nimmt es in die Hand.

»Würdest du es anderen Jungen und Mädchen empfehlen?«

Sie nickt.

»Prima! Dann legen wir es auf den Zustimmungsstapel. Irgendeine Idee, was du heute lesen möchtest?«

Sie betrachtet die Auswahl, bewegt sich aber auf keines der Bücher zu.

»Wie wäre es mit dem hier?« Arnold zeigt auf eines. »Es geht um zwei Hexenschwestern; die eine ist eine gute Hexe und die andere eine böse.«

Da sie nicht den Kopf schüttelt, beginnt er vorzulesen, ahmt auf lustige Weise verschiedene Stimmen nach.

Als er fertig ist, zeigt Lola mit dem Fuß auf ein anderes Buch. Ich nehme es und beginne mit dem Vorlesen.

Wir schaffen es, ihr vier Bücher vorzulesen. Ich sehe ihr an, dass sie zuhört, und zwinge mich zu glauben, dass das bereits ein Erfolg ist.

Dann verabschieden wir uns von ihr und Kate, doch als ich wieder in den Wagen steige, fühle ich mich leer.

»Kann es wohl sein, dass wir mehr schaden als nützen? Vielleicht ist es noch zu früh, um sie zu besuchen«, äußere ich meine Bedenken.

»Wenn sie uns nicht sehen wollte, würde sie nicht im Zimmer bleiben und die Bücher nicht nehmen«, erwidert Arnold. »Genau wie bei Erwachsenen ist es manchmal so, dass die Menschen, die dich am meisten brauchen, diejenigen sind, die es nicht sagen.«

Ich schließe die Augen, lasse seine Worte auf mich wirken.

»Ich wünschte nur, ich könnte mehr tun.«

»Das ist verständlich. Aber wir können nur weiter vorlesen und hoffen, dass es nächste Woche noch ein kleines bisschen besser läuft. Und du kannst natürlich jederzeit mit ihr über deine Mum sprechen.«

»Vielleicht«, antworte ich und bin unsicher, ob es der richtige Zeitpunkt oder noch zu schmerzhaft für mich ist.

Arnold lässt den Wagen an, und ich schaue noch einmal zum Haus, entdecke Lola, die am Fenster steht. Ich winke ihr, aber sie winkt nicht zurück. Hoffentlich hat Arnold recht, und wir machen jede Woche kleine Fortschritte.

Kapitel 16

Als der Freitag naht, bin ich erschöpft – emotional immer noch nach der gestrigen Vorlesestunde bei Lola und körperlich von dem Wochenende in Westerly. Trotzdem habe ich zugestimmt, mich mit Miles im Pub zu treffen. Seine Arbeitskollegen gehen alle mit solcher Verlässlichkeit freitagabends auf einen Drink aus, als wäre es in ihren Arbeitsverträgen verankert. Und wenn jemand nicht zumindest kurz vorbeischaut, machen sie ein Riesending daraus. Ich bin fast jede Woche mitgegangen, aber in den letzten Wochen nicht, wegen der Ausflüge nach Westerly und weil ich so viel Arbeit aufholen musste. Deshalb fühle ich mich heute dazu verpflichtet.

»Edie!«, ruft Henry, einer vom Miles' Kollegen von der Bar aus. »Wir dachten schon, Miles würde lügen, als er sagte, dass ihr beide noch zusammen seid! Die anderen sind draußen im Biergarten. Was trinkst du?«

»Ähm, Lime Soda. Danke, Henry.«

»Musst du noch fahren?«

»Nope, aber es ist heiß, und ich bin durstig.«

»Dann vielleicht einen Gin Tonic?«

»Nur Lime Soda, danke.«

Er neigt den Kopf zur Seite, schaut mich kritisch an, dann wendet er sich dem Barkeeper zu und bestellt. Ich bleibe bei ihm, um beim Tragen der Getränke zu helfen.

Henry reicht mir drei Gläser, und ich bahne mir damit vorsichtig den Weg bis in den Biergarten, wo ich Miles inmitten einer Gruppe entdecke. Er gibt mir einen raschen Kuss, und ich reiche ihm sein Getränk.

»Wir reden gerade darüber, welche Währung eine Investition wert ist.«

»Ah.« Ich nicke, ohne wirklich eine Vorstellung zu haben, worum es geht.

»Ist das der Aperol Spritz?«, fragt Renata und beugt sich zu mir.

»Ja«, antworte ich und reiche ihr das Glas.

Sie gähnt übertrieben in Richtung der Männer und wendet sich dann wieder mir zu. »Wie geht es dir? Wir haben dich vermisst. Zumindest habe ich dich vermisst, wenn ich hier mit den Männern allein festsaß. Warst du im Urlaub?«

»Nein, nur ein paarmal übers Wochenende unten an der Küste. Ansonsten hab ich viel im Job zu tun.«

»Kenne ich. Aber dafür siehst du gut aus! Du hast sogar ein bisschen Sonnenbräune auf den Wangen.«

»Weil ich vor dem Stand-up-Paddling nicht genug Sonnencreme aufgetragen habe.«

»Stand-up-Paddling? Du meinst Langweil-Paddeln?« Renata lacht.

Ich denke an die Zeit mit Joel auf dem Wasser, und daran war rein gar nichts langweilig.

»Ich fand es entspannend. Hast du es schon mal ausprobiert?«

»Nein. Ich bin mehr der Adrenalin-Junkie, halte gern meine Herzfrequenz hoch. In ein paar Wochen gehe ich zum Wingsurfen.«

»Was ist das denn?«

»Stell dir ein etwas kleineres Surfbrett mit einem Hydrofoil vor, so einer Art Tragfläche, durch die das Brett angehoben wird und über dem Wasser schwebt. In der Hand hältst du einen Flügel. Der Wind fängt sich darin und treibt dich vorwärts.«

»Das klingt beängstigend.«

»Überhaupt nicht. Ist viel einfacher als Kitesurfen und sieht echt cool aus. Solltest du mal versuchen.«

»Vielleicht tue ich das.«

Ich will Joel darauf ansprechen, wenn ich ihn das nächste Mal sehe; das müsste genau sein Ding sein.

»Und, was hast du in letzter Zeit so gemacht?«, frage ich.

»Was habe ich *nicht* gemacht?«, antwortet sie kichernd und beginnt mit einer Zusammenfassung ihrer Unternehmungen im vergangenen Monat. Sie gehört zu den Frauen, die mich immer an Soph erinnern, ständig die Nacht zum Tag machen und sich unbekümmert in irgendwelche Unternehmungen stürzen. Aber als Renata von einer Party mit irgendwelchen C-Promis aus dem Fernsehen erzählt, wird mir klar, wie sehr sich Soph im Gegensatz zu früher verändert hat – womit ich nicht gerechnet hätte. Sie ist zwar immer noch voller Energie und Tatendrang, aber mit den Jahren offenbar ruhiger geworden. Renatas Geschichten klingen, als würde ihr Leben immer wilder, und ich werde tatsächlich rot, als sie zur Pointe ihres Erlebnisses mit einem bekannten Moderator von Kindersendungen kommt.

»Apropos ausartende Nächte«, sagt sie, nachdem sie zu Ende erzählt hat, »du hast Miles an dem Wochenende mit der Pub-Tour echt fertiggemacht. Er brauchte bis Mittwoch, um im Büro wieder einigermaßen fit zu sein.«

»Daran war das Pub-Golf schuld.«

»Pub-Golf«, wiederholt sie schnaubend. »Das war es also? Ich konnte kein Wort aus ihm herausbekommen. Nur, dass ihm etwas an den Drinks nicht bekommen sei.«

»Wohl eher die Menge, die er getrunken hat.«

Renata lacht und leert ihr Glas. »Das Zeug rutscht einfach zu gut. Noch einen?« Sie zeigt auf das Glas in meiner Hand.

»Danke, ich hab noch.«

»Was ist das überhaupt? Sieht interessant aus.«

»Lime Soda.«

»Alkoholfrei?« Ihre Augenbrauen verraten, was sie denkt.

»Ja, ich mach mal eine Pause vom Trinken.« Nach dem Pub-Golf brauchte ich das.

»Du bist doch nicht schwanger, oder?« Ihr Blick huscht hinunter auf meinen Bauch.

»Bin ich definitiv nicht.«

»Was bist du definitiv nicht?«, fragt Miles, der sich in dem Moment zu uns stellt. Der Typ, mit dem er über Kryptowährung diskutiert hat, ist verschwunden.

»Schwanger«, antwortet Renata. »Als Edie sagte, dass sie vorerst keinen Alkohol mehr trinkt, habe ich prompt gedacht, sie sei schwanger. Sorry, wollte dir nicht zu nahe treten.«

»Ist schon gut. Ist uns wohl allen schon mal passiert.« Allerdings habe ich diesen Gedanken nie so offen ausgesprochen wie Renata.

»Du wirst das aber nicht mehr ewig aufschieben können«, sagt Miles und wendet sich mir mit einem Augenzwinkern zu. »Bald bist du über das gebärfähige Alter hinaus.«

»Vielen Dank auch. Ich bin fünfunddreißig geworden und nicht fünfundfünfzig.«

»Heutzutage bekommen die Frauen immer später Kinder, du hast also noch jede Menge Zeit«, pflichtet Renata mir bei.

»Aber es ist sowieso egal.« Miles nimmt einen Schluck von seinem Drink. »Edie will keine Kinder.«

Seine Worte überraschen mich, denn ich habe es nie gesagt.

»Ähm, das ist nicht ganz richtig. Ich habe nur gesagt, ich denke nicht, dass ich Kinder haben werde.«

»Ist das nicht dasselbe?«

»Nicht ganz.«

Renata tut so, als würde sie an ihrem Strohhalm saugen, und versucht, keinem von uns in die Augen zu sehen.

»Wolltest du nicht an die Bar?«, frage ich sie.

»O ja, richtig.« Sie seufzt erleichtert. »Dann lass ich euch mal allein.«

Sie eilt davon, und ich wende mich wieder Miles zu. »Darüber sollten wir wohl mal reden, findest du nicht?«

»Keine Ahnung. Ich habe ehrlich gedacht, du willst keine Kinder.«

»Und das macht dir nichts aus?«

Er schaut mich an, dann seufzt er, führt mich zu dem Mäuerchen, das den Biergarten umgibt, und setzt sich darauf. »Eines der Dinge, die ich an unserer Beziehung cool finde, ist, dass sie so unkompliziert ist und du nicht wie andere Frauen Fristen setzt und besessen davon bist, zu klären, wo die Reise hingeht«, beginnt er.

»Richtig.«

Mir wird schwer ums Herz, denn genau das fand ich auch gut. Ich war immer froh, dass er nicht in meiner Vergangenheit herumwühlt und alles wissen will, aber ich habe wohl nicht bedacht, was es für die Zukunft bedeutet, wenn ich meine Vergangenheit vor ihm geheim halte.

»Ich will damit nur sagen, dass wir uns über so was nicht den Kopf zerbrechen sollten. Wir genießen beide unsere Beziehung und müssen sie nicht unnötig verkomplizieren.«

»*Du* willst also keine Kinder?«, hake ich nach.

Er rutscht auf dem Mäuerchen herum, als wolle er sich bequemer hinsetzen. »Eigentlich nicht. Und ich nahm an, wir wären auf derselben Wellenlänge. Ich sehe mich nicht mit Kindern. Das soll nicht heißen, dass ich irgendwann vielleicht meine Meinung ändere, aber momentan …«

»Okay.« Ich nicke. »Als ich dich so liebevoll von deinen Nichten und Neffen reden hörte, dachte ich, es wäre anders.«

»Ja, weil ich sie mag! Ich bin schließlich kein Monster. Aber es ist nicht dasselbe, wie eigene zu haben.«

In meinem Kopf dreht sich alles. Immer wenn ich überlege, ob ich Kinder haben möchte, kann ich nur noch an meine Mum denken. Ich fürchte mich einfach davor, noch einmal jemanden zu verlieren, den ich liebe, oder dass derjenige mich verliert. Und dabei habe ich noch gar nicht berücksichtigt, dass Mum nicht in der Nähe sein würde, um mich zu unterstützen. Meine Freundinnen mit Kindern verlassen sich oft auf ihre Mütter, wenn sie Rat oder Hilfe brauchen, und ich fürchte, mir würde etwas fehlen. Gedanken dieser Art machen mir Angst, aber ich habe nie gedacht, dass sie mich davon abhalten werden, irgendwann ein Kind zu bekommen.

»Hör mal, deshalb muss sich doch jetzt zwischen uns nichts ändern, oder? Wir sind ja noch gar nicht so lange zusammen. Wir haben Spaß. Und, wie Renata sagte, du hast noch jede Menge Zeit, bevor deine biologische Uhr laut tickt.«

Ich erspare mir den Hinweis, dass ich mit fünfunddreißig bereits zu den Spätgebärenden gehören würde.

Miles legt die Hand auf meinen Oberschenkel und drückt ihn sanft. »Tut mir leid, wenn ich dich verstimmt habe. Soll ich dir doch noch etwas zu trinken holen? Dieses Mal etwas Alkoholisches?«, sagt er, als würde er einen Witz machen, aber das finde ich unpassend.

»Ich hab noch«, erwidere ich und hebe mein Glas.

Er beugt sich zu mir und küsst mich auf den Mund, lange und ein bisschen sehnsüchtig.

»Mit uns ist doch alles gut, oder?«

»Hmm«, murmele ich, während er davongeht.

Ich bleibe auf dem Mäuerchen sitzen und frage mich, was das

gerade Besprochene für uns bedeutet. Es hat in jedem Fall verdeutlicht, wie wenig wir einander kennen, und ich überlege, wie vielen Gesprächen mit Miles ich wohl aus dem Weg gegangen bin, die ich besser hätte führen sollen. Die E-Mails aus der Vergangenheit bringen mich dazu, mehr über meine Beziehung mit Scott nachzudenken, und mich überkommt der Verdacht, dass ich mit Miles denselben Fehler begehe. Wenn ich damals etwas aus jener Beziehung gelernt habe, dann, dass ich auf mein Bauchgefühl hören und den Mund aufmachen sollte, wenn sich etwas nicht richtig anfühlt.

Kapitel 17

Damals

Der Sommer in Hartland's verging schneller, als mir lieb war. Da immer viel Betrieb herrschte, kamen wir alle kaum zum Luftholen.

Für uns vier war es irgendwann nahezu unmöglich geworden, gleichzeitig freizuhaben, und da Soph und ich für dieselben Bereiche eingeteilt waren, mussten wir uns sowieso bei der Arbeit abwechseln. Zu meinem Glück hatte aber Joel oft zusammen mit mir Schichtende, und wir verbrachten immer mehr Zeit zu zweit.

»Ohne Scheiß«, sagte Joel. Er hockte auf dem Rand des Empfangstresens und schüttelte sich vor Lachen.

»Ich fasse es nicht!«

»Es ist die Wahrheit, ich schwöre.«

Ich schlug ihm auf den Arm, um ihn dazu zu bringen, die Klappe zu halten. Mir schmerzte vor Lachen schon das Zwerchfell bei der Vorstellung, wie Douglas von einem eifersüchtigen Ehemann über das Camp gejagt wurde.

Jemand hüstelte, und das brachte mir in Erinnerung, dass ich am Empfang saß. Ich wandte mich dem Gast zu, setzte mein professionellstes Lächeln auf und stellte überrascht fest, dass Scott vor mir stand.

Mein Lachen verstummte, doch ich war mir sicher, dass es sich nur um eine Fata Morgana handeln konnte.

Seit vollen zwei Monaten hatte ich ihn nicht mehr gesehen, was sich, bevor ich nach Westerly ging, sehr lang angehört hatte, und dann waren die Wochen im Handumdrehen verstrichen.

Natürlich hatte ich gewusst, dass er herkommen würde, dennoch war es ein Schock, ihn leibhaftig vor mir zu sehen.

Er sah anders aus. Gebräunt von seiner Interrail-Tour durch Europa. Die Spitzen seiner blonden Igelfrisur waren heller als vorher, und er war dünner geworden, füllte kaum sein T-Shirt aus.

»Hallo, Fremde.« Er breitete die Arme aus und zwinkerte mir zu. Wenn er mir im Unterricht so zugezwinkert hatte, war ich dahingeschmolzen, aber jetzt fand ich es plötzlich kitschig. »Willst du mir keinen Kuss geben?«

Unvermittelt wandte ich mich Joel zu.

Er rutschte vom Empfangstresen herunter. »Das muss der berühmte Scott sein.« Er streckte die Hand aus, und Scott ergriff sie.

»Richtig, Edies Freund.«

Ich ging um den Tresen herum zu den beiden. »Das ist Joel. Einer der Wassersportlehrer.«

»Ah, cool«, sagte Scott. Er zog mich an sich.

Joel hüstelte. »Ähm, ich lass euch dann mal allein.«

»Danke, Kumpel.« Scott zog mich noch fester an seinen Körper.

»Wir sehen uns später!«, rief ich Joel nach, ehe ich an Scott gewandt fortfuhr: »Wir wollen später zusammen mit den anderen etwas trinken gehen. Ich freue mich so darauf, dir alle vorzustellen!«

»Ich mich auch, obwohl ich natürlich mehr daran interessiert bin, dich zu sehen. Ich habe dich vermisst.« Er beugte sich herunter und küsste mich. Es fühlte sich sonderbar an, ihn nach so langer Zeit zu küssen.

»Das geht hier nicht«, sagte ich und entzog mich ihm. »Ich bin bei der Arbeit.«

»Es waren zwei lange Monate, Edie.«

»Stimmt.«

Ich hatte ein leicht schlechtes Gewissen, da ich ihn bei all dem Spaß hier überhaupt nicht vermisst hatte.

»Du hast dich verändert«, sagte er, trat einen Schritt zurück und musterte mich von oben bis unten.

»Echt?« Ich strich mir das Haar hinters Ohr, doch es fiel sofort wieder nach vorn.

»Ja, aber ich kann nicht genau sagen, was es ist.« Er strich mit der Hand über meine Wange. »Zeigst du mir, wo ich mein Zelt aufbauen kann? Ich bin gespannt, was du zu der Innenausstattung sagst.«

»Es ist doch nur ein Zweimannzelt?«

»Ja, aber ein ganz besonderes.« Er zog mich für einen weiteren Kuss an sich, und ich versuchte mir weiszumachen, dass ich ihn nur deshalb nicht küssen wollte, weil ich Dienst hatte und nicht erwischt werden wollte.

Einer der Gründe, warum ich mich darauf gefreut hatte, dass Scott nach Westerly kam, war, ihm die Clique vorzustellen. Aber als wir unterwegs zur Hütte mit den Wassersportgeräten waren, wo wir während Sophs und Douglas' Pause zusammen etwas trinken wollten, fragte ich mich, ob mir Scotts Erscheinen überhaupt noch recht war.

Er nahm meine Hand, und wir brauchten ein paar Anläufe, bis wir die Finger so verschränkt hatten, dass es sich nicht seltsam anfühlte.

»Was hältst du bisher von dem Camp?«

»Ganz nett. Ist halt ein Camp.«

Die Worte verletzten mich. Seit er angekommen war, hatte er nur von seinem europäischen Abenteuer geredet. Jedes Mal, wenn ich versuchte, ihm etwas von Hartland's zu erzählen, hörte er höflich zu, aber ich konnte seiner Miene ansehen, dass er seine Sommererlebnisse viel interessanter fand.

Ich entdeckte Joel, der nasse Neoprenanzüge über das Geländer vor der Hütte hängte, ließ Scotts Hand los und winkte ihm zu. Joel winkte zurück, fuhr sich dann mit der Hand durchs Haar.

»Wollt ihr was trinken? Wir haben kaltes Bier in einer Kühlbox«, sagte er, als wir uns näherten.

»Das wäre super, danke, Joel.«

Er ging das Bier holen, und ich setzte mich auf die Picknickbank. »Willst du dich nicht auch setzen?«, fragte ich Scott.

Er schaute immer noch Joel nach. »Klar.«

Scott ließ sich neben mir nieder, legte den Arm um meine Schulter und zog mich dicht an sich. Dann küsste er mich auf die Lippen. Aber als Joel zurückkehrte, entzog ich mich und rutschte ein Stück von ihm weg, damit Joel sich mit uns beiden nicht unwohl fühlte.

»Hallo, hallo!«, rief Soph in dem Moment und tauchte hinter uns auf, Douglas im Schlepptau.

»Soph, Douglas, das ist Scott.«

»Hab schon viel von dir gehört«, sagte Soph und setzte sich neben ihn.

»Jede Menge«, fügte Douglas hinzu und hob lässig die Hand zum Gruß, bevor er zur Kühlbox ging, um Getränke für sich und Soph zu holen.

»Nur Gutes, hoffe ich.«

»Natürlich.«

Ich war ziemlich angespannt und hatte nicht erwartet, dass ich derart nervös sein würde, wenn sie sich kennenlernten. Aber plötzlich prallten geradezu zwei Welten aufeinander.

»Du bist bestimmt neugierig, was Edie bisher hier so alles getrieben hat. Hat sie dir erzählt, dass wir für das Animationsteam einspringen mussten und auf der Bühne aufgetreten sind? Oder als sie die Assistentin eines Zauberers war?«

»Ich möchte immer noch wissen, wie er das angestellt hat, dich in der Mitte durchzusägen«, witzelte Douglas.

»Die Assistentin eines Zauberers gibt ihre Geheimnisse niemals preis.«

»Du bist auf die Bühne gegangen?« Scott trank einen großen Schluck Bier.

»Ja, aber nur, weil ich musste.«

»Sie war super«, beteuerte Soph. »Vor allem als Pussycat Doll mit der Irokesenperücke. Ich freu mich schon total darauf, wenn meine Fotos endlich entwickelt sind.«

»Unglaublich, dass du immer noch einen Fotoapparat benutzt.« Joel schüttelte den Kopf.

»Tja, nenn mich altmodisch. Aber ich liebe die Überraschung, wenn ich die fertigen Fotos bekomme.«

»Ich habe immer meine Digitalkamera dabei.« Joel langte in seine Tasche und holte sie hervor. »Apropos. Schaut mal, wovon ich ein Foto gemacht habe.«

Er schaltete seine Kamera ein und suchte im Speicher, bis er ein Foto von Douglas und einem Typen fand, der sich wütend vor ihm aufgebaut hatte.

Ich lachte schallend los. Das Entsetzen in Douglas' Gesicht war exakt so, wie Joel es beschrieben hatte. Ich versuchte, Scott die Situation zu erklären, aber er brachte kaum ein Lächeln zustande.

Douglas langte nach der Kamera, doch Joel stieß ihn weg und schob sie wieder in seine Hosentasche. »Finger weg! Außerdem habe ich das Foto sowieso schon den Jungs von der Schule gemailt.«

»Na und?«, erwiderte Douglas unbeeindruckt. »Dann organisiere ich mir halt ein Foto von dir und Elizabeth.«

Ich riss den Kopf zu Joel herum. »Elizabeth?«, fragte ich verwirrt.

»Halt die Klappe, Douglas.« Joel stand auf. »Jemand noch ein Bier?«

Wir nickten alle, und er entfernte sich rasch, um die Getränke zu holen.

»Was ist das mit ihm und Elizabeth?«, fragte Soph. Sie beugte sich vor, begierig auf Klatsch.

»Elizabeth ist scharf auf Joel«, antwortete Douglas und zog die Brauen hoch.

»Was?« Ich kicherte. »Ich kann mir nicht vorstellen, dass sie überhaupt auf jemanden steht. Und Joel?«

Er kam zurück, setzte sich an den Tisch und mied meinen Blick, als er mir mein Bier reichte. Seine Wangen waren gerötet. Und wenn er sie auch mochte? Wenn Elizabeth das Mädchen war, über das er gesprochen hatte?

»Wer ist Elizabeth?«, fragte Scott und öffnete den Ringzug von seiner Bierdose.

»Sie ist die blöde Kuh, mit der wir hier zusammenleben.«

»Edie, so habe ich dich noch nie reden hören!«, entfuhr es Soph.

»Ist doch wahr.«

»Schon, aber ich bin überrascht, dass *du* das sagst.«

Mir entging nicht, dass Joel seine Bierdose langsam auf den Tisch stellte und mich nicht ansehen konnte.

»Ist das die, die immer herumschreit, wenn du sie aufweckst?«, fragte Scott.

»Genau die.«

Soph erzählte daraufhin, wie Elizabeth einmal nachts von uns aus dem Schlaf gerissen wurde und uns mit einer neonfarbenen Gesichtspackung anmeckerte. Aber ich konnte mich nicht auf die Geschichte konzentrieren, weil ich nur daran denken musste, was für ein schreckliches Paar Joel und Elizabeth abgeben würden. Selbst wenn Elizabeth kein völliges Miststück war, hatten die beiden immer noch nichts gemeinsam. Sie würde nicht einmal einen Fuß auf den Strand setzen, weil sie Sand hasste.

Scott streichelte meine Schulter, und ich versuchte, mich zu entspannen. Warum regte ich mich wegen Joel so auf? Ich war mit Scott zusammen und glücklich, dass er endlich hergekommen war, um mich zu besuchen.

»Wir haben uns echt mehr gefürchtet als in der Nacht, in der wir uns *Der Exorzist* angesehen haben, stimmt's, Edie?«, fragte Soph am Ende ihrer Geschichte lachend.

»Du hast *Der Exorzist* geguckt?« Scott starrte mich erstaunt an.

»Joel hat mich dazu überredet.«

»Weil das ein Klassiker ist. Man kann nicht durchs Leben gehen, ohne diesen Film gesehen zu haben«, rechtfertigte er sich.

»Ich habe mich gerächt. Er musste *Wie werde ich ihn los – in 10 Tagen?* ansehen.«

»Was wesentlich furchterregender war«, versicherte Joel und strich sich das Haar aus den Augen.

»Nur für Mister Bindungsangst«, konterte ich.

»Jep«, sagte Soph, und wir klatschten ab.

Joel schüttelte den Kopf.

»Wir sollten zurückgehen«, sagte Soph dann zu Douglas und trank ihr Bier aus. Ihre Pause war bald zu Ende. »Wünsche euch einen schönen Abend. Wo wollt ihr hin?«

»In die Stadt zum Abendessen. Wir sollten uns langsam fertig machen.«

»War schön, euch alle kennenzulernen«, sagte Scott und stand auf. Es klang gezwungen, und ich war nicht überzeugt, dass er es ehrlich meinte.

Wir verabschiedeten uns und machten uns auf den Weg.

»Ich weiß es jetzt«, sagte Scott nach einer Weile. Ich hatte für den Rückweg zur Unterkunft die landschaftlich schöne Strecke gewählt, wollte ihm so viel wie möglich von dem Gelände zeigen. Inzwischen waren wir fast an dem Strand angekommen, zu dem Joel und ich uns geschlichen hatten, um wie Seesterne auf dem Wasser zu treiben.

»Was weißt du jetzt?«

»Was anders ist an dir.«

Eine Familie, beladen mit Schlauchbooten und Strandtaschen, die Kinder sandig und sich streitend, verließ gerade den Strand.

»Was denn? Meine Beine sind gebräunter?«

»Nein, das ist es nicht.«

Ich blieb stehen. »Sollen wir uns noch ein bisschen in den Sand setzen?«

Scott spähte über das Holzgeländer zum Strand und das sich dahinter erstreckende Meer.

»Lass uns lieber zurück zum Zelt gehen. Es sieht sowieso nach Regen aus.«

Ich schaute zum Himmel hoch, der mit dunklen Wolken verhangen war. »Okay.«

Wir folgten der Familie und nahmen die Abkürzung zwischen den Wohnwagen entlang.

»Was ist denn anders an mir?«

»Du wirkst selbstbewusster.«

»Selbstbewusster? Danke.« Das nahm ich als Kompliment, aber sein Gesichtsausdruck ließ mich zweifeln, ob er es auch so gemeint hatte. »Und was hältst du von den anderen?«

»Scheinen ganz nett zu sein.«

»Das sind sie, und man hat echt Spaß mit ihnen! Soph ist das reinste Energiebündel. Und Joel, na ja, ist eben Joel.«

»Hm, das ist er ganz sicher.«

»Was soll das denn heißen? Magst du ihn nicht?«

»Ich denke, du magst ihn genug für uns beide.«

Mir war schleierhaft, wo das jetzt herkam. »Du hattest noch keine Gelegenheit, ihn richtig kennenzulernen. Aber vielleicht können wir ja nach dem Abendessen mit den andern zusammen abhängen. Vermutlich gehen sie zu irgendeiner Strandparty.«

»Können wir nicht einfach allein bleiben? Ich bin wegen dir hergekommen. Außerdem, wozu soll das gut sein? Nächsten Monat gehst du an die Uni und wirst wieder einen Haufen neuer Freunde finden, die ich dann kennenlernen muss.«

Er ergriff die Gürtelschlaufen meiner Shorts, beugte sich herunter und küsste mich auf den Scheitel. Meine Schultern waren derartig angespannt, dass sie fast gegen meine Ohrläppchen stießen. Ich konnte mir nicht vorstellen, dass Scott recht hatte. Und ich vermochte den Gedanken, nicht mehr in Sophs Nähe zu sein, über Douglas' Heldentaten lachen oder Joel wiedersehen zu können, nicht zu ertragen.

»Lass uns den Abend nur zu zweit verbringen.«

»Nur wir beide«, stimmte ich zu.

Scott lächelte, und zum ersten Mal seit seiner Ankunft schaute ich ihm richtig in die Augen. In diese Augen hatte ich Tausende Mal geschaut, mir in ihnen unsere gemeinsame Zukunft vorgestellt, die Abenteuer, die vor uns lagen, die Häuser, in denen wir leben würden, unsere Hochzeit, Kinder. Die Träume, die wir hatten. Aber je länger ich in seine Augen schaute, desto mehr sah ich das alles schwinden. Ich küsste ihn, mochte mir nicht eingestehen, dass ich mich verändert hatte und andere Dinge im Leben wollte – oder dass mir der Gedanke, Joel nie wiederzusehen, mehr zusetzte, als richtig war.

Kapitel 18

Soph hat keineswegs gescherzt, als sie sagte, Hartland's sei richtig schick geworden. Der Ort war nicht wiederzuerkennen. Von dem neuen klimatisierten Empfangsgebäude aus Backstein bis zu den edlen Holz-Lodges, die die weißen Kunststoffwohnwagen ersetzt hatten, war alles umgestaltet worden. Ich hatte befürchtet, von Erinnerungen an meine Kindheit oder an die Zeit, als ich hier arbeitete und meine Mum starb, überflutet zu werden, aber seltsamerweise regt es mich nur auf, dass sich alles so verändert hatte und gar keine Erinnerungen weckte.

Die Lodge, in der wir untergebracht sind, ist wunderschön. Durch eine Glasschiebetür zur Terrasse auf der Vorderseite fällt Licht herein, es gibt eine Kitchenette mit modernen schwarzen Elektrogeräten und einen langen Tisch samt Sitzbänken. Im Wohnbereich steht ein bequemes, L-förmiges Sofa. Die Lodge hat drei Schlafzimmer, eines mit einem Doppelbett, eines mit zwei Einzelbetten und eins mit Etagenbett. Ich treffe als Erste ein und erbeute das Schlafzimmer mit den zwei Einzelbetten.

»Hallo!«, ruft kurz darauf Joel, und ich gehe runter, um ihn zu begrüßen.

»Hey.«

Eine Tasche über die Schulter geworfen, tritt er über die Türschwelle. »Seid du und Miles die Ersten? Soph kann noch nicht hier sein, dafür ist es zu ruhig.«

»Ich bin die Erste, und ich bin allein. Miles hat heute Abend eine Telefonkonferenz. Er kommt morgen nach. Wo ist Verity?«

»Heute früh in die USA geflogen. Sie hat ihren Flug umgebucht, damit sie ein paar Tage mit ihrer Familie verbringen kann, bevor sie nach Florida weiterfliegt.«

»Schade, dass sie nicht dabei ist.«

»Hat ihr auch leidgetan, es zu verpassen.«

Joel und ich mögen beim Stand-up-Paddling zwar die Luft bereinigt haben, es fällt uns aber immer noch nicht leicht, als Freunde Fuß zu fassen.

»Echt schick hier. Denkst du, sie würden uns einen Job geben, wenn wir jetzt achtzehn wären?«, fragt Joel und lässt die Tasche von der Schulter rutschen.

»Nein.« Ich lache. »Die Anforderungen sind jetzt vermutlich sehr viel höher.«

Mein Handy klingelt im Schlafzimmer, und als ich dort ankomme, habe ich einen Anruf von Soph verpasst. Ich gehe zurück ins Wohnzimmer.

»Sprachnachricht von Soph«, sage ich und halte mir das Handy ans Ohr.

»Hi, Edie, Alfie geht es nicht gut, er hat üble Koliken. Vielleicht, weil er zahnt, oder es ist Magen-Darm oder dass wir übers Wochenende wegwollen und er uns einfach einen Strich durch die Rechnung machen will. Wer weiß? Aber so kommen wir nicht mit einem quengelnden Kleinkind, das womöglich irgendwelche Bazillen an euch weitergibt, in ein Haus mit papierdünnen Wänden. Wir warten bis morgen und schauen, ob es ihm dann besser geht. Hoffe, ihr habt einen tollen Abend.«

Ich lege das Handy weg und schaue beklommen zu Joel.

»Alles okay?«

»Das war Soph. Sie und Brett können auch frühestens morgen kommen, weil Alfie möglicherweise krank ist.«

»O nein, hoffentlich nichts Schlimmes.«

Er setzt sich auf die Sofalehne. Joel gehörte schon immer zu den Leuten, die sich nicht normal auf Möbel setzen. Ständig hockt er auf einer Armlehne oder lehnt sich irgendwo an. Vermutlich liegt das daran, dass er nicht still sitzen kann, aber er sieht immer sehr lässig aus.

Wir schauen uns in der Lodge um, die viel zu groß wirkt für zwei Leute. »Soll ich Douglas anrufen und fragen, wann er hier ist?«

»Ja«, stimme ich erleichtert zu.

Joel schnappt sich sein Handy, öffnet die Schiebetür und setzt sich an den großen Tisch draußen auf der Holzveranda. Eine Mischung aus Kinderlachen und Stimmengewirr wabert durch die Luft, und irgendwo in der Ferne höre ich das Platschen aus dem Pool. Wenn ich die Augen schließe, fühle ich mich beinahe um siebzehn Jahre zurückversetzt.

»Er ist an der Waterloo Station«, sagt Joel, als er wieder hereinkommt. Er setzt sich auf den Tisch, stellt die Füße auf die Sitzbank. »Trinkt ein Bier, während er auf den Zug wartet.«

»Dann braucht er noch eine Weile.«

»Hm, er taucht vermutlich gerade rechtzeitig zum Abendessen auf.«

Mir wird ein wenig schwindelig. Was sollen Joel und ich drei Stunden lang allein tun?

»Hast du Lust, das Camp zu erkunden und zu sehen, ob es noch *irgendetwas* gibt, was uns an damals erinnert?«, schlägt Joel vor.

»Hört sich gut an.«

Wir brauchen nicht lange, um Überbleibsel des alten Ferienparks zu finden. Der kleine Mini-Markt wurde zwar ebenfalls aufgemotzt, aber das Gebäude ist immer noch dasselbe. Der Park, in dem wir bis spät in die Nacht am Lagerfeuer feierten, existiert noch, wenn er auch mit modernen, münzbetriebenen Grillgeräten ausgestattet ist.

Ich meine sogar, den alten Bürocontainer entdeckt zu haben, in dem sich früher die Anmeldung befand. Wenn das Camp derartig expandiert ist, ergibt es Sinn, dass sie den Eingangsbereich verlegt haben. Vor dem Container stehen etliche Golfcarts und große Metall-Trolleys, beladen mit Säcken, die aussehen, als wäre Schmutzwäsche darin. Draußen an der Wand hängt ein Schild: Reinigungs- und Wartungsservice.

»Wo willst du hin?«, fragt Joel. Er bleibt stehen, die Hände in den Hosentaschen.

»Nur mal einen Blick reinwerfen.« Ich muss unbedingt sehen, wo ich die E-Mails geschrieben habe. Ich gehe die knarrenden Holzstufen hinauf, von denen die Farbe abblättert, so wie damals schon, und spähe durch ein Fenster hinein.

»Kann ich Ihnen helfen?«, fragt eine Frau und tritt aus der Tür. »Brauchen Sie vielleicht mehr Handtücher?«

»Ähm, ja, Handtücher«, sage ich erschrocken.

Sie geht wieder nach drinnen, und ich folge ihr. Der Empfangstisch ist verschwunden, und die Hütte ist voller Regale mit Putzmitteln, Bettwäsche und Handtüchern, aber die Art, wie mir die erdrückende Hitze entgegenschlägt, die Tapete mit dem Heidekrautmuster und die Neonröhren – das alles ist geblieben.

Ich kann kaum glauben, dass ich an exakt der Stelle stehe, an der ich vor vielen Jahren die E-Mails verschickt habe. Ein bittersüßes Gefühl überkommt mich.

Die Frau reicht mir zwei in dünne Plastikfolie eingeschweißte Handtücher. »Reichen die?«

»Perfekt, danke.« Ich nehme sie mit zitternden Händen entgegen.

Da ich mich nicht vom Fleck rühre, schaut mich die Frau mit hochgezogener Braue an. Ich verstehe den Wink und lächle sie an, lasse den Blick ein letztes Mal durch den Raum schweifen und gehe hinaus. Dann trete ich zurück zu Joel, halte die Handtücher hoch, und er grinst.

An der Bar auf der Poolterrasse bewegen wir uns ganz automatisch zu demselben Tisch, an dem wir in jener Nacht bei unserem Wachdienst gesessen haben, auch wenn man von hier aus jetzt nicht mehr über das Ferienlager schaut, sondern auf den Hallenbadkomplex.

»Echt schade, dass sie die alten Mitarbeiterunterkünfte abgerissen haben«, sagt Joel.

»Finde ich auch. Die neuen mit diesen Schlüsselkarten wirken so piekfein.«

»Jede Wette, dass es dir heutzutage nicht mehr passieren kann, dass du dich im falschen Zimmer ins Bett legst.«

Sofort beginnen meine Wangen zu glühen. »Ein Fortschritt«, sage ich, schnappe mir die Menükarte und wedle mir damit Luft zu. »Kommen sie an den Tisch, damit man bestellen kann, oder muss ich raufgehen?«

»Ich gehe«, bietet Joel an. »Was möchtest du?«

»Nur ein Bier, danke.«

An der Bar steht eine Schlange, und ich hole mein Handy heraus. Dem Ort, an dem meine E-Mails geschrieben wurden, so nah zu sein, weckt in mir den Wunsch, sie erneut zu lesen, und ich öffne die Nachricht, die ich Anfang dieser Woche bekam.

Liebe zukünftige Edie,
ich hoffe, es geht dir gut! Wenn ich dachte, dass schon mit Beginn der Schulferien hier der Teufel los ist, dann lag ich komplett daneben. Anscheinend haben alle nur auf den August gewartet. ÜBERALL sind Leute! Jeder Wohnwagen- und Zeltplatz ist belegt, und der Lärm hat sich verzehnfacht. Zum Glück sind wir ein eingespieltes Team, und der Betrieb läuft wie geschmiert – na ja, meistens jedenfalls.
Obwohl es der absolute Stress ist, finden wir noch Zeit, um auszugehen und Party zu machen. Vor ein paar Nächten haben

wir am Strand ein großes Lagerfeuer gemacht und sind erst bei Sonnenaufgang schlafen gegangen. Ich war erledigt, denn danach hatte ich eine komplette Tagesschicht. Aber der Sonnenaufgang war es wert. Ich habe immer gedacht, in Westerly gäbe es einen tollen Sonnenuntergang, aber der Ort hat seinen Namen, weil er westlich von Bournemouth und Poole liegt (da soll mal einer behaupten, ich würde die Gegend nicht kennen). Der Strand zeigt also nach Osten – und der Sonnenaufgang hat mich umgehauen.

Aber genug davon. Meine große Neuigkeit ist, dass es aus ist mit Scott – das ist vermutlich für dich weniger eine Überraschung als für mich. Nach seinem Besuch hier wurde er immer seltsamer, und schließlich hat er mir am Telefon erzählt, dass er Annie Barton geküsst hat. Ich habe einfach aufgelegt, und er hat mir daraufhin eine Nachricht geschickt, dass wir wohl am besten Schluss machen. Er trennt sich von mir per TEXT-NACHRICHT?!!! Ich war echt sauer. Vermutlich hat er mich schon vorher während seines Europa-Trips betrogen. Den wären wir los!

Alle hier waren sehr nett und wollten mich aufmuntern. Vor allem Joel, er ist mein Fels in der Brandung. Er hat mich vorher immer schon zum Lachen gebracht, aber jetzt scheint er sich richtig anzustrengen, damit ich nur ja nicht traurig bin. Diesen Sommer habe ich mehr gelacht als jemals zuvor und gelernt, so richtig aus mir rauszugehen. Ich rede nicht davon, loszuziehen und mich hemmungslos zu besaufen – ich habe auf die harte Tour gelernt, dass ein heftiger Kater nicht dein Freund ist, wenn du Mülleimer auf einem Campingplatz leerst. Ich rede davon, einfach Spaß zu haben, dich selbst nicht zu ernst zu nehmen und zu lachen, bis es wehtut. Versuch's mal!

Alles Liebe

Edie von der Rolle xx

Die neueste Aufgabe, die mein achtzehnjähriges Ich mir stellt, dürfte nicht allzu schwierig sein, da ich das Wochenende mit der alten Gang verbringe.

Joel reicht mir ein Bier und setzt sich an den Tisch.

»Hey, gerade schießt mir durch den Kopf: Schaust du dir eigentlich immer noch manchmal den Sonnenaufgang an, so wie wir damals am Strand?«, frage ich unvermittelt.

»Seit ich wieder hergezogen bin, nicht. Das hört sich vermutlich an, als wäre ich echt alt geworden, aber ich brauche meinen Schlaf. Den Sonnenaufgang mitzubekommen war einfach, wenn wir von einer Party zurückkamen oder unsere Nachtschicht zu Ende ging. Aber die Zeiten, dass ich die Nacht durchmache, sind längst vorbei.«

»Ich kann mich gar nicht mehr erinnern, wann ich das letzte Mal länger als bis Mitternacht aufgeblieben bin«, pflichte ich ihm bei, denn selbst das ist schon eine Herausforderung.

»Aber willst du das etwa diese Nacht tun? So etwas Verrücktes käme normalerweise von Douglas.«

»Himmel, nein!« Ich denke daran, wie es war, nach einer durchfeierten Nacht mit Joel am Strand zu enden, verdränge die Vorstellung jedoch schnell, bevor sie sich in meinem Kopf festsetzt. »Apropos Douglas, hoffentlich taucht er bald auf. Ich bekomme Hunger.«

Joel schnappt sich sein Handy und wischt mit dem Finger über das Display, dann hält er es an sein Ohr. »Alles in Ordnung? … Wann ist deine voraussichtliche Ankunftszeit? … Wann? … Okay, okay.«

Er legt das Telefon wieder hin und betrachtet es stirnrunzelnd.

»Alles okay?«

»Er sagt, er braucht nicht mehr lange. Aber für einen Zug war es im Hintergrund ziemlich laut.«

»Vielleicht ist er im Speisewagen. Gibt es diese Dinger überhaupt noch?«

»Nicht in diesem Zug. Er sagte, er ruft an, sobald er in Bournemouth ist. Vielleicht irre ich mich, aber ich hatte den Eindruck, er war in einem Pub.«

»Echt?«

»Ja, und er hat ziemlich gelallt.«

»Wenn er schon was getrunken hat …«

»Das Problem ist, dass er immer etwas getrunken hat«, sagt Joel.

Eigentlich möchte ich nicht eins und eins zusammenzählen, aber es hilft nichts. »Meinst du, das ist wirklich *immer* so?«

Joel reibt sich den Nacken. »Schwer zu sagen, denn jedes Mal, wenn wir uns sehen, benutzt er das als Grund, um die Häuser zu ziehen. Keine Ahnung, wie er an anderen Tagen so ist. Man sollte meinen, dass er sich wegen Suz und Isla mehr zurückhält.«

Ich sehe Joel an, dass er besorgt ist, und nehme mir vor, irgendwann an diesem Wochenende in Ruhe mit Douglas zu sprechen. Noch mal lasse ich mich nicht so einfach abwimmeln.

»Hat er dir von Suz und Isla erzählt?«, fragt Joel und trinkt einen Schluck aus seiner Bierflasche.

»Eigentlich nicht. Nur wenn es um die Gründe ging, warum sie nicht mitkommen. Wieso?«

Er zuckt mit den Schultern. »Ich habe sie seit einer Ewigkeit nicht mehr gesehen, und Douglas erwähnt sie auch nicht mehr.«

»Hast du mit ihm darüber gesprochen?«

»Ich habe es versucht, aber du weißt ja, wie er ist – er macht sich über alles lustig.«

»Genauso hat er bei mir auch reagiert, als ich mit ihm reden wollte.«

»Vielleicht sollten wir uns an diesem Wochenende mit dem Alkohol zurückhalten«, sage ich.

»Definitiv. Ich glaube, meine Leber hatte letztens schon genug zu tun.«

»Meine auch.«

Er hebt seine Bierflasche in meine Richtung, neigt sie leicht. »Auf eine von nicht vielen.«

Wir stoßen an, und ich hoffe sehr, dass wir uns unnötig Sorgen machen.

Als sich die Nacht über das Camp legt, ist von Douglas immer noch weit und breit nichts zu sehen. Joel und ich warten nicht länger und holen uns eine Pizza, die wir dann in der Lodge essen und eine Tasse Tee dazu trinken. Wir geben beide unser Bestes, uns die Sorge nicht anmerken zu lassen. Als Joel beginnt, in der Lodge auf und ab zu marschieren, schlage ich vor, dass wir rüber ins Entertainment Center gehen.

Vorher versucht Joel ein letztes Mal, Douglas anzurufen, weil wir bei der lauten Musik von »Daz's Disco« nicht mal hören würden, ob es bei ihm klingelt. Aber wieder erreicht Joel nur die Voicemail. Anfangs hielten wir das für ein gutes Zeichen, nahmen an, dass Douglas im Zug sitzt und keinen Empfang hat, aber das geht jetzt schon über eine Stunde so.

»Denkst du, ich sollte Suz anrufen und sie fragen, ob sie weiß, was los ist?«, wendet sich Joel an mich.

»Würde sie das nicht nur beunruhigen? *So viel* zu spät ist er nun auch noch nicht. Vielleicht hängt er in Bournemouth fest, weil er umsteigen muss, oder es gab eine technische Panne.«

»Du hast recht.« Joel seufzt tief. »Verdammt, denkst du, so ist es auch, wenn man Kinder hat?«

»Vermutlich noch schlimmer. Douglas ist immerhin ein erwachsener Mann. Bestimmt ist nur sein Akku leer.«

Wir betreten das Center. Daz's Disco ist genau das, was du von einem Ferienpark erwartest. Flimmernde Spots, laute Musik. Vanilla Ice dröhnt aus den Lautsprechern, und beim Reinkommen überprüft eine Mitarbeiterin unsere neonpinken Armbänder.

»Jetzt ist Wunschstunde!«, sagt sie aufgekratzt. »Füllt einen Zettel aus, und nahezu garantiert wird euer Lied gespielt.«

Sie reicht jedem von uns ein Stück Papier und einen Stift.

»Mir fällt nichts ein«, sagt Joel.

»Wie wäre es mit einem Song, der dich an diesen Ort erinnert?«, schlage ich achselzuckend vor. Ich notiere »Mr Brightside« von den Killers und will auf Joels Zettel spähen, aber er hat ihn bereits der fröhlichen Mitarbeiterin gegeben.

»Was hast du genommen?«, frage ich.

Wie stehen direkt neben einem Lautsprecher, und die Musik ist ohrenbetäubend laut. Joel schüttelt den Kopf, um mir zu signalisieren, dass er mich nicht hören kann. Ich beuge mich zu ihm und frage noch einmal.

»Du wirst es merken«, sagt er und lehnt sich leicht gegen mich. Er legt die Hand auf meine Hüfte, und mir jagt ein süßer Schauer über den Rücken. »Lass uns was zu trinken holen.«

Sobald wir unsere Getränke haben, lassen wir uns an einem Tisch am Rand der Tanzfläche nieder und sind gebannt von dem, was sich vor uns abspielt. Die Tanzfläche ist voller Teenager, die den Floss Dance machen und Dabbing und andere Tanzbewegungen, die ich nicht kenne, weil ich dafür nicht cool genug bin. Es gibt auch ein paar Elterngrüppchen, die zweifellos wegen der Cocktail-Happy-Hour hergekommen sind und Stunden später immer noch ihren Spaß haben.

»Bei dem gedämpften Licht sieht es immer noch genauso aus wie damals.«

»Stimmt. Früher wären *wir* hier so rumgesprungen«, pflichte ich Joel bei und werde von einer Welle der Nostalgie erfasst.

»Deine und Sophs Choreografie, wie könnte ich das vergessen?«

»Wie bitte? Im Gegensatz zu dir hatten wir Moves!«

Er lacht, und die Erinnerung an seinen furchtbaren Tanzstil bringt mich auf eine Idee. Ich schaue zur Tanzfläche und dann wieder zu Joel.

»O nein. Du hast diesen Blick in den Augen, den Soph auch oft bekommt, und mir gefällt nicht, wohin das führt.«

»Ich kann dir ganz genau sagen, wohin es führt.« Ich stehe auf.

»Nein. Ich werde nicht auf diese Tanzfläche gehen.«

»Komm schon, Joel, hab ein bisschen Spaß«, erwidere ich und bin stolz, weil ich damit meine Aufgabe aus der E-Mail zitiere.

Für eine Sekunde hält er meinem Blick stand, dann lacht er, trinkt einen Schluck Bier und bedeutet mir mit einer Handbewegung, dass ich vorgehen soll.

Ich begebe mich zur Tanzfläche, versuche einen Platz in der Mitte zu finden.

»Und nun zurück zu einem Mann namens Joel, der auf den Cardboard Box Dance stand!«, rufe ich. Dann zucke ich unkontrolliert mit dem ganzen Körper, als wäre ich auf einem Rave in den 1990ern.

»Du weißt aber, dass diese Bewegungen ironisch gemeint waren?« Er hält die Hände in die Hüften gestützt und macht nicht mit.

»Die Autotür zuknallen!«, rufe ich und stoße meinen Hintern zurück. »Den Truthahn begießen!«

Er lacht über mich, dann fängt er endlich an, sich zu bewegen. »Das Beste hast du weggelassen. Den Rasen mähen.« Er zieht an einer unsichtbaren Anlasserschnur, legt dann die Hände auf den imaginären Griff und fährt im Kreis um mich herum. Ich muss lachen.

»Eine Glühbirne auswechseln!«, rufe ich, und Joel hebt den Daumen. Unglaublich, wie schnell mir das alles wieder einfällt.

»Den Garten wässern!«, ruft er und schüttelt sein Handgelenk den Körper entlang.

Mittlerweile kann ich mich vor Lachen kaum noch halten. Zwischen zwei Atemzügen stoße ich hervor: »Stopp! Das sieht total beknackt aus!«

Sofort hört er auf und wirkt ein bisschen verlegen.

Aber niemand um uns herum zuckt mit der Wimper, während wir einen Tanzwettbewerb mit albernen Bewegungen veranstalten, und wir hören erst auf, als wir nicht mehr können. An einem Tisch in der Ecke setzen wir uns diesmal automatisch ein bisschen dichter nebeneinander.

»Morgen werde ich diese Tanzerei bereuen. Bestimmt habe ich mir was gezerrt«, stöhnt Joel. »Bei diesen Moves wundert es mich nicht, dass ich auf der Tanzfläche kein Glück bei den Ladys hatte.«

»Na ja, bei der Nummer mit dem Rasenmäher hättest du sie einfach umfahren sollen.«

»Stimmt – wenn der Rasenmäher anspringt, solltest du also auf der Hut sein«, antwortet er lachend. »Unfassbar, dass wir so getanzt haben.«

»Aber es war *so* toll!«

Mir schmerzen die Wangen vom vielen Lachen, mein Herz schlägt schnell, und meine Muskeln brennen, aber ich kann mich nicht erinnern, wann ich das letzte Mal derart viel Spaß hatte. »Ich werde das von jetzt an öfter tun.«

»Was? Fragwürdige Tanzbewegungen in Discos machen?«

»Nein, mich gehen lassen.«

»Einfach Spaß haben?«

Ich schaue ihn an und frage mich, wie er auf diese Formulierung kommt, als mir einfällt, dass ich genau das zu ihm gesagt habe.

»Richtig. So lebst du doch auch dein Leben, oder? Du lebst im Hier und Jetzt und tust das, wozu du Lust hast?«

Er zuckt mit den Schultern. »Das versuche ich, aber man muss dafür nicht unbedingt um die Welt jetten. Du kannst im Hier und Jetzt leben, wo auch immer du gerade bist und was immer du gerade tust.« Joel sieht mich an, und sein Lachen ist einer gewissen Ernsthaftigkeit gewichen.

»Muss schön sein, ein Leben zu führen, bei dem man nichts bedauert.«

»Jeder bedauert irgendetwas, Edie – vor allem ich.« Er beugt sich näher zu mir. Sein Atem streicht über meinen Nacken, und mich überkommt ein wohliger Schauer.

Eine Weile sitzen wir schweigend da, beobachten die Leute auf der Tanzfläche, aber meine Gedanken drehen sich um das, was Joel wohl bedauern könnte.

Das Gitarrenriff des nächsten Songs zaubert mir ein Lächeln ins Gesicht.

»Das hast du dir gewünscht, richtig?«, fragt Joel, als »Mr Brightside« erklingt.

»Die einzige Frage war, das oder ›Cha-Cha Slide‹.«

»Ich bin dir echt dankbar, dass du nicht Letzteres genommen hast.« Joel steht auf und hält mir die Hand hin.

»Für jemanden, der überhaupt nicht tanzen wollte«, sage ich und ergreife sie.

Er zuckt mit den Schultern. »Wäre zu unhöflich.« Er führt mich zu einer freien Stelle auf der Tanzfläche.

Wir singen mit und geben unser Bestes, zu dem Song zu tanzen, aber ohne die anderen aus der Clique ist es nicht dasselbe. Wir haben immer unsere verschwitzten Arme umeinander geschlungen und sind auf- und abgehüpft, die ganze Zeit bemüht, dass einem nicht zu viele Leute auf die Zehen treten.

Gegen Ende des Songs und unserer letzten Luftgitarren-Einlage bin ich bereit, mich wieder hinzusetzen, doch da erklingt ein neuer Song. Sofort wechselt die Stimmung auf der Tanzfläche. Der Beat eines langsamen Liedes setzt ein, Paare finden sich.

Joel braucht mir nicht zu sagen, dass es sein Wunschlied ist.

»›Lady in Red‹?« Das habe ich seit einer Ewigkeit nicht mehr gehört.

Er macht einen Schritt auf mich zu, umfasst mit einer Hand meine Taille und ergreift mit der freien meine Hand. Ich lege meine andere auf seine Schulter. Dann bewegen wir uns zu der langsamen Musik. Anfangs fühlt es sich komisch an, aber wir entspannen uns schnell.

»Unglaublich, dass du dieses Lied ausgesucht hast.«

»Ich fühlte mich unter Druck gesetzt, und das ist der einzige Song, den ich nie vergesse, weil das Animationsteam ihn immer gespielt hat.«

Als wir damals in Hartland's jobbten, trugen wir rote Poloshirts mit Emblem, und mindestens einmal am Abend ließ das Animationsteam diesen Song laufen und widmete ihn den weiblichen Mitarbeitern. Wenn ich dann gerade mit Soph zusammen war, legte sie den Arm um meine Schulter, und wir schwoften hin und her. Aber manchmal zogen mich Douglas oder Joel auf die Tanzfläche. Insgeheim wünschte ich immer, dass es Joel sein würde.

Wenn ich die Augen schließe, ist alles wieder da. Wie seine Berührung mir einen Schauer über den Rücken jagte und Schmetterlinge in meinem Bauch flatterten. Wie mein ganzer Körper nach ihm verlangte.

Wir bewegen uns noch näher aufeinander zu, und seine Hand drückt meine etwas fester, als würde er sich genauso erinnern wie ich. Zwischen unsere Körper passt kein Blatt mehr, und ich bin sicher, dass er spürt, wie schnell mein Herz schlägt.

»War dieses Lied schon immer so langsam?«, flüstert er mir ins Ohr.

»Schon immer«, antworte ich.

Unsere Wangen berühren sich, so wie in dem Song. Noch nie habe ich mich von jemandem derart angezogen gefühlt wie von Joel. Im Laufe der Jahre dachte ich, es wäre nur Einbildung gewesen, aber ich spüre es immer noch. Er lässt seine Hand auf meinem Rücken ein wenig tiefer rutschen, und mein Körper kribbelt erwartungsvoll.

Der Song endet so abrupt, wie er begonnen hat, und »I Gotta Feeling« von den Black Eyed Peas ertönt. Wir lösen uns voneinander, und es ist mir ein bisschen peinlich, wie sehr ich in den Moment versunken war. Joel lächelt mich an und macht ein paar seltsame Verrenkungen, die wohl tanzen sein sollen.

Irgendetwas hat sich verändert. Es fühlt sich nicht mehr komisch an, dass wir beide allein hier sind. Tatsächlich bin ich beinahe froh darüber.

Vielleicht hat Joel doch recht. Ich muss ja nicht *immer* im Hier und Jetzt leben, aber ab und zu sollte ich mich ruhig darin verlieren. So wie eben, als ich getanzt habe wie vor siebzehn Jahren und jede einzelne Sekunde genoss. Es ist, als hätten sich die Jahre dazwischen aufgelöst, und ich bin wieder die Frau von damals. Wie sich zeigt, ist sie nicht verschwunden, sie war die ganze Zeit da. Ich musste sie nur herauslassen.

Kapitel 19

Damals

Ich kann nicht mehr genau sagen, wann ich mich in jenem Sommer in Joel verliebte. Ob es mit der Zeit passierte, während wir uns immer besser kennenlernten und sich unsere Freundschaft vertiefte, oder ob es einen Auslöser gab. Ich wusste lediglich, dass er in einem Moment noch »nur« mein Freund war – und mir im nächsten alles bedeutete.

Jedes Mal, wenn ich durch den Ferienpark lief, hoffte ich, auf Joel zu treffen. Ich zählte die Minuten bis zum Ende meiner Schicht. Wenn wir alle miteinander zum Strand gingen, verlangsamte ich meine Schritte, damit wir ein Stück hinter den anderen zurückbleiben und reden konnten. Wenn wir zusammen DVDs schauten, versuchte ich immer, neben ihm zu sitzen.

Joel schien mein Verhalten zu erwidern. Während meiner Schichten tauchte er oft grundlos beim Empfang auf. Er sah sich unzählige romantische Komödien an, obwohl er solche Filme für Zeitverschwendung hielt, und an Tagen, an denen ich besonders erschöpft war, war er zufällig beim Bäcker vorbeigekommen und brachte mir meine Lieblings-Donuts mit.

Vor Joel hatte ich mich nur in Scott verliebt, und das war ganz anders abgelaufen. Er war neu an der Schule, deshalb fiel er mir auf, aber ich gehörte nicht zu den Mädchen, die ständig um ihn herumschwirrten. Ein paar Wochen nach Beginn des Schuljahres kam er quer durch den Aufenthaltsraum auf mich zumarschiert und fragte, ob ich mit ihm ausgehen wolle. Verlegen, weil ich wusste, dass uns alle beobachteten, willigte ich ein. Wir trafen uns, und danach noch ein paarmal, und irgendwann erkannte ich, dass wir zusammen waren.

Bei Joel hingegen ... Jedes Mal, wenn wir miteinander redeten, verliebte ich mich ein bisschen mehr in ihn. Jede noch so kleine Berührung – wenn sich unsere Arme beim Gehen zufällig streiften, die in die Länge gezogenen Umarmungen, wenn wir uns Gute Nacht wünschten – brachten mich fast um den Verstand. Ich hatte keine Ahnung, wie ich den ersten Schritt tun sollte – bis sich eines Nachts eine Gelegenheit ergab.

Am Rand des Ferienlagers gab es eine Lichtung, direkt hinter den Mitarbeiterquartieren, wo die Gäste nie hinkamen. Die Mitarbeitenden spielten in ihrer Freizeit dort Frisbee und Fußball, und abends saßen wir dort oft um ein Lagerfeuer. Ich liebte diesen Ort. Die Wiese war umgeben von Wasser auf der einen Seite und auf der anderen von großen, dicht belaubten Bäumen, wodurch sie noch geschützter und abgeschiedener wirkte.

Eines Abends sollte dort eine große Party stattfinden, die wurde jedoch aufgelöst, weil Lionel uns verbot, ein Lagerfeuer anzuzünden. Er befürchtete, das Gras sei zu trocken und könne sich entzünden. Bis eine professionelle Feuerstelle gebaut worden sei, gäbe es keine Lagerfeuer mehr. Der Großteil der Mitarbeitenden verließ daraufhin die »Party« und ging zum Feiern in die Stadt. Nur ein paar von uns blieben auf der Lichtung.

»Denkst du, wir hätten mit in den Pub gehen sollen?«, fragte Joel. Er ließ die CD zum nächsten Titel wechseln.

»Und dieses Schauspiel hier verpassen?« Ich deutete mit der Hand zu einer Seite der Lichtung, wo Douglas wild mit Molly vom Animationsteam rumknutschte, und dann zur anderen Seite, wo Soph auf dem Schoß eines Gitarristen mit dem Namen Green Eyes saß, obwohl er braune Augen hatte.

»Wenigstens wird es bald dunkel, und wir müssen uns das nicht mehr ansehen.«

Mein Handy klingelte, und ich zog es hervor. »Ist meine Mum«, sagte ich mit entschuldigendem Achselzucken.

»Schon gut. Kein Problem.«

»Hi, Mum.« Ich stand auf und entfernte mich ein paar Schritte.

»Hallo, Liebes, passt es gerade? Ich habe zufällig Denise getroffen, und sie erzählte mir, Scott hätte sich von dir getrennt. Geht es dir gut?«

Ein Teil von mir war erleichtert, dass sie es von jemand anderem erfahren hatte, ich war nicht sicher gewesen, wie ich es ihr beibringen sollte.

»Es geht mir gut. Und ich denke, es ist besser so.«

»Ehrlich?«

»Hm.« Ich strich eine lose Haarsträhne hinters Ohr. »Hör mal, Mum, ich hocke gerade mit einem Freund zusammen. Kann ich dich morgen anrufen?«

»Ein Freund?« Ihr Tonfall klang jetzt leicht amüsiert. »Ich bin froh, dass es dir gut geht, Süße. Du weißt, dass du uns jederzeit anrufen kannst. Wir sind immer für dich da, egal, worum es geht.«

»Ich weiß, Mum. Ich ruf dich morgen an. Hab dich lieb.«

»Ich dich auch.«

Wir verabschiedeten uns, und ich legte auf, schob das Handy zurück in die Gesäßtasche.

»Wow. Muss schön sein, Eltern zu haben, die nachhören, ob es einem gut geht.«

»Sie ist heute Scotts Mum über den Weg gelaufen. Ich hatte ihr noch nicht erzählt, dass wir uns getrennt haben.«

»Warum nicht?«

Ich zuckte mit den Schultern und setzte mich neben ihn. »Keine Ahnung … Vermutlich, weil ich behauptet habe, dass Scott der Mann sei, den ich heiraten werde. Ich kam mir ein bisschen dumm vor, da sie am Ende recht hatten.«

Joel langte in die Kühltasche und reichte mir eine Flasche Bier. Ich stellte den Bacardi Breezer fort, obwohl ich ihn erst zur Hälfte getrunken hatte. Aber er war mittlerweile warm und ekelhaft, und ich hatte eh keine Lust darauf gehabt.

»Klingt so, als wollten sie sich nur vergewissern, dass es dir gut geht.«

»Ja. Aber das macht es irgendwie noch schlimmer. Mehr, als wenn sie einfach frohlocken würde, nach dem Motto: ›Wir haben es dir ja gesagt‹ – womit ich übrigens eigentlich gerechnet hätte.«

Joel lachte.

»Was ist mit deinen Eltern?«, fragte ich, um das Thema zu wechseln. »Wie sind die so?«

Joel redete nicht oft über sie. Ich wusste, dass sie geschieden waren, und Joel hatte einmal erwähnt, dass sein Vater im Ausland lebte, aber ansonsten gab er nicht viel preis.

»Die sind anders. Wir stehen uns nicht besonders nahe. Als ich klein war, hat meine Mum ständig mit zu vielen Tellern gleichzeitig jongliert, mit ihrem Job, mit der Organisation ihres Alltags – und dann musste sie sich auch noch um mich kümmern. Vermutlich habe ich mir dadurch angewöhnt, sie nicht mit meinen Problemen zu belasten.«

»Und dein Dad?«

Er öffnete mit einem Flaschenöffner sein nächstes Bier.

»Den sehe ich nur selten. Er kommt nicht oft her, ist ihm zu kalt und regnerisch. Er ist ganz in Ordnung, wenn wir uns treffen, aber ansonsten gilt bei ihm: aus den Augen, aus dem Sinn.«

»Er ist Kapitän, oder?«

Joel trank einen Schluck von seinem Bier. »Ja, auf einer Jacht.«

»Hat er dir das Segeln beigebracht?«

»Nein.« Sein Lachen klang beinahe verbittert. »Dafür habe ich ihn nie lange genug besucht. Aber ich bin sicher, dass er

Wort hält und mir nach meinem Studium einen Job zusammen mit ihm auf Barbados besorgt.«

Bei seinen Worten wurde mir schwer ums Herz. Ich wusste, dass er Schiffstechnik studieren und viel reisen wollte, aber bis zu diesem Moment war mir nicht klar gewesen, dass er so weit weg gehen würde.

»Würdest du die Arbeit annehmen?«

»Vielleicht«, antwortete er achselzuckend. »Hängt davon ab, was sonst so passiert.«

Mein Herz schlug ein bisschen schneller, weil er mich unentwegt ansah.

In dem Moment kicherte Soph laut und brach damit den Bann. Ich drehte mich zu ihr um und sah, dass sie aufgestanden war und den Gitarristen mit sich zog, in Richtung der Unterkünfte.

»Da waren es nur noch vier«, stellte ich fest.

»Ich bin nicht sicher, ob ich mit den anderen beiden hierbleiben will.« Joel rümpfte die Nase, als wir einen Blick zu Molly und Douglas riskierten – und es sofort bereuten.

»Wir hätten auch in den Pub gehen sollen«, sagte ich, trank meine Flasche aus und spähte in die leere Kühltasche. »Sollen wir für heute Schluss machen?«

»Mal früh schlafen zu gehen, könnte nicht schaden.«

Wir erhoben uns von den Holzklötzen. Ich wollte den Weg quer über die Wiese abkürzen, aber Joel hielt mich an der Schulter fest.

»Vorsicht, das ist vermutlich noch nicht trocken.«

Ich schaute hinunter auf die Stelle, wo ich beinahe hingetreten wäre. Es war das Zementfundament für die neue Feuerstelle.

»Oje, danke! Stell dir vor, ich wäre hineingetreten und hätte einen Fußabdruck hinterlassen. Lionel wäre außer sich vor Wut.«

»Witzig wär das schon«, sagte Joel und lachte. »Niemand würde wissen, wer dahintersteckt – na ja, abgesehen von uns beiden.«

»Es würde für immer ein Rätsel bleiben, wem der Fußabdruck gehört.«

»Jede Wette, dass Elizabeth Detektivin spielen würde, um es herauszufinden? Wir müssten dann einer nach dem anderen unseren Fuß auf den Abdruck stellen.«

»So würde sie auf mich kommen.«

»Und alle rufen: ›Er passt, er passt!‹«

»Denkst du gerade an *Aschenputtel?*« Ich verdrehte über sein Grinsen gespielt die Augen. »Aber wenn mich der Fußabdruck zu meinem Prinzen führt …«

Joel hielt meinen Blick, und ich fragte mich, ob er wohl verriet, dass ich glaubte, den Prinzen bereits gefunden zu haben.

»Vielleicht sollten wir es tun. Könnte lustig werden«, sagte er. Er beugte sich hinunter und spreizte die Finger wie für einen Handabdruck.

»Lass das lieber«, erwiderte ich und rührte mich nicht von der Stelle. »Wir kriegen bestimmt Ärger.«

»Komm schon, Edie! Wär doch toll, ein kleines Geheimnis miteinander zu haben! Etwas, das uns und diesen Sommer unsterblich macht.«

Ich wollte schon wieder die Augen verdrehen, aber etwas an der Art, wie er das sagte, rührte mich.

»Okay, aber kein Handabdruck. Das ist schließlich nicht der Hollywood Walk of Fame. Außerdem wäre das viel zu offensichtlich. Lass uns etwas Subtileres machen.« Ich hockte mich neben ihn und drückte meinen Daumen in eine Ecke des Zements.

»Ah, raffiniert. Okay«, sagte er und machte seinen Abdruck zur Hälfte über meinen.

Ich legte den Kopf zur Seite und betrachtete sein Werk. Es sah aus wie ein Herz, aber ich war zu verlegen, um es auszusprechen; er sollte nicht denken, dass ich zu viel hineininterpretierte.

Wir erhoben uns wieder und gingen dann langsam zu unserem Wohnblock.

»Also, gute Nacht«, sagte Joel, beugte sich vor und umarmte mich lange. Ich hätte ihn am liebsten geküsst oder zumindest festgehalten, damit er nicht ging, aber ich tat es nicht. Ich sah ihm nach, wie er die Treppe zu seiner Etage hochstieg, und dann betrat ich meine Wohnung und verfluchte mich.

Ich konnte Soph in ihrem Zimmer kichern hören, putzte mir im Bad schnell die Zähne, eilte zurück in mein Zimmer und zog meinen Pyjama an. Gerade als ich in mein Bett stieg, ging das Kichern in Stöhnen über. Ich zog mir das Kissen über den Kopf, aber das brachte nicht viel.

Ich dachte an Joel eine Etage über mir, nahm mein Handy und schrieb ihm eine Nachricht.

Soph und Green Eyes sind ganz schön laut … Kann ich bei dir auf dem Boden schlafen?

Klar. Komm hoch.

Ich zog eine Strickjacke über, schnappte mir meine Bettdecke und schlich nach oben; es sollte niemand mitbekommen, wohin ich ging. Joel hielt mir bereits die Wohnungstür auf, und ich schlüpfte schnell in sein Zimmer. Obwohl ich ihn ständig in einer Badehose sah, wurde ich plötzlich verlegen, weil er in engen Boxershorts vor mir stand.

»Ich lege mich einfach auf den Boden«, sagte ich.

»Sei nicht albern, du kannst im Bett schlafen. Da ist genug Platz für uns beide.«

»Sicher? Ich möchte mich nicht aufdrängen.«

»Tust du nicht.«

Ich wusste, dass er vermutlich nur höflich sein wollte, dennoch hoffte ich, es sei ein Zeichen dafür, dass er genauso fühlte wie ich. Wir legten uns hin, und er zog die Decke über mich, achtete darauf, dass wir beide gut zugedeckt waren.

»Ist es hier ruhiger?«

»Und wie!«

Ich lag auf dem Rücken, die Hände auf der Decke. Starr vor Angst fragte ich mich, was in aller Welt mich dazu gebracht hatte, das zu tun. Mich trennten nur wenige Zentimeter von Joel, und er war halb nackt, und meine Pyjamashorts mit dem Spaghettiträgertop waren auch nicht gerade viktorianische Liebestöter.

»Edie«, flüsterte er.

»Ja?« Mehr bekam ich nicht über die Lippen.

»Bist du müde?«

»Eigentlich nicht«, antwortete ich ehrlich.

Er rollte sich langsam auf die Seite, um mich anzusehen, und stützte den Kopf in die Hand.

»Glaubst du, dass Träume das Fenster zur Seele sind?« Er seufzte, schüttelte sich. »In meinem Kopf klang das längst nicht so kitschig, als wenn man es ausspricht.«

Ich hörte die Verlegenheit aus seiner Stimme heraus, wollte ihn berühren, sein Gesicht streicheln, um ihm zu zeigen, dass es keinen Grund dafür gab.

»Das war nicht kitschig, es hat mir irgendwie gefallen«, sagte ich stattdessen nur und rutschte noch näher zu ihm.

Wir redeten flüsternd, und die Zeit schien gleichzeitig zu verfliegen und stillzustehen. Draußen tobte mittlerweile ein Sturm, und Regen trommelte auf das Blechdach.

»Als ich vor ein paar Wochen wissen wollte, ob du in jemanden verliebt bist, hast du mir nicht geantwortet. Also, bist du?«, traute ich mich schließlich zu fragen. Darauf ersehnte ich mehr als auf alles andere eine Antwort.

Ein Blitz erhellte das Zimmer, und ich sah, wie eindringlich Joel mich anschaute. Er beugte sich zu mir. Unsere Lippen waren einander so nah … Ich spürte seinen Atem auf meinem Mund. Wir würden uns küssen.

In dem Augenblick ertönte ein Schrei, und wir fuhren auseinander.

»Ich glaube, das ist Soph«, sagte Joel. »Es kam von unten.«

Er kletterte aus dem Bett und ich direkt hinterher. Wir rannten die Metalltreppe hinunter und stießen auf Soph, die gerade dabei war, Green Eyes rauszuwerfen. Er trug nur seine Boxershorts, und Soph warf seine übrigen Klamotten über die Balustrade nach unten. Es schüttete wie aus Kübeln, und Green Eyes war bereits pitschnass. Über uns donnerte es, deshalb gingen wir auf Abstand zum Geländer.

»Er hat mich Stacey genannt, als wir gerade dabei waren! Könnt ihr euch das vorstellen? Er hat eine Freundin!«

»Oh, Soph«, sagte ich und zog sie an mich.

Sie schluchzte an meiner Schulter, aber sie fragte nicht, warum ich von oben kam oder warum Joel bei mir war.

»Edie, kann ich heute Nacht in deinem Bett schlafen? Ich will nicht allein sein.«

»Klar«, versicherte ich und formte mit den Lippen ein tonloses »Sorry« in Richtung Joel. Er zuckte mit den Schultern und lächelte halbherzig.

»Elizabeth kommt nach Hause«, sagte er und spähte über die Balustrade. »Du solltest Soph besser reinbringen.«

Er schob uns in unsere Wohnung und zog hinter uns die Tür zu. Mir blieb kaum Zeit, »Tschüss« zu flüstern. Soph spazierte schnurstracks zu meinem Bett, und nachdem ich die Kissen aus ihrem Bett geholt hatte, legte ich mich neben sie. Durch die dünnen Wände konnte ich Elizabeth lachen hören. Ich wusste, dass sie draußen mit Joel redete, und spürte, wie die Eifersucht in mir aufstieg. Mir fiel ein, dass Douglas ihn mit ihr aufgezogen hatte. Ich versuchte mich an den Moment zu klammern, den wir gerade in seinem Bett miteinander erlebt hatten, aber als ich jetzt hellwach in meinem eigenen lag, fühlte ich mich furchtbar verletzlich. Es war, als würde er mein Herz in den Händen halten und hätte die Macht, mich glücklicher zu machen, als ich es je gewesen war – oder es in tausend kleine Stücke zu zerschlagen.

Kapitel 20

Ein leises Klopfen weckt mich. Das Bett fühlt sich fremd an und das Zimmer erst recht. Ich bin so groggy, dass mein Gehirn einen Moment braucht, um zu realisieren, dass ich in einer Lodge in Hartland's bin.

»Joel?« Ich reibe mir die Augen und frage mich, was los ist.

»Hey, bist du wach?«, ruft er durch die Tür.

»Ist alles in Ordnung? Möchtest du reinkommen?« Ich ziehe mir die Decke bis unters Kinn.

»Hast du was an?«

»Immer.«

Die Tür geht ein Stück auf, und er schiebt den Kopf durch den Spalt. Sobald ich ihn sehe, werde ich rot. Dabei ist vergangene Nacht gar nichts zwischen uns passiert. Nachdem wir in der Disco getanzt hatten, sind wir in unsere Lodge und quasi schnurstracks in unsere jeweiligen Schlafzimmer gegangen. Aber sobald ich im Bett lag, konnte ich an nichts anderes als an jenen Sommer denken. Immer wieder spielte ich im Kopf die Erinnerungen an Joel und mich durch. Unser langsamer Tanz gestern Abend hatte mich daran erinnert, wie nah wir uns früher waren und wie sehr wir seither dagegen ankämpften.

»Wie viel Uhr ist es?«, frage ich.

»Viertel vor fünf.«

»Huch! Was ist passiert? Geht es Douglas gut?«

Joels Haare stehen in alle Richtungen ab, und er versucht, sie zu glätten.

»Keine Nachricht, und ich lande immer noch direkt auf der Mailbox. Ich vermute, dass er sich am Bahnhof in London betrunken hat und dann wieder nach Hause ist.«

»Klingt wahrscheinlich.«

»Ja, ich versuche es später noch mal.«

»Wenn es nicht wegen Douglas ist, wieso weckst du mich dann so früh?«

»Ich dachte, wir gehen uns den Sonnenaufgang ansehen.«

»Nette Idee, aber ich fühle mich hier äußerst wohl. Außerdem, wenn du einen Sonnenaufgang gesehen hast, hast du alle gesehen.«

Ich lasse den Kopf zurück auf das Kissen fallen. Ich hatte mir Sorgen um Douglas gemacht, aber da ich nicht wegen ihm aufstehen muss, bleibe ich sehr gern noch im Bett.

»Komm schon, Edie. Erinnerst du dich an gestern Abend – im Hier und Jetzt zu leben?«

»Das war die nächtliche Edie, die ist abenteuerlustiger.«

»Quatsch! Wenn wir uns zwei von diesen kostenlosen Fahrrädern schnappen, schaffen wir es rechtzeitig zum Kestrel-Strand.«

»Aber das ist so weit weg! Und unter der Bettdecke ist es schön warm und gemütlich.«

»Die Decke ist auch noch da, wenn du zurückkommst. Beeil dich, wir müssen los, sonst verpassen wir es.«

Zehn Minuten später verlasse ich mit geputzten Zähnen, in Jeans und Fleecepulli die Lodge.

Die Luft ist kühl, und ich bin froh über meinen Pulli. Ich ziehe ihn fester um mich, während Joel den Anweisungen auf dem Computerbildschirm folgt, um uns zwei Fahrräder auszuleihen.

Ich ergreife zögerlich den Lenker. »Keine Ahnung, ob ich noch weiß, wie man Rad fährt.«

»Das verlernt man nicht, heißt es.«

»Und wenn ich die Ausnahme von der Regel bin?«

»Lebe im Hier und Jetzt«, flüstert er mir zu.

»Du kannst mich mit diesem Spruch nicht dazu bringen, *alles* zu tun.«

»Scheint aber zu funktionieren.«

Bisher dachte ich immer, ich hätte es im Nachhinein verklärt, wie wohl ich mich in Joels Anwesenheit fühlte, aber nachdem diese blöde Kühle zwischen uns verschwunden ist, ist es genauso, wie ich es in Erinnerung habe.

Ich schwinge ein Bein über den Sattel, und Joel hat recht – nachdem ich ein paarmal etwas unsicher in die Pedale getreten habe, ist alles wieder da. Schon radeln wir die Strecke entlang, die wir in jenem Sommer unzählige Male gefahren sein müssen. Die Hauptstraße hinunter, bis zum Naturschutzgebiet, den Pfad entlang und über die Holzbrücke bis zum Strand.

Als wir die Baumgrenze erreichen, zeigt Joel auf einen schmalen Farbstreifen am Horizont. »Anscheinend kommen wir noch rechtzeitig.«

Er nimmt seinen Rucksack ab, holt eine Decke heraus und breitet sie auf dem Sand aus.

»Was hast du denn sonst noch dabei?«

Er lässt sich auf die Decke runter und späht in den Rucksack. »Verbandskasten. Flaschenöffner. Energy-Gels.«

»Für den Fall, dass du in der Wildnis ausgesetzt wirst? Wer bist du, Bear Grylls?« Ich setze mich ebenfalls auf die Decke und ziehe die Knie bis an die Brust.

Joel lacht. »Man weiß nie. Aber wenn man hier unten lebt, ist das alles sehr praktisch. Damals hatte ich mit Sicherheit eine ähnliche Ausstattung in einem Rucksack.«

»Aber damals hattest du statt einer Decke jede Menge Bier dabei, *Opa*.«

»Hey! Ich kann sie jederzeit wieder einpacken.« Er steht auf und umfasst den Rand der Decke.

»Nein.« Ich presse meine Hände darauf, um ihn aufzuhalten.

»Siehst du, insgeheim bist du froh, dass ich sie eingepackt habe.« Er setzt sich wieder hin und versetzt mir einen freundschaftlichen Stoß mit dem Ellbogen. Ich muss lachen, denn er hat recht. Es ist so viel angenehmer, als direkt auf dem Sand zu sitzen.

Der Himmel wird heller, aber die Sonne weigert sich bislang, aufzutauchen.

»Ist Verity mittlerweile zu Hause angekommen?«, frage ich.

»Ja, als ich vorhin aufwachte, hatte ich eine Nachricht von ihr, dass sie gelandet ist.«

»Wie lange bleibt sie?«, frage ich und umklammere meine Knie noch fester.

»Etwa zwei Wochen.«

»Du vermisst sie bestimmt.«

»Wir sind es gewohnt, getrennt zu sein. Bei unserem Job ist das völlig normal.«

»Denkst du, du kannst für immer so leben?« Das klingt harscher als beabsichtigt.

»Du hörst dich an wie meine Mum und Soph.«

»Sorry, war nicht so gemeint. Es ist einfach schwer für mich, deinen Lebensstil zu verstehen. Mir ist klar, dass mein Leben viel zu vorhersehbar ist, aber ich könnte mir nicht vorstellen, ständig herumzuziehen, nirgendwo Wurzeln zu schlagen.«

»So siehst du das also?«

»Ist es denn nicht so?«

Er schüttelt den Kopf. »Ich würde sesshaft werden, wenn ich etwas hätte, das es das wert ist.«

»Sieht doch so aus, als hättest du es gefunden, wenn du überlegst, mit Verity in die USA zu ziehen und mit ihr zusammenzuwohnen.«

Die Sonne zeigt sich jetzt langsam am Horizont, und ich hefte meinen Blick darauf.

»Damals hätte keiner mit der Wimper gezuckt, wenn ich zugestimmt hätte, mit Verity ins Ausland zu gehen. Alle hätten hingenommen, dass ich ein Leben ohne Verpflichtungen führe. Aber wenn du älter wirst, ist es echt witzig, dass so viel mehr in deine Entscheidungen hineininterpretiert wird …«

»Ich weiß, was du meinst. Als würde ab einem bestimmten Alter von uns erwartet werden, dass wir einen ganz bestimmten Weg einschlagen.«

»Genau. Ich komme mir vor, als würde ich an einer Wegscheide stehen und müsste mich für eine Richtung entscheiden.«

»Wenigstens bist du ein Mann. Bei dir tickt die biologische Uhr noch lange nicht, und du bist nicht diesem gesellschaftlichen Druck ausgesetzt wie wir Frauen.«

»Findest du? Hast du nicht selbst gerade meine Lebensentscheidungen hinterfragt? Du wärst überrascht, wie groß der Druck ist. Sogar in unseren Jachtkreisen. Die meisten Stewards und Deckarbeiter sind zehn Jahre jünger als ich. Sie machen diesen Job ein paar Jahre, bevor sie sich dann irgendwo niederlassen, an Land arbeiten und eine Familie gründen. Alle Freunde in meinem Alter sind verheiratet und haben Kinder. Es fühlt sich an, als müsse ich meine Zwangspause nutzen, um herauszufinden, was ich will und wo ich langfristig hinmöchte.« Joel schweigt für einen Moment, ehe er fortfährt: »Bevor ich mir den Knöchel gebrochen habe, war ich bei meinem Dad. Momentan lebt er in Dubai. Er hat ein tolles Apartment mit Meerblick, ausgestattet mit der neuesten Technik, und wir sind in schicke

Restaurants gegangen. Aber mir wurde klar, dass das alles ist, was er hat – so viel, und andererseits auch gar nichts. Er hatte nie eine langfristige Beziehung. Selbst mich kennt er gar nicht richtig. Er ist zwar glücklich damit, liebt seinen Job und wollte es nie anders haben. Aber ich konnte während meines Besuchs bei ihm nur daran denken, dass ich in zwanzig Jahren genauso bin wie er, wenn ich nicht aufpasse. Und ich glaube, dass ich nicht so werden möchte.«

Joel legt das Gesicht in die Hände, massiert seine Schläfen. »Entschuldige, Edie, keine Ahnung, warum ich ausgerechnet dich damit volllabere.« Er schaut hoch und lächelt mich verlegen an.

»Ist nicht schlimm, ehrlich.«

»Meine Mum und meine Tante – und vermutlich auch Soph – haben mir mein Leben lang gesagt, ich ähnele meinem Dad sehr, und ich habe das immer als Kompliment aufgenommen. Dachte, es sei großartig, dass ich seine Abenteuerlust und seine Seemannsbeine geerbt habe. Aber mit der Zeit wurde mir klar, was sie wirklich meinten.«

Ich denke zurück an meine erste Begegnung mit ihm, als Soph mich warnte, dass er genauso sei wie sein Dad. Wie falsch es doch von ihr war, ihn bereits mit achtzehn so abzustempeln …

»Ich möchte nicht so sein wie er. Mum sagte letztens zu mir, dass der Mensch, mit dem du zusammen sein willst, oftmals direkt vor dir steht. Man habe nur zu viel Angst, sein Herz das eingestehen zu lassen.«

Ich schlucke mühsam und frage mich, ob mir diese Äußerung einen Stich versetzt, weil ich weiß, dass seine Mum ihn und Verity näher zusammenbringen will, oder weil mir plötzlich klar wird, dass Miles nicht der Mann ist, mit dem ich mein Leben verbringen möchte.

»Weißt du, vermutlich hätte ich schon längst zurückgehen und in der Sommersaison wieder arbeiten können. Mein Knöchel ist verheilt. Aber dann sah ich in der Werft die Verkaufsanzeige für diese Jacht und verspürte den Drang, sie zu kaufen. Und irgendwie bin ich dann bei diesem Job gelandet.«

»Du hast eine Jacht gekauft?« Ich musste mich verhört haben.

»Nicht so eine, wie du jetzt denkst – deiner Miene nach zu urteilen. Eine Jacht kann in der Welt des Segelns alles Mögliche bedeuten. Es ist keine große mit Jacuzzi oder so. Nur eine kleine Segeljacht aus den Siebzigern mit einer winzigen Kombüse und einer Kabine. Sie ist ganz schön in die Jahre gekommen und muss komplett überholt werden. Bislang habe ich nicht einmal den Motor zum Laufen gebracht.«

»Zumindest kannst du die Ladys beeindrucken, wenn du sie fragst, ob sie mit an Bord deiner Jacht kommen wollen«, erwidere ich. Er lacht verlegen, und ich fahre fort: »Klingt jedenfalls nach einem langfristigen Projekt.«

»Ja, der Kauf war eine Schnapsidee, falls ich tatsächlich von hier fortgehe. Aber es war ein Spontankauf, und seither habe ich versucht, an den Wochenenden so viel wie möglich an *Hetty* zu arbeiten.«

»Du hast sie *Hetty* genannt? Nach deiner Großmutter?«

»Du erinnerst dich an sie?«

Mir schießt das Blut in die Wangen. Es wird zunehmend offensichtlich, dass ich die E-Mails gar nicht brauche, um mich an alles zu erinnern.

»Sie ist vergangenes Jahr gestorben.«

»Oh, Joel, das tut mir leid. Sie war ein besonderer Mensch.«

»Das stimmt.«

Sein Blick ist hinaus aufs Meer gerichtet, und für einen Moment scheint er in Gedanken versunken. »Es ist schön, zur

Abwechslung an einem eigenen Projekt zu arbeiten«, sagt er dann.

»Bestimmt kannst du dir in Florida eine andere Jacht kaufen.«

»Vielleicht.« Er atmet tief aus. »Ich hatte ganz vergessen, wie leicht es ist, mit dir über alles zu reden. Danke, das habe ich gebraucht.«

Ich streichle ihm aufmunternd über den Arm. »Du wirst die richtige Entscheidung treffen; dein Bauchgefühl wird es dir sagen.«

Er legt seine Hand auf meine, hält sie behutsam auf seinem Arm fest, und ich spüre, wie die Wärme meinen Körper durchströmt.

»Danke, Edie.«

»Jederzeit.«

Ein paar Minuten lang sitzen wir schweigend da, die Hände aufeinander, schauen zu, wie die Sonne langsam am Himmel hochsteigt.

»Das ist sogar noch schöner, als ich es in Erinnerung hatte«, murmele ich.

»Stimmt.«

Ich wende mich ihm zu und ertappe ihn dabei, dass er gar nicht den Sonnenaufgang anschaut, sondern mich. Rasch zieht er seine Hand zurück und blickt wieder zum Himmel, nickt zustimmend.

»Und was ist mit dir?«, fragt er und dreht damit den Spieß um. »Ich kann hier nicht als Einziger meine Seele entblößen. Bist du glücklich mit dem, was du tust?«

Ich seufze tief. »Es ist okay. Ich liebe die Kolleginnen und Kollegen und könnte mir nicht vorstellen, woanders zu arbeiten.«

»Aber bist du glücklich?«, wiederholt er. Er betrachtet mich so intensiv, dass ich das Gefühl habe, die Wahrheit nicht vor ihm verheimlichen zu können. »Mit achtzehn konntest du dir nichts Schlimmeres vorstellen, als in der Firma deiner Eltern zu arbeiten.«

»Wie viele Leute können schon das tun, wovon sie mit achtzehn geträumt haben?«

Er hüstelt und zieht die Augenbrauen hoch.

»Abgesehen von dir.«

»Nun, Soph ist in den PR-Bereich gegangen, und ich glaube, Brett wollte immer schon Gitarre spielen.«

Bei ihm klingt es so einfach.

»Für mich war das keine Option. Mums Tod hat alles verändert. Es war ein Schock, für alle, nicht nur für mich. Mein Dad ist völlig zusammengebrochen, er …« Normalerweise rede ich um den heißen Brei herum, was seine Trinkerei betrifft, aber das kann ich jetzt nicht mehr. »Er hat angefangen zu trinken. Er ist derartig abgestürzt, dass ich nicht mehr wusste, welche Tage schlimmer waren – diejenigen, an denen er betrunken im Büro auftauchte, oder diejenigen, an denen er nicht erschien, weil er nicht aus dem Bett kam.«

»Das tut mir leid. Ich hatte keine Ahnung …«

Ich weiß, dass er mich jetzt ansieht, aber ich halte den Blick starr geradeaus gerichtet, denn wenn ich ihm in die Augen schaue, muss ich weinen.

»Ich habe niemandem erzählt, dass ich mich um alles allein kümmern musste. Die Leute im Büro konnte ich damit nicht belasten, und meine Freunde waren alle fortgegangen, zur Uni. Soph hat ein paarmal versucht, mich zu erreichen, aber ich habe sie damit abgespeist, dass ich so viel arbeiten müsse.« Ich hole tief Luft. »Diese ersten Jahre nach Mums Tod, als ich versuchte, die Firma über Wasser zu halten und mich um Dad zu kümmern, waren die schlimmsten meines Lebens. Mittlerweile ist er seit fast vierzehn Jahren trocken, aber ich habe immer noch Angst, dass ihn irgendetwas umhauen könnte und er wieder zur Flasche greift. Mit ihm zusammenzuarbeiten, gibt mir die Möglichkeit, ihn im Auge zu behalten, sodass ich sofort merken würde, wenn etwas nicht stimmt, und schneller als beim letzten Mal reagieren kann.« Ich harke mit den Fingern den Sand.

»Du kannst dir nicht die Schuld für das geben, was dein Dad getan hat! Du warst noch so jung und hattest gerade deine Mum verloren.«

»Ich weiß, aber ich tue es trotzdem.«

»Entschuldige bitte – ich hätte nicht fragen sollen. Bei dem, was du durchgemacht hast, ist es kein Wunder, dass du immer noch dort lebst.«

Ich schlucke und wische mit dem Ärmel des Pullis über meine feuchten Augen. »Aber du hast recht. Ich bin nicht glücklich. Kürzlich hat unsere Firma eine große Ausschreibung gewonnen, aber ich konnte mich gar nicht richtig darüber freuen. Ich fühlte mich wie eine Heuchlerin, weil ich eigentlich nicht da sein will. Jedes Mal, wenn es so aussieht, als würde die Firma den Bach runtergehen und wir dichtmachen müssen, passiert etwas, das uns vom Abgrund zurückholt, und es geht wie gehabt weiter. Doch statt erleichtert zu sein, spüre ich Enttäuschung – als wäre ich endlich frei, wenn wir pleitegehen. Ist das nicht furchtbar? Ich wünsche mir, dass wir scheitern und alle Mitarbeiter ihre Jobs verlieren, nur damit ich aussteigen und endlich etwas anderes mit meinem Leben anfangen kann? Das ist so selbstsüchtig!«

»Sei nicht so hart mit dir. Du wünschst dir ja nicht, dass die anderen auf der Straße landen, du suchst nur nach einem Ausweg und siehst das als deine einzige Chance an. Als die Möglichkeit, ohne schlechtes Gewissen fortzugehen. Aber du hast eine Wahl, du kannst auch ohne das gehen. Du sagst doch selbst, dass dein Dad jetzt schon seit Jahren trocken ist.«

»Das geht nicht.« Ich seufze. »Ich muss für ihn da sein.«

»Aber das warst du doch schon! Du bist eingesprungen, als alles aus dem Ruder lief, und es klingt so, als hättest du dafür gesorgt, dass die Firma jetzt stabil ist. Möglicherweise ist das genug.«

»Es ist nicht nur wegen Dad. Ich müsste in einem anderen Job bei null anfangen. Außerdem würde ich die Angestellten im Stich lassen, und die sind für mich wie meine Familie geworden.« Ich denke an all die Stunden, die ich in letzter Zeit mit dem Impro-Team verbracht habe, und wie viel näher uns das einander gebracht hat.

»Eines habe ich bei der Arbeit gelernt: Wenn sie wirklich deine Familie sind, dann wollen sie, dass du glücklich bist, und sie werden immer für dich da sein, egal, wo du dich aufhältst.«

»Wenn du das sagst, hört es sich so selbstverständlich an …«

»Weil es das sein kann.«

Ein Boot gleitet durch die Flussmündung in Richtung offenes Meer. Ich beneide es darum, sich einfach davontreiben zu lassen.

»Und was ist mit Miles?«, fragt Joel. »Ihr seid schon eine Weile zusammen. Denkst du, es ist für immer?«

Eine schwierige Frage. Das Gespräch mit Miles im Pub fällt mir wieder ein.

»Ich bin mir nicht sicher«, gestehe ich ehrlich. »Ich glaube, ich kenne ihn nicht so gut, wie ich sollte. Ich weiß zu wenig darüber, was er eigentlich will, und er weiß nicht genug über mich und meine Vergangenheit.«

»Die Vergangenheit ist immer mehr ein Teil von dir, als dir bewusst ist.«

»Mir ist sie sehr bewusst.«

»So meinte ich das nicht …«, erwidert er. »Ich meinte das nicht in Bezug auf deine Eltern.«

Ich will ihn fragen, was er dann meinte, aber er fährt bereits fort: »Das mit deiner Mum, tut es immer noch weh? Natürlich tut es das. Aber was ich zu sagen versuche, ist, ob es irgendwie leichter wird?«

»Das habe ich zwar nicht erwartet, aber mit der Zeit wird es tatsächlich leichter. Was nicht heißt, dass ich sie weniger vermisse. Ich lerne, mit dem Kummer zu leben und mit dem Wissen, dass die Trauer immer mal wieder hochkommen wird. In letzter Zeit war es jedoch schwierig, weil mein Dad eine neue …« Ich kämpfe damit, das Wort über die Lippen zu bekommen. »… Freundin hat. Julie. Sie ist nett, und ich hab mir immer gewünscht, dass er jemanden findet, den er wirklich mag. Aber nun, da es passiert ist, fällt es mir schwer, das zu akzeptieren. Es ist, als würde ich ihn mit Mum zusammen sehen, aber es ist nicht Mum. Klingt verrückt.«

Joel wischt mir eine Träne von der Wange, die ich gar nicht bemerkt habe.

»Das klingt überhaupt nicht verrückt. Du und dein Dad, ihr habt im Laufe der Jahre eine Menge durchgemacht; es ist sicher schwer, jemand anderen in eure Beziehung aufzunehmen.«

Ich nicke und schließe die Augen, bin erleichtert zu hören, dass meine Gefühle nachvollziehbar sind.

»Sind das die Themen, über die du mit Miles nicht sprichst? Denn das solltest du tun. Du solltest das nicht alles in dich hineinfressen.«

»Ehrlich gesagt weiß ich nicht, warum ich ihm das vorenthalte. Er kennt nicht einmal die Details über Mums Tod und hat erst kürzlich herausgefunden, dass Dad Alkoholiker ist – und nicht etwa, weil ich es ihm erzählt habe.« Ich versuche die Tränen wegzublinzeln. »War nicht alles viel einfacher, als wir jünger waren?«

»Keine Ahnung. Ist das so? Soweit ich mich erinnere, war auch damals nicht alles einfach.«

Ich will ihn fragen, was in Hartland's passiert ist, warum sich zwischen uns alles so plötzlich veränderte, aber ich schaffe es immer noch nicht.

Die Sonne ist jetzt vollständig aufgegangen, und es wird bereits wärmer.

»Es ist wirklich noch besser, als ich es in Erinnerung habe«, sage ich, als der Himmel in ein Farbenmeer explodiert.

Wir sitzen für einen Moment schweigend da, genießen den Anblick. Ich muss mir einfach die Zeit nehmen, solche Dinge öfter zu tun.

»Ich dachte früher, mit fünfunddreißig wäre man richtig erwachsen«, sage ich und harke wieder mit der Hand durch den Sand. »Dass man dann alles für sich geklärt hat und genau dort im Leben steht, wo man sein will.«

Joel pfeift durch die Zähne. »Das Leben verläuft nie so wie geplant. Und vielleicht ist genau das richtig. Entscheidungen zu treffen, während man unterwegs ist, gehört zum Abenteuer dazu.«

»Wann bist du eigentlich so philosophisch geworden, Joel? In den vielen Jahren, die du aufs Meer geschaut hast? Du klingst jedenfalls sehr weise.«

Er zuckt mit den Schultern. »Ich fühle mich aber nicht so. Davon abgesehen würde ich Glück gegenüber Weisheit bevorzugen. Und ich wünsche mir, dass du glücklich bist, Edie. Wenn es jemand verdient hat, dann du.«

Unsere Blicke treffen sich, und in diesem Bruchteil einer Sekunde fühlt es sich an, als könne er in meine Seele schauen. Wir neigen uns kaum merklich einander zu. Ich kann dem Drang, ihn zu küssen, nicht mehr widerstehen und bin sicher, dass er es auch will.

Da klingelt sein Handy, und wir erstarren. Ich schließe die Augen, durchbreche den hypnotischen Sog.

»Du solltest drangehen. Vielleicht ist es Douglas.«

Dass ich Douglas erwähne, holt auch Joel zurück in die Realität. Er wühlt in seinem Rucksack und holt das Handy hervor.

»Unbekannte Nummer«, sagt er, bevor er sich meldet.

Dann fällt ihm die Kinnlade herunter, und ich weiß sofort, dass etwas nicht stimmt.

Kapitel 21

Joel ist kreidebleich und blinzelt hektisch.

»Ähm, ja, das ist er. Dürfte ich fragen, worum es sich handelt …?«

Er steht auf, seine freie Hand zittert.

»Ja, ja, ich bin in Westerly, aber ich müsste erst meinen Wagen holen … In einer Stunde. Sicher, ich komme. Vielen Dank für den Anruf, Officer.«

O verdammt!

Joel legt auf, starrt auf sein Handy.

»Douglas?«

»Er wurde letzte Nacht in Westerly wegen Körperverletzung festgenommen und nach Bournemouth aufs Revier gebracht.«

Ich reiße erschrocken die Augen auf. »Körperverletzung? Wie konnte das passieren?«

»Mehr hat der Officer nicht gesagt. Glücklicherweise klang es nicht so, als würde Anzeige erstattet. Aber Douglas ist wohl in einer üblen Verfassung. Er hat einen Kater, und sie wollen ihn nicht allein nach Hause fahren lassen. Ich hole ihn auf dem Revier ab. Aber ich muss erst mit dem Rad zurück und mein Auto holen.« Er hängt sich den Rucksack um.

»Ich komme mit. Wie lange werden wir brauchen?«

»Weiß ich nicht genau. Vom Ferienlager aus fährt man vielleicht vierzig Minuten. Es ist noch früh am Samstagmorgen, es dürfte also nicht viel Verkehr sein.« Er schüttelt den Kopf. »Dieser blöde Douglas! Ich wusste, dass etwas nicht stimmt. Ich hätte ihm mehr auf den Zahn fühlen müssen.«

»Das ist nicht deine Schuld. Komm jetzt. Douglas braucht uns.«

Als ich in Bournemouth aus dem Wagen steige, sind meine Beine ganz steif. Wir sind so schnell zurückgeradelt, dass meine Muskeln brannten. Anschließend in einem Auto zu sitzen, in dem ich sie nicht ausstrecken konnte, war nicht hilfreich.

»Alles okay?«, fragt Joel, als ich mich strecke.

»Ich werde alt.«

Er lächelt, zum ersten Mal, seit er den Anruf erhalten hat. Während der Fahrt hat er dauernd nervös mit den Fingern aufs Lenkrad getippt.

Von außen wirkt das helle und moderne Polizeirevier eher wie ein schickes Bankgebäude. Joel verharrt und wendet sich mir zu.

»Gehen wir rein?«, fragt er, und ich nicke beruhigend, obwohl ich mich ein bisschen fürchte. Es fühlt sich an, als wären wir auf dem Weg zum Büro des Direktors, um uns zurechtweisen zu lassen.

Drinnen sieht es genauso aus wie in jeder Polizeiserie im Fernsehen. Joel nähert sich dem Empfangstresen und erklärt dem Beamten dort, warum wir hier sind. Der zeigt auf einen Wartebereich. Wir setzen uns auf die unbequemen blauen Plastikstühle und warten.

Nach etwa zehn Minuten wird Douglas gebracht. Er sieht noch zerzauster aus als sonst, trägt immer noch seinen Büroanzug, aber ohne Krawatte, und das Hemd ist aus der Hose gezogen.

Ein Officer begleitet ihn zum Empfangstresen, wo Douglas eine durchsichtige Tüte erhält, die seine Brieftasche, sein Handy und seine Schnürsenkel enthält. Er bedankt sich bei dem Officer, und die beiden schütteln sich die Hände. Dann kommt er zu uns, setzt sich neben Joel und will sich die Schuhe zubinden.

»Möchtest du darüber reden?«, fragt Joel.

»Nicht hier«, antwortet Douglas und atmet tief aus.

Er macht ein Riesengedöns aus dem Einfädeln und Zubinden der Schnürsenkel. Seine Hände zittern, und er hebt immer wieder den Kopf – möglicherweise fällt es ihm schwer, sich mit seinem Kater vorzubeugen.

»Komm her«, sagt Joel schließlich entnervt, rutscht von seinem Stuhl und schiebt Douglas' Hände weg. »Aber bitte kotz nicht auf mich, während ich dir die Schuhe zubinde.«

Ich drücke aufmunternd Douglas' Hand. Er schließt die Augen, und ich sehe ihm an, dass er Mühe hat, nicht zu weinen.

Nachdem die Schnürsenkel mit einem Doppelknoten gesichert sind, nicken wir dem Beamten am Empfang zum Abschied zu und schieben Douglas aus dem Revier. Draußen zuckt er in dem mittlerweile strahlenden Sonnenlicht zusammen.

»Wann hast du das letzte Mal was gegessen?«, fragt Joel.

»Keine Ahnung. Gestern Mittag?«

Joel gibt ein Geräusch des Missfallens von sich, und wir überqueren die Straße. Ich habe ihn noch nie so wütend erlebt. Ich hake mich bei Douglas ein, und wir folgen Joel in das gegenüberliegende Café.

Wir finden einen Tisch in der Ecke, bestellen englisches Frühstück und den dringend benötigten Kaffee. »Dieses Essen hilft mir entweder auf die Beine oder gibt mir den Rest«, sagt Douglas.

»Es ist bestimmt gut«, versichere ich. Joel wirft mir einen skeptischen Blick zu, aber Douglas tut mir nun mal leid, denn er sieht echt übel aus. Ist beinahe so, als würden wir »guter Cop – böser Cop« spielen.

Ich warte darauf, dass Douglas erzählt, was passiert ist, aber er sitzt nur schweigend da, die Hände vors Gesicht geschlagen.

»Also, was war los?«, frage ich schließlich.

Er schiebt die Hände zum Hinterkopf und setzt sich gerade hin. »Es war ein Missverständnis.«

Ich warte darauf, dass er das weiter ausführt, aber er schweigt.

»Kumpel«, sagt Joel und beugt sich vor. »Ich habe heute Morgen einen Anruf von einem Polizisten erhalten, dass ich dich vom Revier abholen soll, wohin du wegen Körperverletzung gebracht wurdest, und du redest von einem Missverständnis?«

Douglas seufzt tief, und die Kellnerin bringt unseren Kaffee.

»Danke«, sage ich und schiebe Douglas die Tasse und das Schälchen mit dem Zucker hin.

»Douglas …« Joel scheint endgültig die Geduld zu verlieren.

»Na schön.« Douglas stöhnt scheinbar genervt auf. »Ich war unterwegs zu euch, aber der Zug von Waterloo hatte Verspätung. Also bin ich was trinken gegangen und habe dadurch den Zug verpasst. Bevor der nächste kam, hab ich mir für unterwegs eine Flasche Wein gekauft. Als ich in Westerly ankam, gab es kein Taxi, also hab ich den nächsten Pub gesucht, um dort zu warten, bis es kommt. Nach ein paar Drinks bin ich raus in den Garten, um zu rauchen. Dort muss ich dann eingeschlafen sein. Das Nächste, was ich weiß, ist, dass ein Kerl ein paar Zentimeter vor meinem Gesicht auftauchte, und da habe ich zugeschlagen.«

Ich ziehe hörbar die Luft ein.

»Normalerweise hätte ich natürlich nicht so reagiert, aber ich war betrunken, habe geschlafen, und plötzlich steht er so dicht vor mir!«

»Vermutlich wollte er nur sichergehen, dass du noch lebst«, sagt Joel kopfschüttelnd.

»Das hat er auch gesagt. Aber im ersten Moment wusste ich ja nicht, was er vorhat. Ich dachte, er will meine Brieftasche klauen oder mir was antun. Ich habe mich nur verteidigt.«

»Hast du ihn verletzt?«

»Anfangs bestand der Verdacht, ich hätte ihm die Nase gebrochen.« Zumindest lässt er jetzt beschämt den Kopf hängen.

»Und? Hast du?«

»Wohl nicht. Nachdem der Wirt die Polizei gerufen hat, verständigte er die Sanitäter. Die empfahlen dem Mann, die Nase zur Vorsicht röntgen zu lassen.«

»Zum Glück«, sagt Joel. »Und dann haben sie dich aufs Revier gebracht, um dich zu verhören?«

Douglas rutscht verlegen auf seinem Stuhl herum. »Na ja, als die Polizei anfing, mich zu befragen, war mir nicht gut. Du weißt schon, dieses Stadium beim Trinken, wenn du einfach nur noch schlafen und deine Ruhe haben willst. Ich habe wohl ziemlich viel geflucht und wollte sie loswerden. Also haben sie mich in eine Zelle gesteckt. Heute Morgen sagten sie, dass der Kerl, den ich geschlagen hab, meinte, es sei keine vorsätzliche Tat gewesen, und er hat keine Anzeige erstattet. Keine große Sache also.« Er tut es mit einem Schulterzucken ab und rührt zwei Stücke Zucker in seinen Kaffee.

»Ach so, keine große Sache. Hast du das gehört, Edie?«, stößt Joel hervor, und in diesem Ton habe ich ihn noch nie reden hören. Ich rechne damit, dass jeden Moment Dampf aus seinen Ohren quillt. »Ist dir klar, dass du von jetzt an eine Strafakte hättest, wenn du angezeigt worden wärst? Hast du überhaupt eine Ahnung, wie sich das auf dein restliches Leben auswirken würde?«

»Hör zu, Joel, ich habe einen ziemlichen Brummschädel und nicht eine Sekunde geschlafen auf dieser verdammten Betonplatte, die sie als Bett bezeichnen. Ich kann also auf das hier gut verzichten.«

»Ach ja? Oh, es tut mir unendlich leid, dann reden wir halt später darüber, dass du dein privilegiertes Leben gerade im Klo runterspülst.«

Die Leute im Café drehen sich schon zu uns um, und ich kann ihnen keinen Vorwurf machen.

Douglas wird jetzt auch wütend. »Ich habe die beschissenste Nacht meines Lebens hinter mir und könnte etwas zu essen und ein bisschen Schlaf gebrauchen. Wenn ich auf eine Lektion scharf wäre, dann hätte ich die Polizei meine Mum anrufen lassen!«

Joel wirft ihm einen schneidenden Blick zu, beißt sich jedoch auf die Zunge. Douglas rührt so heftig in seinem Kaffee, dass der über den Rand der Tasse schwappt.

»Hast du heute Morgen schon mit Suz gesprochen?«, frage ich in behutsamerem Ton. »Weiß sie, was passiert ist?«

Er rührt weiter.

»Du musst es ihr erzählen, sie ist deine Frau«, stößt Joel hervor. »Du bist doch noch mit ihr zusammen?«

Douglas hört auf zu rühren, schaut jedoch weder hoch, noch sagt er etwas, und plötzlich passt alles zusammen. Warum er sie nicht angerufen hat … Warum Suz und Isla immer zu beschäftigt sind, um mitzukommen …

»Wann?«, fragt Joel, und sein Ärger verebbt sichtlich.

»Vor etwa vier Monaten.«

»Vier Monate?«, wiederholt Joel.

Ich streiche Douglas tröstend über den Rücken.

»Es ist schon eine Weile nicht mehr gut gelaufen, die letzten paar Jahre … Wir haben ständig wegen derselben Sachen gestritten. Suz hat sich immer beklagt, dass ich nach der Arbeit noch lange weggeblieben bin und zu viel getrunken habe, wenn wir aus waren. Irgendwann war der Punkt erreicht, dass ich wegen ihrer ständigen Nörgelei einfach nicht mehr bei ihr bleiben wollte. Eines Tages hat *sie* mir dann gesagt, dass ich gehen soll. Sie hat einen Immobilienmakler angerufen, das Haus kam auf den Markt, und das war's.«

»Und wo wohnst du jetzt?«, frage ich.

»In einer WG«, antwortet er mit hohlem Lachen. »Ich teile mir mit zwei anderen Typen aus dem Büro eine Wohnung in Wapping.«

»Warum hast du uns nichts erzählt?«, fragt Joel. »Wir hätten dafür doch Verständnis gehabt.«

In dem Versuch, seine Haare zu bändigen, streicht Douglas sie zurück. »Weil es peinlich ist, wenn deine Frau dich vor die Tür setzt. Wenn du allen sagen musst, dass es deine Schuld war.«

»Viele Leute trennen sich«, erwidere ich. »Fast die Hälfte aller Ehen wird geschieden.«

»Aber ich liebe Suz, wirklich! Das war mir nur nicht klar, bis sie mich gezwungen hat, zu gehen.«

»Gibt es denn keine Hoffnung, dass ihr das wieder hinbekommt? Hast du ihr gesagt, was du fühlst?«

»So viele Male, aber sie sagt, das sei zu wenig und zu spät.«

Ich wünschte, ich könnte seinen Kummer lindern.

»Wie nimmt Isla das auf?«

»Oh«, sagt Douglas und trinkt einen Schluck Kaffee, »jetzt kommt der eigentliche Hammer: Ich darf sie nicht sehen. Suz sagt, wegen meiner Trinkerei könne sie mir nicht trauen.«

Joel schaut überrascht hoch. »Sie kann dir doch nicht verbieten, Isla zu sehen! Du bist ihr Dad.«

»Doch, kann sie. Die Sache ist jetzt bei Gericht, und laut meinem Anwalt werde ich Isla vorerst wohl nur unter Aufsicht treffen dürfen.«

Ich schüttle den Kopf. Was für eine Katastrophe.

»Wie du siehst, Joel, wenn du mir vorwirfst, dass ich mein Leben gerade im Klo runterspülte, kann ich nur sagen: ist längst passiert. Denn als ich in dieser winzigen Zelle saß, konnte ich an nichts anderes denken als daran, dass ich Isla womöglich gar nicht mehr sehen darf, falls ich angeklagt werden sollte. Genau so was braucht Suz nämlich, um das alleinige Sorgerecht zu bekommen.«

Joels Unterkiefer verspannt sich, und ich frage mich, ob sich die nächste Strafpredigt anbahnt.

»Und was wirst du jetzt unternehmen?«, fragt er stattdessen mit ruhiger Stimme.

»Was meinst du damit, was ich unternehmen werde? Ich werde vergessen, dass es je passiert ist.«

»Das war ein Weckruf! Suz hat sich getrennt, weil du zu viel trinkst, und letzte Nacht wurdest du verhaftet, weil du sternhagelvoll warst. Wenn du jetzt nicht aufhörst, wird womöglich noch Schlimmeres passieren. Du hast selbst gesagt, dass es sich darauf auswirken kann, ob du Isla sehen darfst.«

»Ich hör ja auf mit dem Trinken.« Das kam jämmerlich und wenig überzeugend rüber.

»Ich glaube nicht, dass das reicht«, sage ich.

»Ich auch nicht«, stimmt Joel mir zu.

»Kommt schon, Leute. Man muss doch hin und wieder heftig feiern dürfen.«

»Du feierst immer zu heftig. Wann war der letzte Abend, an dem du nichts getrunken hast?« Joel sieht ihn eindringlich an, seine Verärgerung kehrt zurück.

»Du hörst dich schon genauso an wie Suz. Ich bin kein Alkoholiker, falls du darauf anspielst! Dann wäre ich wohl kaum in der Lage, jeden Tag meinem Job nachzugehen, was ich aber tue.«

»Ich halte dich für einen Alkoholiker – und zwar einen funktionierenden«, erwidere ich, inzwischen wütend auf mich selbst, dass ich an dem Abend beim Pub-Golf nicht energischer versucht habe, mit ihm zu reden. »So bezeichnet man Personen, die es schaffen, ihrem täglichen Leben nachzugehen, aber dennoch abhängig sind. Sie verbergen es sehr geschickt. Sieh dich an, Douglas, deine Hände zittern, und du bist reizbar.«

»Weil ich einen Kater habe.«

»Tatsächlich?« Jetzt bin ich der böse Cop.

»Also schön, vielleicht habe ich ein bisschen öfter getrunken, als gut ist, aber deshalb habe ich noch lange kein Alkoholproblem. Diese Woche werde ich nichts trinken. Seid ihr jetzt beruhigt?«

»Ich fürchte, über diesen Plan sind wir hinaus. Du brauchst einen Entzug.«

Bei meinem Dad habe ich zu lange gezögert, bis ich ihm Hilfe besorgte, und diesen Fehler würde ich kein zweites Mal machen.

Douglas lacht. »Ich bin doch kein Promi!« Er hört auf zu lachen, als er merkt, dass ich nicht gescherzt habe.

»Ich habe genau das schon mit meinem Dad erlebt. Nach Mums Tod fing er an zu trinken. Erst nur ein bisschen, ein paar Gläser Wein, dann wurden es ein paar Flaschen am Tag, und am Ende versteckte er die Whiskyflasche in seinem Aktenschrank und trank schon zum Frühstück.«

»Und wie ging das weiter?«

»Er hat Hilfe bekommen.«

»Trinkt er noch?«

»Er ist seit fast vierzehn Jahren trocken.«

Douglas schweigt für einen Moment, dann wendet er mir sein Gesicht zu, und ich kann sehen, wie viel Angst er hat.

»Du brauchst Hilfe.«

»Nein, ich kann das nicht. Ich kann nicht in den Entzug gehen. Schon allein wegen meines Jobs.« Seine Witzeleien sind einem ernsten Tonfall gewichen. »Außerdem würde Suz es herausfinden und dem Richter erzählen. Das wäre wie Öl ins Feuer gießen.«

»Quatsch, es würde beweisen, dass es dir ernst ist mit der Veränderung. Möglicherweise vertraut sie dir Isla dann wieder eher an.«

Er stützt den Kopf in die Hände, und Joel wirft mir einen hoffnungsvollen Blick zu.

»Du musst etwas unternehmen«, stimmt er meinen Worten zu. »Und du kannst im Übrigen zu mir ziehen.«

Douglas senkt die Hände. »Das geht nicht. Du hast zu wenig Platz, und so gern ich ab und zu auf deiner Couch penne – der Weg zur Arbeit ist zu weit.«

»Gibt es sonst jemanden, bei dem du wohnen könntest?«, hake ich nach. »Eine Entgiftung ist nicht angenehm.«

Douglas überlegt. »Vielleicht bei meinem Bruder Jake.« Er zuckt mit den Schultern. »Der lebt mit seiner Frau in St Albans. Sie haben zumindest ein Gästezimmer.«

»Na prima!«

»Aber ich verstehe nicht, was es ändern soll, ob ich dort bin oder in meiner WG.«

»Trinken deine Mitbewohner zu Hause gern mal ein Bier? Gehst du mit ihnen nach der Arbeit in den Pub?«, frage ich.

Er nickt.

»Genau deshalb macht es einen Unterschied, wenn du bei Jake wohnst«, sagt Joel. »Er wird für dich da sein. Er hat auch beim Junggesellenabschied auf dich aufgepasst, als du …«

»Ich denke nicht, dass Edie diese Geschichte hören muss«, unterbricht Douglas ihn.

Ich ziehe eine Augenbraue hoch.

Joel lacht auf. »Also gut. Du machst Folgendes: Du rufst Jake an und fragst, ob du bei ihm wohnen kannst. Dann suchen wir dir einen Betreuer in der Nähe, vereinbaren ein Treffen bei den

Anonymen Alkoholikern und machen uns schlau, wie du gefahrlos entgiften kannst.«

»Ja, das ist wirklich wichtig«, bestätige ich. »Ich erinnere mich noch, dass Dad geraten wurde, keinen kalten Entzug zu machen, das sei zu gefährlich.«

»Und du wirst diese Nacht in der Zelle nicht vergessen«, fährt Joel fort. »Jedes Mal, wenn du nach einem Drink lechzt, erinnerst du dich gefälligst daran, wie kurz du davor warst, endgültig alles zu verlieren.«

Douglas reibt sich die Augen.

»Du schaffst das. Ich weiß, dass du das kannst.« Mir bricht es fast das Herz, ihn so leiden zu sehen. »Eines habe ich aus meiner Erfahrung mit meinem Dad gelernt: Man ist stärker, als man denkt. Selbst wenn die Dinge unüberwindbar und unmöglich scheinen. Du wirst es schaffen!«

»Und wir stehen bereit, um dir zu helfen. Ich bin jederzeit am anderen Ende des Telefons.« Joel legt seine Hand auf Douglas'.

»Danke«, sagt der nickend. Und Joel nickt zurück.

Die Kellnerin kommt und stellt riesige Teller mit Essen vor uns. Ich freue mich auf das Frühstück und versuche zu verdrängen, wie zerbrechlich Douglas ist, und dass auch mein Vater jederzeit an diesen Punkt zurückkehren könnte.

Kapitel 22

Douglas hat geduscht, sich rasiert und frische Klamotten angezogen, aber er sieht immer noch fürchterlich aus. Immerhin war er in der Lage, seinen Bruder anzurufen, und die beiden haben vereinbart, dass Douglas für mindestens ein paar Wochen bei Jake wohnen wird. Er hat eine Lösung für seinen Job gefunden und sogar schon ein Entzugszentrum in London, das bei leichteren Fällen eine externe Entgiftung betreut – zum Glück könnte es sein, dass sie Douglas als leichten Fall einstufen. Am Montag hat er dort einen Beratungstermin.

Gerade telefoniert er mit meinem Dad, nickt, bedankt sich dann bei ihm und reicht mir das Telefon. »Er möchte noch mal mit dir sprechen.«

Ich schenke Douglas ein aufmunterndes Lächeln und nehme mein Handy zurück. Ich habe Dad angerufen, damit Douglas mal mit jemandem reden kann, der das alles schon durchgemacht hat und ihm bestätigen kann, dass es zu schaffen ist.

»Hey, danke dir«, sage ich zu Dad.

»Gern geschehen. Er scheint ja ein ganz vernünftiger Typ zu sein. Und ihr habt das gut gemacht, du und dein Freund, ihn dazu zu bringen, einzusehen, dass er Hilfe braucht.« In seiner Stimme schwingt Schmerz mit.

Es war ein so emotionaler Tag, dass ich die Augen fest zumache, um gegen die aufkommenden Tränen anzukämpfen. Vergeblich. »Ist alles ein bisschen viel.«

»Kann ich mir vorstellen. Das Ganze lässt sicher eine Menge alter Erinnerungen hochkommen.«

»Wir müssen nicht darüber reden.«

»Irgendwann schon.«

Ich wische die Tränen weg. Jetzt ist definitiv nicht der richtige Zeitpunkt.

»Ich muss für heute Schluss machen. Wir wollen schauen, ob wir irgendwo noch ein spätes Mittagessen bekommen.« Das ist gelogen, aber ich will nicht länger telefonieren.

»Okay, wir sprechen uns bald wieder. Ruf mich an, wann auch immer du Zeit hast.«

Ich gehe zurück in den Wohnbereich, wo Joel und Douglas auf dem Sofa sitzen, die Füße auf dem Tisch.

In dem Moment wird die Terrassentür quietschend aufgeschoben. Soph kommt herein, Alfie auf ihrer Hüfte balancierend.

»Überraschung! Wir haben es geschafft!« Sie stellt die Wickeltasche auf den Tisch. Brett folgt ihr, schwere Taschen schleppend.

»Hey, wie geht es euch?« Ich gehe zu den beiden und umarme sie zur Begrüßung. Ich hatte beinahe vergessen, dass sie kommen wollten. Mist. Ich muss Miles anrufen und nachhören, wo er steckt. Es war so viel los, dass ich nicht eine Sekunde an ihn gedacht habe.

»Wie geht es Alfie? Besser?«

»Ja, sehr viel besser. Irgendwann ist uns klar geworden, dass das Püree aus Spinat, Birnen und Bohnen, das Brett ihm gemacht hat, in seinem Bauch für ziemliche Unruhe sorgte.«

»Das sind gute Neuigkeiten«, sage ich und greife nach Alfies Fingerchen, um ihm Hallo zu sagen.

Brett verzieht das Gesicht. »Nicht für seine Windel.«

Soph reicht mir den Kleinen, und ich setze ihn auf meine Hüfte. Bei ihr wirkt es so mühelos, aber ich brauche ein paar Versuche, um die richtige Position zu finden. »Hey, kleiner

Mann, freut mich, dass es dir wieder besser geht!« Ich kitzle ihn unter dem Kinn, um ihn zum Lachen zu bringen.

»Ich hole das restliche Zeug aus dem Wagen«, sagt Brett.

»Ihr habt noch mehr dabei?« Joel steht auf und betrachtet den Stapel Ausstattung. »Brauchst du Hilfe?«

»Das wäre super, danke.«

Joel geht an Alfie vorbei und strubbelt ihm über den Kopf. Ich kann sein Aftershave riechen und fühle mich zurückversetzt zu dem Moment, als wir an diesem Morgen am Strand saßen und den Sonnenaufgang beobachteten.

»Also, was habe ich verpasst? Habt ihr schon das Camp unter die Lupe genommen? Ist es überall so schick? Und welchen Blödsinn habt ihr letzte Nacht angestellt?«

Ich wende mich Douglas zu, der den Kopf gegen die Rückenlehne des Sofas sinken lässt.

»Was ist passiert? Wieso siehst du so mitgenommen aus?« Soph schaut zwischen uns hin und her, und in Anbetracht unserer Mienen verblasst ihr Lächeln. Rasch berichte ich ihr von Douglas' Erlebnis. Sie setzt sich neben ihn und drückt ihn ganz fest.

Die Terrassentür quietscht erneut, und Joel und Brett bringen noch mehr Gepäck.

»Seht mal, wen wir dabeihaben!« Brett deutet mit dem Kopf hinter sich.

»Hallo«, begrüßt uns Miles, bleibt im Türrahmen stehen und lässt den Blick durch den Raum schweifen. »Ist ja richtig urig hier.«

»Du hättest mal die alten Wohnwagen sehen sollen«, erwidert Joel.

Ich gehe zu Miles, und er gibt mir einen flüchtigen Kuss, ehe er Alfie misstrauisch beäugt.

»Das ist Sophs und Bretts Sohn.«

»Ah!« Er nickt, begrüßt dann die anderen und zieht eine Flasche Whisky aus seiner großen Reisetasche. »Nur eine Kleinigkeit, damit wir in Schwung kommen. Macallan, zwölf Jahre alt, in Sherry-Fässern gereift. Ist zwar noch ein bisschen früh am Tag, aber irgendwo auf der Welt haben wir bestimmt schon siebzehn Uhr.«

Brett nickt zustimmend, aber er deutet die Stimmung im Raum schneller als Miles und sagt erst mal nichts.

»Ähm, ehrlich gesagt werden wir heute keinen Alkohol trinken«, sage ich.

Miles hält inne, lacht dann aber. »Sehr witzig! Für einen Moment hab ich dir geglaubt.«

»Nein, das ist mein Ernst. Denn es ist …« Ich verstumme und schaue zu Douglas.

»Schon gut, Edie. Ich muss mich daran gewöhnen, es zu erzählen. In Kurzform: Ich wurde verhaftet, bewege mich an der Grenze zum Alkoholiker, meine Frau hat mich verlassen und lässt mich unsere Tochter nicht sehen.«

»*Was?*«, schreit Soph.

Ich verziehe das Gesicht. »Ach ja, den Teil hatte ich eben vergessen zu erwähnen.«

Sie wendet sich ihm zu, Augen und Mund weit aufgerissen, und nimmt ihn erneut in die Arme.

Miles stellt die Flasche vorsichtig zurück in die Reisetasche, und ich fühle mich mies, weil das sein zweiter Fauxpas mit Alkohol als Mitbringsel ist. Besorgt frage ich mich, wie er wohl darauf reagiert, aber er kommt anscheinend gut damit klar und holt eine in Alufolie verpackte Platte heraus. »Wie wäre es dann mit einer Käseplatte?«

Alle schauen zu, als er die Platte mit verschiedenen Käsesorten, Crackern und Weintrauben auspackt.

»Ich dachte, Käse mag so ziemlich jeder.« Er wendet sich mir zu und fragt besorgt: »Jetzt sag mir bitte nicht, dass einer von euch laktoseintolerant ist?«

»Die Käseplatte ist perfekt.« Ich gehe zu ihm, reibe ihm über die Schulter, und er entspannt sich.

»Da würde ich gern zugreifen«, sagt Brett.

Miles strahlt. »Moment, ich habe auch Chutney!«

»Was hast du denn sonst noch in der Tasche, Mary Poppins?« Soph lacht und greift sich ein paar Cracker. Sogar Alfie versucht sich aus meinen Armen zu winden, um an einen zu gelangen.

Wer hätte gedacht, dass alles, was wir brauchen, um die Anspannung eines potenziell unangenehmen Nachmittags zu zerschneiden, ein Käsemesser ist?

Ursprünglich hatten wir vor, zum Abendessen in das schicke Restaurant im Camp zu gehen und die Nacht dann in der Disco ausklingen zu lassen. Aber da wir nicht einmal in die Nähe von Alkohol kommen wollen, gibt es eine Planänderung.

Die Lichtung mag inzwischen gepflegter aussehen, aber es ist immer noch derselbe Lagerfeuerplatz, den wir so geliebt haben.

Soph lässt sich zu mir auf die Decke herunter.

»Wie in alten Zeiten! Na ja, ein paar Dinge haben sich schon verändert, offensichtlich«, sagt sie und wippt mit dem Fuß den Kinderwagen. »Aber es ist schön, wieder hier zu sein, oder?«

»Allerdings! Wir haben unheimlich oft auf dieser Wiese abgehangen«, füge ich für Miles hinzu. Ich gebe mir alle Mühe, dass er sich nicht ausgeschlossen fühlt. »Wir haben hier Partys gefeiert und die eine oder andere Partie Mitternachts-Frisbee gespielt.«

»Mitternachts-Frisbee?«

»Daran habe ich ja seit Jahren nicht mehr gedacht!«, sagt Douglas. »Wir hatten eine Frisbee-Scheibe, die im Dunkeln leuchtete. Es galten dieselben Regeln wie bei Ultimate.« Miles sieht ihn verständnislos an. »So eine Art Fünfer-Football, nur mit einem Frisbee.«

»Erinnert ihr euch noch an die Leuchthalsbänder, die wir uns umgebunden haben?« Soph beugt sich vor und nimmt sich die letzte Portion vom Nachtisch.

Douglas nickt. »Stimmt. Damit wir uns nicht gegenseitig umrennen.«

»Hat allerdings nicht funktioniert.«

»Das hört sich lustig an, schade, dass wir kein Frisbee dabeihaben«, sagt Brett.

Douglas wirft Miles einen Blick zu. »*Das* hast du nicht auch zufällig in deiner Tasche, oder?«

»Leider nicht.«

»Vielleicht sollten wir noch ein Treffen organisieren und dann spielen«, schlägt Soph vor, die versucht, die allerletzten Reste von Mousse au Chocolat aus dem Schälchen zu kratzen.

»Das wär toll«, stimme ich zu. »Ich habe sowieso überlegt, euch alle mal zu mir einzuladen. Direkt hinter meinem Wohnblock gibt es einen Park, da könnten wir spielen. Bestimmt kann ich noch ein paar Freunde mobilisieren, dann hätten wir größere Mannschaften.«

»Super Idee«, sagt Soph. »Ich bin dabei. Es wäre schön, dich zu besuchen.«

Alle nicken, und mich überkommt ein warmes, wohliges Gefühl.

Alfie gibt ein weinerliches Geräusch von sich. Soph stöhnt und lehnt sich gegen Brett. Die beiden wirken sehr entspannt miteinander. Und beide machen Anstalten, aufzustehen.

»Ich kümmere mich«, biete ich ihnen an.

Dann stehe ich auf und schaukele den Kinderwagen auf der Stelle. Nicht lange, und Soph zeigt mir den erhobenen Daumen.

»Ich glaube, er ist wieder eingeschlafen«, sagt sie.

»Ich mache noch einen Moment weiter, sicherheitshalber.«

»Du bist ein Naturtalent. Findest du nicht auch, Miles?« Soph zieht nicht sonderlich subtil die Brauen hoch.

»Hm«, murmelt er nur. Seit dem Abend im Pub ist dieser Elefant im Raum, den wir anscheinend nicht loswerden können.

»Hey, hat jemand Lust auf ein Spiel?«, ruft Joel.

»Ich«, antworte ich schnell, erleichtert über den Themenwechsel.

»Ich weiß das perfekte«, wirft Soph ein.

Ich richte drohend den Zeigefinder auf sie. »Sag jetzt nicht ›Wahrheit oder Pflicht‹.«

»Wie wäre es mit Scharade?«, schlägt Brett vor. »Das ist bestimmt witzig.«

Wir nicken alle zustimmend, und er beginnt mit der Vorbereitung.

Keine Ahnung, wie es dazu kam, aber ich bilde ein Team mit Miles und Joel. Zwischen den beiden sitzend fühle ich mich reichlich unwohl – ohne sagen zu können, warum. Ich weiß nur, dass ich mir seit dem Gespräch mit Joel heute Morgen zunehmend unsicher bin, was meine Beziehung mit Miles angeht.

»Du bist dran, Edie.« Soph reicht mir die Baseballkappe mit den zusammengefalteten Vorschlägen.

Ich stehe auf und ziehe einen der Zettel. Als ich ihn gelesen habe, stöhne ich laut. Ausgerechnet!

Brett ruft: »Los!«, und startet den Timer seines Handys.

Ich versuche eine Videokamera darzustellen.

»Film!«, ruft Miles begeistert. »Komödie!«

Ich wünschte, ich wäre mit demselben Feuereifer dabei wie er, und versuche erneut, meinen Begriff vorzuspielen, ziehe mir an den Haaren.

Miles will es unbedingt erraten. »*Hairspray … Rapunzel … Verheddert …*«

Ich reibe mir über die Augen und versuche, mir eine Tolle ins Haar zu drehen.

»*Ace Ventura – Ein tierischer Detektiv?* Was ist das für eine Frisur? In welchen Filmen hat Elvis mitgespielt?«

Joel kämpft sichtlich dagegen an, nicht zu lachen, und ich richte vorwurfsvoll den Finger auf ihn.

»Wenn du es weißt, dann raus damit!« Mir ist schleierhaft, warum er sich zurückhält.

»Du darfst nicht sprechen.« Er verschränkt die Arme und holt tief Luft. Das andere Team liegt einen Punkt in Führung, wir brauchen diesen Sieg!

Ich hebe vier Finger und wackle mit dem Ohr.

»Vier Wörter!«, ruft Miles. »Klingt wie …«

Ich zeige auf seine Arme, will, dass er auf »haarig« kommt, und Joel lacht schon wieder. Ich werfe ihm einen giftigen Blick zu, bin davon überzeugt, dass er die Antwort kennt.

»Arme … Bizeps … Muskeln?« Ich zeige auf die Haare an Miles' Beinen und ziehe dann frustriert an einem. »Au … Beinhaare … Haar?«

Ich führe meine Hände zusammen und ziehe sie dann immer weiter auseinander.

»Haarig?«

Ich tippe auf meine Nase und nicke.

»Zehn Sekunden, Leute!«

Wieder mache ich die Tolle, weil mir nichts mehr einfällt.

»*Verrückt nach Mary*«, sagt Joel seelenruhig.

»Endlich!« Ich setze mich hin und verpasse ihm einen Stoß mit dem Ellbogen. »Hattest du vergessen, dass du in unserem Team bist?«

»Nein, ich wollte nur nicht verpassen, wie du versuchst, das mit ihren Haaren nachzustellen.« Er grinst, und ich verdrehe die Augen.

Miles beugt sich zu uns. »Gut gemacht, Joel. Allerdings wäre es einfacher gewesen, Edie, wenn du einfach einen Heiligenschein dargestellt und die Hände wie im Gebet für Maria – du weißt schon ›Mary‹ – zusammengelegt hättest.«

»Das merke ich mir fürs nächste Mal«, stoße ich zwischen zusammengebissenen Zähnen hervor.

»Ich fand, du hast das toll gemacht«, unterstützt mich Soph. »Nach meinen Berechnungen steht es jetzt unentschieden. Was sollen wir tun? Ein letztes, alles entscheidendes Spiel? Einer unserer Namen wird aus dem Hut gezogen, und beide Teams müssen raten.«

»Klingt gut«, sagt Brett.

»Jemand was dagegen, wenn ich vorher schnell zu dem Laden laufe, um noch mehr Limonade zu besorgen?«, fragt Douglas. »Hätte nie gedacht, dass diese Worte mal an einem Samstagabend aus meinem Mund kommen würden. Möchtet ihr noch etwas anderes?«

Wir schütteln alle den Kopf, und er eilt davon.

»Mir wird ein bisschen kühl, ich hole mir einen Pulli aus der Lodge«, sagt Miles. »Soll ich dir auch einen mitbringen, Edie?«

»O ja, bitte.«

»Ich begleite dich«, sagt Brett und steht auf. »Alfie braucht eine Decke.«

»Und ich muss mal pinkeln«, verkündet Soph. »Kann ich Alfie im Kinderwagen bei euch lassen?«

»Klar«, versichere ich und schaue ihnen nach, bevor ich mich Joel zuwende. »Ich kann dir immer noch nicht verzeihen, dass du mich bei dieser Scharade so hast hängen lassen.«

»Sorry, konnte nicht widerstehen. Habe vergessen, wie dringend du manchmal gewinnen willst. Der arme Miles, er hat sich echt bemüht.«

»Tja, manchmal wünschte ich, Miles und ich wären mehr auf derselben Wellenlänge. Wenn ich Brett und Soph zusammen sehe, wird mir erst bewusst, wie wenig er und ich im Gleichklang sind.«

»So was braucht Zeit. Brett und Soph sind immerhin schon seit sieben Jahren zusammen.«

Ich lasse mich ein wenig nach hinten sinken, stütze mich mit den Armen ab, und meine Fingerspitzen berühren die Betonplatte der Feuerstelle. Ich drehe mich um und schaue darauf.

»Denkst du, es ist immer noch dieselbe Betonumrandung wie damals?« Suchend fahre ich mit den Fingern den Rand entlang.

»Bestimmt wurde sie im Laufe der Jahre erneuert.«

»Es gibt nur einen Weg, das herauszufinden.« Es ist noch hell genug, um alles sehen zu können, also erhebe ich mich und gehe langsam um die Platte herum.

»Du glaubst nicht wirklich, dass es noch da ist, oder?«, fragt er.

Doch in dem Moment entdecke ich, wonach ich gesucht habe, und beuge mich hinunter.

»Schau! Hier ist es.«

Man kann zwar nicht mehr die kompletten Ränder der Daumenabdrücke erkennen, aber der Umriss in Herzform ist noch sichtbar.

»Ich glaube es nicht! Verrückt, dass Leute die ganze Zeit daran vorbeilaufen, und nur wir wissen, dass es existiert«, sagt Joel und kommt zu mir. Wir legen gleichzeitig unsere Daumen auf die Stelle. Sie berühren sich, und es ist, als würde mein ganzer Körper zum Leben erwachen. »Immer noch da, nach all der Zeit …«

Ich vermute, dass er über die Abdrücke redet, aber ein Teil von mir fragt sich, ob er damit auch die Chemie zwischen uns meint.

»Was macht ihr denn da auf dem Boden? Ist was passiert? Wo sind die anderen?« Douglas balanciert Glasflaschen mit Limonade in beiden Armen, und Joel steht auf, um ihm zu helfen.

Rasch sage ich: »Ich bin gestolpert, und Joel wollte mir hochhelfen. Die anderen sind kurz zur Lodge, müssen aber jeden Moment wieder hier sein.«

Joel nickt. »Typisch Edie. Immer noch ein Tollpatsch.«

Ich bin nicht sicher, ob wir unbedingt lügen müssen, aber es fühlt sich irgendwie so an, als sollte das mit dem Abdruck unser kleines Geheimnis bleiben.

Joel plaudert mit Douglas, und ich trete an den Kinderwagen, um nach Alfie zu schauen.

»Da sind wir wieder! Und jetzt will ich dieses Spiel gewinnen!«, ruft Soph kurz darauf.

»Schscht, du weckst Alfie noch auf«, ermahnt Brett sie und legt den Arm um sie.

»Ups – sorry …« Sie beugt sich über den Kinderwagen, in dem Alfie tief schläft. »Schlaf schön weiter«, flüstert sie.

»Dann mal los.«

Wir schreiben unsere Namen auf Zettel und werfen sie in die Baseballkappe. Joels Name wird gezogen.

Wir rutschen alle ein bisschen enger zusammen, um gut sehen zu können.

»Film!«, sagt Soph, kaum dass Joel angefangen hat.

»Musical.« Brett klatscht in die Hände.

»Das ist doch nicht die Geste für Musical«, spöttelt Soph.

»Es ist Horror. Ein Horrorfilm!«, sagt Douglas.

Es war schon hektisch, in zwei Teams zu spielen, aber nun, jeder gegen jeden, rufen alle gleichzeitig Antworten. Joel kommt kaum nach, aber er macht weiter.

»High-Concept-Movie!«, sagt Miles.

Joel beginnt, den Kopf zu drehen.

»*Der Exorzist!*«, rufe ich. Joel springt hoch und zeigt auf mich. »Richtig!«

»Wie bist du denn darauf gekommen?«, fragt Soph.

Miles beugt sich vor und küsst mich auf den Scheitel. »Wen interessiert's? Wir haben gewonnen.«

Mich interessiert's. Aus demselben Grund, aus dem ich mich unwohl fühle, weil Miles und ich überhaupt nicht ähnlich geraten haben, fühle ich mich unbehaglich, weil es mit Joel so gut funktionierte.

Kapitel 23

Der Abend der Big Little Readers ist zu einem meiner Lieblingsereignisse der Woche geworden. Ich bin heute etwas früher als gewöhnlich aus dem Büro fort, weil ich mit Arnold darüber sprechen will, welche Bücher ich gern mit zu Lola nehmen würde. Wir machen Fortschritte bei ihr, aber während wir da sind, sagt sie nach wie vor kein Wort, und ich glaube, dass Arnold damit recht haben könnte, dass es ihr vielleicht hilft, wenn ich von meinem eigenen Verlust erzähle.

»Hast du Bücher über Trauer? Ich habe eine Idee, wie ich Lola möglicherweise dazu bringen kann, sich uns zu öffnen.«

»Ja, ich glaube, da gibt es ein paar.« Er geht zum anderen Ende der Kinderbuchabteilung und fährt mit den Fingern die Buchrücken entlang, bis er das Gesuchte findet. Er zieht ein paar Bücher heraus, überfliegt die Texte auf den Rückseiten, nickt und legt sie dann in unsere Kiste, die wir mitnehmen werden.

»Danke.«

»Gern geschehen. Ich hoffe, unsere Vorlesestunde läuft gut.«

Arnold und ich halten vor Lolas Haus, und er wendet sich mir zu. »Ist bei dir alles in Ordnung?«

»Ja, es geht mir prima.« Ich nicke ihm zu. Das ist unser kleines Ritual geworden – er misst damit meine Gefühlstemperatur. Auf gewisse Weise werden diese Sitzungen leichter, aber auf andere schwieriger. Ich weiß jetzt zwar, was mich erwartet, aber es bricht mir immer noch das Herz, wenn ich darüber nachdenke, was Lola in ihrem jungen Alter durchmachen muss.

Kate begrüßt uns herzlich an der Tür, und Lola sitzt auf dem üblichen Fleck auf dem Sofa. Wir setzen uns ihr gegenüber.

»Hallo, Lola! Was hast du denn diese Woche so gemacht?«, frage ich wie immer. Und wie immer hoffe ich, dass sie mir antwortet.

Als sie es nicht tut, füllt Arnold die Stille. »Wir haben einige neue Bücher dabei. Möchtest du eins aussuchen, oder sollen wir das für dich tun?«

Da sie nicht antwortet, wühle ich in der Kiste und hole eines der Bücher hervor, die ich ausgesucht habe.

»Okay«, sage ich und halte das Buch hoch, um ihr den Titel zu zeigen: *Rusty und das Erinnerungsglas*. Ich schlage es auf und lese die Geschichte von einem jungen Eichhörnchen vor, dessen Großvater gerade gestorben ist. Vielleicht ist das eine schlechte Idee, und ich werde etwas nervös, doch ich lese tapfer weiter: »›Der kleine Rusty war besorgt. Wenn er nun Großvater und all ihre gemeinsamen Erinnerungen vergaß?‹«

Ich schaue kurz zu Lola, deren Augen weit offen stehen, und blättere zur nächsten Seite. »›Seine Mum gab ihm ein Marmeladenglas und sagte, er solle angeln gehen. Aber als er beim Wasser ankam, dachte Rusty an seinen Großvater und all das, was er vermisste. Er setzte sich auf einen Stein und schaute auf den Fluss, erinnerte sich, wie er einen Fisch gefangen hatte und sein Großvater ihn freudig anstrahlte.‹«

Ein paarmal bleiben mir die Worte fast im Hals stecken, als wir erfahren, dass Rusty mit seinem Glas alle vertrauten Plätze im Wald aufsuchte, die Erinnerungen an seinen Großvater aufschrieb und die Zettel in das Glas steckte. Das Glas hängte er dann an einen Ast in seinem Zimmer, damit er sicher sein konnte, dass er die Erinnerungen nie vergessen würde.

Als ich zu Ende gelesen habe, riskiere ich einen Blick zu Lola, aber sie bleibt so still wie immer.

»Was für eine schöne Geschichte«, sagt Arnold, und ich merke, dass er gerührt ist.

»Stimmt.« Ich habe nicht damit gerechnet, wie sehr diese Geschichte mich rühren würde. »Und eine schöne Idee. Ich wünschte, das hätte ich auch getan, als meine Mum starb.«

Die Worte kommen mir wie von selbst über die Lippen, ohne dass ich dabei an Lola denke.

»Deine Mum ist gestorben?« Ihre Stimme ist hoch und piepsig, und ich bin so überrascht, dass sie etwas gesagt hat, dass ich nur stotternd antworten kann.

»J… ja, aber das ist jetzt schon ziemlich lange her. Ich … ich vermisse sie sehr.«

Sie streckt den Arm aus, nimmt das Buch aus meiner Hand und umklammert es. »Ich vermisse meine Mum auch.«

Das Ganze versetzt meinem Herzen einen Stich, und ich beiße mir auf die Lippen, um nicht zu weinen. »Das kann ich mir vorstellen.«

»Erinnerst du dich auch noch an sie?«, fragt sie mit ihrer zarten Stimme.

Ich nicke langsam. »Ja, aber weil es schon so lange her ist, wünschte ich, ich hätte so ein Erinnerungsglas wie Rusty gemacht, denn mittlerweile habe ich bestimmt viel vergessen.«

Lola streicht mit den Fingern über das auf das Cover geprägte Glas. Ich warte darauf, dass sie noch etwas sagt, aber sie schlägt das Buch auf und folgt Rustys Reise auf eigene Faust.

Ich schaue zu Arnold, bin unsicher, ob ich anbieten soll, es noch einmal vorzulesen oder ein anderes Buch, aber er signalisiert mir mit einer kaum wahrnehmbaren Handbewegung, dass ich Lola Zeit geben soll. Sie schaut sich die Bilder an, wieder und wieder, und wir warten darauf, dass sie etwas sagt, was sie aber nicht tut.

Als sich unsere Vorlesestunde dem Ende neigt und Lola das Buch zweimal allein durchgegangen ist, erhebt sich Arnold.

»Es wird jetzt Zeit für uns. Aber nächste Woche kommen wir wieder. Möchtest du irgendwelche Bücher bis dahin behalten? Wir haben ein tolles über eine Fee, die in einem Baum stecken bleibt, und eines über ein sprechendes Federmäppchen.«

»Das hier«, sagt Lola. Sie presst das Rusty-Buch an ihre Brust.

»Eine gute Wahl. Rusty ist ein sehr kluges Eichhörnchen«, sage ich.

Wir verabschieden uns von Lola und gehen dann hinaus in den Flur, wo Kate uns erwartet.

»Sie hat mit Ihnen gesprochen«, sagt sie und versucht, ihre Aufregung im Zaum zu halten. »Heißt es, dass es funktioniert?«

»Nun, wir stehen immer noch am Anfang.« Arnold tätschelt ihren Arm. »Aber es ist ein gutes Zeichen. Halten Sie durch.«

Ich hebe beide Daumen, und Kate lächelt zaghaft. Auf dem Rückweg zur Bücherei muss ich die ganze Zeit an das gerade Erlebte denken.

Als wir ankommen, ist Claudia da und unterhält sich gerade mit Adrian.

»Wie ist es heute gelaufen?«, fragt sie, begleitet uns zu den Regalen und hilft uns beim Zurückräumen der Bücher. Lola ist ein Kind an Claudias Schule, und obwohl sie Lola nicht unterrichtet, weiß Claudia vom Tod der Mutter.

»Es war gut«, sagt Arnold, macht eine kurze Pause und fährt dann fort: »Sie hat mit uns geredet.«

»Tatsächlich?« Claudia hält mitten in der Bewegung inne. »Was habt ihr denn vorgelesen?«

»Ich habe eins über ein Eichhörnchen ausgewählt, das sich mithilfe eines Erinnerungsglases Erinnerungen an seinen verstorbenen Großvater bewahrt«, antworte ich.

»Wir waren beide gerührt. Ich habe sogar eine Träne vergossen«, sagt Arnold und verabschiedet sich dann.

»Ich glaube, es hat wirklich einen Nerv getroffen, sie wollte es bis nächste Woche behalten«, erzähle ich Claudia.

»Das ist toll. Ich freue mich, dass du so gut zurechtkommst. Aber du warst schon an dem Tag vor der Klasse großartig, und Arnold singt nur Lobeshymnen über dich.«

»Er ist ein guter Mentor.«

»Ja, aber manche Dinge kann man nicht beibringen, und schnell eine Beziehung zu Kindern aufzubauen, ist nicht einfach. Arnold erzählte, dass du zu Lola durchgedrungen bist, obwohl sie sich ablehnend verhalten hat.«

»Ich weiß nicht, was ich dazu sagen soll …«

»Sag einfach Danke, es ist nämlich ein Kompliment. Und dann freu dich über das, was du geschafft hast.« Claudia zieht abwartend die Augenbrauen hoch.

»Danke«, erwidere ich ein wenig zögerlich. Das ist für mich nicht selbstverständlich.

»Schau, wie du lächelst! Darf ich annehmen, dass du jetzt eine warme Zufriedenheit verspürst?«

»Ja, das tue ich. Fühlt es sich so an, wenn man Lehrerin ist?«

Claudia lacht. »Ich wünschte, das wäre so! Hin und wieder haben wir allerdings wirklich das Gefühl, etwas zu bewirken, und das sind die Momente, an die du an schlechten Tagen, an denen du umgeben bist von Kindern, die dir nicht zuhören, denken musst. Kinder, die sich den Rest ihres Lebens an deinen Namen erinnern werden, weil du diejenige gewesen bist, die ihnen geholfen oder zugehört oder ihnen zum ersten Mal das Gefühl gegeben hat, gesehen zu werden.«

»Ich würde auch gern in meinem Job etwas bewirken.«

»Das tust du bestimmt.«

»In der Welt der Büromaterialien bewirke ich höchstens, sicherzustellen, dass beim Schreddern von Ordnern keine Daten gestohlen werden.«

»Du bist zu streng mit dir. Ich bezweifle nicht, dass du auch auf andere Weise etwas bewirkst. Nimm zum Beispiel deine Angestellten. Hast du nicht mal gesagt, dass dieser Markt in den vergangenen Jahren hart umkämpft war? Mit Sicherheit würden deine Mitarbeiterinnen und Mitarbeiter sagen, dass du etwas bewirkst, indem du ihre Jobs erhältst und sie ihre Hypotheken zahlen können.«

»So habe ich das noch nie gesehen. Dabei wollte ich dich schon fragen, ob es für mich zu spät ist, Lehrerin zu werden.«

»Oh, Edie!« Sie strahlt übers ganze Gesicht. »Du wärst eine wunderbare Lehrerin.«

»Aber was ist mit all den negativen Aspekten, über die du gesprochen hast?«

»Die werden von den guten überlagert! Es sei denn, wir haben eine Schulinspektion … Wenn ich daran denke, würde ich dir dringend davon abraten, Lehrerin zu werden.«

Ich lache.

»Hör zu, es führen viele Wege in den Lehrberuf, und deine ehrenamtliche Tätigkeit würde bei einer Bewerbung sogar als Berufserfahrung anerkannt werden.«

»Ich bin mir nur nicht sicher, ob ich damit umgehen kann, in meinem Alter wieder zu studieren.«

»Du kannst es doch so machen wie ich – als Hilfslehrerin unterrichten und parallel die nötigen Qualifikationen erlangen. Es ist eine tolle Kombination. Denk in Ruhe darüber nach, und falls du bei der Bewerbung Hilfe brauchst, bin ich für dich da.«

»Ich glaube, ich bin noch nicht so weit, das anzugehen, aber ich denke mal drüber nach.«

Claudia schließt den Materialschrank ab, und ich ziehe meine Strickjacke an, bin bereit, nach Hause zu fahren. »Falls du noch mal darüber reden möchtest, können wir uns jederzeit auf einen Kaffee oder ein Mittagessen zusammensetzen. Mein Freund und ich sind erst Weihnachten hergezogen, und die Tage können sehr lang sein, weil er so viel arbeitet. Falls du also mal Zeit hast zum Mittagessen oder auf einen Kaffee oder …«

»Ich würde mich gern mal mit dir treffen. Meine Büroleiterin sagt mir sowieso ständig, dass ich nicht dauernd am Schreibtisch kleben soll.«

»Super, also dann, du hast meine Nummer. Schick mir einfach eine Nachricht.«

»Mach ich.« Ich will gerade zur Tür gehen, als ich stehen bleibe und mich noch einmal umdrehe. »Spielst du gern Frisbee?«

»Frisbee?« Sie runzelt die Stirn.

»Jep. Ein paar meiner Arbeitskollegen und Freunde kommen … es wäre vielleicht eine gute Gelegenheit für euch, neue Leute kennenzulernen.«

Ich weihe sie in unseren Plan vom Mitternachts-Frisbee ein, und ihr Lächeln wird immer breiter. Ich muss ebenfalls lächeln über die Reise, auf die meine E-Mails mich schicken, und die Freundschaften, die ich unterwegs knüpfe.

Liebe zukünftige Edie,

ich hoffe, du verbringst einen heißen Sommer à la *Summertime* von Jazzy Jeff & the Fresh Prince: Cocktails, Barbecues und jede Menge Sonnenschein. All das, was die Urlauber hier haben, während wir uns den Arsch abschwitzen vor lauter Schufterei.

Mit meinen Freunden verbringe ich eine tolle Zeit, aber ich habe ein Geheimnis. Und ich bin sehr froh, jemanden zu kennen, dem ich es verraten kann, denn hier soll es niemand wissen. Ich hab mich in Joel verknallt! Aber so richtig! Ich will am liebsten ständig mit ihm zusammen sein und kann mich auf

nichts anderes konzentrieren, wenn er in der Nähe ist. Ich dreh noch durch!
Wir verbringen viel Zeit miteinander, haben echt viel Spaß, aber ich weiß nicht, ob ich für ihn nur eine Freundin bin oder mehr. Das möchte ich unbedingt herausfinden, habe aber Angst, unsere Freundschaft zu zerstören.
Meine Gefühle für ihn sind so viel stärker als das, was ich für Scott empfunden habe … Joel und ich haben eine Verbindung, die echt schwer zu erklären ist. Aber falls er nicht genauso fühlt, will ich nicht riskieren, ihn zu verlieren.
Mir ist klar, dass ich Mut brauchen werde, mich zu erklären, und die Angst überwinden muss. Was mich zu der Aufgabe für dich bringt, die da lautet: Sei du selbst, nur mutiger. Manchmal muss man einfach mutig sein und etwas offen aussprechen.
Alles Liebe
Edie xx

Kapitel 24

Ich klammere mich an die Zeilen dieser E-Mail wie an einen Talisman, wiederhole sie bei Bedarf in meinem Kopf. So wie jetzt, als ich mich zwinge, ein bisschen mutiger zu sein.

»Warte mal«, sage ich und drehe mich nach links. »Das ist meine Schokoladenseite.«

»Es ist deine *einzige* Seite. Dieser Waschbär hat die andere Hälfte deines Gesichts zerstört«, erwidert Aaron und tut so, als grusele er sich.

»Okay, okay.« Ich versuche, ruhig zu bleiben und an die Regeln beim Improvisieren zu denken. Ihm zustimmen und etwas hinzufügen. »Leider haben wir nicht alle das Glück, vor unserem Tod am Filmset geschminkt zu werden.«

Er fährt sich mit der Hand über die Wange.

»Musstest du den Film jetzt erwähnen?« Yas schüttelt den Kopf. »Schon wieder diese verdammte Geschichte!«

»Es war eine kalte Nacht, und ich habe mich auf meine große Szene vorbereitet. Mein Haar war perfekt frisiert, mein Make-up makellos, und dann, und dann …«

»Und dann fing es an zu regnen, du bist über den Scheinwerfer gestolpert und hast einen Stromschlag bekommen. Das haben wir jetzt schon unzählige Male gehört«, sagt Dave und schiebt Aaron beiseite. »Sagt ›*Cheese!*‹.«

Er macht ein Geräusch wie ein Blitzlicht, und wir stellen uns alle in Pose für unser imaginäres Foto.

Aaron tut so, als sei er traurig, als Reaktion auf Daves Worte.

»Seid nicht so streng mit ihm, Leute«, sage ich, und meine Stimme ist längst nicht mehr so zittrig wie bei meinem ersten Auftritt auf der Bühne. »Es ist schwer, wenn die Menschen uns nicht sehen können.«

»Dumme Lebendige«, fügt Yas hinzu. »Wie sehr wir uns auch anstrengen, sie sehen uns einfach nicht.«

Nach Hayleys Ausscheiden stehe ich zum dritten Mal mit dem Impro-Team bei einem Wettbewerb auf der Bühne. Hayleys Fußgelenk war zwar nicht gebrochen, aber sie hat eine üble Verstauchung und muss sehr vorsichtig sein, bis es richtig ausgeheilt ist. Inzwischen fühle ich mich weniger unwohl und werde aktiver. Irgendwie ist es sogar einfacher, wenn es kein Textbuch gibt, da keiner von uns weiß, was als Nächstes kommt. Man kann es nicht wirklich vermasseln, und falls dein Spruch mal nicht gut funktioniert, sagt jemand direkt nach dir etwas, um das zu kaschieren.

Als die Jury uns zum Sieger erklärt, bin ich geplättet. Natürlich sind die anderen aus der Gruppe brillant, aber so weit hat das Team es noch nie bei einem Wettbewerb geschafft. Ich höre Laylas unverwechselbares Pfeifen und suche sie in der Menge. Als ich sie entdecke, fällt mein Blick auf die leuchtend gelbe Krawatte des Mannes neben ihr. Es ist Dad. Er applaudiert laut und beugt sich zu Julie, die auf der anderen Seite neben ihm sitzt.

Nachdem wir uns auf der Bühne haben feiern lassen, eile ich mit den anderen zum Backstage-Bereich.

»Edie, alles okay?«, fragt Aaron und zieht an meinem Ärmel. »Überrascht, dass wir gewonnen haben?«

»Ein bisschen, aber ich war vor allem überrascht, meinen Dad im Publikum zu sehen.«

»Ach ja, richtig, ich bin ihm begegnet, bevor ich aus dem Büro los bin, und er war so aufgeregt, als ich ihm sagte, dass wir heute auftreten!«

Ich lächle und denke darüber nach, was ich nachher zu den beiden sagen soll. Ich hatte Dad versprechen müssen, ihm Bescheid zu geben, wenn ich wieder auftrete, und habe es aber tatsächlich vergessen.

Ich weiß schon gar nicht mehr, wann ich das letzte Mal bei ihm zu Hause vorbeigeschaut habe. Sonst habe ich ihn immer mindestens einmal pro Woche besucht, und wir haben zusammen zu Abend gegessen. Wenn ich ehrlich bin, war das meine Methode, um zu überprüfen, dass bei ihm alles in Ordnung ist. Ich spähte stets in den Kühlschrank, ob er sich gesund ernährt oder es irgendwelche Anzeichen gibt, dass er wieder trinkt. Jetzt aber scheint Julie ständig bei ihm zu sein, deshalb fahre ich nicht mehr oft hin.

Ich denke an mein Gespräch mit Joel am Strand, bevor wir erfuhren, dass Douglas verhaftet worden war, und wie er mir versicherte, dass meine Gefühle bezüglich Julie völlig normal seien. Trotzdem fühle ich mich schlecht.

Als wir den Backstage-Bereich verlassen, kommt Layla auf mich zu.

»Gratuliere, ihr wart alle super, aber du besonders«, flüstert sie mir zu und drückt mich.

»Ich halte dich zwar für voreingenommen, aber trotzdem danke.«

»Die erste Runde geht auf mich, ich bin so stolz auf euch alle!« Sie läuft vorneweg zur Bar, und ich will ihr gerade folgen, als sich Dad und Julie nähern.

»Du warst sensationell«, begrüßt mich Dad. »Ich habe dich da oben kaum wiedererkannt.«

»Es war Teamarbeit, aber danke.«

»Er ist so stolz auf euch alle«, sagt Julie, »und dazu hat er auch allen Grund. Gut gemacht!«

»Danke, Julie. Schön, dich zu sehen.«

»Dich auch!«

»Bleibt ihr noch ein bisschen?«, frage ich.

»Wir wollen uns aber nicht aufdrängen …« Sie blickt nervös zu Dad.

»Das tut ihr nicht«, versichere ich.

»Ich muss mal kurz wohin, wir treffen uns dann an der Bar«, sagt sie.

Dad berührt kurz ihren Rücken, als sie geht.

»Tut mir leid, dass ich dir nicht Bescheid gegeben habe«, sage ich zu ihm, nachdem Julie fort ist.

»Es macht dich sicher nervös, wenn ich im Publikum sitze. Deshalb habe ich dir vorher auch keine Nachricht geschickt, dass wir kommen.«

Es wäre die perfekte Gelegenheit, ihm meine Gefühle zu gestehen, aber stattdessen nicke ich nur. »Ich bin froh, dass du Julie mitgebracht hast. Sie scheint in letzter Zeit oft an deiner Seite zu sein.« Das klang ungewollt spitz.

»Ja, das ist sie. Apropos … Was ist denn nun mit der Shopping-Tour mit ihr? Kannst du nächstes Wochenende?«

»Leider nicht.«

»Wenn du keine Lust dazu hast, wäre es gut, wenn du es einfach sagst …«

»Nein, so ist es nicht, ich möchte gern mit ihr einkaufen gehen«, lüge ich, weil ich den Ausdruck von Schmerz in seinen Augen nicht ertrage. »Es ist nur so, dass ich eine Sommerparty organisiert habe, oder eher ein Treffen mit Freunden. Wir wollen Frisbee spielen, und ich plane, für alle Pasta zu kochen. Ich habe Soph und die Clique von früher für den Nachmittag eingeladen, plus Layla und Tim und Claudia von den Big Little Readers. Aaron und sein Lebenspartner wollen auch vorbeischauen.«

Dad wirkt erleichtert, dass ich ihn offenbar nicht abwimmeln will. »Das wird bestimmt nett. Freut mich, dass du wieder mehr mit deinen Freunden unternimmst.«

»Ja, aber ich verspreche, dass ich in meinem Terminkalender auch einen Platz für Julie finde.«

Dad schiebt die Hände in die Taschen. »Danke, ich weiß, dass es ihr gefallen würde. Sie möchte dich gern besser kennenlernen, und mir würde es auch viel bedeuten. Ihr seid mir schließlich sehr wichtig.«

Mir wird ein bisschen schwummerig, als würde das Adrenalin, das mich auf der Bühne angetrieben hat, langsam meinen Körper verlassen. Julie kommt zurück, und ich zwinge mich zu lächeln.

»Ich habe Edie gerade wegen eures Einkaufsbummels gefragt, aber dieses Wochenende kann sie nicht, sie gibt eine Party.«

»Es kommen nur ein paar Freunde. Für eine richtige Party ist meine Wohnung zu klein«, erkläre ich.

»Soll ich ein paar Cupcakes backen?«

»Julie ist eine ausgezeichnete Bäckerin«, fügt Dad hinzu.

Ich muss an ihre Karamell-Bananen-Tarte denken. »Du brauchst dir keine Umstände zu machen.«

»Das wären keine Umstände!«

Sie sieht mich so hoffnungsvoll an, und es ist wohl am besten, wenn ich sie einfach machen lasse. »Danke, das ist wirklich nett.«

Sie strahlt – und Dad auch. Ich merke, wie viel es ihm bedeutet, dass ich sie akzeptiere.

»Sollen wir uns was zu trinken holen?«, schlage ich vor.

Die anderen freuen sich, dass Dad gekommen ist, um sie auf der Bühne zu erleben, und alle machen viel Aufhebens um Julie. Sie plaudern miteinander und haben sich schon bald mehr Mühe gegeben, sie kennenzulernen, als ich bisher. Ich muss mich echt mehr anstrengen.

»Kein Miles heute Abend?«, fragt Layla, die sich gerade neben mich gestellt hat.

»Nein, er hat diese Woche viel Arbeit im Büro.«

Mein Dad ist nicht der einzige Mensch, dem ich momentan aus dem Weg gehe. Es mag zwar stimmen, dass Miles viele Überstunden macht, aber ich habe ihn wegen heute Abend überhaupt nicht gefragt. Mir ist klar, dass ich mit ihm reden muss, aber ich fürchte mich davor, was das für unsere Beziehung bedeuten könnte.

»Wie schade. Aber beim Frisbee ist er dabei, oder?«

»Klar.«

Dann kann ich mich nicht vor ihm verstecken. Oder vor Joel, der auch kommen wird.

Ich kann nicht aufhören, an ihn zu denken.

Kapitel 25

Damals

Nachdem wir uns beinahe geküsst hatten, dauerte es Tage, bis Joel und ich wieder allein waren. Ich war naiverweise davon ausgegangen, dass ich am nächsten Tag mit ihm darüber reden könnte, aber es war ständig jemand um uns herum, und ich konnte es ja schlecht im Beisein von Soph oder Douglas oder den anderen ansprechen.

Schließlich kam er eines Morgens zu mir an die Rezeption, und ich dachte, das sei unsere Chance. Doch bevor ich überhaupt etwas sagen konnte, wollte ein abreisender Gast, dass ich seinen Wohnwagen überprüfte, damit er seine Kaution zurückerhielt. Ich nahm an, dass Joel auf mich warten würde, aber als ich zurückkehrte, war er schon weg.

Normalerweise vergingen die Schichten an Abreisetagen wie im Flug, aber diese Schicht zog sich in die Länge. Als ich später am Nachmittag zur Unterkunft ging, schmerzte mein Rücken, und meine Füße brachten mich schier um.

»Was ist los mit dir?« Soph stupste mich an.

»Nichts, wieso?« Ich rieb mir über die untere Wirbelsäule, versuchte, die Anspannung wegzumassieren.

»Du schaust dich ständig prüfend um. Das macht mir allmählich Angst. Hast du etwa mit einem Gast geschlafen oder so?«

»Nein! Ich heiße doch nicht Douglas.«

Sie lachte und begann über eine Party zu reden, zu der wir später am Abend gehen wollten. Ich war erleichtert. Wenn Joel nicht ihr Cousin gewesen wäre, hätte ich die Chance genutzt, sie darauf anzusprechen. Ich wollte unbedingt in Erfahrung bringen, ob Joel mich mochte. Aber dann dachte ich an ihre Warnung, dass er so ein Typ sei, der die Frauen liebt und sie trotzdem wieder verlässt, und das setzte mir zu.

Joel lehnte an der Balustrade vor unserer Wohnung, als wir dort zurückkamen.

»Hey«, sagte Soph. »Wartest du auf mich?«

»Eigentlich auf Edie.«

»Da bin ich aber beleidigt, dass du nicht zu deiner Lieblingscousine willst«, sagte sie. »Ich geh duschen. Wir wollen gegen acht los. Kommst du mit?«

Joel schüttelte den Kopf. »Ich habe Nachtschicht.«

Soph betrat unsere Wohnung, und ich lehnte mich neben Joel an das Geländer. »Mit wem hast du Nachtschicht?«

»Elizabeth.«

Ich verzog das Gesicht. Meine Mitbewohnerin war nicht freundlicher geworden seit dem Tag, an dem ich sie kennengelernt hatte.

»Das wird sicher spaßig.«

»Ja, ich freue mich richtig drauf.«

»Hoffentlich hast du nicht schon lange hier gewartet? Nach Schichtende sind wir noch kurz an der Rezeption geblieben, weil Soph dem Gitarristen der Band, den sie letzte Woche kennengelernt hat, eine E-Mail schicken wollte. Du weißt schon, der ihrer Meinung nach aussieht wie Jon Bon Jovi.«

»Das denkt Soph von jedem Typen mit einer Gitarre.«

Seine Hände schienen ein wenig zu zittern. Er schob sie rasch in die Hosentaschen, als er mich dabei ertappte, wie ich darauf starrte. Dann stellte er sich so hin, dass er mich ansehen konnte.

»Schade, dass du heute Abend nicht mitkommen kannst«, sagte ich.

»Wirklich?«

»Ja, ohne dich ist es nicht dasselbe. Die Gang ist dann unvollständig.«

»Ach so, die Gang ...«

Er klang entmutigt, und ich verfluchte mich. Ich hätte ihm so gern gesagt, dass ich ihn vermisste, sobald er nicht da war. Dass ich die ganze Zeit an ihn denken musste. Dass ich mich Hals über Kopf in ihn verliebt hatte. Aber mein Mund war wie ausgetrocknet, und alle Wörter, die so verzweifelt heraussprudeln wollten, blieben stecken.

»Hast du an der Rezeption auch deine Mails gecheckt?«, fragte er.

»Ja, war aber nichts Aufregendes dabei«, sagte ich mit einem Achselzucken.

Er starrte mich an, verengte den Blick und wendete sich dann unvermittelt zum Gehen. »Ich muss mich auf meine Schicht vorbereiten«, murmelte er.

Ich war fassungslos. Was war da gerade passiert?

»Aber sie fängt doch erst in einer halben Stunde an!«, rief ich ihm nach, aber er hörte mich entweder nicht oder wollte mich nicht hören.

Seine Schritte hallten von der Metalltreppe wider. Beinahe wäre ich ihm gefolgt, aber ich wusste nicht, was ich sagen sollte. Warum verhielt er sich so seltsam?

Kapitel 26

Bislang habe ich in meiner Wohnung noch nie eine Party veranstaltet, weil ich immer dachte, es würden nicht genug Leute hineinpassen. Aber wenn ich mich jetzt umschaue und alle plaudern und miteinander lachen sehe, wirkt es doch ganz unkompliziert. Die Balkontüren sind weit geöffnet, um die dringend benötigte Brise hereinzulassen, und Miles steht draußen, unterhält sich mit Brett.

»Die Cupcakes sind köstlich. Hast du die selbst gemacht?«, fragt Soph und pellt von einem das Papierschälchen ab.

»Das würde ich ja gern behaupten, aber Dads Freundin Julie hat sie gebacken. Superlecker, oder?«

Dad hat die Cupcakes gestern mit ins Büro gebracht, und ich hatte ein schlechtes Gewissen, als ich Julie eine Nachricht schrieb, um mich zu bedanken, aber mit keinem Wort den Einkaufsbummel erwähnte. Schon klar, dass ich endlich aufhören muss, es hinauszuschieben. Aber für mich ist das ein typisches Mutter-Tochter-Ding. Julie ist zwar reibungslos in Dads Leben geschlüpft, aber wenn ich das auch bei meinem Leben zulasse, wäre das Mum gegenüber nicht loyal, oder?

Soph beißt ein großes Stück ab, stöhnt lustvoll und verzieht genüsslich das Gesicht.

»Die *sind* super lecker.«

»Hörst du wohl auf, Kuchen zu essen?« Douglas nähert sich mit drohend auf Soph gerichtetem Finger. »Erst nach dem Spiel, du bist schließlich in meinem Team.«

»Typisch Douglas. Denkt immer nur ans Gewinnen«, sage ich und lächle ihn an. Er sieht tatsächlich schon besser aus als vor zwei Wochen. Zwar hat er dunkle Schatten um die Augen, aber er wirkt irgendwie gesünder. Sein Bruder bewacht ihn bei jedem Schritt mit Adleraugen, und ich bin froh darüber.

»Ich gewinne nun mal gern, tut das nicht jeder?«

»Ein Mann nach meinem Geschmack«, sagt Aaron, der sich zu uns gesellt hat. »Selbst wenn es ein Spiel für Kinder ist, spiele ich trotzdem, um zu gewinnen.«

»Hey, da liegst du aber falsch!« Douglas hebt ablehnend die Hand. »Ultimate Frisbee ist bestimmt kein Spiel für Kinder, sondern Hardcore-Sport.«

»Umso mehr Hardcore, da wir im Dunkeln spielen«, werfe ich ein.

Soph stöhnt, starrt auf ihren halb gegessenen Cupcake. »Douglas, erwartest du allen Ernstes von mir, erst nach dem Spiel diese Köstlichkeit zu essen?«

»Du hattest gerade eine Riesenportion Pasta, du kannst unmöglich noch hungrig sein.«

»Ich stille noch und habe immer Hunger! Davon abgesehen weiß jeder, dass Kuchen in den Nachtischmagen geht, und der ist extra.«

»Ich stimme Soph zu«, sagt Verity. Sie sieht so perfekt aus wie immer, obwohl sie sich über ihren Jetlag beklagt, da sie erst am Vortag aus den USA zurückgekommen ist. »Ein Cupcake kann nicht schaden.«

»Na schön. Sollten wir verlieren, weil eine von euch es vergeigt, dann gebe ich dem Kuchen die Schuld.« Douglas stützt die Hände in die Hüften und starrt die beiden grimmig an.

Soph zwinkert ihm zu, vertilgt den Rest ihres Cupcakes und schnappt sich noch einen, bevor sie davonspaziert. Verity nimmt sich ebenfalls einen.

»Oh, wow, sind die gut!« Sie strahlt, während sie genüsslich ein zweites Mal hineinbeißt. Douglas flüchtet raus zu den Jungs auf dem Balkon, spielt die beleidigte Leberwurst.

»Julie wird sich über die Komplimente freuen.« Ich arrangiere die Cupcakes auf dem Teller neu, um die entstandenen Lücken zu füllen.

»Tut mir leid, Edie«, sagt Soph und nimmt prompt noch einen. »Aber Alfie hat meinen halben Cupcake auf den Boden befördert. Er wollte reinbeißen, und damit habe ich nicht gerechnet.«

»Kann ihm keinen Vorwurf machen«, sagt Verity und streckt die Arme aus. »Gib mir den kleinen Racker. Ich habe aufgegessen.«

Sie trägt ihn zur anderen Seite des Raums, und Joel gesellt sich zu den beiden. Alfie kichert, als Joel ihn kitzelt. Ich muss bei dem Anblick lächeln. Plötzlich fühle ich mich beobachtet, wende den Kopf und sehe, dass Miles mich anschaut.

Ich halte den Teller mit Cupcakes hoch, als Frage, ob er einen möchte, aber er schüttelt den Kopf und wendet sich wieder dem Gespräch mit Brett zu.

»Hast du Kehrblech und Handfeger, damit ich das Chaos auf dem Boden beseitigen kann?«, fragt Soph.

»Ja, klar«, antworte ich und beuge mich hinunter zu dem Schränkchen unter der Spüle, um beides hervorzuholen. Ich reiche es ihr und bin gerade dabei, alles andere wieder zu verstauen, als ich Joels Beine vor mir sehe.

»Geht es dir gut da unten?« Er hält mir die Hand hin und zieht mich hoch.

»Jetzt weißt du, dass ich ein verkappter Messie bin.«

»Das hat mir dein Zimmer in Hartland's schon verraten.« Er nimmt sich einen Cupcake. »Verity hat gesagt, dass ich die unbedingt probieren soll.« Er beißt hinein. »Und die sind genauso gut, wie sie gesagt hat.«

»Ich kann die Lorbeeren dafür nicht einheimsen«, sage ich und bin versucht, auch noch einen zu essen, aber ich habe schon ordentlich zugelangt, bevor die anderen hier eintrafen. »Douglas sieht besser aus, findest du nicht?«, frage ich dann.

»Ja, offenbar läuft es ganz gut. Jake meinte zwar, dass das Leben mit ihm wegen der Stimmungsschwankungen die Hölle sei. In der einen Minute mürrisch, und in der nächsten marschiert er wie ein Tiger im Käfig auf und ab. Aber das Zentrum hat die Entgiftung unter Kontrolle, und er hat seit dem besagten Wochenende nichts mehr getrunken.«

»Das sind tolle Neuigkeiten«, freue ich mich.

»Jetzt muss er sich nur noch daran gewöhnen, auszugehen, ohne dass Alkohol im Spiel ist. Man denkt ja normalerweise gar nicht darüber nach, wie sehr unser gesellschaftliches Leben damit verbunden ist.«

»Genau das hat mein Dad auch gesagt, als er trocken wurde.«

Wir drehen uns zu Douglas um. Er ist in ein Gespräch mit Miles und Brett vertieft und gestikuliert lebhaft mit den Händen.

Als die Klingel geht, entschuldige ich mich bei Joel und eile zur Tür. Claudia und ihr Freund sind angekommen, und ich drücke die Haustür auf, warte dann oben auf die beiden. Aus meiner Wohnung dringt ziemlicher Lärm, und ich denke, dass wir bald aufbrechen sollten, bevor sich noch die Nachbarn beschweren.

»Hallo«, begrüße ich die Neuankömmlinge.

Claudia strahlt und haucht mir Luftküsse auf beide Wangen. »Ich bin so froh, dass du genauso angezogen bist wie wir! Es fühlt sich komisch an, in Sportklamotten zu einer Samstagseinladung zu gehen.« Sie zupft verlegen an ihren Leggings herum.

»Keine Sorge, wir sehen alle so aus. Hallo, ich bin Edie.« Ich reiche ihrem Freund Robin die Hand.

»Freut mich, Edie.« Er schüttelt sie. »Danke für die Einladung.«

»Kommt rein und lernt die anderen kennen!« Ich führe die beiden herum, stelle sie allen vor.

»Und *last, but not least,* das ist Miles.« Ich breite die Hände aus, als würde ich ihn präsentieren.

»Wie schön, dich endlich kennenzulernen«, begrüßt Claudia ihn.

»Freut mich auch. Edie berichtet nur Gutes über die Wohltätigkeitsorganisation.«

»Wir können auch nur Gutes über sie sagen. Sie ist ein Naturtalent. Auf dem Weg hierher habe ich Robin erzählt, dass sie bestimmt eine prima Lehrerin wäre, wenn ich sie dazu bringen könnte, endlich das Bewerbungsformular auszufüllen.«

Ich sehe aus den Augenwinkeln, dass Miles lächelt, als wisse er Bescheid, dabei hört er das gerade zum ersten Mal. Ich habe noch auf den richtigen Moment gewartet, um es ihm zu erzählen.

»Sorry, dass ich noch mal unterbreche«, sagt Soph neben mir. »Ich wollte nur fragen, wann wir ungefähr losgehen. Alfie wird ein bisschen quengelig, und ich will ihn ein bisschen im Kinderwagen spazieren fahren.«

»Wir sind jetzt alle da und können jederzeit aufbrechen.«

»Super, dann lege ich Alfie draußen in den Kinderwagen und freue mich auf meine Power-Runden um den Park, während ihr alle spielt.«

»Du weißt doch, dass wir uns mit dem Schieben des Kinderwagens abwechseln!«

»Nein, danke«, erwidert sie. »Ich schaue gern zu. Ihr habt doch gehört, wie Douglas drauf ist. Ich möchte lieber zu keinem Team gehören.«

Ich will allen einzeln sagen, dass wir jetzt starten, doch mir wird bewusst, wie lange das dauern würde. Also klatsche ich einfach in die Hände und rufe: »Hört mal her, wir machen uns jetzt auf den Weg! Soph kann Autoschlüssel, Handys und so weiter unten im Kinderwagen deponieren. Und denkt an eure Wasserflaschen. Los geht's!«

Aufgeregtes Geschnatter ertönt, und alle folgen meiner Aufforderung. Erst jetzt wird mir klar, was ich gerade getan habe. Mein Herz schlägt schneller. Vor einer Gruppe zu sprechen, und sei sie auch so klein wie diese hier, ist für mich immer noch nicht selbstverständlich, es wird aber langsam einfacher.

Frisbee in der Dämmerung zu spielen macht echt Spaß. Es ist nicht so aufregend wie im Stockdunkeln, aber dennoch schön, die Frisbee-Scheibe in dem verblassenden Licht leuchten zu sehen. Es stehen nur noch ein paar Punkte aus, das Spiel ist fast beendet.

Aaron schnappt sich das Frisbee. Ich sehe eine Lücke nahe dem Ziel und spurte los. Aber Joel, der mich bisher echt gut gedeckt hat, rennt ebenfalls los und blockt mich.

»Wenn ich es nicht besser wüsste, würde ich denken, du hättest in der Schule Korbball gespielt.« Ich tänzele leichtfüßig hin und her, versuche an ihm vorbeizukommen. Doch er breitet die Arme aus, hüpft hin und her, verhindert mein Durchbrechen.

»Meine ausgezeichnete Verteidigungstechnik habe ich in einem Sommer gelernt, als neben der Jacht, auf der ich gearbeitet habe, eine Superjacht mit einem Basketballplatz festgemacht war«, sagt er japsend.

»Niemals.« Ich stütze die Hände in die Hüften, bestimmt will er mich nur aus dem Konzept bringen.

»Doch.«

Miles wird in einer Ecke geblockt und wirft das Frisbee zu Layla.

Joel lässt mich für eine Sekunde aus den Augen. Ich weiche ihm aus und stürme in die Lücke. »Hier drüben!«

Ich wedele mit den Armen und rufe, aber Verity hat andere Pläne.

»Oh, nein, kommt nicht infrage!«, ruft sie.

Ich springe hoch, um das Frisbee zu fangen, berühre es mit den Fingern, aber Verity legt so eine Art Michael-Flatley-Sprung hin, prallt voll gegen mich. Wir können den Schwung nicht abfangen, ich falle auf den Rücken und sie auf mich drauf.

»Shit, tut mir leid! Habe ich dir wehgetan? Bist du mit dem Kopf aufgeschlagen?«, fragt sie und klettert von mir herunter. »Meinen Sturz hast du abgefedert.«

Mir tut alles weh. Wegen der geringen Niederschläge in diesem Sommer ist der Boden steinhart.

»Edie?«

»Alles okay«, sage ich, zucke aber vor Schmerzen zusammen.

»Es tut mir wirklich leid. Keine Ahnung, was ich mir dabei gedacht habe.«

»Und *ich* dachte, Douglas sei derjenige in eurem Team, der unbedingt gewinnen will.«

»Alles in Ordnung mit euch?«, fragt Joel und hockt sich neben uns. Verity und ich versuchen aufzustehen. Ich setze mich zunächst hin und ziehe die Knie an die Brust, umklammere sie mit den Armen.

»Ich war bei meinem Sprung wohl zu enthusiastisch. Bin voll gegen Edie geknallt, die Ärmste«, entschuldigt sich Verity erneut.

»Ich lebe ja noch. Aber ich sollte eine kleine Auszeit nehmen.«

Douglas geht neben Joel in die Hocke, während die anderen Spieler uns umringen. »Wie viele Finger halte ich hoch?«

»Es ist so dunkel, ich kann nichts sehen … Scherz, zwei. Ich habe mir weder den Kopf angeschlagen, noch sehe ich doppelt.«

»Okay, vielleicht sollten wir dennoch Schluss machen«, schlägt Joel vor, und Verity ergreift seine Hand. »Nur um sicherzugehen.«

»Aber es steht unentschieden bei zehn«, jammert Douglas.

Joel verpasst ihm einen Stoß. »Gesundheit geht vor.«

»Wieso setzen Verity und Edie nicht einfach eine Runde aus?«, sagt Aaron. »Wäre doch schade, so kurz vor dem Ende abzubrechen.«

»Das ist eine gute Idee.« Ich schlage die Arme noch fester um meine Beine. Mir reicht es für heute.

»Ich setze mich zu den beiden.« Soph, die natürlich doch mitspielen musste, sucht mit den Augen den Park nach Brett ab, der dran ist mit dem Kinderwagenschieben.

»Auf keinen Fall.« Douglas runzelt die Stirn. »Dann fehlt uns ein Spieler. Wir brauchen dich mehr denn je. Es wird nicht leicht, aber wir können noch gewinnen.«

»Wo steckt dieser verdammte Brett? Ich bin sicher, dass ich wieder dran bin mit Alfie«, flucht Soph vor sich hin.

Die anderen tätscheln mir den Rücken und lächeln mich aufmunternd an, bevor sie wieder auf ihre Positionen gehen. Nur Miles steht noch vor mir. Ich versuche, mir eine verirrte Haarsträhne aus dem Gesicht zu pusten, und Miles streckt die Hand aus, als wolle er mir dabei helfen, verharrt jedoch mitten in der Bewegung und zieht die Hand wieder zurück.

»Ist wirklich alles okay?«

Ich nicke. »Bin nur ein bisschen lädiert.«

Er runzelt die Stirn, und ohne mir die Hand hinzuhalten, um mir hochzuhelfen, geht er.

Stattdessen zieht mich Verity auf die Füße. Wir gehen zu einer Bank, die weit genug entfernt ist, dass wir nicht von dem Frisbee getroffen werden.

»Ist mit Miles alles gut? Er wirkte gerade ein bisschen kühl dir gegenüber.«

Ich schaue zu, wie er auf dem Spielfeld hin und her läuft, und bin frustriert, dass er Layla nicht abschütteln kann, die ihn deckt.

»Was soll ich sagen – in letzter Zeit lief es mit uns nicht so toll.«

Miles und ich haben uns noch nicht von dem Abend im Pub erholt, und keiner will das zugeben. Er übernachtet seitdem nicht mehr bei mir, und ich habe ihn in den vergangenen zwei Wochen kaum zu Gesicht bekommen.

»Tut mir leid, das zu hören.«

»So was passiert schon mal.« Ich zucke mit den Schultern. Ich kenne Verity nicht gut genug, um ins Detail zu gehen, also wechsle ich das Thema. »Wie war deine Reise in die USA?«

»Es war *so* toll! Mir war vorher gar nicht bewusst, wie sehr ich das alles vermisse. Kennst du das Gefühl?«

Ich denke an meine erste Rückkehr nach Westerly vor ein paar Wochen und nicke.

»Als würdest du dort ankommen und, hey, du bist sofort wieder zu Hause. Alles ist vertraut und leicht, und du verstehst genau, wovon alle reden.« Sie starrt hinüber zum Spielfeld, und ich folge ihrem Blick zu Joel.

»Ich kann es gar nicht erwarten, endgültig zurückzukehren und mit dem Job anzufangen.«

»Du hast ihn also bekommen?«

Sie zieht die Brauen hoch. »Das Vorstellungsgespräch war nur noch eine Formalität.«

Meine Finger umklammern die Bank. Ich möchte sie fragen, ob Joel mitgeht, aber ich bekomme die Wörter nicht über die Lippen. Die Vorstellung, dass er aus meinem Leben verschwindet, nachdem ich ihn gerade erst wiedergefunden habe, ist einfach zu viel.

Verity zeigt zum Spielfeld. »Anscheinend wird es jetzt etwas ruppig. Douglas nimmt das Spiel offenbar sehr ernst. Bin froh, dass wir eine Auszeit haben.«

Vom anderen Ende des Spielfelds ertönt lauter Jubel, irgendjemand hat einen Punkt erzielt.

Douglas und Joel heben Claudia in die Luft, und Verity ballt solidarisch mit ihrem Team die Siegesfaust.

Sie läuft hin, um mitzufeiern, und ich gehe zu Miles, der sich keuchend vorbeugt. »Das war aber knapp.« Ich reibe über seinen Rücken, und er richtet sich auf, sagt jedoch kein Wort.

»Hat echt Spaß gemacht!«, sagt Layla. »Das müssen wir irgendwann wiederholen.«

»Unbedingt«, stimmt Douglas zu, eindeutig im Siegestaumel. Er setzt Claudia ab und umarmt die anderen aus seinem Team. »Wer hätte gedacht, dass man gar keinen Alkohol braucht, um sich zu amüsieren!«

Kurz darauf gehen wir in Richtung Parkplatz. Joel setzt sich in Bretts Wagen auf den Beifahrersitz, während sich Soph und Verity neben Alfies sperrigem Kindersitz auf die Rückbank quetschen. Sie wollen sofort nach Hause, da Alfie schon fest schläft. Jake und Douglas ziehen ebenfalls los, und wir winken ihnen nach.

»Jemand Lust, noch was trinken zu gehen?«, fragt Layla uns andere, die wir nicht mehr fahren müssen. »Wir haben noch für etwa zwei Stunden einen Babysitter.«

»Ich bin dabei.« Claudia sieht Robin an, und der nickt zustimmend.

»Wir auch«, sagt Aaron.

Ich wende mich Miles zu. »Hast du Lust?«

»Ehrlich gesagt passe ich lieber.«

Bei seiner Antwort wird mir klar, dass wir so nicht weitermachen können. »Danke, Layla, aber ich gehe dann mit Miles zurück. Kommst du noch mit zu mir?«, frage ich ihn.

Er nickt. Niemand sagt etwas, aber ich spüre, dass alle wissen, was passieren wird.

Layla nimmt mich in die Arme und drückt mich ein bisschen zu fest – jedenfalls sehen meine Blessuren das so. »Wir sind im Pub, falls ihr eure Meinung noch ändert.«

»Danke, Leute. Bis bald!«

Ich schaue ihnen nach, wünschte, ich könnte sie begleiten, aber stattdessen schlage ich den Weg zu meiner Wohnung ein und fürchte mich vor dem, was nun kommt.

Kapitel 27

Es ist immer noch warm draußen, als wir wieder in meiner Wohnung ankommen. Ich hole eine Flasche Rosé aus dem Kühlschrank, entferne den Hahn-Verschluss von der Flasche, bevor Miles es mitbekommt. Ich möchte ihn nicht kränken, aber der Verschluss von Tiffany, den er mir geschenkt hat, ruht immer noch in der Verpackung. Ich schnappe mir zwei Gläser und gehe hinaus auf den Balkon.

Ich setze mich an den Bistrotisch, während Miles mit dem Rücken am Geländer lehnt, sein Glas mit beiden Händen hält.

»Es läuft nicht gut mit uns, stimmt's?«, sage ich.

Er trinkt einen Schluck, wirkt verkrampft. »Nein, tut es wirklich nicht.«

Ich nicke, bin froh, dass wir zumindest dabei einer Meinung sind. »Irgendetwas hat sich verändert.«

»*Du* hast dich verändert«, antwortet er leise. Es ist kein Vorwurf, lediglich eine Feststellung. Und er hat recht. Ich habe mich verändert. »Das stimmt.«

»Ich weiß nicht mehr, wer du bist.« Er setzt sich auf den Stuhl neben mir und stellt sein Glas auf den Tisch.

»Ich glaube, das Problem ist, dass ich selbst nicht wusste, wer ich bin. Und genau das habe ich in den vergangenen Wochen versucht herauszufinden. Ich habe versucht, mich daran zu erinnern, wer ich früher sein wollte und wer ich jetzt eigentlich sein möchte.«

»Du meinst das mit dem Unterrichten? Das war ein Schock für mich! Du hast mir gegenüber nie erwähnt, dass dir dein Job nicht gefällt. Ich meine, du leitest eine Firma – und das willst du aufgeben?«

»Mir ist klar, dass sich das für dich vermutlich verrückt anhört.« Ich hole tief Luft, denn nichts von allem ist Miles' Schuld. Es ist meine Schuld, weil ich nicht von vornherein offen ihm gegenüber war. »Weißt du, was ich eigentlich werden wollte, bevor Mum starb? Ich hatte einen Studienplatz für Englische Literatur an der University of Leicester sicher und wollte Lehrerin werden. Ich hatte alles geplant, die entsprechenden Noten im Zeugnis, war bereit … und dann passierte dieser Unfall.«

»Das habe ich nicht gewusst.« Er schüttelt den Kopf, beugt sich vor und ergreift meine Hand.

»Weil ich es dir nie erzählt habe. Findest du es nicht seltsam, dass wir seit sieben Monaten zusammen sind und nie über meine Mum oder ihren Tod gesprochen haben – oder darüber, wie sehr das meine Lebensplanung verändert hat? Ganz zu schweigen von dem Unfall. Oder dass ich wegen des Verlusts meiner Mum Angst davor habe, selbst Mutter zu werden, obwohl dieser Wunsch andererseits mit jedem Jahr zunimmt?«

Miles sieht mich mit genau diesem Mitleid im Blick an, das ich immer vermeiden wollte.

»Ich hielt dich für einen verschlossenen Menschen. Im Grunde fand ich das ziemlich erholsam.«

»Erholsam?«, erwidere ich verwirrt.

»Ja, meine Ex war ein bisschen zu extrovertiert, hat mir ständig mit jeder Kleinigkeit aus ihrem Leben in den Ohren gelegen und wollte meine Meinung dazu. Anfangs hat mich das nicht gestört, aber irgendwann wurde es anstrengend. Ich kam mir eher vor wie ihr Therapeut als ihr Freund. Deshalb war es ehrlich gesagt eine Erleichterung, als ich dich kennenlernte und du nie über irgendwelche tiefergehenden Dinge reden wolltest.« Er schnappt sich sein Glas und trinkt einen großen Schluck.

»Das verstehe ich. Wir haben beide das Problem, dass unsere früheren Erfahrungen dazu beitragen, unsere …« Ich verstumme, suche nach den richtigen Worten.

»Unsere Beziehung kaputt zu machen?« Er seufzt. »Aber wir waren glücklich, oder?«

Ich nicke, spüre Tränen aufsteigen. Zu wissen, dass es passieren wird, ist das eine. Es auszuhalten, das andere.

»Ja, wir waren glücklich.«

»Aber für dich ist das nicht genug?«

Diese Frage überrascht mich. Oberflächlich betrachtet sieht mein Leben perfekt aus, ich habe einen guten Job, eine hübsche Wohnung, einen fürsorglichen Freund. Aber es fühlt sich nicht richtig an.

»Ich habe schon längere Zeit den Eindruck, dass mir irgendetwas fehlt. Oft habe ich gedacht, dass es meine Mum ist, dass ich mich ohne sie immer unvollständig fühlen werde. Und in gewisser Weise ist es wohl auch so, dass es diese leere Stelle in meinem Herzen gibt, die sich nicht wieder füllen will. Doch mir ist klar geworden, dass mir auch etwas fehlt, weil ich nicht das Leben führe, das ich wirklich leben will.«

»Es geht aber nicht nur ums Kinderkriegen?«

Ich presse die Lippen aufeinander. Es gibt so viel, worüber wir noch nie gesprochen haben.

»Nein, es ist definitiv mehr, auch wenn das wirklich ein großes Thema ist. Ich weiß immer noch nicht, ob ich Kinder haben will, aber ich kann das auch nicht gänzlich ausschließen.«

»Weißt du, dieses Gespräch hätten wir vielleicht führen sollen, als wir uns kennenlernten. Das hätte uns eine Menge Kopfschmerzen erspart.«

»Vielleicht haben wir zumindest für das nächste Mal etwas daraus gelernt … Vielleicht bist *du* in deiner nächsten Beziehung derjenige, der dem anderen das Gefühl gibt, es sei eine Therapiesitzung.«

Miles ringt sich ein Lächeln ab. »Fühlt sich echt komisch an, wenn du schon über meine nächste Beziehung redest. Es ist also sicher, dass wir uns trennen?«

Er wendet sich mir zu, und ich muss an die schönen Zeiten denken, die wir miteinander hatten, die als Zusammenschnitt der schönsten Momente eingeblendet würden, wenn das hier eine Realityshow wäre. Plötzlich frage ich mich besorgt, ob ich vielleicht im Begriff bin, einen Fehler zu begehen. Aber dann denke ich daran, was für ein Leben ich führen möchte und was ich mir von der Zukunft wünsche. Und in diesem Szenario sehe ich Miles nicht an meiner Seite.

»Ja, ich denke, dass wir uns trennen«, wiederhole ich seine Worte und atme tief aus, versuche die Tränen in Schach zu halten.

»Es ist nur so verdammt einvernehmlich! So eine Trennung hatte ich noch nie.«

»Stimmt, das ist total verwirrend. Es lässt einen zweifeln, ob man das Richtige tut«, sage ich.

»Tun wir das denn?« Er schaut mir in die Augen, und mein Bauchgefühl bestätigt, was unser Verstand längst weiß: Wir sind nicht füreinander bestimmt.

»Ich denke, das wissen wir beide.«

Eine kühle Brise weht über den Balkon, und ich fröstle.

»Können wir zumindest in Kontakt bleiben?«

Eine Träne kullert mir über die Wange. Ich wische sie hastig fort.

»Sehr gern.«

Ein paar Minuten lang sitzen wir schweigend da, versuchen zu verarbeiten, was gerade passiert ist. Ich schaue zu den erleuchteten Häusern in der Ferne, es sieht aus, als würden sich

Lichterketten über den Hügel schlängeln. In jedem anderen Moment würde ich das romantisch finden.

»Dann haben wir uns jetzt also getrennt. Deshalb frage ich ganz offen: Ist zwischen dir und Joel etwas gelaufen, als ihr beide im Ferienpark wart?«

Obwohl nichts gewesen ist, erstarre ich vor Schreck.

»Nein«, antworte ich, aber es klingt nicht überzeugend, und nicht einmal ich würde mir glauben. »Ehrlich. Da war noch nie etwas zwischen Joel und mir. Wir sind nur Freunde.«

Das ist leider die schmerzhafte Wahrheit.

»Ihr wirktet so … vertraut.«

»Das war schon immer so.«

»Wolltest du damals, dass mehr daraus wird?« Er schaut mir direkt in die Augen, und ich kann es nicht verheimlichen.

Ich nicke langsam.

»Und jetzt?«

»Und jetzt was?« Ich trinke einen großen Schluck von meinem Rosé.

»Möchtest du, dass etwas passiert?«

»Er ist mit Verity zusammen.«

Miles zuckt mit den Schultern. »Das ist keine Antwort auf meine Frage.«

Ich denke an das Gespräch mit Joel, und dass er sich nicht klar dazu äußern konnte, ob er nun mit Verity in die USA geht. Aber selbst wenn Joel mich mag und nicht mit Verity zusammen wäre, er würde sich nie fest binden und irgendwo sesshaft werden. Ich verabschiede mich also besser von jeglicher Vorstellung, dass aus uns beiden etwas werden könnte.

»Nein, möchte ich nicht.«

Welche Verbindung wir auch immer haben mögen, Joel ist auch nicht der Mann, der mir das geben kann, was ich brauche.

Miles leert sein Glas und stellt es auf den Tisch. »Für mich wäre es vielleicht ein bisschen leichter, wenn etwas zwischen euch passiert wäre.«

»Echt?«

»Ja, dann könnte ich richtig sauer auf dich sein, und manchmal ist es einfacher, über jemanden hinwegzukommen, auf den man wütend ist.«

Ich nehme seine Hand. »Sorry, aber ich habe dich nicht betrogen«, sage ich so aufrichtig, wie ich kann.

»Ist schon gut.« Er drückt meine Hand, bevor er seine zurückzieht. »Dann sollte ich langsam mal gehen«, sagt er und steht auf.

»In Ordnung.« Ich erhebe mich ebenfalls, und für einen Moment stehen wir da, wissen nicht so recht weiter. Dann dreht er sich um und geht ins Zimmer.

»Was ist mit deinen Sachen? Möchtest du sie jetzt mitnehmen oder …?«

»Die kann ich später holen. Hier ist nichts, was ich dringend brauche.«

»Okay.« Ich habe einen Kloß im Hals.

»Soll ich dich zum Pub begleiten, wo die anderen sind? Er liegt ja auf meinem Nachhauseweg.«

»Nein, ich gehe da nicht mehr hin.«

»Komm schon, was willst du denn sonst machen? Herumsitzen und Trübsal blasen? Layla wird für dich da sein wollen. Und Claudia wirkt total nett.«

»Ist sie.«

»Also, nimm deine Tasche, ich bringe dich hin.«

Ich reibe mir übers Gesicht, über die verquollenen Augen. Aber egal, immerhin habe ich gerade meine Beziehung beendet. Ich möchte von meinen Freunden umgeben sein.

Den größten Teil des Weges zum Pub legen wir schweigend zurück. Als wir dort ankommen, beugt Miles sich herunter, küsst mich auf die Wange und drückt mich ganz lange. »Gute Nacht, Edie.«

»Gute Nacht, Miles.«

Er geht die Straße hinunter, und ich laufe hinüber zum Eingang des Pubs. Durchs Fenster entdecke ich Claudia, die mit Aaron gerade über irgendetwas lacht.

Als ich die Tür aufdrücke, entdeckt mich Tim als Erster.

»Hey, Edie!«

Die anderen drehen sich zu mir um. Layla steht auf und zieht mich an sich, Claudia tätschelt meinen Arm.

»Kein Miles?«

»Kein Miles.« Ich schüttle den Kopf. »Ist aber okay so. Denke ich. Aber jetzt möchte ich nicht darüber reden.« Meine Unterlippe beginnt zu zittern. »Er fand, dass ich jetzt nicht allein sein sollte, und hat mich hergebracht.«

»Das war eine gute Idee«, sagt Claudia.

»Ich hol dir was zu trinken.« Tim steht auf und schiebt seinen Stuhl unter mich. »Ich bin dran, eine Runde zu holen.«

Miles hatte recht, mit anderen Menschen zusammen zu sein, ist genau das, was ich jetzt brauche. Vielleicht kannte er mich doch besser, als ich dachte. Auch wenn es die freundschaftlichste Trennung aller Zeiten war, es tut trotzdem weh.

Kapitel 28

Ich hatte nicht damit gerechnet, dass ich mich nach der Trennung von Miles so erleichtert fühlen würde – als wäre eine große Last von meinen Schultern genommen worden. Und das Beste daran ist, dass wir es wirklich geschafft haben, freundschaftlich miteinander umzugehen. In den vergangenen Wochen sind wir in Kontakt geblieben, haben uns per SMS erkundigt, wie es dem anderen geht, und uns getroffen, um die Sachen auszutauschen, die jeder noch in der Wohnung des anderen hatte. Aber trotzdem fühle ich mich ausgelaugt. Ich hatte zwar Zeit, zu verarbeiten, was passiert ist, aber ich bin noch keinen Schritt weiter damit, herauszufinden, was ich wirklich vom Leben will.

Ich starre auf die Zahlen unserer Einnahmen-Ausgaben-Tabelle vom vergangenen Monat, die Nina aus der Buchhaltung mir rübergeschickt hat, und zum ersten Mal, seit wir Anfang des Sommers die Ausschreibung der Stadt gewonnen haben, ist ein Anstieg der Einnahmen zu erkennen. Aus den verschiedenen kommunalen Einrichtungen trudeln Bestellungen ein.

Zu Beginn des Sommers, bevor ich die erste E-Mail an mich selbst erhielt, wäre ich insgeheim vielleicht enttäuscht gewesen, dass die Firma so gut läuft, aber jetzt bin ich einfach nur stolz. Es mag zwar nicht meine erste Wahl gewesen sein, bei Porter's zu arbeiten, aber ich habe genauso hart gearbeitet, wie ich es in jedem anderen Job auch getan hätte, und mitgeholfen, die Firma all die Jahre über Wasser zu halten.

»Morgen, Edie, alles okay?«, fragt Dave, der an meinem Schreibtisch vorbeigeht.

Er trägt eine Krawatte unter dem ordentlich gebügelten Pullover, darüber den braunen Arbeitskittel – bereit für seine Arbeit im Warenlager.

»Ja, es geht mir gut.«

»Du siehst müde aus.«

»Es ist Montagmorgen, sehen dann nicht die meisten Leute so aus?« Ich reibe mir über die Augen.

Er hat denselben Ausdruck im Gesicht wie mein Dad, seit ich mich von Miles getrennt habe, voller Sorge und Mitgefühl.

»Du könntest mal Urlaub gebrauchen«, sagt er. »Das ist dein Problem. Du bist ständig im Büro. Du musst lernen, mal abzuschalten.«

»Das sagt der Mann, der im Sommer keinen Tag Urlaub genommen hat.«

»Wir werden erst im Oktober verreisen.«

»Wieder nach Spanien?«

»Ja. Wir sind Gewohnheitstiere. Mary hätte gern, dass wir uns dort etwas zulegen, wenn wir in Rente gehen. Das Haus hier verkaufen und dorthin ziehen.«

»Wie spannend!«

»Mag sein, aber ich sage ihr ständig, dass es noch eine Weile dauert bis zur Rente. Keine Sorge, ich werde dich so bald nicht im Stich lassen.«

Mich überkommt eine unerwartete Welle der Traurigkeit. Ich kenne Dave, solange ich zurückdenken kann; er fing quasi an Tag eins zusammen mit Mom und Dad in der Firma an, und ich kann mir gar nicht vorstellen, dass er eines Tages nicht mehr da sein wird.

»Ich mach mich dann mal an die Arbeit«, fährt er fort. »Heute muss eine große Lieferung raus.«

Er tätschelt mir die Schulter und geht, aber bevor ich der

Vorstellung nachhängen kann, dass Dave tatsächlich irgendwann in Rente geht, höre ich das typische *Ping*, das anzeigt, dass ich eine E-Mail bekommen habe. Mein Herz macht einen Satz, als ich sehe, dass es die nächste Nachricht an mich ist.

Liebe Edie,
ich hoffe, es geht dir gut! Du wirst nicht glauben, was letzte Nacht passiert ist – abgesehen davon, dass du es doch tust, weil du es natürlich schon weißt. Ich hätte beinahe Joel geküsst!!!! Weil Soph und Green Eyes, der Gitarrist, so laut waren, bin ich in Joels Bett gelandet. Und wenn Soph nicht plötzlich laut geschrien hätte, dann hätten wir uns geküsst – so richtig. Wie geht es nun weiter, Edie? Ich wünschte, du könntest es mir verraten, denn du kennst ja den nächsten Teil der Geschichte. Werden wir uns küssen? Ist es so phänomenal, wie ich denke, dass es sein wird?
Ich habe keine Ahnung, was er für mich empfindet oder ob ich mutig genug sein werde, etwas zu unternehmen. Wir sind nur noch ein paar Wochen hier, und dann reisen wir in unterschiedliche Richtungen ab, und mir ist natürlich klar, dass es naiv ist, von einer Fernbeziehung zu träumen.
Wenn wir doch nur mehr Zeit hätten, um herauszufinden, was wirklich zwischen uns ist! Du weißt schon, richtig Zeit, ohne Arbeit. Ich bin versucht, blauzumachen, um mal einen ganzen Tag mit ihm verbringen zu können. Aber so was hab ich noch nie getan. Edie, die sich immer an die Regeln hält. Drückt immer den Knopf an der Fußgängerampel, um über die Straße zu gehen. Was mich zu der Aufgabe für dich in dieser E-Mail bringt: Beuge oder brich mal die Regeln! Na los, sei eine Rebellin – du musst ja nicht gleich gegen das Gesetz verstoßen.
Liebe dich über alles
Edie xx

Als ich das lese, bricht mir fast das Herz. Ich weiß noch genau, wie ich mich in dem Moment fühlte, so voller Begierde und Aufregung, dass zwischen Joel und mir etwas passieren könnte. Leider weiß ich aber auch, was dann passiert ist. Kurze Zeit später brach meine Welt zusammen.

Bald jährt sich Mums Todestag. Es ist jedes Mal schmerzhaft, und meine Schuldgefühle nehmen nicht ab. Aber dieses Jahr wird es sicher besonders hart, denn ich weiß, dass ich von da an keine E-Mails mehr von meinem früheren Ich erhalten werde.

Ich versuche, nicht darüber nachzudenken, und lese stattdessen die E-Mail von heute erneut. Tatsächlich habe ich bis heute noch nie blaugemacht. Das wäre mir niemals in den Sinn gekommen.

Mein Blick huscht zu der Tabelle – es ist ja nicht so, als ginge es der Firma gerade schlecht. Ich öffne den internen Kalender und auch meinen privaten, um zu prüfen, welche Meetings heute anstehen und ob mich irgendjemand vermissen würde.

Ich spähe über den Rand meines Computerbildschirms zu Claire, die mit der Bearbeitung eines großen Stapels Rechnungen beschäftigt ist.

»Claire, denkst du, dass du heute ohne mich zurechtkommst?«

Sie lehnt sich zur Seite, um an ihrem Bildschirm vorbeischauen zu können. »Klar. Ist alles in Ordnung?« Sie mustert mich prüfend über den Rand ihrer Brille hinweg.

»Ja, ich muss nur etwas erledigen. Ich nehme mein Handy mit, falls du mich brauchst.«

Ich schaue zu Dads leerem Schreibtisch, zögere, fühle mich ein bisschen schlecht bei dem, was ich vorhabe. Aber dann fällt mir ein, dass er ja oft zu spät kommt. Vermutlich hat er heute Morgen mit Julie einfach die Zeit vergessen. Bestimmt wird er jeden Moment hier sein.

Als ich in Westerly ankomme, habe ich wegen des Schwänzens der Arbeit etliche Gefühle durchlebt: Schuld, Aufregung, Paranoia, Freude, Nervosität. Am Kreisverkehr, wo es zur Autobahn geht, wäre ich fast umgekehrt, aber irgendwie habe ich es geschafft, weiterzufahren, und darüber bin ich froh. Den Vormittag mit Soph und Alfie zu verbringen ist genau das, was mir der Arzt verschrieben hat.

»Ich werde die faulen Sommertage vermissen«, sagt Soph und beugt sich vor, um Alfie davon abzuhalten, von der Decke herunterzurobben. Er hat den Dreh mit dem Krabbeln fast raus, schiebt sich auf seinem kleinen Bauch immer weiter. Und jedes Mal versucht er sich dabei hochzudrücken und schafft es schon beinahe. »Wenn ich wieder zur Arbeit muss, wird das ein Schock für mein System.«

»Aber du hast noch ein bisschen Zeit, oder?«

Trotz meiner Vorbehalte bekommt mir das Schwänzen, denn ich fühle mich bereits entspannter. Ich kann mich gar nicht erinnern, wann ich das letzte Mal bäuchlings auf einer Picknickdecke gelegen habe, aufgestützt auf den Ellbogen.

»Noch vier Monate, aber zwei Drittel meines Mutterschutzurlaubs sind schon um, und die Zeit ist nur so verflogen. Bei meinem Schlafmangel dank Alfie habe ich quasi jede einzelne Sekunde erlebt, aber je näher das Ende rückt, desto schneller scheint die Zeit zu rennen.« Sie seufzt tief. »Aber mach dir nichts draus, gegen Ende des Sommers werde ich immer melancholisch. Ist ein seltsames Gefühl, oder? Seit Januar freust du dich auf den Sommer, die Unternehmungen im Freien, und dann *puff,* ist es vorbei, bevor du dichs versiehst, und es wird wieder kälter und dunkler.«

»Aber dann kommt Weihnachten.«

»Ich weiß, aber ich liebe nun mal den Sommer. Und unsere Zeit in Hartland's wird immer zu meinen liebsten Sommererinnerungen gehören.«

»Zu meinen auch. Es war mein bester und mein schlimmster Sommer.«

»Oh, Edie, tut mir leid. Ich habe nicht nachgedacht. Der Tag kommt jetzt bald, stimmt's?« Sie legt den Arm um meine Schultern.

»Ja, Mittwoch in einer Woche.«

Ich fürchte mich vor dem Jahrestag, denn dank meiner E-Mails ist die Erinnerung an jene Zeit momentan sehr lebhaft.

»Nächste Woche Mittwoch? Das ist ja schon ganz bald. Planst du irgendetwas? Du kannst gern herkommen und den Tag mit uns verbringen. Wir haben in der Woche nicht viel vor. Freitagmorgen ist die Hochzeit von Joel und Verity, aber ansonsten steht nichts an.«

Ich will gerade entgegnen, dass Dad und ich diesen Tag immer zusammen verbringen, als mir klar wird, was sie gerade gesagt hat. Langsam drücke ich mich von den Ellbogen hoch und setze mich hin.

»Joel heiratet?«

Soph ist für einen Moment abgelenkt, da Alfie Grashalme ausgerupft hat und sie in den Mund stecken will. Sie bemerkt nicht, dass ich zittere.

»Ja, aber sei nicht gekränkt, dass du nicht eingeladen bist«, sagt sie und ringt Alfie das Gras ab. »Nur Brett und ich werden dabei sein, weil wir die Trauzeugen sind. Es wird eine schlichte Zeremonie im Standesamt, nichts Schickes oder Großes.«

Um mich herum dreht sich alles, und ich spüre ein Stechen in der Brust.

»Er wird heiraten.« Das ist ein Hammer.

»Ja, irgendwie unglaublich, dass Joel am Ende einer Frau einen Ring ansteckt. Sie haben gesagt, sie würden es nur tun, weil er dann leichter ein Arbeitsvisum bekommt, aber die hoffnungslose Romantikerin in mir denkt natürlich, dass er sich das einredet, um keine kalten Füße zu bekommen.« Sie lächelt, ehe sie fortfährt: »Weißt du, Verity hat mir erzählt, warum Joel so ist. Ich dachte immer, er wäre wie sein Vater, aber offenbar hat ihm irgendein Mädchen mal fürchterlich das Herz gebrochen, als er jünger war. Verity ist nicht sicher, wann das passierte, aber offenbar hat er ihr gesagt, dass er sie liebt, und sie hat es völlig ignoriert. Ihn offenbar geghostet.«

»Armer Joel«, sage ich, und es tut mir unendlich leid für ihn.

»Ja, schrecklich. Seit ich das weiß, sehe ich ihn in einem anderen Licht. Und deshalb drücke ich ihm und Verity die Daumen. Er verdient es, glücklich zu sein. Natürlich wünschte ich, er hätte hier sein Glück gefunden und nicht mit einer Frau, die ihn auf die andere Seite des Atlantiks schleppt, aber das ist wohl typisch Joel, oder? Gerade als wir uns alle daran gewöhnt haben, dass er wieder in der Nähe ist, geht er auf und davon. Der kleine Mann hier wird seinen Onkel sehr vermissen, nicht wahr?«

Sie hebt Alfie hoch, der es schon wieder bis an den Rand der Decke geschafft hat. Sie zupft die Grashalme, die ihm aus dem Mund ragen, heraus – zu seiner großen Enttäuschung.

»Lust auf einen Spaziergang zu mir nach Hause? Alfie braucht bald ein Schläfchen.«

»Könnte ich vielleicht später nachkommen? Ich muss noch etwas erledigen.«

Sie schaut mich einen Moment lang an, dann nickt sie. Ich frage mich, ob sie ahnt, wohin ich gehen will.

Von der Stadt brauche ich zu Fuß nicht lange bis zu der Werft, wo Joel arbeitet. Ich hadere mit mir, ob ich ihn vorher anrufen oder einfach dort aufkreuzen soll. Möglicherweise hat er gerade Mittagspause und ist gar nicht da. Aber gerade in dem Moment, als ich ankomme, klettert er aus einem Anhänger und entdeckt mich. Er trägt lange Shorts und ein Poloshirt. Das Haar steht hinter seiner

Sonnenbrille, die er auf den Kopf geschoben hat, in alle möglichen Richtungen ab. Bei seinem Anblick wird mir flau im Magen.

»Edie!«

»Sorry, dass ich dich bei der Arbeit störe.«

»Ich wollte gerade mittagessen gehen. Hast du schon gegessen?«

»Ich habe mit Soph gepicknickt.«

»Ah, du hast zu Alfies Zeit gegessen.« Er lächelt, und in meinem Bauch kribbelt es schon wieder.

»Ja, vermutlich werde ich schon Stunden vor dem Abend Hungers sterben.«

»Das ist das Risiko … Nun, ich wollte mir bei dem Imbisswagen ein Stück die Straße runter etwas holen. Hast du Lust, mitzukommen? Oder ist es anmaßend, zu denken, dass du hergekommen bist, um mich zu sehen?« Er dreht sich um und zeigt auf die Boote hinter ihm. »Du bist doch nicht hier, um ein renovierungsbedürftiges Boot zu kaufen, oder?«

»Nein, ich bin wegen dir hier.«

Er zeigt die Straße entlang, und wir schlagen den Weg ein, den ich gekommen bin.

»Viel zu tun heute Morgen?«, frage ich.

»Irgendwie schon, wir mussten mit der Winde eine Achtzehn-Meter-Jacht ins Trockendock ziehen. Sie war auf Grund gelaufen und hat ein riesiges Leck.«

Ich nicke zustimmend, als sei das für mich alles nachvollziehbar, dabei bin ich viel zu nervös, um ihm richtig zuzuhören.

»Und du? Hast du heute frei?«, fragt er.

»Ich schwänze die Arbeit.«

»Bist du nicht die Chefin? Dann kannst du das doch machen, wann immer du willst?«

»Theoretisch schon, aber so bin ich nicht. Es ist das allererste Mal.«

»Du lebst ja richtig gefährlich!«

»Allerdings. Mal sehen, was als Nächstes kommt.«

»Ein riskanter Weg. Womöglich nimmst du demnächst Drogen, oder du wirst zum Crash-Kid.«

»Was Drogen angeht, bin ich raus, aber wir könnten ein Boot klauen? Wenn dein Boot doch nur funktionieren würde! Dann könnten wir damit eine Spritztour machen.«

»So wie es kein Schwänzen ist, wenn du die Chefin bist, ist es theoretisch auch kein Diebstahl, wenn das Boot deinem Kumpel gehört.«

Ich muss lachen, und das versetzt mir gleichzeitig einen Stich. Momente wie diese erinnern mich an den Joel von früher, den ich geliebt habe. Ich will nicht, dass er fortgeht. Seit meinem Gespräch mit Miles ist mir klar geworden, dass meine Gefühle für Joel vermutlich nie verschwunden sind.

»Hör mal … ähm, hat Soph dir von nächster Woche erzählt?« Er schiebt sich die Sonnenbrille vor die Augen.

»Dass du heiraten willst?«

Er holt tief Luft und nickt. Dann steckt er die Hände in die Hosentaschen, zieht sie aber sofort wieder heraus.

»Das ist ein großer Schritt«, sage ich.

»Eigentlich machen wir es nur, weil ich dann eine Arbeitserlaubnis bekomme. Das Unternehmen, für das Verity arbeitet, scheint toll zu sein, und ihnen hat mein Lebenslauf gefallen. Aber sie können mich nicht dabei unterstützen, ein Visum zu bekommen.«

Das muss ich erst mal sacken lassen.

»Dann heiratest du sie also nur deswegen?«, frage ich schließlich.

»Wir sind schon vor einer Weile alle Optionen durchgegangen … vor dem Sommer. Es scheint der einfachste Weg zu sein, und jetzt hat Verity die Stelle dort und möchte, dass ich es auch hinbekomme.«

Ich versuche zu nicken, als würde das auch für mich Sinn ergeben, aber das tut es nicht, und das Stechen in meiner Brust will nicht aufhören. Es spielt keine Rolle, ob er sie aus praktischen Gründen heiratet oder ob es mehr ist, wie Soph glaubt. Das Ergebnis bleibt dasselbe – er wird fortgehen.

»Und du willst wirklich in die USA ziehen?«

»Es ist eine gute Gelegenheit.« Er zuckt mit den Schultern. »Ein Neuanfang.«

»Richtig, zudem ist dort ja momentan Saison. Ich habe übrigens ebenfalls eine Entscheidung getroffen, wegen meines Jobs. Ich werde mit meinem Dad darüber sprechen, dass ich aus der Firma aussteigen und versuchen will, Lehrerin zu werden.«

Joel ist der Erste, dem ich davon erzähle, und es fühlt sich sonderbar an, es laut ausgesprochen zu hören. Ich wappne mich für seine Reaktion.

»Echt? Das ist mutig, aber ich bin sicher, dass du eine tolle Lehrerin sein wirst.«

»Danke.« Ich atme erleichtert aus. »Ich wollte das schon eine Weile tun, habe aber nie ernsthaft in Erwägung gezogen, es in Angriff zu nehmen. Weißt du, ich konnte unser Gespräch am Strand nicht vergessen – darüber, was ich vom Leben will –, und ich glaube, dadurch habe ich erkannt, dass mich nichts davon abhalten sollte, meine Träume zu verfolgen. Ich muss nur den Mut aufbringen, es Dad zu sagen.« Ich ziehe eine Schnute. Das wird der schwierigste Teil.

»Das ist toll. Was denkt Miles denn darüber?«

»Äh, ehrlich gesagt haben wir uns getrennt.«

»Oh, das wusste ich nicht. Geht es dir gut damit?«

»Ja, es war die richtige Entscheidung. Ich habe viel darüber nachgedacht, was ich im Leben haben will, und Miles ist nicht der richtige Mensch, um es mir zu geben.«

Joel beißt sich auf die Lippe, und wir gehen schweigend weiter.

Keine Ahnung, was ich als Reaktion von ihm erwartet habe. Er hat mich damals nicht gewollt, und er will mich jetzt nicht. Ich muss aufhören, mir einzureden, dass er meine Gefühle erwidert.

»Echt verrückt: Wie erwachsen wir sind, wir treffen Lebensentscheidungen!«, sagt er und spielt damit auf unser Gespräch am Strand an.

Dann wendet er sich mir zu, und ich bin froh, dass wir beide Sonnenbrillen tragen, denn ich möchte ihm nicht in die Augen schauen – er soll nicht sehen, wie traurig ich über seine Entscheidung bin.

»Und wann reist du ab?«

»Nicht sofort. Verity fliegt nächsten Monat, und ich muss mich erst für ein Visum bewerben, es dauert also noch eine Weile.« Er stupst mich mit dem Ellbogen an. »Warum, wirst du mich vermissen?«

»Vielleicht«, antworte ich und versuche, mir nicht anhören zu lassen, wie sehr. »Obwohl ich eher sauer bin, weil ich nun kein Seefahrerabenteuer mit *Hetty* erleben werde.«

»Bin ich froh, dass du mich um meiner selbst willen vermisst und nicht wegen meines Bootes!«

»Deine *Jacht,* denk dran, das klingt beeindruckender.«

»Nun ja, *Hetty* ist fast seetüchtig, vielleicht kann ich noch mit dir rausfahren, bevor ich abreise.«

»Bin erleichtert, das zu hören.«

Wir erreichen den Imbisswagen am Rand des Hafens, und während Joel sein Mittagessen bestellt, gehe ich zu einer Bank und setze mich, schaue hinaus auf den Fluss. Es ist so friedlich hier, weit weg von den Touristen, die in den Ferien scharenweise in die Stadt strömen.

Joel setzt sich neben mich und beginnt zu essen.

»Was wirst du mit *Hetty* machen, wenn du fortgehst? Verkaufst du sie?«

»Weiß ich noch nicht. Es wäre zwar Verschwendung, sie zu behalten, wenn ich möglicherweise ein paar Jahre fort bin, aber andererseits fällt es mir schwer, sie wegzugeben.«

»Du scheinst dich hier so gut eingelebt zu haben.« Das kommt mir über die Lippen, bevor ich mich zurückhalten kann. »Aber das geht mich natürlich nichts an.«

»Ist schon in Ordnung«, versichert er und legt die Verpackung auf seinen Schoß. »Ich fühle mich hier auch sehr wohl, zum ersten Mal seit Langem, aber Key West ist eine großartige Chance.«

Ich weiß nicht viel über die USA, aber Key West verbinde ich mit Palmen und farbenfrohen Holzhäusern, und wenn mir jemand anbieten würde, dort zu leben, würde ich vermutlich auch die Gelegenheit beim Schopf ergreifen. »Habe gehört, dass es dort schrecklich sein soll. Eintönig und langweilig.«

»Verwechselst du das gerade mit Großbritannien?«

»Vermutlich.« Ich stoße ein gequältes Lachen aus, denn wie sollten wir mit Key West konkurrieren?

»Aber ich werde dich wirklich vermissen. Es ist schön, dass wir wieder Freunde geworden sind.«

Er nickt. »Ja, das ist es. Und ich hörte, dass es heutzutage für Freunde einfach ist, in Kontakt zu bleiben. Facebook und so.«

»Social Media ist nicht so mein Ding, aber wir können uns mailen.«

»Bislang hatte ich da nie das Glück, von dir eine Antwort zu bekommen.« Er lacht beinahe verbittert.

»Wie meinst du –« Mein Handy klingelt, und ich kann den Satz nicht beenden. Ich will es gerade auf stumm schalten, da sehe ich, dass der Anruf von Claire kommt. »Sorry, ich muss drangehen. – Hi, Claire, was kann ich für dich tun?«

»Edie, Gott sei Dank, dass du drangehst! Wo steckst du? Bist du zu Hause?« Sie klingt panisch.

»Ich bin in Westerly, was ist denn los?«

»Es gibt wohl keine leichte Art, das zu sagen, aber … Julie rief gerade an.« Ihre Stimme ist jetzt schrill, das kenne ich gar nicht von ihr. Mir wird ganz elend, und ich muss mein Handy fest umklammern, weil meine Hände so zittern. »Sie sagte, dein Dad habe sich heute Morgen nicht wohlgefühlt, hätte Schmerzen in der Brust gehabt und sei im Gesicht rot angelaufen, da hat sie den Notarzt verständigt.«

Mein Herz schlägt so heftig, dass ich das Blut in meinen Ohren rauschen höre.

»Ist er …« Mir bleiben die Worte im Hals stecken. Ich kann sie nicht laut aussprechen. Ich kann meinen Dad nicht verlieren. Keine Ahnung, seit wann die Tränen schon fließen, aber meine Wangen fühlen sich nass an. Joel legt die Hand auf meinen Arm, aber das nehme ich kaum wahr.

»Er ist im Krankenhaus, sie glauben, er hatte einen Herzinfarkt. Julie ist dort, aber man sagt ihr nicht viel, denn seine nächste Verwandte bist du.«

Ich schlucke mühsam. »Aber er wird doch wieder gesund, oder?« Meine Stimme bricht.

»Ich hoffe«, sagt sie, klingt aber nicht gerade beruhigend.

»Ich brauche von hier mindestens eine Stunde und muss erst noch meinen Wagen holen …« Ich kann nicht klar denken.

»Ich kümmere mich um Julie, bis du hier bist, und falls es Neuigkeiten gibt, rufe ich dich an.«

Ich beende das Gespräch, und das Handy rutscht mir aus der Hand. Joel fängt es auf, bevor es auf dem Boden landet. Ich fürchte, dass ich mich jeden Moment übergeben muss.

»Dad hatte einen Herzinfarkt«, sage ich, aber es klingt so surreal. »Ich muss zu meinem Wagen und dann ins Krankenhaus fahren. Ich hätte mir nie den Tag freinehmen sollen, ich hätte niemals …«

»Ich bringe dich hin. Mein Wagen steht an der Werft, das ist schneller. Außerdem kannst du in deinem Zustand nicht fahren.«

»Du musst doch arbeiten und …«

»Ich war damals nicht für dich da, als du mich gebraucht hast. Ein zweites Mal mache ich diesen Fehler nicht.«

Er steht auf, fasst mich unter dem Ellbogen und zieht mich auf die Füße. Den ganzen Weg zum Auto stützt er mich. Das ist gut so, denn ich glaube nicht, dass ich es ohne seine Hilfe geschafft hätte. Ich kann nicht aufhören, an das Schlimmste zu denken.

Joel hilft mir in den Wagen und geht dann zur Fahrerseite.

»Ich darf ihn nicht verlieren, Joel, das geht nicht!« Ich schiebe meine Sonnenbrille auf den Kopf und lasse den Tränen freien Lauf.

Er nimmt meine Hand und drückt sie fest, dann startet er den Motor.

»Ich bin bei dir, okay? Ich bin hier. Alles wird gut.«

Hoffentlich hat er recht, denn ich glaube nicht, dass ich stark genug bin, um das alles noch einmal durchzustehen.

Kapitel 29

Damals

Der Countdown bis zum Ende der Saison bei Hartland's hatte begonnen. Die Schulferien waren zu Ende, und auf dem Campingplatz wurde es zunehmend ruhiger. In weniger als einer Woche endete die Saison.

Seit Wochen hatte mir vor dem Moment des Abschieds gegraut, aber jetzt konnte ich gar nicht schnell genug von hier wegkommen. Alles war plötzlich anders. Im einen Moment verbrachten Joel und ich noch jede freie Minute miteinander, und ab dem nächsten tat er alles, um mir aus dem Weg zu gehen.

Zuerst dachte ich, ich würde es mir nur einbilden. Wir hatten jetzt weniger Personal und mussten noch mehr schuften. Vielleicht hatte er einfach keine Zeit, mich zu treffen. Aber schon bald wurde mir klar, dass er den Raum absichtlich verließ, sobald ich ihn betrat.

Falls Soph und Douglas das mitbekamen, sagten sie jedenfalls nichts dazu. Allerdings hatte ich sie auch nie eingeweiht, was meine Gefühle für Joel betraf. Wozu auch, wenn er sie sowieso nicht erwiderte?

Nach einer Woche hatte ich genug von Joels seltsamem Verhalten und beschloss, etwas zu tun, um mich von dem Ganzen abzulenken. Der Plan war, einen Abend mit Soph abzufeiern, und ich hielt mich schon beim Vorglühen nicht zurück.

Zum Glück war Elizabeth nicht da, also konnte Soph die Musik in ihrem Zimmer so laut aufdrehen, dass sie durch die ganze Wohnung hallte. Sie kam mit einem weiteren Drink in mein Zimmer, wo ich auf dem Boden hockte und meine Augen schminkte. Als ich aufstand, um ihr das Glas abzunehmen, drehte sich alles in meinem Kopf, und ich taumelte gegen die Wand.

»Du Milchbaby«, neckte sie mich, und wir lachten, als wäre es das Lustigste, das wir je gehört hatten.

»Wir sollten jetzt los, sonst schaffen wir es nie bis in den Pub.«

»Du hast recht.« Ich stellte mein Glas auf die Kommode und wühlte im Kleiderschrank nach dem passenden Outfit. Schließlich entschied ich mich für ein Kleid, das nicht viel der Fantasie überließ.

Als der Song vorbei war, hörte ich ein knarrendes Geräusch aus dem Raum über uns. Ich starrte in Richtung Decke – Joel und seine quietschende Bauchwiege. Dabei hatte ich es gerade geschafft, ihn endlich aus meinem Kopf zu verbannen. Im nächsten Moment ertönte *Hollaback Girl* und überdeckte zum Glück die Geräusche.

»Wow, das Kleid sieht heiß aus!«, sagte Soph und tanzte durch mein Zimmer. »Wo hattest du das den ganzen Sommer versteckt?« Sie blickte auf ihre Jeans, zu der sie ein Neckholdertop trug, und schüttelte den Kopf. »Ich gehe mich umziehen.«

Ein paar Minuten später kam sie mit erneut gefüllten Gläsern und in dem kürzesten Rock zurück, den ich je gesehen hatte. Es war nicht viel mehr als die Gürtel, die sie sonst trug.

»Ein Toast darauf, dass wir fabelhaft und heiß aussehen! Heute Abend werden wir uns die Männer mit Gewalt vom Leib halten müssen. Wer braucht verdammt noch mal Brian und Scott?«

Ich wollte sie nicht korrigieren, dass meine schlechte Laune nichts mit meinem Ex zu tun hatte, also stieß ich mit ihr an und leerte mein Glas.

Dann schlüpfte ich in meine High Heels, wir schnappten uns unsere kleinen Taschen, in die gerade einmal Ausweis, Bankkarte, Handy und ein Lippenstift passten, und gingen zur Tür hinaus.

»Meinst du, wir sollten Douglas und Joel fragen, ob sie mitkommen wollen?«, fragte sie und zog die Tür hinter uns zu. Als sie Joel erwähnte, wurde ich schlagartig wütend. Es brach mir das Herz, wie er mich behandelte, aber der Alkohol hatte meine Gefühle in Wut verwandelt. Ich war kurz davor, ihr zu sagen, wohin sie sich diesen Vorschlag stecken sollte, aber dank meines angetrunkenen Mutes war mir mehr danach, *ihm* die Meinung zu geigen.

»Okay. Geh du zu Douglas, ich hole Joel!«, stieß ich mit zusammengebissenen Zähnen hervor.

»Einverstanden, wir treffen uns in ein paar Minuten am Ende des Blocks.«

Sie eilte die Treppe hinunter, und ich ging nach oben. Ich hätte erkennen müssen, wie betrunken ich war, als ich wie eine Flipperkugel immer wieder gegen das Geländer prallte. Die Tür zu Joels Wohnung war nicht abgeschlossen, also ging ich hinein, ohne anzuklopfen, und stürmte gleich durch bis in sein Zimmer, erwartete, ihn beim Training anzutreffen. Ich erstarrte jedoch vor Entsetzen, als ich stattdessen Elizabeth in seinem Bett liegen sah.

Zuerst dachte ich, ich sei im falschen Zimmer gelandet, aber dann entdeckte ich Joels *Sin City*-Poster an der Wand, die übergroße Dose Proteinpulver auf seiner Kommode, und schließlich fiel mein Blick auf die Bauchwiege mitten im Raum.

Elizabeth gab keinen Mucks von sich. Sie zog die Laken über ihre nackten Schultern, und ein kleines Lächeln breitete sich auf ihren Lippen aus.

Ich stolperte rückwärts, in meinem Kopf drehte sich wieder alles, und dieses Mal lag es nicht am Alkohol. Die Toilettenspülung im Badezimmer wurde betätigt, und ich wusste, dass Joel jede Sekunde herauskommen würde. Also schlüpfte ich rasch aus meinen High Heels, hob sie auf und eilte aus der Wohnung. Auf der Metalltreppe drückte sich das Gitter in meine Fersen, aber ich spürte den Schmerz kaum. Als ich das Erdgeschoss erreicht hatte, rannte ich weiter, über den Rasen, wo wir Mitternachts-Frisbee spielten, und den Weg zum Strand hinunter. Ich hielt erst an, als ich knöcheltief im kalten Wasser stand.

Dann schnappte ich nach Luft und fühlte mich schrecklich übel, das Bild von Elizabeth und ihrem Lächeln war in mein Gehirn gebrannt.

Mein Handy klingelte, und ich nahm den Anruf rasch entgegen, weil ich dachte, es wäre Soph, die sich fragte, wo ich blieb.

»Hallo«, sagte ich.

»Edie? Alles in Ordnung?«

»Mum?« Ich hätte vor Überraschung fast das Telefon fallen lassen. Ich konnte unmöglich mit ihr sprechen, wenn ich so betrunken war!

»Hast du denn meine Nummer nicht erkannt?«

»Ich habe nicht hingeschaut, ich war … ich war …«

Ich dachte wieder an Elizabeth, und Wut brodelte in mir hoch. Warum sie und nicht ich? Doch ich wollte Mum nicht beunruhigen, also versuchte ich, das Mikrofon abzudecken, als ich schluchzen musste.

»Edie? Was ist los? Was ist passiert?«

Ihre Stimme hörte sich immer beunruhigter an, und ich weinte nur noch heftiger, wollte, dass sie mich in die Arme nahm und mir über die Haare streichelte, um mir zu signalisieren, dass alles gut werden würde.

»Es ist nichts«, sagte ich jedoch, stieg aus dem Wasser und ließ mich in den Sand fallen.

»Klingt nicht so. Bist du betrunken? Wo steckst du?«

»Ich hab nur … ein paar Gläser getrunken …« Ich merkte selbst, wie undeutlich die Wörter herauskamen. »Mach dir keine Sorgen, ich bin einfach nur blöd und werde traurig wegen nichts. Ich rufe dich morgen wieder an.«

»Edie!«

»Mum, es geht mir gut.«

Ich hörte, dass sie am anderen Ende der Leitung scharf einatmete. »Du rufst mich später noch mal an, falls du mich brauchst? Dein Vater und ich sind hier, nur eine Autostunde entfernt. Möchtest du, dass wir kommen? Wir haben heute Abend nichts vor.«

Ich nickte heftig, riss mich dann aber zusammen. Dieser Sommer sollte mein erster Schritt ins Erwachsenenleben sein. Ich musste lernen, mit Schwierigkeiten umzugehen, ohne gleich zu meinen Eltern zu laufen. An der Uni würden Mum und Dad auch nicht dauernd da sein, um meine Hand zu halten.

»Nein, danke, es geht mir gut. Wirklich. Wir sprechen morgen.«

»Ich mache mir aber Sorgen um dich! Wenn du mich brauchst, warte nicht bis morgen mit dem Anrufen.«

»In Ordnung.«

»Hab dich lieb.«

»Ich dich auch«, sagte ich und legte auf, mit wehem Herzen, weil ich sie so sehr brauchte.

Das Handy klingelte fast augenblicklich erneut, und dieses Mal war es Soph. Ich wischte die Tränen weg und sagte ihr, dass wir uns am Ende der Straße treffen würden, ich wollte nicht zum Campingplatz zurückkehren, konnte nicht riskieren, Joel über den Weg zu laufen oder Elizabeth mit ihrem selbstgefälligen Gesichtsausdruck. Ich würde in die Stadt gehen und mich so sehr betrinken, dass ich mich an nichts mehr erinnerte.

Am nächsten Morgen hämmerte Soph an meine Zimmertür und riss mich damit unsanft aus dem Schlaf.

Als sie hereinkam und sich auf mein Bett setzte, zog ich mir stöhnend ein Kissen über den Kopf.

»Edie«, sagte sie leise. »Lionel ist hier. Er möchte, dass du dich anziehst und ihn begleitest.«

»Fuck, was habe ich letzte Nacht gemacht? Irgendwas richtig Schlimmes? Ich kann mich an nichts mehr erinnern, nachdem wir den Pub betreten haben …«

Ich geriet in Panik, weil ich dachte, ich hätte aus Wut über Joel und Elizabeth den Laden dem Erdboden gleichgemacht, aber Soph schüttelte den Kopf. Da erst bemerkte ich, dass sie zitterte, und setzte mich auf.

»Was ist los?«

»Ich weiß es nicht genau, aber Lionel meinte, es sei ernst, und es ist jemand da, der dich sprechen muss.«

Ich rutschte aus dem Bett, und mein Kopf hämmerte bei jeder kleinen Bewegung. Mühsam streifte ich einen Fleecepullover über meinen Schlafanzug und schlüpfte in ein Paar Flip-Flops.

Lionel stand draußen vor der Wohnungstür und senkte den Kopf, als er mich sah. Offenbar konnte er mir nicht in die Augen sehen.

»Was ist passiert?«

»Edie, es ist jemand für dich hier. Eine Freundin deiner Eltern.«

Mein Magen zog sich zusammen. Da konnte es nur um schlechte Nachrichten gehen.

Lionel führte mich in den Personalraum, und als ich Claire sah, bestätigte ihr Gesicht meinen Verdacht. Es war rot und verquollen, als hätte sie geweint.

»Edie …« Ihre Stimme zitterte. Sie nahm meine Hände und drückte sie fest. »Deine Eltern … Sie hatten einen Autounfall. Deinem Vater geht es gut, nur ein paar Schrammen, aber deine Mum …« Ihre Unterlippe zitterte, und sie kämpfte sichtlich gegen die Tränen an. »Deine Mum …«

Sie brauchte den Satz nicht zu beenden.

Meine Beine sackten unter mir weg, und Claire versuchte mich zu halten.

»Ich glaube, ich muss mich übergeben.« Ich drehte mich um und erbrach mich auf dem Boden.

»Es tut mir so leid, Edie.«

»Wie …?«, flüsterte ich, und sie erzählte es mir, aber ich vermochte nicht richtig zuzuhören. Später erfuhr ich, dass sie auf der Autobahn in Richtung Westerly unterwegs waren, als sie in ein heftiges Unwetter gerieten. Die Straßen standen teilweise unter Wasser, und Mom verlor die Kontrolle über den Wagen.

Mein Leben würde nie mehr dasselbe sein. Ich wollte nur noch zu meinem Dad.

Alles Weitere lief ab wie in einem Nebel. Soph war bei mir. Lionel putzte den Boden, worüber ich mich zu jedem anderen Zeitpunkt gewundert hätte, denn er machte sich sonst nie die Hände schmutzig. Douglas stützte mich, während Soph meine Sachen packte, aber Joel war nirgends zu sehen. Nicht, dass ich ihn sehen wollte. Wenn ich nicht in sein Zimmer gegangen wäre und mich anschließend so betrunken hätte, hätte Claire nicht kommen und mir vom Unfall meiner Eltern erzählen müssen. Natürlich wusste ich, dass ich Joel nicht die Schuld geben konnte, sondern dass sie ausschließlich bei mir lag, weil ich mich betrunken hatte.

Ich wurde in ein Auto geschoben und meine hastig gepackten Reisetaschen im Kofferraum verstaut. Ich lehnte meinen Kopf gegen das Fenster und umklammerte den Eimer, den Lionel mir gegeben hatte. Mein Kopf hämmerte weiterhin wie verrückt, aber das war nicht der schlimmste Schmerz.

Ich hatte meine Mum verloren. Während die Trauer mein Herz umklammerte, konnte ich nur daran denken, dass ich sie nie wieder sehen würde und dass alles meine Schuld war.

Kapitel 30

Die Autofahrt zum Krankenhaus ist die längste meines Lebens. Von Westerly nach Basingstoke braucht man etwa eine Stunde, aber heute kommt es mir zehnmal so lang vor. Mit quietschenden Reifen bringt Joel das Auto vor dem Haupteingang zum Stehen.

»Danke, dass du mich hergebracht hast!« Ich nehme meine Tasche und löse den Sicherheitsgurt. Das Krankenhausgebäude ist riesig, und durch die Sirenengeräusche im Hintergrund bekommt es etwas Bedrohliches.

»Ich suche schnell einen Parkplatz, dann komm ich nach und warte mit dir.«

»Das kann ich nicht von dir verlangen.«

»Brauchst du auch nicht, ich habe es ja angeboten.«

Ich beuge mich zu ihm und umarme ihn. »Nicht nötig, ich schaffe das schon. Trotzdem danke.«

Ich steige aus und eile zur Rezeption. Nachdem ich mich erkundigt habe, auf welcher Station Dad liegt, durchquere ich das Labyrinth der Flure bis zu dem Wartezimmer, wo ich auf Julie und Claire treffe.

Als Julie mich sieht, bricht sie in Tränen aus, und mir geht es genauso. Die Sorge um Dad steht ihr ins Gesicht geschrieben. Ich trete zu ihr und umarme sie, aber das bringt sie noch mehr zum Weinen.

»Es wird sicher alles wieder gut«, sage ich. »Habt ihr schon etwas gehört?«

Ich schaue zu Claire, die jedoch den Kopf schüttelt. Sie reicht uns beiden ein Taschentuch und umarmt mich dann.

»Es hört sich vielleicht klischeehaft an, aber keine Nachrichten sind gute Nachrichten«, sagt sie. »Da Edie jetzt hier ist ... Möchtet ihr zwei vielleicht allein sein?«

Julie und ich ergreifen beide spontan Claires Hände.

»Nein, bitte bleib.«

Die Tür zum Warteraum öffnet sich, und ein junger Arzt kommt herein. Instinktiv drücke ich Claires Hand noch fester.

»Wie geht es meinem Vater?«, frage ich. Mir schlägt das Herz bis zum Hals. »Hatte er einen Herzinfarkt?«

»Nein«, antwortet der Arzt. Julie seufzt erleichtert, und ich verharre reglos, muss diese Information erst mal verarbeiten. »Allerdings handelt es sich um eine instabile Angina, was zu einem Herzinfarkt führen kann, wenn wir nicht handeln. Seine Arterien sind verstopft, und wir müssen einen Stent setzen. Wissen Sie, was das ist?«

Ich schüttle den Kopf, habe nicht die geringste Ahnung. Der Arzt erklärt uns, dass es sich um einen chirurgischen Eingriff handelt, bei dem ein Implantat in Röhrchenform eingesetzt wird, das die betroffene Arterie offen hält.

»Wir werden den Eingriff entweder heute oder spätestens morgen durchführen. Wir prüfen gerade, wann ein OP frei ist, und halten Sie auf dem Laufenden. Ich muss Sie noch darauf hinweisen, dass es ein paar Risiken gibt, so wie bei den meisten Eingriffen. Sobald der OP-Termin feststeht, werden wir alles mit Ihnen und Mr Porter besprechen. Ich wollte Sie nur schon mal ins Bild setzen.«

»Vielen Dank! Können wir zu ihm?«, frage ich.

»Ja. Momentan werden zwar ein paar Tests bei ihm durchgeführt, aber sobald das beendet ist, lasse ich Sie von einer Krankenschwester holen.«

»Danke«, sagt nun auch Julie. Sobald der Arzt gegangen ist, dreht sie sich mir zu und wischt sich die Tränen unter den Augen weg. »Das sind doch gute Neuigkeiten, oder?«

»Glaube schon.« Ich nicke langsam. »Klingt, als wäre er gerade noch rechtzeitig hier gelandet.«

»Genau das dachte ich auch.«

Ich setze mich auf einen der Plastikstühle und stütze den Kopf in beide Hände.

Claire strafft die Schultern. »Ich hole uns Kaffee, okay?«

Sie eilt hinaus, und ich seufze tief. Julie setzt sich neben mich.

»Ich bin froh, dass du hier bist«, sage ich und beiße mir gleich darauf auf die Lippe. Ich fühle mich schlecht, weil ich Dads Wunsch, sie besser kennenzulernen, bisher nicht befolgt habe.

»Wirklich?«

»Ja, es tut gut, nicht allein zu sein.«

Ich sehe, dass Julies Hände in ihrem Schoß zittern.

»Dad schafft das, so wie immer. Und wir stehen das durch, okay?«

Sie nickt. »Ich weiß, dass es für dich nicht einfach ist, diese Sache mit mir und deinem Dad. Aber ich empfinde sehr viel für ihn. Wir sind zwar erst ein paar Monate zusammen, aber er macht mich so glücklich, und es fühlt sich einfach richtig an.«

Dad kann wirklich froh sein, eine Frau wie Julie in seinem Leben zu haben. Ich muss an Joel denken. Er ist der einzige Mensch, bei dem ich je das Gefühl hatte, eine tiefe Verbindung aufbauen zu können.

»Wir hatten bisher keine Gelegenheit, uns besser kennenzulernen, und das ist meine Schuld.« Ich denke an die E-Mails, wie viel mutiger sie mich machen, wie sie mich dazu drängen, mich stärker zu öffnen. »Dich mit Dad zu sehen ist härter, als ich erwartet hätte. Mir war nicht bewusst, was es mit mir machen würde, wenn er jemanden kennenlernt, den er wirklich mag. Es hat mich verunsichert, ich wusste nicht, ob ich dann noch einen Platz in seinem Leben habe. Tut mir leid, das klingt sehr pathetisch, vor allem, da ich ihm schon so lange gewünscht habe, jemanden kennenzulernen. Trotzdem fällt es mir schwer, das zu akzeptieren.«

Julie lächelt verständnisvoll. »Ich weiß, wie viel du deinem Dad bedeutest. Er redet so oft von dir und ist so stolz auf dich! Aber ich verstehe, dass es schwer für dich sein muss, vor allem, da deine Mum offenbar eine wunderbare Frau gewesen ist, und ich will die Erinnerung an sie keinesfalls verdrängen. Auch dein Dad liebt sie immer noch, das wird immer so bleiben, und das ist in Ordnung. Er hat ein großes Herz. Er kann sie *und* mich lieben. Und dich. In seinem Leben ist Platz für uns alle.«

Sie ist die netteste Frau, die er finden konnte.

Die Krankenschwester kommt herein und teilt uns mit, dass wir zu ihm können, aber nicht zusammen.

»Danke«, sage ich zu Julie. Ihre Worte waren genau das, was ich hören musste. Ich lächle sie an, um ihr zu beweisen, dass zwischen uns alles in Ordnung ist. »Ist es okay, wenn ich zuerst gehe? Ich verspreche, mich zu beeilen.«

»Natürlich, ich würde es gar nicht anders wollen.«

Dankbar drücke ich ihre Hand, und die Krankenschwester bringt mich zu einem Raum, in dem Dad hinter einem Vorhang liegt.

Er sieht furchtbar aus. So blass und so viel älter als letzten Freitag im Büro. Er ist an Maschinen angeschlossen, die leise surren, und wirkt sehr verletzlich.

Ich setze mich, ergreife seine Hand.

»Tut mir leid, dass ich allen einen Schrecken eingejagt habe«, stößt er so mühsam hervor, als würde ihn jedes Wort große Anstrengung kosten.

»Ich dachte, ich würde dich verlieren …« Eine Träne rollt mir über die Wange, und ich versuche mich zusammenzureißen. »Ich dachte …«

»Edie, ich gehe nirgendwohin. Jedenfalls noch nicht.«

Er erwidert den Druck meiner Hand. Es gibt so vieles, das ich ihm sagen muss, aber er wirkt müde. Jetzt ist nicht der richtige Moment.

»Julie ist auch hier. Ich gehe jetzt wieder, damit sie zu dir kann. Aber du sollst wissen, dass ich dich liebe. Ich bin im Wartezimmer. Okay?«

»Ich liebe dich auch, mein Schatz. Eine Sache hat mich diese Erfahrung gelehrt: Das Leben ist kurz. Ich weiß, dass es zwischen dir und Miles gerade nicht gut läuft, aber … du solltest ihn anrufen«, bringt er abgehackt hervor.

Bei seinen Worten wird mir schmerzhaft bewusst, wie wenig Zeit wir in den vergangenen Wochen miteinander verbracht haben. Ich hatte noch gar keine Gelegenheit, ihm den Grund für unsere Trennung zu nennen. Offenbar denkt er, wir hätten eine Kabbelei zwischen Liebenden und würden wieder zusammenkommen.

»Ich hole Julie«, sage ich nur und gebe mir selbst das Versprechen, Dad alles zu erzählen, sobald es ihm besser geht.

Widerwillig lasse ich seine Hand los und eile dann zu Julie, die sich freut, dass sie nun hineindarf.

Ich bringe Claire auf den neuesten Stand, ehe ich sage: »Ich gehe einen Moment an die frische Luft, das ist alles …« Ich beende den Satz nicht, werde überwältigt von meinen Gefühlen.

»Natürlich, mach das«, sagt sie. »Nimm dir so viel Zeit, wie du brauchst, Liebes. Wir rufen dich an, falls es etwas Neues gibt.«

Ich laufe durch die Flure zurück, bis ich wieder vor dem Haupteingang stehe. Die elektrischen Türen öffnen sich, das helle Sonnenlicht blendet mich, und ich bin überrascht, wie warm es draußen ist. Es ist schwül. Ein Gewitter liegt in der Luft, und mich empfängt nicht die Frische, die ich erhofft hatte.

Ich trete ein Stück vom Eingang weg, um dem Strom der Menschen zu entkommen, da entdecke ich Joel. Er sitzt auf einem Mäuerchen und schaut auf sein Handy.

»Hey, du bist ja noch hier.« Ich gehe zu ihm und stütze die Hände in die Hüften, als wäre ich empört, dabei bin ich alles andere als das. Er zieht mich an sich, und ich möchte für immer in seinen Armen bleiben.

»Wie geht es deinem Dad?«

Ich löse mich von Joel.

»Es wird wohl alles wieder gut.« Mir ist ein bisschen schwindelig, und ich muss mich an der Mauer festhalten. »Es war kein Herzinfarkt, aber er muss operiert werden, bekommt einen Stent eingesetzt. Aber sie glauben, dass er sich wieder vollständig erholt.«

»Das ist wunderbar.«

Ich nicke. »Bitte sag jetzt nichts mehr. Ich habe endlich aufgehört zu weinen und will nicht wieder anfangen.«

»Aber manchmal hilft es, alles rauszulassen.«

Er führt mich den Bürgersteig entlang zu einem ruhigeren Teil der Krankenhausanlage, wo wir uns auf eine Bank setzen.

»Als ich den Anruf erhielt, konnte ich nur noch denken, dass ich Dad genauso unvermittelt verlieren würde wie damals Mom, dass sich die Geschichte wiederholt. Dass mir schon wieder alles genommen wird, sobald ich anfange, von etwas zu träumen – dass meine Nachrichten an mich selbst ganz umsonst waren.« Die Wörter strömen aus mir heraus, und erst als ich Joels verwirrten Gesichtsausdruck sehe, wird mir klar, was ich gesagt habe.

»Was meinst du mit ›Nachrichten an dich selbst‹?«

Ich hole tief Luft. Eigentlich habe ich nichts zu verlieren, wenn ich Joel von den E-Mails erzähle. Er hat mich noch nie verurteilt und mir immer das Gefühl gegeben, dass ich ihm nahezu alles anvertrauen kann.

»Als wir damals in Hartland's waren, habe ich angefangen, E-Mails an mich selbst zu schreiben.«

»So eine Art Tagebuch?«

»Irgendwie, aber ich habe sie sozusagen in die Zukunft geschickt.« Das klingt irgendwie blöd. »Es gibt eine Website mit dem Namen ›Nachrichten an dein zukünftiges Ich‹, die speichert deine E-Mails und schickt sie erst an einem von dir festgelegten Termin ab. So wie eine Zeitkapsel. Also entschied ich mich, an mein fünfunddreißigjähriges Ich zu schreiben. Hauptsächlich erhalte ich dadurch Einblick in mein achtzehnjähriges Ich, aber in den Mails wurden mir zudem kleine Aufgaben gestellt – ist irgendwie kitschig und peinlich, aber auch spannend.«

»So wie eine Bucketlist?«

»In der Richtung, aber mehr nach der Art: Probiere etwas Neues aus, tu was, das dich zum Lachen bringt, verlass deine Komfortzone und so weiter.«

»Bei der Arbeit blaumachen?« Er zieht die Augenbrauen hoch.

»Genau.« Ich reibe über mein tränenverschmiertes Gesicht. »Die E-Mails haben mich an den Sommer damals erinnert, und deshalb habe ich auch nach Soph gesucht und den Kontakt wieder aufgenommen.«

»Jetzt ergibt alles plötzlich Sinn.« Er strubbelt sich mit der Hand durchs Haar. »Klingt allerdings ein bisschen nach Science-Fiction.«

»Ich weiß. Ehrlich gesagt kann ich auch kaum glauben, dass es funktioniert hat. Damals, als ich Dienst am Empfang hatte, habe ich während einer ruhigen Schicht ein bisschen geschrieben und hätte nie gedacht, dass es funktioniert. Es war einfach nur ein Spaß.«

»Du hast das geschrieben, während du am Empfang Dienst hattest?«, fragt er nach und setzt sich aufrechter hin.

»Ja, wenn niemand in der Nähe war.«

»Und du hast nie eine Kopie dieser E-Mails bekommen, als du sie verschickt hast?«

»Nein, du adressierst deine Nachrichten an die Website, klickst auf ›Senden‹, und dann siehst du sie erst zum vereinbarten Termin wieder. Ehrlich gesagt hatte ich völlig vergessen, dass ich sie geschrieben habe, bis ich die erste Mail an meinem Geburtstag erhielt.«

»Und ab dann kamen sie regelmäßig?«

»Ja, aber nach nächstem Mittwoch ist Schluss, denn nach dem Tod meiner Mum habe ich keine mehr geschrieben.«

»Nächste Woche?« Seine Stimme wird eine Oktave höher.

»Hm. Ich werde diese Nachrichten echt vermissen!«

Ich drehe das Handy in meiner Hand um und frage mich gerade hoffnungsvoll, ob ich vor nächster Woche wohl noch eine E-Mail bekomme, als mir auffällt, dass es gar nicht eingeschaltet ist.

»Mist!« Ich hatte es ausgemacht, bevor ich zu Dad ging, damit es keine Störungen der medizinischen Geräte verursacht. »Wenn sie nun versucht haben, mich zu erreichen?«

Hektisch fummle ich daran herum, um es wieder einzuschalten.

»Du bist noch nicht lange hier draußen. Es ist bestimmt alles in Ordnung.«

Panisch schaue ich zum Krankenhauseingang. Wenn Claire mich nun sucht? Aber im Eingangsbereich herrscht so viel Trubel, sie würde mich bestimmt nicht entdecken.

»Ich sollte langsam zurückgehen.« Ich starre auf meinen Handybildschirm, der wieder zum Leben erwacht. Kein Piepen ertönt, um mir den Eingang neuer Nachrichten anzuzeigen. Aber das heißt nicht, dass sie nicht versucht haben, mich zu erreichen. »Möchtest du mitkommen?«

»Ehrlich gesagt … muss ich allmählich los.«

»Natürlich. Du hast recht.« Ich versuche mir die Enttäuschung nicht anhören zu lassen. »Danke für alles. Ich weiß echt nicht, was ich heute ohne dich getan hätte.«

Ich beuge mich zu ihm, um ihn zu umarmen, aber er wirkt plötzlich angespannt.

»Hoffentlich läuft alles gut mit der Operation deines Dads.«

»Danke«, sage ich und stehe auf.

Wir verabschieden uns, und ich eile zurück zum Labyrinth der Flure, will schnell zu Dad. Als ich am Haupteingang ankommen, drehe ich mich noch einmal um, um einen letzten Blick auf Joel werfen zu können, und er sitzt immer noch da, den Kopf in die Hände gelegt. Ich bin hin- und hergerissen, hinzulaufen und zu fragen, ob es ihm gut geht.

Da piept mein Handy, und ich sehe, dass es eine Nachricht von Claire ist.

> Der Arzt ist auf dem Weg, um mit deinem Dad über die OP zu sprechen. OP ist für heute Nachmittag angesetzt. X

Ich schreibe kurz zurück, dass ich gleich da bin, und stürme durch die automatischen Türen. War vermutlich nur ein anstrengender Tag für Joel. Ich werde ihm später eine Nachricht schicken, ihn wissen lassen, wie dankbar ich dafür bin, was er heute für mich getan hat. Aber jetzt muss ich mich auf Dad konzentrieren.

Kapitel 31

Die Tage nach Dads Herz-OP vergehen wie in einem Nebel. Die Operation verlief erfolgreich, und er konnte schon am nächsten Tag nach Hause. Ich habe ihm angeboten, bei ihm zu wohnen, bis er wieder richtig fit ist, aber Julie kam mir zuvor, und erstaunlicherweise macht es mir nichts aus. Mit unserem Gespräch im Krankenhaus haben wir offenbar einen Durchbruch erzielt, was meine Gefühle ihr gegenüber anbelangt, und ehrlich gesagt ist es eine Erleichterung, zu wissen, dass es jemanden gibt, der die ganze Zeit bei Dad ist. Ich muss sie unbedingt besser kennenlernen, das schulde ich ihr und Dad. Und statt mich davor zu fürchten, freue ich mich jetzt sogar darauf.

Da Dad nicht zur Arbeit kommt, geht es im Büro ziemlich hektisch zu. Wir scherzen zwar oft darüber, dass er doch eigentlich gar nicht mehr richtig arbeitet, aber diese Woche beweist das Gegenteil. Alle vermissen ihn, und wir wissen, dass sich die gedrückte Stimmung erst bessern wird, wenn er wieder an seinem Schreibtisch sitzt. Der Arzt hat ihm jedoch für die nächsten Wochen davon abgeraten, in Anbetracht der Schwere des Eingriffs.

Ich habe keine Ahnung, wann er wieder in den Job zurückkehrt, und deshalb kann ich die Firma jetzt nicht verlassen. Vielleicht ist das Geschehene ein Zeichen, dass ich nicht Lehrerin werden soll. Typisch, gerade als ich den Mut aufbrachte, es Dad zu sagen, passiert das. Aber obwohl ich akzeptiere, dass ich meine Pläne ändern muss, bin ich in Wahrheit am Boden zerstört.

Ich gebe mein Bestes, um so zu tun, als sei alles in Ordnung, aber ich habe üble Laune und ertappe mich ständig dabei, dass ich Angestellte wegen unwichtiger Kleinigkeiten anblaffe, was gar nicht meine Art ist. Es ist nicht fair, meinen Frust an den anderen auszulassen.

»Schläfst du überhaupt mal?« Layla stellt eine Tasse Kaffee auf meinen Schreibtisch und legt ein Sandwich dazu. Sie und Claire sorgen abwechselnd dafür, dass ich etwas esse. »Du siehst erschöpft aus.«

»Es geht mir gut, ich habe nur viel um die Ohren. Das Schiff vermisst seinen Kapitän.«

Claire kommt zu uns und hockt sich auf die Tischkante. »Wir wissen, dass die Situation gerade schwer für dich ist«, sagt sie, »und wir sind alle bereit, noch mehr mit anzupacken. Aaron und ich arbeiten schon so lange hier, dass wir die Firma praktisch in- und auswendig kennen und für dich und deinen Dad einspringen können.«

»Und ich kann Überstunden machen«, wirft Layla ein. »Glaub mir, hier habe ich weniger Stress als zu Hause.«

»Es geht mir gut, ehrlich, das ist nicht nötig.« Ich trinke einen großen Schluck Kaffee und merke erst jetzt, wie trocken mein Mund ist.

»Edie, du brauchst das nicht allein zu stemmen! Wie oft hast du selbst gesagt, dass wir hier eine Familie sind. Du musst keine Märtyrerin sein.«

Claire nimmt zwar nie ein Blatt vor den Mund, aber so offen war sie mir gegenüber noch nie.

»Aber ich kann es mir nicht leisten, die Firma aus den Augen zu lassen! Als ich es das letzte Mal getan habe, landete Dad im Krankenhaus.«

»Oder weil er keinen Sport treibt und sich zum Schnellimbiss auf der Bond Street schleicht und schon zum Frühstück Eier mit Speck oder Würstchen verdrückt. Was immer du denkst, getan zu haben oder auch nicht, es ist nicht deine Schuld«, erwidert Claire.

»Was wir dir sagen wollen« – Layla wirft Claire einen Blick zu –, »wir sind für dich da und können helfen.«

Mein Kopf hämmert, und ich reibe mir über die Schläfen. Der Vernunftteil meines Gehirns weiß, dass sie recht haben. Ich schätze ja auch, was sie für mich tun, aber ich brauche die Arbeit mehr denn je, um mich abzulenken, von allem – nicht zuletzt von dem nahenden Jahrestag von Mums Tod.

»Ich lasse es euch wissen. Danke für das Sandwich und den Kaffee, Layla.«

Niedergeschlagen sehe ich den beiden nach, als sie wieder an ihre Schreibtische huschen, und mir entgeht nicht der besorgte Blick, den sie miteinander wechseln. Aber so ist es für mich leichter. Meine Prioritäten sind die Arbeit und Dad, Ablenkungen darf ich nicht zulassen. Weder von Layla noch von Claire.

Oder den Gedanken an Joel.

Nach der Arbeit fahre ich auf direktem Weg zu Dad.

»Du musst am Verhungern sein«, begrüßt mich Julie, als sie mir die Tür öffnet. »Kommst du etwa direkt aus dem Büro?«

»Ja, es ist viel zu tun.«

Sie runzelt die Stirn. »Ich habe Moussaka zubereitet, ich wärme dir etwas auf.«

»Das wäre super. Es riecht fantastisch.« Ich folge ihr in die Küche und sehe die Auflaufform auf der Arbeitsplatte.

Julie löffelt eine große Portion Moussaka auf einen Teller.

»Wie geht es dem Patienten?«

»Besser. Er reißt schon wieder Witze.« Sie verdreht die Augen und lacht. »Er ist wach, falls du Hallo sagen willst.«

Ich gehe sofort zum Schlafzimmer, klopfe aber an, für den Fall, dass er doch eingeschlafen ist.

»Komm rein!«, ruft er.

Er sitzt mit Kissen im Rücken aufrecht im Bett, der Fernseher läuft, und er schaltet den Ton ab, als ich mich auf die Bettkante setze. Er hat zwar eine Spur mehr Farbe im Gesicht, wirkt aber immer noch schwach.

»Ich hatte gehofft, du würdest mir etwas von dem bringen, was so köstlich aus der Küche duftet. Julie baut beim Kochen Stress ab, aber sie gibt mir nichts davon.«

»Sie gibt dir aber doch *irgendetwas* zu essen?«

»Ja, aber nur dieses Zeug, das auf dem Diätplan steht, den man mir im Krankenhaus mitgegeben hat. Du weißt schon, Gemüse und gedünsteten Fisch. Alles ohne einen Hauch von Geschmack.«

»Und ohne einen Hauch von Fett, was dich nämlich überhaupt erst in diese Situation gebracht hat.«

Er lacht, hört aber sofort wieder auf, weil es ihm offenbar wehtut.

»Wie läuft es im Büro?«

»Alles paletti.«

Er sieht mich auffordernd an, wartet darauf, dass ich ausführlich berichte. »Mehr erzählst du mir nicht?«, fragt er schließlich.

»Du bist aus gutem Grund krankgeschrieben.«

»Ich weiß, aber ich will doch wissen, ob ihr zurechtkommt.«

»Das tun wir. Alle packen mit an.« Oder würden es zumindest tun, wenn ich sie ließe.

»Das wollte ich hören.«

Seit der OP habe ich mit Dad nicht unter vier Augen gesprochen, da er ohnehin unter dem Einfluss von Schmerzmitteln stand. Aber jetzt scheint er wieder ziemlich klar zu sein.

»Es tut mir übrigens leid«, sage ich und richte den Blick starr auf die graue Bettdecke.

»Weil du nichts aus der Küche rausgeschmuggelt hast?«

»Nein«, erwidere ich lachend. Julie hat recht, sein Humor kehrt wieder zurück. »Weil ich dich mit der Firma allein gelassen habe und diesen Sommer so oft abgelenkt war.«

»Edie, es gibt nichts, wofür du dich entschuldigen musst! Niemand hat Schuld außer mir und meinem Lebensstil. So sehr ich diese neue Diät auch hasse, ich werde mich daran halten, denn das hier war genau der Weckruf, den ich gebraucht habe.«

Er holt tief Luft, und ich sorge mich, dass ich besser nichts hätte sagen sollen, wo er sich doch schonen soll.

»Eines Tages wirst du erkennen, dass es im Leben nicht darum geht, zu bedauern, sich ständig Vorwürfe zu machen und sich für alles, was falschläuft, die Schuld zu geben. Du hast meinen Herzanfall genauso wenig verursacht wie damals Mums Unfall.«

Mir wird ganz flau. Wie kann er denken, dass ich nicht schuld an dem Unfall sei? »Aber es wäre nie passiert, wenn ich nicht so dumm gewesen wäre, mich zu betrinken! Dann hättet ihr euch gar nicht erst ins Auto gesetzt.«

»Und wenn ich nicht ein paar Bier getrunken hätte, wäre ich gefahren. Oder wir wären zehn Minuten früher weggekommen oder nicht genau über die Stelle mit dem Aquaplaning gefahren. Glaub mir, Edie, ich habe mir jahrelang exakt dieselben Vorwürfe gemacht, mir gewünscht, ich hätte auf dem Fahrersitz gesessen. Aber du kannst es noch so sehr wünschen, die Vergangenheit lässt sich nicht ändern, und du musst stattdessen weitermachen mit deinem Leben.«

Julie ruft die Treppe herauf, dass mein Essen fertig sei.

»Ich will nicht, dass du dir Vorwürfe machst – daran bin ich selbst schuld und niemand sonst.«

Ich nicke, versuche, das zu verarbeiten. Dann drücke ich ihn und gehe zur Tür.

»Und denk dran, falls du deine Portion nicht schaffen solltest …«

Ich drehe mich um. »Julie hat bestimmt noch ein bisschen gedünstetes Gemüse für dich.«

Er wirft mir einen grimmigen Blick zu und schaltet den Ton des Fernsehers wieder ein.

Kapitel 32

Am Donnerstag bin ich nach der Arbeit völlig erschöpft und will nur noch nach Hause, ein langes, heißes Bad nehmen und ins Bett, aber das geht nicht, weil heute Big Little Readers ansteht und ich dort niemanden im Stich lassen will, schon gar nicht Lola. Claudia übernimmt heute Arnolds Platz, da er bei seiner Tochter in Cornwall ist.

»Wie läuft das neue Schuljahr?«, frage ich, während ich mich auf den Beifahrersitz ihres Wagens fallen lasse.

»Hektisch, aber ich bin froh, wieder bei der Arbeit zu sein. Der Beginn eines neuen Schuljahres ist immer etwas Besonderes. Alles fühlt sich so frisch und aufregend an!«

»Hört sich toll an.«

Ich möchte gar nicht so sehnsüchtig klingen, bin aber tatsächlich ein bisschen eifersüchtig.

»Apropos Neustart. Ich wollte es dir per E-Mail schicken, fand es aber doch einfacher, es dir persönlich zu sagen.« Sie zieht ein Blatt aus ihrer Tasche. »Eine Freundin von mir hält einen Vortrag bei einer Veranstaltung für Leute, die in den Lehrberuf wechseln möchten. Die Redner sind Fachleute im Ruhestand, nicht nur Lehrkräfte, sondern auch Anwälte, Steuerberater oder IT-Mitarbeiter, und sie geben Tipps zu allen möglichen Themen rund um den Quereinstieg. Wär das was für dich?« Mit einem hoffnungsvollen Lächeln reicht sie mir das Blatt.

»Danke.« Ich nehme es entgegen, obwohl es mich eher traurig macht. Noch letzte Woche hätte ich diese Gelegenheit sofort ergriffen, aber seither ist so viel passiert … »Ich werde es mir mal ansehen.«

Sie stellt ihre Tasche auf den Rücksitz und will gerade losfahren, als sie sich mir noch einmal zuwendet. »Ich habe eigentlich mehr Begeisterung erwartet. Ist alles in Ordnung?«

Ich setze ein tapferes Lächeln auf. »Mein Dad hatte einen leichten Herzanfall und musste operiert werden. Jetzt erholt er sich gerade, und er wird es für eine Weile langsam angehen, deshalb ist gerade kein guter Zeitpunkt, die Firma zu verlassen.«

»Oh, das tut mir leid! Aber gut zu hören, dass er auf dem Weg der Besserung ist …« Sie zögert, als wolle sie noch etwas sagen.

»Was? Nur raus damit, was immer es ist«, fordere ich sie auf, und sie lächelt sanft.

»Ich wollte sagen, dass es immer einen Grund gibt, etwas *nicht* zu tun. Und du hast einen guten Job, in gewisser Weise wäre es verrückt, das alles aufzugeben.« Sie macht eine kurze Pause, ehe sie fortfährt: »Aber wenn du irgendwann so alt bist wie dein Vater jetzt, wirst du dich fragen, ob du mit deinem Leben glücklich gewesen bist.«

Ihre Worte hauen mich um, denn ich weiß die Antwort sofort. Und ich brauche nichts zu sagen. Mit Sicherheit steht es mir ins Gesicht geschrieben. Claudia lächelt mich mitfühlend an, dann legt sie den Gang ein und fährt los.

Ihre Worte erinnern mich an die E-Mails an mich selbst. Als mich mein früheres Ich fragte, ob ich glücklich sei, wusste ich sofort, dass ich es nicht bin. Wenn ich jetzt nichts tue, um mein Leben zu ändern, dann wird mein zukünftiges Ich wohl kaum glücklicher sein.

Während der Fahrt lese ich das Infoblatt, das sie mir gegeben hat, und das Programm klingt super interessant.

»Beim Mittagessen habe ich mit Lolas neuer Lehrerin gesprochen, um zu hören, wie sie zurechtkommt«, unterbricht Claudia meine Gedanken. Ich falte das Blatt zusammen und lege es auf meine Handtasche im Fußraum. »Sie meinte, sie sei recht still, nimmt aber auf ihre Art am Unterricht teil. Etwas lebhafter wird sie beim Geschichtenerzählen am Ende des Schultages, und gestern hat sie sich sogar gemeldet und eine Frage gestellt.«

»Das ist toll. Denkst du, das Vorlesen hat das ausgelöst?«

»Davon bin ich überzeugt. Ich halte es nicht für einen Zufall, dass sie sich in der Schule am wohlsten fühlt, wenn es um Bücher und Geschichten geht.«

Ich denke an Lola, an die Trauer in ihren Augen, und die Vorstellung, dass wir ihr wenigstens ein kleines bisschen geholfen haben, rührt mich fast zu Tränen.

Kurz darauf sitzen wir bei Lola im Wohnzimmer, und sie begrüßt Claudia schüchtern.

Ich greife zu einem Buch über Hexen und beginne vorzulesen, danach liest Claudia eine Geschichte über einen verzauberten Dinosaurier vor. Wir versuchen, Lola miteinzubeziehen, stellen ihr zwischendurch Fragen zu den Geschichten, und dass sie ab und zu antwortet, ist ein ermutigendes Zeichen. Die magische Verwandlung, auf die ich gehofft hatte, gibt es jedoch nicht.

Als wir gerade unsere Bücher wieder einpacken, steckt Kate den Kopf durch die Tür. »Lola, magst du nach oben gehen und das holen, was du Edie zeigen wolltest, bevor sie geht?«

Lola schaut mich an, als müsse sie darüber nachdenken, dann rutscht sie vom Sofa und läuft im Flur die Treppe hinauf.

»Wie klappt es denn momentan mit ihr?«, fragt Claudia.

»Wir haben gute und schlechte Tage. Weniger schlechte als am Anfang, deshalb verzeichne ich das als kleinen Sieg. Ich glaube, es hilft, dass die Schule wieder angefangen hat und sie dort ihre Freundinnen um sich hat. Hin und wieder erhasche ich einen Blick auf die Nichte, die ich früher hatte, und das macht mich glücklich.«

»Falls die Schule noch irgendwie helfen kann …«

»Danke, aber Sie tun schon so viel! Und diese Besuche, ich weiß, es mag nicht besonders erscheinen, aber jedes Mal hat sie dann für den Rest des Nachmittags ein Lächeln im Gesicht und wirkt für ein paar Stunden nicht ganz so traurig.« Kate senkt die Stimme, da Schritte auf der Treppe zu hören sind.

Lola kommt zurück ins Zimmer und hält ein Marmeladenglas in der Hand. Es ist in Regenbogenfarben bemalt, und ein Schnurgriff ist um den Deckel gebunden. Ich weiß sofort, was das ist.

»Oh, Lola, ist das ein Erinnerungsglas? So eins wie in dem Buch?«

Sie nickt.

»Aber das ist nicht deins, oder?«, sagt Kate.

»Meins steht dort drüben.« Lola zeigt zu dem Bücherregal, wo zwei leuchtend bunte Gläser stehen, und trotz der Farbe kann ich sehen, dass sich kleine zusammengefaltete Zettel darin befinden.

»Wir haben so viele Erinnerungen, dass wir zwei Gläser brauchen, nicht wahr, Lola?« Kate lächelt ihr aufmunternd zu, und die Kleine nickt. »Wir versuchen jeden Tag, über Ruth, Lolas Mum, zu reden. Und wenn uns eine neue Erinnerung einfällt, stecken wir sie in das Glas.«

»Das finde ich sehr schön.« Mühsam verhindere ich, dass mir die Stimme bricht.

»Und wofür ist das dritte Glas? Für noch mehr Erinnerungen?«, fragt Claudia und zeigt darauf.

»Das ist für Edie.« Sie sieht mich nicht an, während sie es mir hinhält. Behutsam ergreife ich es, und Lola versteckt sich sofort hinter Kate.

»Für mich?« Mir fehlen die Worte.

Sie nickt, sieht mich aber weiterhin nicht an.

»Lola hat mir von Ihrer Mutter erzählt, Edie, und sie sagte, dass Sie kein Erinnerungsglas haben. Da dachten wir, dass Sie vielleicht auch gern eins hätten.«

Claudia schluckt, und ich kämpfe ebenfalls mit den Tränen. Dann gehe ich in die Hocke, um mit Lola auf Augenhöhe zu sein, halte das Glas hoch und betrachte es von allen Seiten.

»Das ist wunderschön. Hast du es selbst angemalt?«

Sie nickt und wirkt zufrieden.

»Woher wusstest du, dass meine Mum Regenbogen geliebt hat? Ich kann dir gar nicht genug danken. Ich fahre jetzt nach Hause und fange sofort an, es zu füllen.«

»Vergiss nicht, auch andere Menschen nach ihren Erinnerungen zu fragen«, sagt sie. »So wie Rusty.«

Ich bin so überrascht, dass sie einen ganzen Satz hervorgebracht hat, dass ich für einen Moment sprachlos bin.

»Eine gute Idee! Ich kann meinen Dad fragen und vielleicht ein paar ihrer Freundinnen. Danke, das ist das beste Geschenk, das ich je bekommen habe.« Ich richte mich wieder auf, und Kate tätschelt meinen Arm.

»Hoffentlich ist es für Sie genauso nützlich wie für uns.«

Draußen steige ich in den Wagen, betrachte schweigend das Glas.

Claudia umklammert das Lenkrad. »Alles okay?«, fragt sie.

»Das war mein Ernst – es ist das beste Geschenk, das ich je bekommen habe.«

»Denke ich mir. Ich bekomme am Ende des Schuljahres auch

immer hübsche Geschenke, aber das hier … Die Kleine ist ein Schatz.«

Claudia startet den Motor.

In meinem Kopf rasen die Erinnerungen an meine Mum seit meinen Kindertagen durcheinander. Als wir vor der Bücherei halten, steigen wir aus und tragen die Bücherkiste hinein. Dann eile ich zurück zu Claudia Wagen, um mein Glas zu holen.

»Vergiss das hier nicht«, sagt sie und langt nach dem Ausdruck über den Infotag.

»Danke.« Ich stecke ihn in meine Handtasche. Er muss heruntergefallen sein, als ich meine Tasche hochgenommen habe.

»Tut mir leid, wenn ich dich ein bisschen dränge, Edie. Robin sagt ständig, dass ich mich zu sehr für andere engagiere, was seine nette Art ist, mich darauf hinzuweisen, dass ich mich in das Leben anderer Menschen einmische.«

»Tust du nicht. Ich werde es mir überlegen.«

»Hoffentlich. Lola ist *ein* Mädchen, dem du geholfen hast, aber stell dir von, du hättest jedes Jahr eine Klasse mit fünfunddreißig Kindern.«

»Ich könnte etwas bewirken«, sage ich kaum hörbar, als mir das Ausmaß der Möglichkeiten bewusst wird.

»Mit Sicherheit. Aber selbst wenn du dich entscheidest, in eurer Firma zu bleiben, hoffe ich, dass du weiter ehrenamtlich bei uns arbeitest, denn du bist echt gut darin.«

»Das mache ich.« Ich hänge meine Tasche über die Schulter. »Jetzt muss ich los, bevor ich schon wieder anfange zu heulen, denn das habe ich in letzter Zeit zu oft getan.«

»Okay. Hoffentlich sehen wir uns bald. Wir könnten uns mal am Wochenende auf einen Kaffee treffen.«

»Unbedingt. Oder vielleicht hast du Lust, mit mir und Layla zu einem dieser Impro-Wettbewerbe zu kommen, zu denen ich mich habe überreden lassen.«

»Super gern. Aaron erwähnte es, als wir bei dir waren. Habt ihr es ins Finale geschafft?«

»Haben wir, aber nur dank der anderen. Vor der Show wollen Layla und ich noch was trinken, komm doch mit, und dann gehen wir gemeinsam zu der Veranstaltung.«

Claudia lächelt freudig und nickt. »Schick mir die Details. Ich komme gern.«

Sie umarmt mich zum Abschied, und ich habe das Gefühl, dass wir langsam richtig gute Freundinnen werden.

Dann gehe ich zu meiner Wohnung, presse das Glas an meine Brust, als sei es der kostbarste Gegenstand auf dieser Welt. Erstaunlich, dass man einem Menschen mit etwas so Einfachem wie dem Vorlesen eines Buches helfen kann. Und zum ersten Mal seit Langem bin ich richtig stolz auf mich.

Kapitel 33

Kaum zu glauben, es ist erst knapp eine Woche her, dass ich den Anruf wegen Dad erhielt, aber es scheint eine Ewigkeit vergangen zu sein. Zwischen der Arbeit und den Besuchen bei ihm hatte ich noch keine Zeit, meinen Wagen abzuholen – er steht immer noch vor Sophs Haus, da Joel mich ja am letzten Montag zum Krankenhaus gefahren hat.

Dieses Wochenende ist die erste Gelegenheit, den Wagen abzuholen. Während der Zugfahrt habe ich an einem Plan gearbeitet, wie ich Dads Arbeit umverteilen kann. Ich will auf keinen Fall, dass er nach seiner Rückkehr einen Riesenstapel unerledigter Dinge vorfindet, das würde ihm bestimmt nicht guttun. Aber Layla und Claire haben recht damit, dass ich nicht alles allein schultern kann. Aaron und Claire müssen ein paar Sachen übernehmen, und wenn wir dann noch eine Aushilfe einstellen, die ihnen Routinearbeiten abnimmt, könnte es funktionieren. Bisher habe ich zwar noch niemandem von meinem Plan erzählt, aber ich fühle mich erleichtert.

Es kann nicht mehr weit sein bis Westerly, deshalb packe ich meine Unterlagen zusammen und hole das Handy heraus, um die Nachrichten zu checken. Da fällt mir ein, dass ich heute noch gar nicht in meinen privaten E-Mail-Account geschaut habe. Erwartungsvoll klicke ich darauf. Vielleicht finde ich ja eine letzte E-Mail, bevor dann nie wieder eine kommen wird. Ich scrolle durch die Werbung. Dann macht mein Herz einen Satz, als ich auf die vertrauten Wörter stoße:

Nachricht an zukünftiges Ich: hey!!

Ich will sie gerade öffnen, als ich darunter eine weitere E-Mail entdecke, allerdings ist sie nicht von mir.

Verwirrt öffne ich die Nachricht.

hi edie, überraschung! ich bin's, joel. jetzt fragst du dich, warum ich dir eine mail schicke, vor allem, da ich am empfang sitze, während du gerade unterwegs bist, um einen wohnwagen abzunehmen, und jede minute zurückkommst. scheiße, wenn du das hier liest, während ich noch hier bin – nicht weiterlesen – bitte!
aber wenn ich schon weg bin, dann lies ruhig. ich will schon eine ganze weile mit dir reden, aber vielleicht ist es ja leichter, wenn ich es dir schreibe. ich habe versucht, dir einen brief zu schreiben, aber das gekrakel könntest du vermutlich nicht lesen, außerdem hatte ich angst, dass soph oder douglas ihn in die finger bekommen und mich bis in alle ewigkeit damit aufziehen. und dann haben wir hier am empfang gequatscht, und du wurdest weggerufen und ich sah, dass du deine e-mails geöffnet hast und da war deine mailadresse. ich dachte, hey, das ist ein zeichen.
okay ich sollte jetzt vielleicht schreiben, was ich dir sagen will, bevor mich der mut verlässt.
schon als ich dich zum ersten mal sah, wusste ich, dass du etwas besonderes bist. oder fast vom ersten moment an, als ich wieder nüchtern war und kapierte, was los war. erst dachte ich, es läge daran, dass du so cool bist und wir uns gut verstehen. du warst ja mit scott zusammen, und wir wurden gute freunde, und ich dachte, das müsste mir genügen, aber jedes mal, wenn wir zusammen waren, verliebte ich mich ein bisschen mehr in dich, ich bin noch nie jemandem begegnet, der denselben humor hat wie ich und mich versteht, wenn es in einem gespräch dieses unangenehme Schweigen gibt und

niemand lacht, und dann lachst du plötzlich schallend los, und es klingt wie ein seelöwe – so ganz spontan und ehrlich, nichts hört sich schöner an. und dann war da dieser moment im zimmer, bevor wir von soph unterbrochen wurden, und ich wollte dich wirklich, wirklich küssen. vermutlich klingt das hier alles ziemlich wirr und ergibt keinen sinn, aber ich habe angst, dass du zurückkommst und mich quasi auf frischer tat ertappst. also ich lege jetzt meine karten auf den tisch, edie, ich bin in dich verliebt und hätte dir das gern mit einer großen geste gezeigt, wie in diesen romantischen komödien, die du so magst, aber ehrlich gesagt werde ich ja schon nervös beim schreiben dieser mail, etwas großes schaffe ich auf keinen fall. aber das ist jetzt der moment, und auch wenn es mit nichts in den filmen vergleichbar ist, für mich ist das eine riesensache. ich habe noch nie zu jemandem gesagt, dass ich verliebt bin, und habe noch nie einen liebesbrief geschrieben.
das sind also meine gefühle, jetzt ist es an dir. du kannst mich aus meinem elend erlösen und mich wissen lassen, was du fühlst (was es auch sei).
in liebe
joel

Im ersten Moment denke ich, dass mir jemand einen grausamen Streich spielt, herausgefunden hat, dass es diese Nachrichten an mich selbst gibt, und so tut, als sei diese E-Mail auch aus der Vergangenheit. Aber als ich nach oben scrolle und mir die Sendedaten anschaue, erkenne ich, dass diese E-Mail vor siebzehn Jahren verschickt wurde.

Meine Hand zittert, und das Herz schlägt mir bis zum Hals. Ich bin fassungslos. Joel war in *mich* verliebt. Mir fällt die andere E-Mail in meinem Posteingang ein, und ich klicke sie an, hoffe, dass ich dann klarer sehe.

He he he! Mein zukünftiges Ich!
Wie läuft's denn so? Hoffentlich kommt es dir nicht auch so vor, als wäre der Sommer in einem Wimpernschlag verflogen, so wie mir gerade. Nur noch kurze Zeit, dann muss ich zurück, und ich wünschte, es wäre nicht so.
Ich schmachte immer noch nach Joel. Vorhin war er hier bei mir am Empfang. Es war ziemlich ruhig, und ich dachte schon, es sei ein guter Moment, um über unseren Beinahe-Kuss zu reden. Also habe ich allen Mut gesammelt, um ihm meine Gefühle zu gestehen, und als ich gerade so weit war, kam ein Gast herein, und ich musste seinen Wohnwagen kontrollieren. Als ich zurückkam, hatte Joel sich verdünnisiert. Charmant, oder? Aber ich werde noch mit ihm reden. Was mich zu deiner heutigen Aufgabe bringt – hör auf, notwendige Gespräche hinauszuschieben!
Ich werde es auch tun und mit ihm sprechen – ehrlich –, wünsch mir Glück und allen Mut der Welt.
Edie xx

Ich schließe die Augen. Plötzlich passt alles zusammen. Joel wusste nicht, dass seine E-Mail erst in der fernen Zukunft versendet werden würde.

Er hat mir gestanden, dass er mich liebt, und ich habe diese Nachricht nie erhalten. Er hat darauf gewartet, dass ich ihm antworte, und das habe ich nie getan. Kein Wunder, dass er sich mir gegenüber so seltsam verhalten hat. Wer weiß, wie ich im umgekehrten Fall reagiert hätte. Vielleicht hat er deshalb mit Elizabeth geschlafen. Jetzt tut sie mir sogar ein bisschen leid, denn sie mochte ihn wohl wirklich.

Mir wird ganz elend, wenn ich daran denke, was alles hätte sein können, wenn mich Joels E-Mail *damals* erreicht hätte. Wären wir zusammengekommen? Hätte unsere Beziehung gehalten? Meine

Gedanken wandern zurück zu jener Nacht, als meine Welt auf den Kopf gestellt wurde. So vieles hätte verhindert werden können …

Der Zug verlangsamt die Fahrt, und ich lasse den Blick draußen über die Landschaft schweifen, entdecke jedoch nichts Vertrautes.

Der Mann mir gegenüber steht auf und zieht sein Jackett an. »Entschuldigen Sie, was ist der nächste Halt?«

»Westerly.«

Hastig bedanke ich mich bei ihm, stecke mein Handy ein und begebe mich zur Tür. Der Zug bleibt stehen, und ich folge den anderen Passagieren wie auf Autopilot. Ich kann nur an Joel und seine E-Mail denken. Vage bekomme ich mit, dass jemand etwas ruft, und ich brauche einen Moment, um zu kapieren, dass es mein Name ist.

»Edie! Edie!« Es ist Soph. Ich winke ihr, aber meine Füße sind wie festgeklebt.

Sie kommt zu mir. »Du siehst müde aus. War bestimmt eine anstrengende Woche.«

»Du kannst es dir nicht vorstellen …«

»Erholt sich dein Dad gut?«

»Ja, zum Glück.«

»Schön.« Sie hakt sich bei mir ein und führt mich in Richtung Parkplatz. »Wir fahren jetzt erst mal zu mir und trinken Tee, und zum Mittagessen mache ich uns Pasta. Alfie wird sich freuen, dich zu sehen.«

»Ihn zu knuddeln ist genau das, was ich jetzt brauche. Wie geht es ihm?«

»Sehr gut. Er hat den Dreh mit dem Krabbeln endlich raus. Ich habe vor Freude Luftsprünge gemacht, bis ich merkte, dass er jetzt nur noch unterwegs ist. Ist ziemlich anstrengend, die ganze Zeit hinter ihm herzulaufen.« Sie erzählt weiter von ihm, aber ich kann mich nicht konzentrieren. Ich befürchte, jeden Moment zu platzen, wenn ich mich nicht irgendjemandem anvertraue. Vielleicht wäre es gut, Soph in alles einzuweihen – was damals passierte und wie ich mich jetzt fühle. Außerdem kann ich es sowieso nicht länger vor ihr verheimlichen.

Wir brauchen nicht lange bis zu ihr nach Hause, aber als wir zur Tür gehen, lässt mich das Geräusch von Stimmen erstarren. Erschrocken wende ich mich Soph zu.

»Oh.« Sie wirkt genauso überrascht wie ich. »Anscheinend haben wir Besuch.«

Sie geht voran ins Wohnzimmer, wo ich Verity höre. Dann ist Joel bestimmt auch irgendwo. Er ist der letzte Mensch, dem ich jetzt begegnen will.

Mein ganzer Körper fühlt sich an, als würde er brennen, und nie war mein Verlangen größer, davonzulaufen. Soph muss mich praktisch weiterziehen wie einen sturen Esel.

Ich eile mit einer Entschuldigung zur Toilette und verriegle die Tür. Dann halte ich mich am Waschbecken fest und schließe die Augen. Ich atme tief durch, versuche mich zu sammeln. In den letzten Wochen war ich derart in der Vorstellung gefangen, dass Joel nie etwas für mich empfunden hat, dass ich gar keine Alternative sehe, auch jetzt nicht. Aber diese E-Mail schreibt unsere gesamte Geschichte um. Die Verbindung zwischen uns, die ich damals spürte, ist heute noch genauso stark. Und wenn er auch so empfindet?

Am liebsten würde ich mich für immer hier drin verstecken, aber ich kann das Unvermeidbare nicht ewig hinausschieben. Also öffne ich die Tür, und Soph schiebt mich ins Wohnzimmer. Alle begrüßen mich, und ich versuche, Joel, der auf dem Sofa sitzt, nicht anzusehen. Mit zitternder Hand winke ich Brett zu. Alfie krabbelt über den Boden. Soph bedeutet mir, mich neben Verity auf das Sofa zu setzen.

»Was für eine nette Überraschung«, sage ich und versuche, ruhig zu klingen.

»Joel und ich haben nur vorbeigeschaut, um uns ein Fahrrad auszuleihen, aber als wir hörten, dass du kommst, sind wir kurzerhand geblieben.« Verity lächelt.

»Wie schön.« Ich lege die Hände in meinen Schoß, kann sie aber nicht ruhig halten, also schiebe ich sie unter meine Oberschenkel.

»Wer möchte Tee?«, fragt Soph.

»O ja, ich nehme gern einen heißen Tee«, sagt Verity, »schwarz, ohne Zucker.«

Joel verzieht das Gesicht. »Irgendwann bringe ich dich noch dazu, Tee auf ordentliche Weise zu trinken.« Sie zwinkert ihm liebevoll zu, was mir einen Stich versetzt. Natürlich spürt er diese Verbindung zwischen uns nicht so wie damals. Er ist glücklich mit Verity. Was auch immer er in dieser Mail geschrieben hat, es gehört der Vergangenheit an.

»Wie geht es deinem Dad, Edie?«, fragt Verity. »Joel hat mir erzählt, was passiert ist. Es tut mir sehr leid.«

»Ja, er hat uns allen einen ganz schönen Schrecken eingejagt. Die nächsten paar Wochen ist er krankgeschrieben, und er muss seine Lebensgewohnheiten ändern. Aber er wird wieder gesund.«

»Freut mich zu hören.«

Es entsteht eine Pause, als sei es an mir, noch etwas zu sagen, und ich bekomme Panik. »Wie … wie laufen die Hochzeitsvorbereitungen?« Das ist das Letzte, was ich wissen will, aber mir ist nichts anderes eingefallen.

»Ganz gut. Es wird keine große Aktion. Dann würde meine Mom mich umbringen, weil sie ja nicht dabei sein wird. Ich bin froh, dass wir uns auch diese JGAs ersparen. Es wird eine kleine, private Angelegenheit, nicht wahr, Joel?«

»Was?« Er hat Alfie an den Füßen gekitzelt, hebt ihn hoch und dreht ihn herum, sodass er in die andere Richtung krabbelt, zu seinem Dad.

»Ich habe gerade erzählt, wie privat unsere Hochzeit sein wird«, wiederholt Verity.

In dem Moment kommt Soph mit einem Tablett dampfender Teetassen hereinspaziert und stellt es auf die Fensterbank des Erkerfensters, außerhalb von Alfies Reichweite.

»Ist doch eine tolle Idee«, sagt Soph. »Falls wir je heiraten sollten – was noch nicht geplant ist, nur fürs Protokoll –, dann möchte ich das auch in kleinem Kreis. Je weniger Aufhebens, desto persönlicher fühlt es sich an.« Sie hockt sich auf die Armlehne von Bretts Sessel, und er drückt ihre Hand.

Bei diesen Worten ergreift Verity liebevoll Joels Hand, was mir abermals einen Stich versetzt. Brett beginnt über die Party in meiner Wohnung zu sprechen, und ich gebe mein Bestes, dem Gespräch zu folgen und möglichst nicht zu dem glücklichen Paar zu schauen.

Soph hat zum Mittagessen tatsächlich Pasta gekocht, und danach bin ich dem Wohnzimmer entflohen, indem ich Brett beim Abwaschen half. Gerade räume ich die letzten Teller in den Küchenschrank.

»Danke für die Hilfe«, sagt Brett.

»Gern geschehen.«

Ich verrate ihm nicht, dass ich *ihm* dankbar bin für diesen Zufluchtsort. Ich reiche ihm das feuchte Trockentuch, und er steckt es in die Waschmaschine.

»Ich möchte dir Danke sagen.«

»Hast du doch schon!«

»Nein, sorry, ich meinte, mich bei dir dafür bedanken, weil du Soph hilfst.«

»Wobei denn?«, frage ich stirnrunzelnd.

Er lehnt sich mit dem Rücken an die Arbeitsplatte. »Dafür, dass du wieder ihre Freundin bist und ein Stück der alten Soph hervorgebracht hast. Mum zu werden hat sie wohl härter getroffen als erwartet. Wir hatten keine Ahnung, was da auf uns zukommt. Für mich ging es noch, da ich weiterhin meinen Job habe, doch sie … Aber in diesem Sommer habe ich ihr altes Ich manchmal durchschimmern sehen und hatte nicht nur Alfies Mum vor mir. Sie wirkt so viel glücklicher, und ich denke, das liegt an dir.«

Ich bin gerührt, denn eigentlich hat Soph das auch bei mir bewirkt. »Ich freue mich sehr, dass wir wieder Kontakt haben«, versichere ich.

Wir werden von Alfies Weinen unterbrochen.

»Zeit für seinen Mittagsschlaf, mal schauen, ob ich ihn hinlegen kann«, sagt Brett. Er wendet sich zum Gehen und hält mir die Küchentür auf.

»Sofort, ich muss schnell noch telefonieren.«

Er geht allein hinaus, und ich bleibe einfach stehen. Mir ist nie in den Sinn gekommen, dass es auch das Leben meiner Freunde beeinflussen könnte, wenn ich versuche, die Verbindung zu meinem alten Ich herzustellen.

Die Küchentür öffnet sich knarrend, und ich zucke zusammen. Joel kommt herein. Mir rutscht das Herz in die Hose, denn das Letzte, was ich heute wollte, war, mit ihm allein zu sein.

»Hey, ich bin auf dem Sprung, wollte mich gerade auf den Heimweg machen«, sage ich und gehe in Richtung Tür, aber er schließt sie behutsam, bevor ich dort ankomme.

»Du hast jetzt die E-Mail bekommen, die ich geschickt habe, oder?«

Ich erstarre und sehe ihm zum ersten Mal an diesem Tag in die Augen. »Wusstest du denn, dass du sie in die Zukunft geschickt hast?«

Er lacht bitter. »Nein, ich hatte keine Ahnung. Aber als du neulich vor dem Krankenhaus von deinen E-Mails aus der Vergangenheit erzählt hast, dämmerte mir, was vielleicht passiert ist. Und heute hast du es mir bestätigt. Du konntest mich nicht ansehen.«

Ich weiche einen Schritt weiter zurück. »Joel, es tut mir leid. Eine solche Nachricht hätte ich niemals ignoriert. Wenn ich sie bekommen hätte …« Ich halte mich im letzten Moment zurück, das auszusprechen, was ich am liebsten sagen möchte.

Er fährt sich mit beiden Händen durchs Haar. »*Fuck*, Edie! Ich habe dich jahrelang gehasst, weil du mir durch dein Schweigen das Herz gebrochen hast, und muss dann erfahren, dass du meine Nachricht nie bekommen hast!«

»Nun, falls du dich dann besser fühlst: Ich habe dich jahrelang gehasst, nachdem ich Elizabeth in deinem Bett gesehen habe.«

Er wirbelt herum und starrt mich an. »Du wusstest von Elizabeth?«

Ich nicke. Nach all den Jahren sehe ich immer noch ihr süffisantes Lächeln vor mir. »Ich wollte wissen, warum du mich plötzlich ignorierst. Tagelang hast du dich mir gegenüber komisch verhalten, und als ich in dein Zimmer kam, war *sie* da.«

»Ich konnte es nicht ertragen, in deiner Nähe zu sein! Ich habe einfach nicht verstanden, warum du mir nicht ins Gesicht sagen konntest, dass du nicht genauso für mich empfindest.«

»Natürlich hätte ich mit dir gesprochen, wenn ich die Mail bekommen hätte!«

Er kommt noch einen Schritt näher auf mich zu, starrt mich unbeirrt an. Es verschlägt mir fast den Atem.

»Und was hättest du gesagt?«, fragt er leise.

Ich schließe die Augen. Ihn anzusehen ist zu schmerzhaft.

Ich will ihm sagen, dass ich ihn liebe. Dass ich bei unserem Wiedersehen erkannt habe, dass diese Liebe nie aufgehört hat.

»Es spielt keine Rolle, was ich gesagt hätte«, antworte ich stattdessen. Meine Stimme ist schwach und wenig überzeugend.

»Tatsächlich nicht?«

Ich öffne die Augen, und der Ausdruck in seinem Gesicht genügt, um mich einknicken zu lassen. Ich weiß, dass mein Dad gesagt hat, man könne die Vergangenheit nicht ändern und muss nach vorn schauen, aber was ist, wenn ich das nicht will? Was, wenn –

Die Tür geht auf, und Soph spaziert herein, Alfie auf dem Arm, und gefolgt von Verity.

»Wir haben uns schon gefragt, wo ihr steckt.« Sie schnappt sich eine Trinklerntasse von der Arbeitsplatte und reicht sie Alfie. Der packt sie mit beiden Händchen und saugt daran.

»Ich bin gerade mit dem Abwasch fertig geworden und fürchte, ich muss jetzt los.« Ich putze meine feuchten Hände an der Jeans ab. »Hab Dad versprochen, heute Abend noch bei ihm vorbeizuschauen.«

»Klar, aber es war sehr schön, dich zu sehen.«

»Wir sollten dann mal mit den Rädern los«, sagt Verity. Sie geht zu Joel und legt ihren Arm um seine Taille.

Soph fragt sie nach der Fahrradtour, und Joel schaut zu mir. Unsere Blicke treffen sich, und der ganze Schmerz, den ich wegen ihm verspürt habe, kehrt zurück. Es spielt keine Rolle, was wir vor siebzehn Jahren füreinander empfunden haben oder was ich jetzt zu fühlen glaube – er wird heiraten und nach Amerika gehen.

Ich wende mich ab, entschuldige mich, dass ich gehen muss, bemühe mich, ehrlich zu sein, als ich Verity alles Gute für die Hochzeit wünsche, aber schaue nicht mehr zu Joel. Es tut zu weh.

Kapitel 34

Normalerweise würde ich mich in die Arbeit stürzen, um mich von meinen Problemen abzulenken, aber ich bin entschlossen, es dieses Mal nicht zu tun. Ich setze den Plan um, den ich mir im Zug überlegt habe, und verteile die Arbeit so auf das Team, dass nicht mehr alles an mir hängt. Aaron und Claire freuten sich, dass sie helfen können. Ich bin dankbar, wie loyal unsere Angestellten sind.

Und ich versuche, mich den Dingen zu stellen. Mir ist klar geworden, dass ich die Realität akzeptieren muss, um nach vorn schauen zu können. Ich muss akzeptieren, dass er in drei Tagen Verity heiratet.

»Du denkst gerade an ihn«, sagt Layla.

»Tue ich nicht.« Ich bin eine schlechte Lügnerin, und das weiß sie.

»Ich verstehe immer noch nicht, warum du nicht versuchst, herauszufinden, was er für dich empfindet. Willst du es denn nicht wissen?«

Am Samstag bin ich von Westerly direkt zu ihr gefahren und habe ihr alles erzählt. Es folgte ein tränenreicher, frustrierter, wütender Abend, und meine gute Freundin saß da und hörte mir zu, während Tim uns mit Essen und Wein versorgte.

»Ist doch offensichtlich, was er fühlt, sonst würde er nicht heiraten. Es bringt nichts, sich an die Vergangenheit zu klammern.«

Layla nagt an ihrer Unterlippe. »Es ist einfach eine Schande! Er hat dir doch erzählt, dass er nur wegen des Visums heiratet, romantisch ist anders. Für mich klingt das nicht so, als wären die beiden schwer verliebt.«

»Daran habe ich natürlich auch schon gedacht, aber mir gehen Sophs Worte nicht aus dem Kopf, dass das nun mal Joels Art ist, sesshaft zu werden. Und falls es eine Chance gibt, dass er mit Verity und ihrem neuen Leben in den USA glücklich wird, dann kann ich mich dem nicht in den Weg stellen. Das wäre den beiden gegenüber nicht fair.«

»Falls aber die Möglichkeit besteht …«, setzt Layla an.

»Tut sie nicht. Es ist für uns alle besser, nach vorn zu schauen.«

Claudia kommt mit Getränken an unseren Tisch, und Layla hilft ihr, die Gläser zu verteilen. Die beiden wollen tatsächlich beim Finale des Improvisationswettbewerbs zuschauen, und uns bleibt vorher noch Zeit, etwas zu trinken. »Als Kind habe ich total gern *Whose Line Is It Anyway?* gesehen, diese Impro-Sendung im Fernsehen.«

»Erwarte bitte nicht zu viel, so gut sind wir nicht.«

»Hör nicht auf sie. Letztes Mal waren sie großartig«, widerspricht Layla. »Und Edie ist echt klasse. Jahrelang hast du mir erzählt, du hättest Angst, vor Publikum zu sprechen, und dann marschierst du einfach auf die Bühne und redest aus dem Stegreif. Das ist unglaublich.«

»Du hattest Angst, vor Publikum zu sprechen?« Claudia verzieht ungläubig das Gesicht. »Bei deinem Vortrag vor den Kids in der Schule hat man davon aber nichts gemerkt.«

»Also, in Wahrheit habe ich mir fast in die Hose gemacht. Aber Kinder sind vermutlich ein dankbareres Publikum.«

Claudia verschluckt sich fast an ihrem Drink. »Machst du Witze? Du weißt nie, wann sie dir ganz unschuldig einen knallharten Kommentar vor den Latz knallen, der jeden Restaurantkritiker aus den Socken hauen würde.«

»Das hast du mir damals verschwiegen.«

»Na ja, ich wollte dich nicht verschrecken. Außerdem bist du spielend damit fertiggeworden. Deshalb denke ich auch, dass du eine großartige Lehrerin sein würdest.« Sie zuckt zusammen. »Oh, ich tue es schon wieder. Dabei habe ich Robin versprochen, damit aufzuhören.«

»Du wärst gern Lehrerin?«, fragt Layla verblüfft nach.

In diesem Sommer haben sich die Ereignisse derart überschlagen, dass ich, abgesehen von dem Ausweinen an ihrer Schulter vergangenen Samstagabend, zu wenig Zeit allein mit ihr verbracht habe, um sie bei allem auf dem Laufenden zu halten.

»Seit ich ehrenamtlich bei den Big Little Readers mitarbeite, denke ich darüber nach, Lehrerin zu werden, ja. Oder zumindest habe ich das bis zu Dads Operation getan.«

»Was? Und jeden Tag Kinder wie meine beiden unterrichten?« Sie zieht in gespieltem Entsetzen eine Grimasse. »Ganz zu schweigen davon, dass ich dich bei Porter's schrecklich vermissen würde.«

»Ich würde dich auch vermissen, nur nicht deine seltsame Musikauswahl auf Spotify.«

Layla lächelt. »Spaß beiseite, wenn es das ist, was du willst und was dich glücklich machen würde, warum nicht?«

»Und wir haben viel Ferien. Überleg mal, was du in der Zeit alles tun kannst. Reisen oder babysitten oder meinen beiden wundervollen Kindern Nachhilfe geben.«

»Sind das die beiden, bei denen dich gerade noch das blanke Entsetzen gepackt hat?«, fragt Claudia grinsend.

Auch ich muss lachen.

»Bei dir würden sie sich benehmen. Was sagt eigentlich dein Dad dazu?«

»Es gab noch nicht den richtigen Moment, um es ihm zu erzählen.«

Bevor sie darauf etwas erwidern kann, tritt Aaron an unseren Tisch. »Hallo und sorry, dass ich unterbreche«, sagt er. »Aber ich denke, wir sollten uns so langsam aufwärmen, Edie.« Er lächelt Claudia und Layla entschuldigend an.

»Klar doch«, stimme ich sofort zu. »Also, Ladys, wir sehen uns nach der Show.«

»Viel Glück oder Hals- und Beinbruch, oder was man beim Impro so wünscht!«, ruft Claudia uns nach.

Wir betreten die Bühne für unseren letzten Wettkampf, hören das Pfeifen und Jubeln unserer Freunde und Familien im Publikum. Gerührt habe ich bemerkt, dass auch ein paar Arbeitskollegen dabei sind, einschließlich Claire. Es hat etwas Beruhigendes, dass uns so viele Leute unterstützen.

Ich lächle, atme ein paarmal tief durch, und mein Herz schlägt schneller. Bevor ich mit dem Impro-Theater anfing, wusste ich gar nicht, was für ein Rausch mich auf der Bühne überkommt. Ich gehe ganz in dem Moment auf, frage mich nicht mehr, was das Publikum über mich denkt, und konzentriere mich stattdessen ganz auf unseren Auftritt.

Jetzt halten wir uns alle an den Händen, sind gespannt, welches Szenario gezogen wird.

»Okay, Leute, euer Szenario ist: eine Braut, die abhauen will. Der Ort: eine Jolle. Und das Schlüsselwort lautet: bereuen.«

Plötzlich herrscht Leere in meinem Kopf, und ich kann nur noch an die Hochzeit von Joel und Verity und das Wort »bereuen« denken. Und dabei sollte dieser Abend mich genau davon ablenken …

Die anderen Teammitglieder fangen an, sich in Stimmung zu bringen. Yas schüttelt die Arme aus. Aaron dreht den Kopf nach rechts und links. Dave streicht seinen Pullover glatt.

Der Moderator schaltet die Uhr ein, und die Improvisation beginnt. Ich halte mich erst einmal zurück, lasse Aaron und Yas loslegen und versuche, die Gedanken unter Kontrolle zu bringen, die durch meinen Kopf wirbeln.

»Du kannst doch nicht einfach von der Hochzeit abhauen!«, sagt Aaron, der neben Yas steht. Er tut so, als würde er zu ihr paddeln.

»Ich kann und ich werde. Lass mich in Ruhe! Ich hab es mir anders überlegt.«

»Und wo willst du hinrudern?«, fragt Dave. »Das hier ist ein See!«

»Ein Pferd war nicht greifbar, und ich wollte einen dramatischen Abgang.«

»Ich kann schon Rodney und die Gäste vor der Kirche sehen«, sagt Aaron und winkt.

»Aber es geht nicht! Ich kann ihn nicht heiraten. Er schnarcht zu laut.«

»Heutzutage gibt es hübsche Ohrstöpsel«, hält Dave dagegen.

»Aber er macht nie den Klodeckel runter!«

»Dann wirst du nie einen Mann finden«, sagt Aaron, und das Publikum lacht.

»Woher weiß man, dass es der Richtige ist? Was ist, wenn ich heirate und meine Entscheidung später bereue?«, jammert Yas.

Jetzt kann ich mich nicht länger zurückhalten. »Und wenn du es nicht tust?«, platze ich heraus. »Du bereust nur das, was du im Leben *nicht* getan hast. Was ist, wenn du den Rest deines Lebens damit verbringst, dich zu fragen, was passiert wäre, wenn du ihm eine Chance gegeben hättest?«

Yas öffnet den Mund, aber ich bin jetzt in Fahrt. »Was kann dir denn schlimmstenfalls passieren? Du stehst zu deinen Gefühlen, und er sagt Nein? Das würde ihn ja nicht davon abhalten, sein Leben zu leben. Er kann dann immer noch Verity heiraten.«

Überraschtes Schweigen schlägt mir entgegen, und mir wird plötzlich bewusst, was ich gerade gesagt habe. Ich bekomme Panik. Wir stehen im Finale, und ich habe vermutlich gerade unsere Chance auf den Sieg verspielt.

»Wer ist Verity?«, schreit Yas. »Sag mir nicht, dass Rodney mich betrügt!«

Dave und Aaron geben sich entsetzt. Mein Herz rast. Sie versuchen, meinen Fehler zu kaschieren.

»Ups, tut mir leid, dass ich das laut gesagt habe«, murmele ich. Kichern ist aus dem Publikum zu hören, und mir wird ganz schwindelig. Das alles fühlt sich auf einmal so real an …

Aaron und Yas erfinden immer mehr absurde Gründe und Gegenargumente, warum Yas zu Rodney zurückgehen sollte oder nicht, und das Publikum lacht begeistert. Schließlich signalisiert der Moderator, dass die letzten dreißig Sekunden begonnen haben.

»Ich mache es«, sagt Yas schließlich. »Ich springe ins Wasser und schwimme an Land. Drei, zwei, eins!«

Sie springt in die Luft und tut dann so, als würde sie schwimmen.

»Du hättest einfach aussteigen können, in diesem Teich kannst du stehen«, sage ich und mache es vor. Gelächter aus dem Zuschauerraum.

»Aber dann hätte sie es bereut, nichts Großartiges getan zu haben, um ihre Liebe zu erklären. Jede Liebesgeschichte braucht doch ein dramatisches Ende«, hält Aaron mir vor.

Der Moderator zeigt an, dass die Zeit um ist, und das Publikum applaudiert begeistert. Aber ich höre nichts außer Aarons Worten, die durch meinen Kopf hallen.

Als der Applaus schließlich verebbt, ruft der Moderator das andere Team zurück auf die Bühne; jetzt werden wir gleich erfahren, wer gewonnen hat.

Während die Punkte zusammengezählt werden, herrscht gespanntes Warten. Yas drückt meinen Arm so fest, dass ich fürchte, sie unterbricht die Blutzirkulation. Ich hoffe und bete, dass mein Patzer mit Verity uns nicht den Sieg gekostet hat.

»Und die Gewinner des diesjährigen Improvisationswettbewerbs sind …« Das Publikum stampft mit den Füßen, und der Lärm hallt von den Wänden wie Donner. »Four's a Crowd!«

Nach der ersten Enttäuschung, dass nicht unser Name genannt wurde, beginne ich zu klatschen und gratuliere den würdigen Gewinnern.

»Es gibt immer ein nächstes Jahr«, sagt Aaron hinter der Bühne und zieht uns in eine Gruppenumarmung.

»Und dann ist Hayley zurück, und ihr seid eine Anfängerin wie mich los, die so unerwartet vom Thema abkommt wie ich heute.«

»Aber darum geht es doch gerade, Edie!«, erwidert Yas.

»Moment mal.« Dave zeigt mit dem Finger auf mich. »Denk ja nicht dran, uns zu verlassen. Das Team kann aus fünf Leuten bestehen.«

»Absolut richtig«, pflichtet Aaron ihm bei. »Du bist nicht nur ein Aushilfsmitglied dieser Gruppe, okay? Du gehörst jetzt dazu. Nachdem wir das geklärt hätten, lasst uns etwas trinken gehen.«

Als wir aus dem Backstage-Bereich kommen, ist es schon sehr voll in der Bar. Aber unsere Kollegen haben uns einen Tisch in der Ecke gesichert. Claire hat sofort ein paar aufmunternde Worte für uns bereit. »Leider kann es immer nur einen Sieger geben! Dennoch gut gemacht, vor allem du, Edie. Ich bin stolz auf dich und das übrige Team.« Sie wendet sich Aaron zu und beginnt ein Gespräch mit ihm.

Ich entdecke Claudia, die allein steht, und eile mit einer Entschuldigung zu ihr.

»Hat es dir gefallen?«

»Und wie! Ich bewundere dich und das Team. Das war definitiv nicht euer letzter Auftritt, den ich mir angesehen habe. Bei dem Teil, als Yas immer neue Gründe fand, um Rodney nicht zu heiraten, habe ich mich kaputtgelacht.«

»Ja, schier unglaublich, mit welchen Ausreden manche Leute ankommen, um etwas nicht tun zu müssen.« Ich verziehe das Gesicht.

In dem Moment gesellt sich Layla zu uns. »Ich hätte gedacht, dass *du* darin viel Übung hast«, sagt sie mit hochgezogener Braue zu mir.

Claudia lacht und sieht mich an. »Letzte Woche erst habe ich zu Edie gesagt, dass es immer einen Grund oder eine Entschuldigung gibt, etwas sein zu lassen. Manchmal muss man einfach darüber hinweggehen.«

Die beiden nicken einander zu, und ich kann mich des Eindrucks nicht erwehren, dass sie über mich gesprochen haben, während ich hinter der Bühne war.

Jetzt stellen sich auch Claire, Aaron und Yas dazu, und Yas sagt: »Ich finde, wir sollten auf unseren Erfolg anstoßen. Wir haben zwar nicht gewonnen, sind aber unglaublich weit gekommen. Allein das verdient Anerkennung.«

»Absolut«, stimmt Aaron ihr zu und nickt.

Für gewöhnlich bin ich in solchen Momenten stumm und hoffe, dass jemand anderer das Wort ergreift. Aber als ich mich umschaue, all die freundlichen Gesichter aus dem Büro sehe, deren Partnerinnen und Partner, habe ich plötzlich den Drang, etwas zu den Menschen zu sagen, die ich als meine zweite Familie betrachte.

»Das ist eine großartige Idee!«, rufe ich und klatsche in die Hände.

Claire nimmt überrascht ihre Brille ab und hilft mir, für Ruhe zu sorgen.

Sobald ich die Aufmerksamkeit aller habe, weiß ich nicht recht, was ich sagen soll. »Also, ähm …, ich möchte etwas sagen«, stottere ich, ehe ich mich zusammenreiße. »Ich möchte mich bedanken bei Aaron, Yas, Dave und Hayley« – ich zeige auf sie, die auf einem Stuhl sitzt – »… dafür, dass sie mich in die Gruppe aufgenommen haben. Keiner von euch wird überrascht sein zu hören, wie sehr mich diese Auftritte aus meiner Komfortzone holen. Meine Kollegen wissen, dass Auftritte in der Öffentlichkeit Dads Stärke sind, nicht meine. Aber ich habe es sehr genossen, Teil dieses wunderbaren Teams zu sein, und könnte mir keine besseren Lehrmeister vorstellen. Also danke, dass ich dabei sein durfte, und danke euch allen, die ihr hergekommen seid, um uns zu unterstützen! Lasst uns gemeinsam das Glas erheben auf die Impensonators!«

Wir prosten alle dem Team zu. Zwar muss ich mein Glas mit beiden Händen halten, weil ich so sehr zittere, aber ich bin froh, diese Rede gehalten zu haben.

»Wo ist die frühere Edie Porter geblieben?«, fragt Claire. Sie lächelt mich stolz an.

»Sie ist immer noch hier, hat aber ihr altes Selbstvertrauen wiedergefunden«, antworte ich und lächle zurück.

Kurz denke ich daran, wie dankbar ich für die E-Mails aus der Vergangenheit bin. Und dass ich nun keine neuen Aufgaben mehr erhalten werde, stimmt mich ein bisschen traurig. Ohne diese Herausforderungen wäre es nicht dazu gekommen, dass ich mich jetzt so wohl in meiner Haut fühle. Auch wenn diese E-Mails einigen emotionalen Ballast im Gepäck hatten, würde ich es nicht anders haben wollen, denn mir gefällt die Edie, die ich jetzt bin. Hoffentlich vergesse ich nie, dass man manchmal einen Tritt in den Hintern braucht, um sich daran zu erinnern, dass man nur ein Leben hat. Warum es also nicht voll ausschöpfen?

Kapitel 35

Seit ich die erste E-Mail an mich selbst erhielt, habe ich mich vor diesem Tag mehr denn je gefürchtet. Ich kann gar nicht glauben, dass seit Mums Tod bereits siebzehn Jahre vergangen sind. Nach allem, was ich mit Dad und Joel durchgestanden habe, und der Tatsache, dass die E-Mails diese Phase meines Lebens in lebhaften Farben zurückgebracht haben, fühlt es sich diesmal noch schwerer an. Eine Flut an Emotionen ist über mich hereingebrochen.

Irgendwie habe ich es geschafft, den Vormittag im Büro zu überstehen. Aber ich bin froh, dass ich mich am Nachmittag davonschleichen kann. Ich bin zu Dad gefahren, um den Jahrestag wie immer mit ihm gemeinsam zu verbringen. Aber heute habe ich mein Erinnerungsglas mitgebracht.

Dad sitzt am Küchentisch, untersucht das Glas, als sei es ein kostbares Kunstwerk. »Was für eine schöne Idee.«

»Ja. Nicht wahr? Ich habe ein paar meiner Lieblingserinnerungen hineingesteckt. Zum Beispiel die, als in Swanage eine Krabbe auf Mums Fuß sprang.«

Dad lacht. »Das gehört definitiv zu den Top-Ten-Momenten. Und bestimmt hast du auch den notiert, als wir wandern waren und sie mal musste?«

»Na klar.«

Meine arme Mum hatte sich in die Büsche verzogen, wo sie dachte, dass niemand sie sehen würde, als plötzlich eine ganze Gruppe Touristen hinter ihr auftauchte. Gott, war ihr das peinlich!

Julie schaut kurz bei uns rein. »Ich geh mal ein bisschen durch die Geschäfte bummeln«, sagt sie. »Dann habt ihr Zeit für euch.« Sie legt die Hand auf Dads Schulter, und er legt seine Hand auf ihre.

»Du kannst auch hierbleiben.« Ich zucke mit den Schultern. »Wenn du möchtest. Ich weiß ja nicht, ob du Geschichten über meine Mum hören willst, aber wir wollen ein paar Sachen aufschreiben und als Andenken in dieses Glas legen.«

Julie schweigt, und ich hoffe, dass ich sie nicht gekränkt habe.

»Wenn es für euch in Ordnung ist, bleibe ich natürlich gern«, sagt sie.

»Je mehr, desto lustiger«, sage ich und lächle sie an.

Sie setzt sich auf den Stuhl neben Dad, und er wirft mir einen dankbaren Blick zu.

»Also, was habt ihr denn bisher?«

Julie hört sich die ganzen Geschichten an, die wir über Mum austauschen, stellt Fragen, lacht hin und wieder, und mir fällt auf, wie gut ich mit dieser Situation umgehen kann. Ich weiß nun endlich, dass Julie niemandes Platz einnehmen oder Mum aus unserer Erinnerung verdrängen will.

»Mir ist noch etwas eingefallen«, sagt Dad und schnappt sich ein Stück Papier. »Etwas, was du vermutlich gar nicht weißt, Edie. Aber als du an der Uni angenommen wurdest, war deine Mum so stolz auf dich, dass sie es jedem unserer Kunden erzählt hat. Tagelang hat sie mit dir angegeben und lief wie eine Grinsekatze herum.«

»Ehrlich? Aber ich dachte, sie sei enttäuscht, weil ich nicht BWL studieren und in die Firma einsteigen wollte.«

»Das hatte sie doch nur vorgeschlagen, damit du später mehr Möglichkeiten hast. Natürlich hätte sie es schön gefunden, wenn du die Firma übernimmst, aber ihr war klar, dass das *ihr* Traum war, und sie war stolz darauf, dass du deinen eigenen

Traum verfolgen würdest. Sie hat nie ernsthaft angenommen, dass du in der Firma arbeiten würdest. Was nicht heißen soll, dass ich nicht dankbar bin, dass du es tust«, fügt er rasch hinzu. »Aber wenn ich jetzt so zurückdenke – ich habe ganz vergessen, dass Porter's für dich eigentlich nie als Berufsweg vorgesehen war.«

Ich schaue ihn mit großen Augen an und finde, dass jetzt der perfekte Moment ist, um ehrlich zu sein. Darüber zu sprechen, wie ich mich in den vergangenen siebzehn Jahren gefühlt habe. Es ist Zeit, die letzte Aufgabe für mich selbst in die Tat umzusetzen: notwendige Gespräche nicht aufzuschieben.

»Witzigerweise habe ich in letzter Zeit viel darüber nachgedacht. Darüber, was ich gemacht hätte, wenn ich nicht bei Porter's angefangen hätte.« Meine Stimme ist ein bisschen zittrig, und ich atme einmal tief durch. »Aaron und Claire haben dich hervorragend vertreten, und wenn wir noch jemanden dazuholen, der sie unterstützt, würdest du mich gar nicht vermissen.«

Ich rede schnell, wünschte, ich hätte alles schon richtig durchgeplant.

»Nach eurem Unfall habe ich in der Firma angefangen, weil ich das Gefühl hatte, es tun zu müssen. Alle standen unter Schock, und du brauchtest jemanden, der Mums Aufgaben übernimmt. Ich dachte, ich sei die geeignete Kandidatin, denn im Laufe der Jahre hatte ich ja alle Aufgabenbereiche mitbekommen, und ich kannte die Firma. Und es hatte etwas Tröstliches – ich wollte mit Menschen zusammen sein, die Mum kannten.«

»Oh, Edie, und ich habe nie darüber nachgedacht, was du aufgeben musstest! Ich hätte dir ein verständnisvoller Vater sein müssen, aber damals war ich nur ein Häufchen Elend. Es beschämt mich, wie sehr ich mich damals auf dich verlassen habe, obwohl du noch so jung warst. Wenn du nicht gewesen wärst, als ich mit dem Trinken anfing …«

Dads Hand zittert. Julie beugt sie sich zu ihm und ergreift sie. Die beiden wechseln einen Blick. Es wärmt mir das Herz, zu wissen, dass mein Dad jemanden hat, der ihn auffängt.

»Es war für uns alle eine harte Zeit, und rückblickend würde ich nichts anders machen. Aber der Job war zunächst nur vorübergehend gedacht. Ich hatte nicht im Sinn, die nächsten siebzehn Jahre in der Firma zu bleiben oder das Ganze gar zu meinem Beruf zu machen. Irgendwie hat es sich in mein Leben geschlichen, und obwohl ich sehr dankbar bin für diese Erfahrung – ich konnte mit wunderbaren Menschen zusammenarbeiten und ein angenehmes Leben führen –, weiß ich nicht, ob ich das für immer tun will.«

Ich mache eine kurze Pause, um Luft zu holen, und riskiere einen Blick auf Dad. Vielleicht hätte ich mit diesem Gespräch warten sollen, bis es ihm gesundheitlich noch besser geht.

Aber zu meiner großen Erleichterung lächelt er mich an. »Auf dieses Gespräch habe ich mich innerlich schon lange vorbereitet.«

»Echt?«

»Hm. Es lässt sich nicht leugnen, dass ich dich nach Jans Tod in der Firma brauchte. Aber du hast recht, Aaron und Claire schaffen das, und wir können jederzeit noch jemanden einstellen. Du weißt genauso gut wie ich, dass eine Firma sich entwickeln muss, um zu überleben – und das trifft auch auf Menschen zu.«

Seine Reaktion überrascht mich derart, dass ich lachen muss. »Dad, was hat diese Operation mit dir angestellt?«

»Es war wohl eine weitere Erinnerung daran, wie kurz das Leben ist und dass es keinen Grund gibt, seine Zeit mit etwas zu verbringen, das man nicht aus vollem Herzen liebt.«

Ich bin geplättet. Vor diesem Gespräch hatte ich immer Angst, befürchtete, ich würde seinem Flehen nachgeben und doch bleiben, aber das hier … kommt völlig unerwartet.

»Alles okay? Du wolltest doch meinen Segen, oder?« Dad lacht, trinkt einen Schluck Wasser und zuckt kaum merklich zusammen. Das erinnert mich daran, wie zerbrechlich er immer noch ist.

»Doch. Ich habe nur nicht … Eigentlich habe ich damit gerechnet, dass du versuchen würdest, es mir auszureden.«

»Ich wollte immer nur, dass du glücklich bist, und ich hasse die Vorstellung, dass du nur aus Pflichtgefühl bei Porter's arbeitest. Also, was würdest du denn stattdessen gern tun?«

»Ich … ähm«, stottere ich perplex. »Ich überlege, Lehrerin zu werden.«

Keine Ahnung, warum es mir schwerfällt, das auszusprechen. In den vergangenen Wochen habe ich in Onlineforen viel über diesen Beruf gelesen und mich zunehmend dafür begeistert. Natürlich findet man im Netz auch viele Beiträge, in denen sich Leute über die Arbeitsbelastung, den Stress und so weiter beklagen, aber ich möchte der Sache wenigstens eine Chance geben.

»Ich glaube, du wärst eine wunderbare Lehrerin«, sagt Julie.

Dad nickt zustimmend. »Finde ich auch.«

»Na ja, noch ist nichts entschieden. Erst mal muss ich mich bewerben, und es gibt keine Garantie, dass es klappt. Aber Claudia – das ist die Lehrerin, die bei den Big Little Readers mitarbeitet – will mir bei der Bewerbung helfen.«

»Das ist nett von ihr!«

»Ja, und es wird noch mindestens ein Jahr dauern, weil man sich jetzt für September nächsten Jahres bewerben muss, ich werde also nicht so schnell gehen. Es bleibt genug Zeit, um jemanden einzustellen, eine ordentliche Übergabe abzuwickeln und bei der Umstrukturierung der Firma zu helfen.«

Dad schaut Julie an. »Stimmt. Und wer weiß, vielleicht ist es auch ein guter Zeitpunkt für mich, auf Dauer kürzerzutreten. Julie und ich haben überlegt, ein bisschen zu reisen.«

Ich trinke gerade von meinem Wasser und hätte es beinahe in hohem Bogen ausgespuckt. »Habe ich da richtig gehört?«

Julie wirkt genauso perplex wie ich.

»Na ja, ich will nicht ganz aufhören zu arbeiten, ich gehe nicht in den vorgezogenen Ruhestand oder so. Aber es könnte auch nicht schaden, jedes Jahr etwas öfter und vielleicht auch länger Urlaub zu machen.«

»Ich dachte, davon willst du nichts hören?«, erwidere ich überrascht.

»Ich habe bereits den Alkohol aufgegeben, und jetzt werde ich auch auf Käse, Wurst und viele meiner Lieblingsgerichte verzichten müssen, also brauche ich einen anderen Genuss in meinem Leben.« Er lächelt.

»Verstehe«, sage ich nickend.

Einen Moment lang sitzen wir schweigend da, und ich kann kaum glauben, wie frei ich mich fühle. All die Jahre hatte ich viel zu viel Angst, etwas zu sagen …

»Nun, das bedeutet dann wohl, dass ich mich bewerben sollte. Hoffentlich nehmen sie mich an!«

»Und falls nicht, findest du etwas anderes.« Julie zuckt mit den Schultern, als sei es keine große Sache. »Ich denke, das ist ein Grund zum Feiern.«

»Gute Idee! Eine perlende Apfelsaftschorle wäre jetzt angemessen«, bemerke ich und muss kichern.

»Und ich könnte ein Schinkensandwich vertragen«, sagt Dad.

»Ich habe veganen Schinken da. Du wirst den Unterschied nicht merken.«

»Oh doch!«, stöhnt Dad.

»Wie wäre es mit einer festlichen Mahlzeit? Ich teste gerade ein paar Rezepte von einer Website mit Ratschlägen, wie man einem Herzinfarkt vorbeugen kann. Ich könnte uns schnell etwas zaubern.«

»Wir dürfen doch wohl mal eine Ausnahme machen! Ein schönes, saftiges Steak oder …«

»Kommt nicht infrage. Es wird dir auch so schmecken. Was ist denn falsch an dem Wunsch, dass ich dich gern noch zwanzig Jahre um mich hätte?«

»Zwanzig? Ich will mindestens noch dreißig Jahre leben!«

»Umso besser.«

Er beugt sich zu ihr und küsst sie auf den Scheitel.

Die beiden so verliebt zu sehen, weckt in mir den Wunsch, ebenfalls jemanden zu haben, dem ich viel bedeute.

Sofort fällt mir Joel ein, aber ich weiß ja, dass das sinnlos ist. Also konzentriere ich mich lieber darauf, mich für Dad zu freuen, dass er endlich die Liebe wiedergefunden hat.

Kapitel 36

Es ist seltsam, ins Büro zu gehen, nachdem ich diese gravierende Entscheidung bezüglich meiner Zukunft in der Firma getroffen habe. Dad und ich sind übereingekommen, es vorerst niemandem zu erzählen. Wir wollen warten, bis er wieder arbeiten kann und wir einen konkreten Plan haben, wie es dann weitergeht.

Heute Morgen bin ich die Erste im Büro, da ich unruhig geschlafen habe und früh wach wurde, weil ich daran denken musste, dass Joel und Verity heute heiraten. Ich setze mich an meinen Schreibtisch und betrachte das gerahmte Foto meiner Eltern, und obwohl ich vermutlich nie völlig das Gefühl werde ablegen können, schuld an Mums Tod zu sein, wird es langsam besser.

»Mein lieber Schwan, bist du früh hier!« Layla kommt hereinspaziert, in der Hand ihre Sandwich-Box.

Ich würde ihr so gern von meiner Entscheidung, die Firma zu verlassen, erzählen, aber ich habe es Dad versprochen, noch nichts zu sagen, und möchte auch nicht riskieren, dass uns jemand zuhört.

»Kaffee?«, fragt sie.

»Ich hab schon, danke.«

Sie lächelt und verschwindet in Richtung Küche.

Ich richte meine Aufmerksamkeit auf den Computer, öffne aus Gewohnheit meinen privaten E-Mail-Account, obwohl ich weiß, dass keine E-Mails an mich mehr gekommen sein können.

Schade, dass es vorbei ist. Ich vermisse die frühere Edie, und das bringt mich auf die Idee, weiterzumachen, eine E-Mail an mein zukünftiges Ich zu schreiben, damit ich mich später daran erinnern kann, was in den vergangenen Monaten passiert ist. Vielleicht hilft es ihr auf irgendeine Weise, so wie die früheren E-Mails mir jetzt geholfen haben.

Ich öffne die Website. Sie sieht ganz anders aus als die einfache Version, die ich damals in Hartland's benutzte, aber ich finde mich dennoch schnell zurecht. Nachdem ich meine Log-in-Daten zurückgesetzt habe, beginne ich mit einer neuen E-Mail, wähle als Sendedatum siebzehn Jahre später. Die Symmetrie wirkt poetisch. Aber was soll ich meinem zweiundfünfzigjährigen Ich schreiben? Ich habe diesen Sommer so viel durch die E-Mails gelernt, dass ich den Druck verspüre, etwas wahrhaft Inspirierendes zu schreiben.

Liebes zukünftiges Ich,
du hast es verdammt noch mal getan, oder? Das getan, wovon du immer behauptet hast, dass du es nie tun würdest: erwachsen werden. Weißt du noch, wir wollten immer jung bleiben, immer wissen, welche Songs gerade in den Charts sind, immer mit den coolen Kids abhängen! Aber seien wir mal ehrlich, ich habe nie zu den coolen Kids gehört …
Ich kann mir kaum vorstellen, wie dein Leben und alles ringsum aussehen. Gibt es fliegende Autos? Wohnen Menschen auf dem Mars? Hast du endlich null ungelesene E-Mails?
Was erhoffe ich mir heute für in siebzehn Jahren? Vor allem hoffe ich, dass du glücklich bist. Aber nicht die Art von Glück, bei der es nur um schicke Autos und Wohnungen in Toplage geht. Sondern echtes Glück.
Ich hoffe, dass dein Leben erfüllt und voller Liebe und Freundschaft ist und dass du dich endlich wohl in deiner eigenen Haut

fühlst. Ich hoffe, dass du dir selbst treu bleibst und die Frau geworden bist, die du eigentlich immer sein wolltest.
Vor allem aber hoffe ich, dass du es nicht vermasselt und ihn nicht schon wieder verloren hast.
xx

Was zur Hölle mache ich da? Ich schreibe, dass ich hoffe, nicht die falsche Entscheidung getroffen zu haben, obwohl ich nicht einmal im Jetzt meinen eigenen Rat befolge!

Was wäre passiert, wenn ich Joels E-Mail damals bekommen hätte? Wir werden es nie erfahren. Aber ich muss aufhören, mein jetziges Leben von der Vergangenheit beeinflussen zu lassen. Dad hat recht – ich kann sowieso nichts mehr ändern.

Aber ich sollte meinem zukünftigen Ich auch nicht schreiben und mein Bedauern aussprechen, wenn es jetzt noch gar nicht zu spät ist, Dinge zu ändern. Ich habe jahrelang geglaubt, ich hätte mir die Gefühle zwischen mir und Joel nur eingebildet, und doch bestätigte seine E-Mail, dass ich richtiglag. Und wir haben diese Gefühle nie verloren, da bin ich mir sicher.

Mir wird übel bei dem Gedanken daran, was ich tun muss. Werde ich wirklich eine Hochzeit verhindern? Sowohl Verity als auch Joel haben sehr deutlich zum Ausdruck gebracht, dass sie nur wegen des Visums heiraten, aber würde Joel es wirklich durchziehen, wenn er wüsste, wie ich damals gefühlt habe – und heute noch fühle? Und selbst wenn ich alles falsch verstanden habe, hätte ich es zumindest versucht und Klarheit für die Zukunft.

Es ist erst acht Uhr. Soph hat gesagt, dass die Hochzeit um elf Uhr stattfindet. Ich könnte es noch schaffen. Ich fahre meinen Computer runter, schreibe eine kurze Notiz und lehne sie gegen Claires PC. Die Edie aus der Vergangenheit wäre stolz.

Ich hoffe nur, dass der heutige Tag nicht zu einer Katastrophe wird.

»Hey, wo stürmst du denn hin?« Layla kommt mit ihrem Kaffee aus der Küche und hält mich kurz auf.

»Ich gehe. Ich muss Joel sagen, dass ich ihn liebe.«

»Was?« Layla verschüttet fast ihren Kaffee.

»Keine Zeit für Erklärungen, aber wünsch mir Glück!«

»Viel Glück!«, ruft sie mir nach.

Aus Furcht vor dem Berufsverkehr renne ich zum Bahnhof, statt zu meinem Auto zu gehen.

Ich komme atemlos an, blicke auf die Anzeigetafel und stelle fest, dass der nächste Zug nach Bournemouth in elf Minuten kommt. Am Fahrkartenautomaten spüre ich förmlich, wie das Adrenalin durch meine Adern strömt, aber ich schaffe es, ein Ticket zu kaufen und pünktlich am Bahnsteig zu sein.

Als der Zug einfährt, lasse ich die Waggons an mir vorbeiziehen, bis der letzte vor mir hält. Zum Glück ist er relativ leer.

Erst als der Zug abfährt, wird mir das Ausmaß dessen, was ich vorhabe, bewusst. Ich schließe die Augen und atme tief ein und aus.

»Edie?«, sagt eine markante Stimme mit schottischem Akzent.

Ich reiße die Augen wieder auf, und Douglas lächelt mich an. Sein Haar ist gepflegt, und er ist frisch rasiert.

»Dachte mir doch, dass du es bist. Ich hab dich auf dem Bahnsteig gesehen.«

»Hallo! Was für eine Überraschung.« Ich stehe auf und umarme ihn. »Du strahlst ja richtig.«

»Das Leben ohne Alkohol bekommt mir offenbar gut. Wer hätte das gedacht?«

Er setzt sich mir gegenüber und stützt die Arme auf den Tisch zwischen uns. »Also, was hast du vor?«

»Ich …« Plötzlich weiß ich nicht, was ich sagen soll. Dass ich Joel gleich gestehen werde, dass ich ihn liebe, sollte ich lieber für mich behalten. »Ich fahre für ein verlängertes Wochenende nach Westerly.«

»Aha«, antwortet er und blickt auf die leere Gepäckablage über unseren Köpfen. »Reist du mit leichtem Gepäck?«

»Ja, sehr leicht. Und du?«

»Gestern Abend hat Joel mich angerufen und gefragt, ob ich als Trauzeuge bei der Hochzeit einspringen kann. Brett wurde im letzten Moment für einen Auftritt in Cornwall gebucht.«

»Oh.« Ich versuche, mir nichts ansehen zu lassen, aber meine Unterlippe zittert verräterisch. »Hatte ganz vergessen, dass das heute ist.«

»Ja. Elf Uhr.«

Er trommelt mit den Fingern auf die Tischplatte. »Ich freue mich, dass er mich gefragt hat. Da es hauptsächlich wegen des Visums ist, wissen nicht viele Leute von der Hochzeit, und ich fühle mich geehrt, dass er mir vertraut.« Er senkt die Stimme. »Seine Mutter lehnt das Ganze übrigens total ab.«

»Ist das so?«

»Oh, aye.«

»Witzig, wie man dir immer wieder den Schotten anhört, Douglas«, sage ich lächelnd.

»Echt? Daran ist meine Mutter schuld. Suz hat immer gesagt, dass ich wie meine Mutter werde, wenn es etwas zu tratschen gibt. Und dass ich der schlechteste Spion aller Zeiten wäre, weil ich mich verrate, sobald ich den Mund aufmache.«

»Wie läuft es übrigens mit Suz? Hast du mit ihr gesprochen?«

Er nickt langsam. »Ich habe ihr endlich die Wahrheit gesagt, und sie hat sich tatsächlich für meine Ehrlichkeit bedankt. Sie ist froh, dass ich Hilfe bekomme, auch wenn sich dadurch im Moment nichts ändert – ich darf Isla immer noch nur unter

Beaufsichtigung sehen. Aber zumindest waren wir zum ersten Mal seit Langem ehrlich zueinander.«

»Ehrlichkeit ist immer gut.«

»Hm.« Er sieht mich prüfend an, und ich glaube, er weiß genau, warum ich in diesem Zug sitze. Meine Wangen brennen, und ich befürchte, dass ich knallrot geworden bin.

Wir reden eine Zeit lang über meine Pläne, das Unternehmen zu verlassen, über Douglas' Bruder Jake und darüber, wie die Entgiftung gelaufen ist – aber zum Glück nicht darüber, warum ich wirklich hier bin. Dabei kann ich an nichts anderes denken. Jedes Mal, wenn der Zug hält, rückt die Hochzeit einen Schritt näher, und die Nervosität wächst.

Wir haben etwa die Hälfte der Strecke hinter uns, als der Zug anhält. Ich schaue aus dem Fenster und erwarte, einen Bahnhof zu sehen, aber ringsum sind nur Felder. Aus den Lautsprechern knistert die Stimme des Zugführers.

»Meine Damen und Herren, wir halten vorübergehend, da im Bahnhof Christchurch das Gleis noch blockiert ist. Wir können hoffentlich in ein paar Minuten weiterfahren.«

Douglas schaut auf seine Uhr. »Es ist noch genug Zeit.«

»Triffst du dich in Bournemouth mit Joel und Verity?«

»Ja, sie haben ein Zimmer in einem Hotel.«

Es war mir nicht in den Sinn gekommen, dass die beiden bei meiner Ankunft noch nicht im Standesamt sein würden. Oder dass Joel vielleicht schon bei Verity ist. Tatsächlich habe ich überhaupt nicht über irgendwelche Details nachgedacht.

»Edie, du wirkst angespannt. Geht es dir gut?«

»Klar, ich mag es nur nicht, wenn Züge außerplanmäßig halten. Das bedeutet Verspätung.«

Bevor Douglas weiterbohren kann, frage ich ihn, was er am Wochenende vorhat, und höre zu, als er von seinen Plänen erzählt. Zumindest versuche ich das, aber in Wahrheit denke ich nur daran, was ich tun werde, wenn ich aus diesem Zug steige. Wie zum Teufel schaffe ich es, mit Joel allein zu reden? Ich kann ja schlecht einfach in das Hotel schlendern, und ebenso wenig kann ich in die Trauung platzen.

»Erde an Edie!«, ruft Douglas.

Ich schaue hoch. »Sorry, ich war in Gedanken.«

»In Westerly?«

»So ungefähr.«

»Meine Damen und Herren, hier spricht wieder Ihr Zugführer. Ich bedaure, dass wir mittlerweile zwanzig Minuten Verspätung haben. Grund dafür ist ein im Bahnhof Christchurch liegen gebliebener Zug, sodass wir derzeit nicht in den Bahnhof einfahren können. Vor uns warten noch zwei weitere Züge. Wir arbeiten daran, Sie so schnell wie möglich an Ihr Ziel zu bringen.«

Douglas schaut auf die Uhr und holt sein Handy heraus. »Joel soll nicht denken, dass ich wieder in einem Pub festhänge«, sagt er grinsend.

Er hält den Hörer an sein Ohr, und ich fürchte plötzlich, dass er Joel sagen wird, dass ich hier bin.

»Hey, Kumpel, ich bin's! Ich sitze noch im Zug und komme wegen einer Panne etwas später, aber ich bin auf dem Weg ... Keine Ahnung, wir waren vor einiger Zeit in Winchester und stehen jetzt bereits seit zwanzig Minuten ... Ja, mir geht es gut. Übrigens ist ...«

Ich wedele hektisch mit den Armen, schüttle den Kopf und flehe ihn stumm an, nicht zu verraten, dass ich bei ihm bin.

»... das Buch, das ich gerade lese, super spannend.« Er kichert. »Ich weiß – ich und lesen! Wie auch immer, sobald ich genauer weiß, wann ich ankomme, melde ich mich wieder.«

Er beendet das Gespräch und legt das Handy mit dem Display nach unten auf den Tisch.

»Also schön, und du sagst mir jetzt, warum du in diesem Zug bist. Oder soll ich raten? Du hast endlich eingesehen, dass du Joel wie verrückt liebst, und willst diese Hochzeit crashen?« Er lacht, schnappt sich seine Wasserflasche und schraubt den Verschluss ab.

Bei seinen Worten rutscht mir das Herz in die Hose. Douglas knallt die Flasche auf den Tisch und starrt mich an. »Edie, jetzt sag bitte nicht, dass das die Wahrheit ist! Das sollte ein Witz sein!«

»Schscht.« Verlegen schaue ich mich um. Es sind zwar nur wenige Leute in dem Waggon, aber die sollen nicht denken, ich sei eine Hochzeitssaboteurin. Ich seufze tief. »Ich will nur noch mal mit Joel sprechen, bevor er Verity heiratet.«

»Weil du ihn liebst?«, fragt er mit sanfter Stimme.

Nickend bestätige ich: »Weil ich ihn liebe.« Ich kneife die Augen zu. Es laut auszusprechen, macht mir Angst.

»Ich habe nie verstanden, warum ihr beide damals nicht zusammengekommen seid. Joel war total in dich verknallt, und ich dachte immer, dass du ihn auch magst.«

»Ja, es gab eine besondere Verbindung zwischen uns. Aber es hat damals irgendwie nicht funktioniert.«

»Und du denkst, dass diese besondere Verbindung immer noch da ist?«

»Ich muss zugeben, dass es anfangs schrecklich war, ihn wiederzusehen. Ich war immer noch wütend, weil er mir damals das Herz gebrochen hat. Aber je mehr Zeit wir miteinander verbracht haben, desto deutlicher habe ich gespürt, dass dieses Gefühl zwischen uns wieder wächst«, antworte ich und denke an die Ereignisse dieses Sommers. »Aber ich glaubte die ganze Zeit, es beträfe nur mich. So wie das alles damals in Hartland's endete, hatte ich nicht den Eindruck, dass Joel etwas für mich empfindet. Doch dann erhielt ich eine E-Mail von ihm.«

Douglas blinzelt hektisch, versucht, mir zu folgen.

»Ist eine lange Geschichte.«

»Meine Damen und Herren, hier spricht wieder Ihr Zugführer. Soeben erhielten wir neue Informationen. Die gute Nachricht ist, dass der liegen gebliebene Zug abgeschleppt werden kann. Die schlechte Nachricht ist, dass wir warten müssen, bis dafür eine entsprechende Lok aus Southampton eintrifft.«

»Sieht so aus, als würden wir vorerst nirgendwo hinkommen. Du hast also jede Menge Zeit, um mir alles zu erklären.«

Als ich damit fertig bin, sitzt Douglas reglos da, und sein Mund steht offen. Der Zug hat sich immer noch nicht von der Stelle bewegt, und bis zur Hochzeit bleibt nur noch eine Stunde.

»Ihr beide seid unglaublich! In Sophs Küche war der perfekte Moment, in dem ihr euch sagen konntet, was ihr füreinander empfindet.« Douglas hebt frustriert die Hände.

Im Ernst?, frage ich ihn mit einem langen Blick.

»Allerdings war es das«, fährt Douglas ein bisschen zu laut für diesen Waggon fort. »Nach allem, was du mir erzählt hast, und da ich Joel kenne, wollte er, dass du etwas sagst. Verdammt noch mal, warum hast du in den letzten Tagen denn nicht ein einziges Mal gedacht: Vielleicht mag er mich ja immer noch?«

»Weil er auf die andere Seite des Atlantiks ziehen wird, mit einer anderen Frau, die er heiratet!«

»Und was hat sich heute geändert?«

»Mir ist klar geworden, wie sehr ich bedaure, ihm nie gestanden zu haben, was ich fühle. Ich hatte wohl zu große Angst, jemanden zu nah an mich heranzulassen. Aber – was kann denn schlimmstenfalls passieren? Er sagt mir, dass er für mich nicht dasselbe empfindet, zieht nach Key West, und ich sehe ihn nie wieder.«

Douglas nickt nachdenklich. »Und was genau hast du jetzt vor?«

»Keine Ahnung, das habe ich alles nicht geplant. In der einen Minute war ich noch im Büro und in der nächsten saß ich im Zug, und dann bist du zu mir gekommen und …«

»Okay. Ich will mehr als jeder andere, dass du mit Joel sprichst, und wir werden es wie folgt machen«, beginnt er, legt die Hände auf den Tisch und verschränkt die Finger. »Wenn ich im Hotel ankomme, bringe ich Joel raus, irgendwohin, wo du auf ihn wartest, damit ihr beide reden könnt. Auf diese Weise gibt es keine große Szene, und außer ihm und uns weiß niemand, was vor sich geht.«

»Bin ich nicht das größte Miststück der Welt, weil ich ihm und Verity das antue?«

»Ehrlich gesagt hatte ich schon immer das Gefühl, dass Joel und Verity nur aus praktischen Gründen zusammen sind. Und es ist nicht zu leugnen, dass die Chemie zwischen dir und Joel stimmt. Wer weiß, vielleicht ersparst du den beiden viel Kummer, falls sie aus den falschen Gründen heiraten würden. Vor allem, falls Joel etwas für dich empfindet. Wenn du nicht mit ihm sprichst, machst du auf lange Sicht möglicherweise drei Menschen unglücklich.«

Mein Herz hämmert wie verrückt, und meine Hände zittern. »Vielleicht habe ich ja alles falsch gedeutet! Mir ist nicht entgangen, dass die beiden sich dauernd berühren und angucken, und dann diese kitschigen Selfies …«

Douglas verdreht genervt die Augen. »Du weißt, dass das nur Show für Social Media ist, oder?«, erwidert er. »Ich würde dich doch nicht drängen, wenn die beiden sich wirklich lieben würden! Aber egal, was passiert, ich bin für dich da, so wie du für mich da gewesen bist, als sie mich verhaftet haben.«

Er nimmt meine Hand und drückt sie aufmunternd. In dem Moment setzt sich der Zug ruckelnd in Bewegung, und Douglas grinst mich an. »Na also. Etwas weniger als eine Stunde bis zur

Hochzeit«, sagt er. Ich nehme an, dass ich erschrocken dreinblicke, denn er drückt meine Hand noch einmal. »Wir haben noch reichlich Zeit. Reichlich.«

Eine halbe Stunde später haben wir es bis zum nächsten Bahnhof geschafft. Es fällt mir schwer, ruhig sitzen zu bleiben.

»Meine Damen und Herren, hier spricht abermals Ihr Zugführer. Leider können wir unsere Fahrt momentan nicht fortsetzen. In Kürze werden Busse eintreffen, um Sie an Ihren Zielort zu befördern.«

»Was?«, schreie ich.

»Wir werden es nicht rechtzeitig schaffen. Du musst ihn anrufen«, sagt Douglas zerknirscht.

»Das kann ich nicht tun! Solche Dinge sagt man nicht am Telefon. Hallo, Joel, ich weiß, dass du in einer Minute heiratest, aber – Überraschung! Ich habe dich vor siebzehn Jahren geliebt und tue es immer noch!«

Douglas schnappt sich sein Handy.

»Was hast du vor?«

Er tippt etwas und hält das Handy dann an sein Ohr.

»Hallo, ich brauche ein Taxi vom Bahnhof Christchurch nach Bournemouth, so schnell wie möglich bitte …« Erleichtert lasse ich mich zurückfallen, weil er nicht Joel anruft.

Ein Taxi zu bestellen, war clever von Douglas, denn als wir aus dem Bahnhof treten, fahren die wenigen Taxis, die dort gewartet haben, bereits los. Sobald unser Wagen eintrifft, steigen wir ein, und es beginnt eine nervenaufreibende Fahrt, bei der ich permanent zwischen dem Taxameter und Douglas' Uhr hin und her schaue.

»Es ist noch Zeit«, versichert er, gerade als sein Handy klingelt. »Hi, ich sitze im Taxi, der Zug fuhr nicht weiter, und wir … äh, ich fahre jetzt gerade nach Bournemouth rein. Es dauert nicht mehr lange. Bist du noch im Hotel? … Okay … Okay … Wir treffen uns da.«

Er legt auf und schaut mich an. »Sie gehen jetzt zum Standesamt. Vor der Trauung müssen sie dort noch ein paar Formalitäten erledigen.«

»Ich werde keine Zeit mehr haben, mit ihm zu sprechen!«

»Doch. Wir schaffen das.«

Das Taxi schlängelt sich mühsam durch den Verkehr. Ein Stück vor uns steht eine Baustellenampel, und der Fahrer zieht die Handbremse, als er zum Stehen gekommen ist.

»Vielleicht sollten wir es lassen, bei dem Tempo kommen wir niemals rechtzeitig an.«

»Wir können nicht in letzter Minute aufgeben, Edie.« Douglas beugt sich vor und spricht mit dem Fahrer. »Wie weit ist es noch?«

»Luftlinie nur die Straße runter und dann rechts, aber wir müssen eine Umleitung fahren.«

»Wir steigen hier aus.« Douglas zückt seine Brieftasche und hält seine Karte an das Lesegerät, dann steigen wir aus. Er nimmt meine Hand und zieht mich in die Richtung, in die der Fahrer gezeigt hat.

Kurz darauf bleiben wir japsend stehen, und er zeigt auf das Standesamt auf der anderen Straßenseite. Wir versuchen, zu Atem zu kommen. In dem Moment entdecke ich Soph und ziehe Douglas schnell in einen Hauseingang. Sie redet lachend mit Verity, die ein wunderschönes, knielanges weißes Kleid mit enger Taille im Stil der 1950er-Jahre trägt. Elegant, aber schlicht. Joel ist direkt hinter ihr, und als sie das Gebäude erreichen, dreht sich Verity zu ihm um und zieht seine Krawatte gerade. Dann legt er die Hand an ihre Taille, und die beiden lächeln sich an, bevor sie hineingehen.

Gerade erst war ich zu Atem gekommen, aber der Anblick der beiden verschlägt ihn mir sofort wieder.

»Ich kann das nicht tun«, flüstere ich kopfschüttelnd.

»Natürlich kannst du, sie sind gerade erst reingegangen. Es ist noch nicht zu spät«, antwortet Douglas.

»Doch! Was habe ich mir nur gedacht? Wenn er irgendetwas für mich empfinden würde, wäre er jetzt nicht hier. Er weiß, dass ich seine E-Mail neulich bekommen habe, hat aber weder etwas unternommen noch etwas gesagt.«

Die Zuneigung in dem Blick der beiden hat es mir endgültig vor Augen geführt. Vielleicht hat Soph recht, und zwischen den beiden ist mehr, als sie sich eingestehen – und ich wollte es nur nicht wahrhaben.

»Edie, du bist jetzt bis hierher gekommen …«

»Ich weiß, aber … Ich kann nicht. Bitte sag ihm nicht, dass ich hergefahren bin. Ich will nicht, dass er das weiß. Kannst du bitte einfach so tun, als hättest du mich nicht gesehen?«

Douglas wirkt gequält. »In Ordnung, wenn es das ist, was du wirklich willst.«

»Ist es. Bitte verrate ihm nichts.«

»Okay.« Er beugt sich vor und umarmt mich ganz fest. »Kommst du klar? Nimmst du den Zug zurück?«

Ich lache verbittert auf. »Nicht noch eine Zugfahrt. Ich nehme mir ein Taxi nach Westerly und gehe vielleicht an den Strand, bohre die Zehen in den Sand.«

»Ich könnte mitfahren! Mir ist echt unwohl bei dem Gedanken, dich jetzt allein zu lassen.«

»Ich komme schon klar. Davon abgesehen bist du der Trauzeuge.«

Er drückt mich ein letztes Mal.

»Du versprichst, ihm nichts zu sagen?«, dränge ich.

»Versprochen.«

Douglas lässt mich los und überquert die Straße. Als er auf der anderen Seite ankommt, dreht er sich noch einmal um. Ich winke ihm zu, und er winkt zurück, dann verschwindet er in dem Gebäude.

Ich mache auf dem Absatz kehrt und bin stolz darauf, die Tränen zurückgehalten zu haben. Joel wird heiraten, und ich muss nach vorn schauen. Es ist die richtige Entscheidung, auch wenn es wehtut.

Kapitel 37

Meine Fahrt nach Westerly verläuft ziemlich unspektakulär im Vergleich zu dem verrückten Sprint zum Standesamt. Welch Ironie, dass mich jetzt weder ungeplante Halte noch Umleitungen noch rote Ampeln ausbremsen.

Tief in meinem Innern weiß ich, dass es nicht klug ist, an jenen Strand zurückzukehren, an den ich so viele schöne Erinnerungen in Bezug auf Joel und mich habe, aber ich bin mir sicher, dass ich mit der Zukunft, die Joel und mich jeweils erwartet, meinen Frieden gemacht habe. Es ist mein endgültiger Abschied von unserer Beziehung.

Der Taxifahrer lässt mich am Rand des Naturschutzgebietes raus, und ich spaziere langsam über die von Heidekraut gesäumten Wege und die Holzbrücken, bis ich die Wellen ans Ufer schlagen höre.

Wie blöd, dass ich nicht so organisiert bin, wie Joel es immer war, und einen Rucksack dabeihabe – mit ein wenig Proviant und so weiter. Ich setze mich auf einen Felsen, streife meine Schuhe ab und stecke die Füße in den Sand.

Dort bleibe ich für eine Weile, schaue zu, wie die Wellen ans Ufer rollen, versuche, nicht auf die Armbanduhr zu schauen. Es ist natürlich längst nach elf Uhr. Joel und Verity sind verheiratet und vermutlich gerade beim Hochzeitsessen.

Das Handy in meiner Tasche piept, und ich bin versucht, es zu ignorieren, aber es könnten Dad oder einer meiner Kollegen sein, also fische ich es heraus.

Eine Nachricht von Douglas. Er will wissen, ob es mir gut geht. Als Antwort schicke ich ihm ein Foto von der Aussicht und schreibe dazu, dass alles in Ordnung ist. Ich will das Handy gerade wieder in die Tasche stecken, als ich den Eingang einer E-Mail angezeigt bekomme, mit der ich nicht gerechnet habe. Eine Nachricht an mein »zukünftiges Ich«.

Mein Herz schlägt sofort schneller. Ich kann mich nicht erinnern, nach Mums Tod noch etwas geschrieben zu haben, aber vielleicht habe ich das doch getan, in der Hoffnung, es würde mir Trost spenden. Die Neugier verwandelt sich jedoch in Verwirrtheit, als ich sehe, dass die E-Mail heute um 11:03 Uhr abgeschickt wurde.

Liebe Edie,
ich schreibe dir diese E-Mail, weil wir es anscheinend einfach nicht hinbekommen, uns zu sagen, was wir füreinander empfinden, und ich hoffe, dass mich wenigstens auf diese Weise nichts davon abhält, dir mitzuteilen, was in meinem Kopf vorgeht.
Verity und ich haben nicht geheiratet. Als wir im Standesamt standen, wurde mir plötzlich klar, dass ich das nicht tun kann. Es wäre nicht fair gewesen – Verity gegenüber und auch nicht mir gegenüber.
Deshalb schicke ich dir diese Mail, denn ich habe vor, endlich dieses ängstigende Gespräch zu führen (ängstigend für mich, hoffentlich nicht für dich – Daumen drücken), das schon so lange ansteht. Sei bitte nett zu mir, es fällt mir nicht leicht, gewisse Dinge laut auszusprechen. Aber es ist ja bekannt, wie sehr es schiefgegangen ist, als ich es stattdessen mit einer E-Mail versucht habe. Jedenfalls erzähle ich dir das, damit ich nicht mehr kneifen kann. Also, Edie, es gibt etwas, das ich dir sagen möchte.
Fortsetzung folgt … persönlich, wenn mein Timing stimmt …
Wenn nicht, geh bitte nicht weg, ich bin unterwegs.

Ich stehe auf, starre auf das Handy. Meine Beine sind wie Wackelpudding. Keine Ahnung, was ich jetzt erwarte. Dass er wie ein Flaschengeist hier auftaucht? Ich schaue mich um.

Und da sehe ich ihn.

Joel steht am Ende des Fußwegs, immer noch im Anzug, aber ohne Krawatte, und der oberste Hemdknopf ist offen. Er ist barfuß, trägt die Schuhe in der Hand. Wenn mir nicht schon die E-Mail den Atem verschlagen hätte, dann hätte sein Anblick es sicher getan.

»Dieses Mal hast du sie hoffentlich rechtzeitig bekommen?«, ruft er und setzt sich in Bewegung. »Ich wollte dennoch kein Risiko eingehen und dir den entscheidenden Teil persönlich mitteilen.«

Es ist qualvoll, darauf zu warten, dass er endlich vor mir steht. Aber ich kann ihm nicht entgegenlaufen, denn meine Füße sind wie versteinert.

»Du hast Verity wirklich nicht geheiratet?«, rufe ich atemlos.

»Nein, habe ich nicht.«

»Und du ziehst nicht nach Key West?«

Er schüttelt den Kopf.

»Und sie kommt damit klar?«

»Tut sie. Nachdem ich ihr erklärt habe, was in mir vorgeht, hat sie sehr verständnisvoll reagiert.«

Endlich ist er bei mir angekommen, und es bedarf meiner ganzen Entschlossenheit, die verbliebene Lücke zwischen uns nicht zu schließen.

»Und was genau ist das?«, frage ich.

»Shit, ich hätte nicht gedacht, dass ich so nervös sein würde. Vielleicht hätte ich es doch in der E-Mail schreiben sollen.« Joel lacht und wischt seine Handflächen an der Anzughose ab.

»Ich glaube, ich habe für eine Weile genug von E-Mails.«

Er grinst mich an. »Ich auch. Aber auf dem Weg hierher dachte ich, dass es viel einfacher wäre, wieder wegzulaufen und dir nie zu sagen, was ich fühle.«

Meine Wangen glühen, denn genau das habe ich vor gut einer Stunde getan, und da Joel mir an diesen Strand gefolgt ist, muss er gewusst haben, dass ich am Standesamt gewesen bin. Ich verfluche und danke Douglas gleichzeitig.

Nun trete ich doch einen Schritt näher an ihn heran und befürchte, dass er jetzt hört, wie laut mein Herz schlägt. »Und was fühlst du?«, frage ich leise. Ich möchte die Hand ausstrecken, ihn berühren, um sicherzugehen, dass er real ist und ich mir das Ganze nicht nur einbilde.

»Ich habe mich in jenem Sommer in dich verliebt und dann jahrelang versucht, dich zu vergessen und alles hinter mir zu lassen. Aber als ich dich vor ein paar Monaten in Sophs Garten wiedersah, kamen die alten Gefühle sofort erneut hoch. Als wären sie nie weg gewesen! Sie haben Winterschlaf gehalten, auf den Moment gewartet, wenn du wieder in mein Leben spazierst, um sie aufzuwecken.«

Das klingt vertraut, denn genauso ist es mir ergangen. »Aber wenn du so gefühlt hast, warum wolltest du dann heiraten?«

»Als du bei Soph aufgetaucht bist, hatten wir bereits ein entsprechendes Visum beantragt, und plötzlich schien es mir umso wichtiger zu sein, von hier zu verschwinden. Abzuhauen. Genau wie immer, seit ich dir damals diese E-Mail schickte. Ich dachte, dass es weniger wehtut, nichts zu sagen und zu gehen, denn dann kann man nicht verletzt werden.«

»Und ich habe vor Kurzem gelernt, dass es besser ist, das Risiko einzugehen.«

»Bist du deshalb vorhin vom Standesamt weggelaufen?« Lächelnd zieht er eine Braue hoch.

»Verdammter Douglas.«

»Er hat es mir erst hinterher erzählt, ehrlich. Nachdem Verity und ich ihm gesagt haben, dass wir nicht heiraten werden und ich mit dir reden will, hat er gekichert und mir verraten, dass ich nicht weit gehen muss, um dich zu finden.«

»Aber woher wusstest du, dass ich hier bin?«

»Er sagte, du wolltest zu einem Strand, und ich dachte sofort an unseren Platz und hoffte, dass du hergekommen bist. Ich bin froh, denn ich habe so lange gewartet, und ich glaube, ich halte es keine Sekunde länger aus.« Er beugt sich vor, um mich endlich zu küssen, aber ich entziehe mich ihm im letzten Moment.

»Halt«, sage ich. »Da du mit Douglas gesprochen hast und nun hier stehst, weißt du, was ich für dich empfinde und schon immer empfunden habe … Aber du hast gerade eine Beziehung hinter dir, hättest fast geheiratet und …« Der Schmerz in seinen Augen quält mich, aber ich muss diese Dinge aussprechen. »Was ich für dich fühle, habe ich noch nie für jemanden empfunden, und den Gedanken, dass du jeden Moment wieder fortgehen könntest zu deinem nächsten Abenteuer, ertrage ich nicht. Ich möchte eine feste Beziehung, jemanden, der mit mir ein Zuhause schaffen will, und ich habe Angst, dass du vielleicht nicht dasselbe möchtest.«

Eine Träne kullert mir über die Wange. Joel streckt die Hand aus und wischt sie fort, zieht seine Hand dann nicht wieder zurück, sondern umfasst mein Gesicht.

»Edie«, sagt er, so sanft, dass er beinahe gar nicht mehr Worte braucht. »Ich habe das mit der Hochzeit nicht durchgezogen, weil mir etwas klar geworden ist. Verity hätte es nichts ausgemacht, nicht aus Liebe zu heiraten, aber mir schon. Wenn ich irgendwann heirate«, sagt er, hüstelt, und ich muss lachen, »dann soll es aus dem richtigen Grund sein: weil ich den Rest meines Lebens mit diesem geliebten Menschen verbringen will. Ich will anders sein als mein Dad. Ich möchte mein Leben mit jemandem teilen, mit dieser Person alt werden und ein echtes Zuhause haben. Aber ich will nicht, dass dieser jemand irgendwer ist, sondern dass *du* es bist. Ich habe immer nur eine Person geliebt, und das bist du.«

Ich lege meine Hand auf seine, und wir verschränken unsere Finger. Genau das wollte und musste ich hören. Joel beugt sich vor, unsere Köpfe berühren sich. Ich will ihn schon so lange küssen, und jetzt, da wir es tun werden, habe ich plötzlich Angst.

»Wenn wir uns nun küssen und es furchtbar ist?«, flüstere ich. »Wenn wir uns nach all den Jahren küssen und feststellen, dass die Chemie zwischen uns nicht stimmt? Das alles, was wir durchgemacht haben –«

Weiter komme ich nicht, denn Joel küsst mich. Nicht die Art zärtlicher Kuss, der sich vor siebzehn Jahren in seinem Zimmer in Hartland's anbahnte, sondern voller Leidenschaft und Verlangen, mit einer Intensität, die meinen ganzen Körper erschaudern lässt. Seine Hände sind auf meinem Rücken und meine an seinem Nacken, und nach einer Ewigkeit löst er sich behutsam von mir, tritt einen Schritt zurück und sieht mir in die Augen.

»Beantwortet das deine Frage zu der Chemie?« Er hat ein freches Grinsen im Gesicht.

»Vielleicht«, antworte ich. »Aber wir sollten sichergehen …«

Dieses Mal küsse ich ihn, mit solcher Lust, dass es ihn fast umhaut. Noch nie habe ich jemanden oder etwas so sehr gewollt wie ihn in diesem Moment.

»Weißt du«, sagt Joel schließlich und nimmt meine Hände, »so sehr mir das Küssen auch gefällt, aber ich habe zufällig ein Boot, das inzwischen bereit ist, in See zu stechen. Deshalb frage ich mich, ob du vielleicht Lust auf einen kleinen Segeltörn hast …«

»Die *Hetty* ist startklar?«

»Allerdings. Also, willst du an Bord meiner Jacht kommen?«

»Ich hab dir ja schon gesagt, dass du mit dem Spruch beeindrucken kannst. Waren diese Worte die Arbeit denn wert?«

»Absolut.« Er küsst mich noch einmal, und ich schmelze dahin.

Ich muss an all die Jahre denken, die wir verschwendet haben, bremse mich aber und versuche stattdessen, mir die Zeit vorzustellen, die vor uns liegt. Wir können zwar die Vergangenheit nicht ändern, aber die Zukunft gestalten. Und vor uns liegt eine wunderbare Zukunft.

Liebes zukünftiges Ich!

Wegen gestern Abend … Ich weiß, dass das, was passiert ist, für immer in deine Erinnerung eingebrannt sein wird, aber manchmal verblassen Erinnerungen mit der Zeit. Deshalb schreibe ich dir das hier, denn ich will nicht, dass du auch nur ein einziges Detail von dem vergisst, was passiert ist.

Gestern war unser zweiter Jahrestag, und Joel und ich sind mit der *Hetty* rausgefahren. Apropos – ich lebe jetzt tatsächlich in Westerly, muss nur fünfzehn Minuten bis zu meiner Schule fahren – ja, ich habe vor einer Woche meinen neuen Job angefangen! –, und Joel und ich können jeden Abend miteinander verbringen. Ob die Begeisterung über all das wohl je schwinden wird? Ich weiß, es klingt alles so kitschig, und Soph gibt ihr Bestes, dass ich nicht jede freie Minute mit Joel zusammen bin. An den Abenden, an denen Brett sich stark genug fühlt, auf Alfie und Baby Poppy aufzupassen, akzeptiert sie kein Nein, und ich muss mit ihr ausgehen.

Aber ich schweife ab … also, die Bootsfahrt!

Joel hatte ein Picknick vorbereitet, aber nicht nur Sandwiches und ein paar Dosen Bier, nein, ein richtiges Picknick – Aufschnitt und feine Salate und Champagner! Er ankerte mit der *Hetty* unweit von unserem Strand, du weißt, welcher, und bei

Sonnenuntergang hat er mir dann einen Antrag gemacht. Wir werden heiraten! Was du vermutlich weißt, da du bald einen großen Jahrestag feiern wirst. Jetzt gibt es so viel zu organisieren …

Douglas kommt übers Wochenende zu uns, und wir werden mit ihm, seiner neuen Freundin – der supernetten Lucy – und Brett und Soph ausgehen und einen lustigen, sehr nüchternen Abend verbringen. Sonntag sind Dad und Julie zum Mittagessen bei uns. Hoffentlich wird die Hochzeit von Joel und mir genauso witzig und romantisch wie die der beiden im vergangenen Jahr!

Oh, das hätte ich beinahe vergessen – die Aufgabe für dich lautet: Lebe jede Minute deines Lebens!

In Liebe

Ich xx

Liebe Florence,

ich weiß, dass du die Augen verdrehen wirst, wenn du das hier liest, weil du mich für die peinlichste Mutter aller Zeiten hältst, dir so eine schnulzige E-Mail zu schicken. Und ich weiß definitiv, dass es nicht das Geburtstagsgeschenk ist, mit dem du dieses Jahr rechnest. (Kaum zu glauben, dass du achtzehn wirst und folglich erwachsen bist, wenn du das hier liest!) Aber, hey, wenn ich jetzt so auf dich hinunterschaue, wie du in meinen Armen schläfst, und das seit zwei Stunden, wie ich hinzufügen möchte, wird mir klar, dass ich dir kein besseres Geschenk machen kann, als dich wissen zu lassen, wie innig und bedingungslos du geliebt wirst. Du hast deinen Dad und mich zu den glücklichsten Menschen auf diesem Planeten gemacht. Wir können es kaum erwarten, dich zu einer jungen Lady heranwachsen zu sehen. Es gibt so viele erste Male, auf die man sich freuen kann – deine ersten Schritte, dein erstes Wort, das

erste Mal Schwimmen im Meer –, und was auch immer du im Leben erreichst, wir werden unendlich stolz auf dich sein.
Es gab eine Zeit vor deiner Geburt, da hatte ich Angst, dass deine Erinnerungen an mich verblassen könnten, falls mir jemals etwas zustoßen sollte. Ich kenne dieses Gefühl nur zu gut. Aber ein sehr weises Mädchen schenkte mir einst ein besonderes Glasgefäß, das nun gefüllt ist mit Erinnerungen an deine Großmutter; ich bin sicher, du kennst es. Und dann gab es mal eine Zeit, da habe ich E-Mails an mich selbst geschrieben. Aber davon habe ich dir mittlerweile bestimmt auch schon erzählt. Es ist die Lieblingsgeschichte deines Dads, und verrate es ihm nicht, aber meine auch, denn diese E-Mails haben uns unbeabsichtigt auseinander- und dann wieder zusammengebracht.
Jetzt fragst du dich vielleicht, warum ich dir das alles schreibe. Nun, es brachte mich auf die Idee für das perfekte Geburtstagsgeschenk. Ich dachte, ich schaffe dir dein eigenes virtuelles Erinnerungsglas – in Form von Geburtstags-E-Mails. Jedes Jahr werde ich dir eine schicken (an diese Adresse) mit ein paar sentimentalen Worten und Geschichten. Aber vertrau mir, eines Tages wirst du zurückschauen und mir danken.
Also, Florence, wo soll ich anfangen? …

Danksagung

Ein Buch zu schreiben ist ein riesiges Unterfangen, an dem viele Menschen mitwirken, denen ein großes Dankeschön gebührt. Ich danke meiner Agentin Hannah Ferguson, dass sie jedes Mal gesagt hat, ich solle weitermachen, wenn ich eine Durststrecke hatte und aufhören wollte. Ich danke auch dem übrigen Team bei Hardman Swainson für die tolle Arbeit.

Danke an Emily Kitchin und Melanie Hayes bei HQ, dass ihr das Buch in etwas Lesenswertes verwandelt habt. Die Geschichte von Edie und Joel ist dank eurer Kommentare und Vorschläge sehr viel besser geworden. Danke auch Donna Hillyer für das Copy-Editing – und den unerlässlichen Terminplan. Ich danke auch dem restlichen HQ-Team – insbesondere: Tom Wright, Kate Oakley, Katrina Smedley, Becca Joyce, Sarah Lundy, Sara Eusebi und Angie Dobbs.

Ohne meine eigenen Erfahrungen, die ich machte, als ich mit achtzehn zu Hause auszog, hätte ich dieses Buch nicht schreiben können. Um den richtigen Ton zu treffen, habe ich unzählige alte E-Mails von damals und aus der Zeit der Nullerjahre gelesen. So herzhaft habe ich schon lange nicht mehr gelacht. Ich bin so froh, immer noch Kontakt zu vielen der alten Freunde zu haben! Danke also Laura, Hannah, Kaf, Jo, Sam, Sarah, Sonia, Christie, Ali und Ross für den vielen Spaß und die krassen Zeiten mit euch damals wie heute.

Während der Pandemie habe ich echt mit dem Schreiben gekämpft, deshalb geht ein riesiges Dankeschön an all die tollen

Autorinnen und Autoren, die mich in den vergangenen Jahren durch ihre Unterstützung am Schreiben gehalten haben. Danke Victoria Walters, Isabelle Broom, Lucy Vine, Cathy Bramley, Cressida Mclaughlin, Katie Marsh, Rachael Lucas, Liz Fenwick, Katy Collins, Pernille Hughes, Alex Brown, Jo Quinn und allen in der Mirepoix Women's Writers' Group.

Ich danke auch meinen Freunden und meiner Familie, die mich beim Schreiben unterstützten und anfeuerten, wann immer ich es brauchte. Mum, John, Heather, Harold, Katie, Rich, Debs, Lynne, Janine und Ken – danke für alles!

Das größte Dankeschön gilt wie immer Steve, der die übrigen Bälle in der Luft hält, während ich schreibe, und Evan und Jessica, dass sie mich ertragen, auch wenn ich »ständig nur über mein Buch nachdenke«. Ohne euch als meine Hauptunterstützer könnte ich gar nicht schreiben – danke, ich liebe euch so sehr!

Und zu guter Letzt herzlichen Dank, liebe Leserin und lieber Leser, für das Lesen von *Du hast mich voll erwischt* – ich hoffe sehr, dass es dir gefallen hat! Wir können in Kontakt bleiben über meinen Newsletter, oder folge mir gern auf Twitter (@annabell_writes) und Instagram (@anna_bell_writes).

Tiefgründig und voller echter Gefühle – der neue Roman der SPIEGEL-Bestsellerautorin Mhairi McFarlane

Between Us

DIE GROSSE LIEBE KENNT VIELE GEHEIMNISSE

Roman

Schon seit einiger Zeit hat die 32-jährige Roisin das Gefühl, ihren Lebensgefährten Joe nicht mehr richtig zu kennen. Seit er als Drehbuchautor große Erfolge feiert, scheinen sie nur noch nebeneinanderher zu leben. Als dann Joes neuestes Projekt im Fernsehen läuft, ist Roisin richtig geschockt: Ohne zu fragen hat er ein vertrauliches, traumatisches Erlebnis aus ihrer Kindheit verwendet! Auch sonst weist der Film offensichtliche Parallelen zu ihrem Leben und ihrem gemeinsamen Freundeskreis auf. Wie viel von Joe steckt wohl in der zwielichtigen Hauptfigur? Roisin will endlich die Wahrheit wissen und bittet ihren Freund Matt um Hilfe. Das stellt nicht nur ihr Liebesleben gründlich auf den Kopf …

»Mit Tiefgang, Witz und einem unerwarteten Twist.«

OK! Magazin

»Niemand kann Beziehungen, Freundschaften und Gefühle so gut beschreiben wie Mhairi.«

Marian Keyes

KNAUR